SUTTON
VERLAG

Brigitte Pons

iCH BIN EIN MÖRDER

EIN FRANKFURT-KRIMI

Für Barbara,

viel Vergnügen

beim Lesen

wünscht

Brigitte Pons

SUTTON KRiMI

Herzlichen Dank

an Henning Schwethelm
vom Polizeipräsidium Frankfurt
für die Unterstützung bei der Recherche.

Sutton Verlag GmbH
Hochheimer Straße 59
99094 Erfurt
http//:www.sutton-belletristik.de

ISBN: 3-978-86680-864-5

Lektorat: Dr. Marion Heister, Köln
Druck: Aalexx Buchproduktion GmbH, Großburgwedel

Dass, was wir haben, wir nach Wert nicht achten,
solange wir's genießen;
ist's verloren, dann überschätzen wir den Preis;
ja dann erkennen wir den Wert,
den uns Besitz missachten ließ.

SHAKESPEARE: Viel Lärm um nichts

Samstag, 13. Oktober

»Ich bin ein Mörder. Das gebe ich offen zu. Sie sind schockiert. Weshalb? Weil ich ein Mörder bin oder weil ich darüber spreche? Sicher Letzteres. Es gibt viele Mörder auf dieser Welt. Sie verstecken sich. Sie morden heimlich. Aus Kalkül. Aus Leidenschaft. Aus Geldgier. Aus Not. Aus Angst. Ich nicht. Ich morde, um des Mordens willen. Das verstehen Sie nicht? Lassen Sie es mich erklären. Ich bin kein Psychopath, ich muss nichts kompensieren, ich höre keine Stimmen, die mich zwingen, einen höheren Auftrag zu erfüllen. Ich empfinde keine Lust oder Genugtuung, wenn ich es tue. Ich empfinde einfach nichts. Gar nichts. Niemals. Vielleicht ist das der Grund. Es ist nicht nur Gefühlskälte, es ist weit mehr. Die Abwesenheit jeder Gefühlsregung. Obwohl – das ist schon wieder unpräzise. Es gibt etwas, das ich fühle: Stolz. Wenn mein Plan funktioniert und niemand meine Schliche ahnt. Freude geht vermutlich tiefer. Der Stolz sitzt an der Oberfläche. Wäre ich nicht der, der ich bin, würde ich sagen, ich liebe die Präzision, Perfektion und die Macht, andere zu lenken und zu beeinflussen. Aber so weit kann ich nicht gehen. Ich liebe nichts. Nicht einmal mich selbst. Obgleich ich nahe an die Perfektion heranreiche, die ich als Ideal ansehe. Näher als alle anderen lebenden Menschen.

Sie finden das arrogant? Ja. Sie haben recht. Ich bin nicht nur der perfekteste Mensch und Mörder, ich bin auch der arroganteste Mensch und Mörder auf dieser erbärmlichen Erde. Doch eigentlich wollen Sie wissen, weshalb ich morde. Auch wenn Sie es nicht wissen wollen, will ich es Ihnen erzählen. Warum? Weil Sie als Nächster dran sind. Aber das ist Ihnen vermutlich klar, auch wenn es Ihnen ansonsten an Durchblick fehlt.

Der Gedanke, zu töten, lässt sich zurückverfolgen bis ins Jahr 1986. Damals stand ich kurz vor dem Abitur. Ich war ein sehr guter Schüler. Meiner Deutschlehrerin ist es zu verdanken, dass mein weiteres Leben so verlaufen ist, wie es nun einmal ist. Sie fände das sicher nicht witzig, wenn sie es wüsste. Wir befassten uns mit dem literarischen Schaffen Friedrich Dürrenmatts. Ein begnadeter Mann. Während die anderen mehr oder weniger bestürzt seine Gedankengänge verfolgten, verschlang ich ›Der Richter und sein Henker‹ mit einem Bissen.

Ein sinnloser Mord. Ein perfekter Mord. Der Gedanke ließ mich nicht mehr los. Von diesem Tag an plante ich. Las Tag und Nacht Kriminalromane und entschlüsselte ihre Schwachstellen. Die Geschichten sind meistens dünn und oberflächlich oder auffällig konstruiert, vollgestopft mit extremen Ereignissen und unvorhersehbaren Wendungen. Die Täter dumm, dass es ein Jammer ist. Die Detektive zu gut, um wahr zu sein, oder solche Idioten, dass es zum Himmel stinkt. Ich fand nichts Neues, nichts Bahnbrechendes. Es beleidigte meinen Intellekt. Die Suche nach der perfekten Mordgeschichte und die Banalität der angebotenen Bücher brachten mich selbst zum Schreiben. Mir war klar, dass ich es besser konnte als die anderen.

Arrogant, nicht wahr? Schon wieder. Aber es ist eben eine Tatsache. Genau wie die, dass ich ein Mörder bin. Wieso sollte ich es also verschweigen? Wahrhaftigkeit ist eine gern gesehene Tugend. Oder etwa doch nicht? Bevorzugt ein großer Anteil der Menschheit etwa die beschönigende Lüge? Ich bin mir sicher, dass es so ist.

Sie müssen meine Fragen nicht beantworten. Sie sind rein rhetorisch. Außerdem tragen Sie einen Knebel im Mund, das macht

Ihre Worte schwer verständlich. Lassen Sie es also einfach. Ich höre sowieso lieber mich reden als andere.

Meine Bücher wurden zu Kassenschlagern. Erstaunlich, wenn man überlegt, welch hohen Anspruch ich an meine Leser habe. Doch die wenigsten merken das. Sie konsumieren, ohne zu verstehen. Was soll's, meine Auflagen stiegen, ich erklomm schnell den Schriftstellerolymp. Keiner kann mir das Wasser reichen. Nun überlegen Sie: Was macht man, wenn man ganz oben ist?

Man beginnt sich zu langweilen. So beschloss ich, meinen Erkenntnissen Taten folgen zu lassen. In Anlehnung an meinen Initiationsroman und als Hommage an Dürrenmatt, beging ich meinen ersten Mord. Ich stieß einen jungen Mann von einer Brücke. Einfach so, im Vorbeigehen. Ohne Grund. Ohne ihn zu kennen. Ohne Zögern. In einer dunklen Winternacht. Niemand sah mich. Wieso saß er auch auf dem Geländer? Vielleicht habe ich ihm sogar einen Gefallen getan. Er könnte ein Selbstmörder gewesen sein, der sich nicht entschließen konnte zu springen. Das Wasser war eiskalt. Er tauchte unter und nicht mehr auf. Schade eigentlich, dachte ich. Es ging so schnell. Sein Gesicht habe ich nicht gesehen. Befremdlich der Gedanke, es könnte angenehm sein, wenn er mir vor seinem Tod in die Augen gesehen hätte? Eitel, der Wunsch, in seinen Augen die Frage zu lesen: Warum? Oder: Wer bist du? Mag sein. Dieser Mord war noch nicht perfekt – das kränkte mich. Auch, dass es so leicht gewesen war.

Diesen ersten und alle meine folgenden Morde habe ich in meinem letzten Roman beschrieben. Aus der Sicht des Mörders. Ich habe sie alle gestanden. Mein Gewissen ist rein. Niemand will die Wahrheit als Wahrheit erkennen. Man feiert mich für meine Morde. Der Roman ist ein Bestseller, wie Sie wissen. So wie alle meine Romane. Ja, Dürrenmatt hat mich inspiriert. Doch ist sein Mörder nicht mein Vorbild. Schließlich hat auch er sich am Ende dumm und einfältig in die Falle locken lassen. Das wird bei mir niemandem gelingen. Sie wissen das, nicht wahr? Wir beide sind das Pendant zu den Protagonisten in seinem Buch. Erzfeinde. Ein sympathisches Wort. Doch tauschen wir die Rollen und nicht ich werde untergehen.

Das Böse gewinnt. Es muss sein. Sie sterben und ich schenke Ihnen dafür die Unsterblichkeit! Doch Ihr Kapitel fehlt im Buch meiner Morde. Für Sie muss ich wohl ein Neues schreiben. Macht Sie das nicht auch ein bisschen stolz, Herr Kommissar?«

Alexandra hielt den Atem an und beobachtete, wie Tobias Stockmann das Buch beiseite legte. Ein feines Lächeln umspielte seine Lippen. Die gespenstische Stille, die sie umgab, ließ Alexandra wohlig schaudern. Aus dem Halbdunkel blickte sie zu dem Mann auf, den ein Scheinwerfer in grelles Licht tauchte. Völlig gelassen ruhten seine Hände auf dem Stehpult. Seine linke Augenbraue zuckte leicht nach oben, als er einen Schritt zur Seite trat und sich verneigte.

Alexandra hielt es nicht mehr auf dem Stuhl. Standing Ovations. Die meisten Zuhörer folgten ihrem Beispiel. Alle Sitzplätze neben und hinter ihr waren belegt, und auch die angrenzenden Gänge zwischen den Verlagsständen der Frankfurter Buchmesse wurden von einer dicht gedrängten Menschenmenge ausgefüllt. Es gab nirgends ein Durchkommen, was aber augenscheinlich niemanden störte. Alle hatten wie gebannt der Stimme dieses Mannes gelauscht.

Der frenetische Applaus vertiefte das stolze Lächeln auf Tobias Stockmanns Gesicht.

»Der ist genauso arrogant, wie der Mörder, über den er schreibt.« Mischa blieb demonstrativ neben Alexandra sitzen und verschränkte die Arme vor der Brust.

»Stimmt. Arrogant, aber brillant. Charismatisch.«

Alexandra pfiff laut auf den Fingern. Das Publikum tobte. Tobias Stockmann nahm an einem Tisch auf der rechten Seite des Podiums Platz und griff nach dem bereitstehenden Mikrofon.

»Danke. Ich danke Ihnen vielmals. Doch der Applaus gehört eigentlich Ihnen. Sie, meine Leser, sind es, die mich beflügeln und immer wieder aufs Neue zu meinen Morden anregen.«

»Haben Sie wirklich all diese Morde begangen?«

Alexandra rief die Frage quer über alle Köpfe hinweg, ohne zu überlegen.

»Wer will das wissen?«

»Ich!« Sie winkte mit beiden Armen. Jemand schaltete eine weitere Lampe ein und schwenkte den Lichtkegel, sodass sie plötzlich im Mittelpunkt der allgemeinen Aufmerksamkeit stand.

»Und wer sind Sie, schöne Frau?« Ihre Knie wurden weich beim sanften Klang seiner Stimme. Der intensive Blick, den er ihr schenkte, machte es nicht besser.

»Alexandra Müller, Polizistin der Stadt Frankfurt.«

»Oh! Muss ich etwa mit meiner Verhaftung rechnen?«

Aus dem Augenwinkel bemerkte Alexandra, dass Mischa ihr den Rücken zudrehte. Wahrscheinlich hätte er sich am liebsten unter dem Stuhl verkrochen. Jede Wette, dass die Boulevardpresse morgen über ihren Auftritt berichtete. Mit Foto. Die Blitzlichter zuckten.

»Das kommt ganz darauf an, ob man Ihnen etwas nachweisen kann.«

»Kann man nicht. Das garantiere ich Ihnen, Frau Kriminalkommissarin.«

Sein Lächeln war hinreißend. Die blonden Haare etwas zu lang, sodass einige Haarsträhnen ihm immer wieder ins Gesicht fielen. Jungenhafter Charme, gepaart mit einer ausgesprochen männlichen Portion Selbstvertrauen und gigantischem Erfolg. Beinahe unwiderstehlich.

»Herr Stockmann, stimmt es, dass Sie länger in Frankfurt bleiben? Werden Sie möglicherweise wieder in Ihre alte Heimat zurückkehren?«

Die Frage eines Pressevertreters, kam vom anderen Ende des Forums und Stockmanns Aufmerksamkeit richtete sich dorthin. Doch ehe er den Kopf drehte, zwinkerte er Alexandra kaum merklich zu. Etwas Verwegenes, Verheißungsvolles lag in diesem Blick.

»Aufgeblasener Blender.« Mischa atmete auf, als der Scheinwerfer die Richtung änderte.

»Wieso? Der ist doch klasse. Supercool.«

»Pschscht!« Zischte es von hinten. Ungeachtet der missbilligenden Blicke, flüsterte sie weiter.

»Du solltest dieses Buch mal lesen, das zieht dir die Schuhe aus. So was Gruseliges und hemmungslos Mordendes hast du noch nicht erlebt.«

»Danke, verzichte lieber.« Mischas Kommentar ging im erneuten Zischen unter. Leser und Journalisten stellten weitere Fragen, ohne jedoch eindeutige Antworten zu erhalten. Dann verabschiedete sich Tobias Stockmann und verließ das Podium, um Autogramme zu geben und Bücher zu signieren. Kaum war der Applaus verebbt, nahm Alexandra das Gespräch wieder auf, als hätte sie nur einmal kurz Luft geholt zwischen zwei Sätzen.

»Das ist der Hammer, wie der die Morde schildert. Alles in Ich-Form. Kann mir echt nicht vorstellen, wie man das hinkriegt, ohne dass einem selbst schlecht wird beim Formulieren. Und dazu beschreibt er den Mörder genau nach seinem eigenen Bild. Verstehst du? Der zieht diese Nummer konsequent durch. Als der vorhin hier reinkam, blieb mir fast das Herz stehen, weil ich sofort dachte: Der Mörder kommt persönlich. Das ist echt …«

»Echt supercool? Du klingst, wie ein Bravo lesender Teenager. Fehlt nicht viel und du fällst kreischend in Ohnmacht.«

»Zum Glück habe ich dich dabei, um auf mich aufzupassen!«

»War mir ein Vergnügen.«

Eine glatte Lüge. Es war nicht zu übersehen, dass er froh war, die Lesung hinter sich gebracht zu haben.

»Auch wenn du dich nicht wirklich amüsiert hast, liebster aller Kollegen, es war eine sup– nein ich verwende besser ein anderes Wort – eine tolle Idee, mir die Einladung zur Buchmesse zu schenken.«

Er brummte etwas Unverständliches und fuhr sich verlegen mit der flachen Hand über die kurz geschorenen Haare. Die meisten waren mittelbraun oder blond. Ein paar graue mogelten sich dazwischen, seit er die Dreißig überschritten hatte. Modell Straßenkötermischlingshund, nannte Alexandra das. Ihr eigener Farbton kam seinem ziemlich nahe.

»Was nuschelst du?«, fragte sie jetzt und schubste ihn gut gelaunt.

»Ist schon gut. Wir könnten vielleicht …«

»Alexandra!«

Durch die Menge der Messebesucher, die zum Stand des Hessischen Rundfunks strömten, drängte sich ein hochgewachsener Mann mit Kameratasche und Notizblock unter dem Arm.

»Ich wusste, dass du das bist! Noch bevor du deinen Namen gesagt hast. So unverschämt schreit nur eine herum.«

»Jörg! Das gibt es nicht – wo kommst du denn her?«

Herzlich umarmten sie einander.

»Das ist ja supercool, entschuldige Mischa, das ist … jetzt weiß ich nicht mehr, was ich sagen soll!«

»Hört, hört!« Mischa grinste, sah aber nicht wirklich fröhlich dabei aus.

»Also«, Alexandra packte beide Männer am Arm, »das schmächtige Kerlchen neben mir ist mein Kollege Mischa. Thomas Michalczyk, der sich den Streifenwagen mit mir teilt.«

»Mein herzliches Beileid.« Jörg reichte ihm die Hand und schüttelte sie kräftig. »Ganztags Alexandra ist fast so schlimm wie lebenslänglich, was? Schmächtiges Kerlchen!«

Er musterte den breitschultrigen, vierkantigen Mann, der nur aufgrund seines Körperbaus größer wirkte als Alexandra. Tatsächlich waren sie exakt gleich groß.

»Und das hier ist Jörg Weber, wie man sieht ein professioneller Schreiberling. Wir haben uns ewig nicht gesehen. Ein uralter Freund von meinem großen Bruder. Uralt kannst du dabei wörtlich nehmen. Inzwischen, warte, satte 43 Jahre alt, wenn ich mich nicht irre? Also ziemlich genau zehn Jahre älter als du, Kleiner.«

Mischa hasste es, wenn sie ihn so nannte – wie sie sehr genau wusste. Weniger wegen der drei Jahre Altersunterschied als wegen seiner Körpergröße.

»Freut mich.« Eine Menge kleiner Fältchen um die tiefblauen Augen zeugten davon, dass Jörg Weber weder einem guten Witz noch der Sonne widerstehen konnte. Die schwarzen Haare waren planmäßig zu einer chaotischen Windstoßfrisur gegelt. Out-off-bed-style.

»Wollen wir einen trinken gehen, Alexandra? Wiedersehen feiern und so? Ich muss zwar nachher noch mal in die Redaktion, aber ein bisschen Zeit habe ich.«

Jörg packte sie an dem langen, geflochtenen Zopf, der über ihre Schulter baumelte, und zog daran.

»Klar gerne. Aber, eigentlich wollte ich mir erst noch ein Autogramm …«

Mit wichtiger Miene fischte Jörg eine Autogrammkarte aus der Jackentasche.

»So eins, vielleicht? Vorsicht, ist noch nicht ganz trocken. So wie du hinter den Ohren.«

»Ha, ha – Schwachkopf.«

»Na, dann nicht.« Demonstrativ öffnete er die Jacke, um die Karte zurückzustecken.

»Hey! Gib her, ich nehme sie trotzdem. Kommst du mit, Mischa? Der Abend ist noch jung. Ich sag dir, von dem alten Knacker hier kann ich dir Geschichten erzählen …«

»Alter Knacker? Soll ich dir mal zeigen, wie fit der Knacker noch ist?« Jörg versuchte erneut, ihren Zopf zu erwischen, aber Alexandra machte schnell einen Hopser zur Seite.

»Au ja, zeig's mir, Gruftie!«

Mischa zog die Lederjacke über.

»Sorry, Alexandra. Ich verabschiede mich jetzt. Macht ihr euch mal einen netten Abend.«

»Bist du sicher? Hey, ich fände es wirklich schön, wenn du mitkommst!« Sie zog ihn am Arm ein Stück beiseite und fügte leise hinzu. »Jörg ist echt nur ein alter Kumpel. Komm schon!«

»Nein, genug Rummel für heute, mir dröhnt der Schädel. Wir sehen uns Montag früh.«

Mischa hob noch kurz die Hand zum Gruß in Jörgs Richtung, klappte den Kragen hoch und verschwand.

Bedächtig schlenderte Jörg näher.

»Habe ich den jetzt vergrault?«

»Nö. Der ist nur mies drauf, weil er ein Bücherhasser ist, den Autor für ein Arschloch hält und seine Frau ihn letztes Jahr sitzengelassen hat. Aber sonst ist er ein echter Schatz. Vergessen wir den Trauerkloß. Sag, was treibst du hier?«

Er schlang beide Arme um sie und presste sie an sich.

»Also zuerst werde ich mal wieder mein Glück bei dir versuchen. Vielleicht liebst du mich ja doch, meine Schöne?«

»Jörg, pack den Klappspaten weg, das Angraben ist so zwecklos wie immer. Du arbeitest, wie ich an deiner Ausrüstung sehe. Hast du die Nase voll von Stuttgart oder von Karin?«

»Du bist so anschmiegsam wie ein Stück Stacheldraht und eklig wie gewohnt. Stuttgart, das ist die richtige Antwort. Mein alter Arbeitgeber gibt mir gnädigerweise einen Job – und Frankfurt hat mich wieder. Karin und die Kinder kommen in ein paar Wochen nach. Spätestens zu Weihnachten. Zur Zeit wohne ich bei deinem Bruder.«

Sein Arm lag wie selbstverständlich um ihre Schulter. Es störte sie nicht. So war es immer gewesen. Der große, schöne Jörg kam und sie schmolz dahin. Mischa hatte wie immer recht. Sie wusste es. Tief in ihrem Innern schlummerte der Bravo lesende, kreischende Teenager und heute durfte er rauskommen zum Spielen.

* * *

Er hatte tagelang kaum geschlafen. Die ganze letzte Woche nicht und auch nicht in der vergangenen Nacht. Wie ungeheuerlich. Dieses erhebende Gefühl. Die Nähe. Diese intensive Nähe! Sie hatten einander in die Augen gesehen. Ihre Hände berührten sich für wenige Sekunden. Er schluchzte auf, überwältigt von der Erinnerung. Das war ein Zeichen. Ganz sicher. Seine Hand zitterte, als er sie betrachtete. Wieder schlug er die erste Seite des Buches auf.

Ich bin das Alpha und das Omega, las er. Der Herr über Leben und Tod.

Ja, Meister! Und ich bin dein Schüler, der dir nachfolgt.

Montag, 15. Oktober

Mit der U-Bahn schaukelte Alexandra durch die erwachende Stadt bis zur Konstablerwache. Nur einen Steinwurf entfernt von dem geschichtsträchtigen Ort, an dem bereits vor mehr als vierhundert Jahren ein Zeughaus der Stadtwehr stand, betrat sie kurz darauf das 1. Polizeirevier im Herzen Frankfurts.

»Morgen, Alexandra!«

»Hey, da kommt sie ja. Guten Morgen, Frau Kriminalkommissarin!«

Alexandra hängte die Jacke über einen Stuhl und legte die Mütze auf ihren Schreibtisch.

»Morgen. Hab ich was verpasst, Jungs? Wieso grinst ihr so dämlich? Korrigiere, noch dämlicher als sonst, und wieso nennst du mich Kriminalkommissarin?«

Fred Engel kaute geräuschvoll einen Apfel und drückte ihr im Vorbeigehen eine Zeitung in den Arm.

»Noch nicht gelesen heute?«

Sie entfaltete das Blatt und lachte laut auf.

»Scharfes Foto! Ich mache mich nicht schlecht, oder? Schade, dass es nicht die Titelseite ist, sondern nur das Feuilleton.«

»Ralf war begeistert. Vor allem, weil drunter steht, du wärst bei der Mordkommission.«

»Echt? Cool.«

Ihr Dienstgruppenleiter, Ralf Steinbrück, konnte die unerwünschte Publicity vertragen, da war sie sich sicher. Auch wenn er, im Dienst der Streifenpolizei, nicht immer gut auf die Kollegen anderer Dienststellen zu sprechen war. Sie unterstellten sich zuweilen gegenseitig Standesdünkel, auch wenn sie das offiziell vehement abstritten. Von Mischa war nur eine Schulter auf dem Foto zu sehen. Er hatte sich schnell genug zur Seite weggedreht. Feigling.

»Auf geht's, ab zum Morgenappell.« Fred klopfte auffordernd neben ihr auf den Schreibtisch.

»Sekunde noch. Erst muss ich den Artikel zu Ende lesen.«

»Obacht, Alexandra, Zuspätkommen geht gar nicht und in Kombination mit dem Foto ist das gewagt.«

»Ist Mischa schon da?«

»Sicher. Kennst ihn doch. Immer der Erste an der Kaffeemaschine.«

Die Zeitung in der Hand, folgte sie den anderen und las im Gehen weiter.

Die kleine Revierküche, in der sie sich zweimal täglich zum Schichtwechsel zusammenrotteten, war bereits gut gefüllt, als Alexandra eintrat. Auf die Pfiffe und Bemerkungen, die sie erneut zu hören bekam, antwortete sie mit selbstgefälligem Lächeln und Siegerpose.

»Nur kein Neid!«

Direkt hinter ihr erschien der Dienstgruppenleiter in der Tür und verneigte sich demonstrativ.

»Na seht mal an, der neue Superstar gibt uns die Ehre! Was tust du beim einfachen Fußvolk, Frau Kriminalkommissarin?«

»Morgen Chef. Ich habe nie gesagt, ich sei bei der Mordkommission. Habe nur gesagt, ich bin Polizistin! Das mit der Kriminalkommissarin war der Stockmann. Mischa kann's bezeugen. Er war dabei!«

»Stimmt. Beides«, verkündete dieser gewohnt einsilbig.

»Mach das nicht zur Gewohnheit, Alexandra. Polizeidienst ist eine seriöse Sache«, im Hintergrund hörte man unterdrücktes Lachen, »und der sind wir verpflichtet. Schadet dem Image, wenn in der Zeitung Bilder von vorlauten Beamten abgedruckt werden.«

»Jawohl Chef, wobei ich noch zu bedenken geben möchte, dass es in diesem Fall immerhin nicht unserem, sondern dem Image der Kriminalpolizei schadet.«

Das Lachen wurde lauter. Eindeutig Fred. Ralf Steinbrück schüttelte den Kopf.

»Kindergarten«, murmelte er. »Genug davon. Zur Sache jetzt. Die Nachtschicht hat folgende Besonderheiten festgehalten …«

* * *

Rote Rosen. Alexandra konnte es immer noch nicht glauben. Umständlich legte sie den Strauß beiseite, fingerte den Schlüssel aus der Jackentasche und öffnete die Wohnungstür.

Rote Rosen. Schon zum zweiten Mal.

Sie warf die Tasche auf die Ablage unter der Garderobe und blieb dann grübelnd mitten im Zimmer stehen. Eine zweite Blumenvase musste sie nicht erst suchen. Es gab nur eine in ihrem Haushalt. Diese verstaubte einundfünfzig Wochen im Jahr in einer Ecke. Maximal eine Woche lang überlebte der Blumenstrauß, den ihre Mutter ihr zum Geburtstag mitbrachte. Das war es dann. Und jetzt zwei Riesensträuße innerhalb von zwölf Stunden. Um die Kommentare der lieben Kollegen zu stoppen, hatte sie den Streifenwagen höchstpersönlich zweckentfremdet, zum privaten Blumenabtransport. Aus den Augen, aus dem Sinn. Mischa hatte getobt. Da nutzte es auch nichts, dass sie ohne Blaulicht fuhr. Aber sie hätte die beiden monströsen Gebinde unmöglich mit der U-Bahn befördern können.

Entschlossen schleppte sie die dunkelrote Pracht ins Bad und füllte den Putzeimer mit frischem Wasser. Nicht sehr elegant, aber besser, als sie vertrocknen zu lassen. Dann wuchtete sie das Ensemble hinüber ins Wohnzimmer und rückte es so neben dem niedrigen Tisch mit der Vase zurecht, dass der neongrüne Eimer fast nicht mehr zu sehen war.

Im Schlafzimmer zog sie die Schuhe aus, warf die zerknüllten Socken im hohen Bogen in den Wäschekorb und hängte die Uniform zum Lüften ans Fenster. Nach zwölf Stunden Dienst legte sogar sie diese gerne ab. Auch wenn sie sie mehr liebte als jedes andere Kleidungsstück. Silke behauptete immer, sie sei ein Uniformfetischist. Krankhaft darauf geprägt seit frühster Jugend. So ganz konnte sie diesen Verdacht nicht entkräften. Ihr war längst klar, dass sie die Uniform auch deshalb so sehr liebte, weil sie ihr Sicherheit gab. Die Sicherheit, anerkannt zu werden, die Sicherheit richtig angezogen zu sein und nicht an weiblichen Attributen gemessen zu werden. Sie war kein zartes Weibchen. Weder innerlich noch äußerlich. Eher robust in jeder Beziehung. Das machte das Leben mit Männern nicht immer leicht. Und ihr Selbstbewusstsein hängte sie regelmäßig mit der Wäsche in den Schrank.

Wie sie es geschafft hatte, bei der Lesung plötzlich über sich hinauszuwachsen und quer durch den Saal zu rufen, war ihr ein Rätsel. Klar, unter Freunden kannte man ihr loses Mundwerk, aber in fremder Umgebung bekam sie die Zähne nicht auseinander. Wahrscheinlich hatte es an Mischa gelegen. Seine Nähe bot ihr Deckung.

Routiniert entlud sie ihre Waffe, verstaute diese im Safe in der untersten Ecke des Kleiderschranks und das Magazin mit der Munition in der Küche. Nun nur noch das Feierabendjoghurt aus dem Kühlschrank holen und ab auf die Couch. Zufrieden kuschelte sie sich in die Kissen und angelte nach ihrer Lektüre. Ein Stapel Tageszeitungen und Stockmanns bestialisch guter Thriller. Dreimal hatte sie ihn bisher gelesen. Aber jetzt erschien er ihr interessanter als je zuvor. Sie zog den Deckel vom Joghurtbecher und leckte ihn genüsslich ab, während ihre Augen noch einmal den Zeitungsbericht überflogen. Von ihr war gar nicht wirklich die Rede. Nur unter dem Foto stand:

»Frankfurter Mordkommission schickt Kommissarin zum Verhör in die Lesung eines Bestsellerautors auf der Buchmesse.«

Und im Text dann die Frage, ob man ihn wohl tatsächlich verdächtige, ein Mörder zu sein. Daneben, weit größer als das Foto von ihr, ein Porträt Stockmanns. Mit diesem Blick. Von unten, an der losen Haarsträhne vorbei, die linke Augenbraue leicht hochgezogen, mit spöttischem Lächeln. Direkt in die Augen. In den Magen.

Sie schob einen Löffel Joghurt in den Mund und seufzte. Lecker. Viel zu lecker. Entschlossen schubste sie Stockmann vom Sofa.

Wenn sie nur wüsste, wer für die Rosen verantwortlich war. Noch während des morgendlichen Kaffeeklatsches, die erste Lieferung. Als ob das mit dem Foto nicht genug gewesen wäre. Vielleicht ein gemeinschaftlicher Scherz der lieben Kollegen. Rosen für die Kommissarin. Nicht Rosen für den Staatsanwalt. Da gab es doch ein Buch, oder war es ein Film? Egal.

Den Jungs würde bald der Spaß an diesem Spiel vergehen. Sie nahm es demonstrativ nicht wichtig und das Spiel kostete die Kerle eine Menge Geld. Von Schnittblumen verstand sie nicht viel, aber diese hier waren edel. Als der Bote zur Tür hereinkam und ihr die Rosen in die Hand drückte, hatte Alexandra ein wunderbar dämliches Gesicht gemacht. Fred schaffte es, rechtzeitig sein Handy zu zücken und den Augenblick auf einem verwackelten Bild zu verewigen. War ja klar. Schwer zu widerstehen. Hätte sie genauso gemacht an seiner Stelle.

Auch nicht schwer zu erraten, dass dieses Foto morgen einen Platz am Schwarzen Brett einnehmen würde. Vermutlich mit einem Fahndungsaufruf. »Gesucht wird: der heimliche Verehrer, der Kollegin Müller mit Rosen überhäuft.« Oder so ähnlich. Ein echter Verehrer, wenn es so etwas heute überhaupt noch gab, hätte eine Karte mitgeschickt. Oder die Blumen nach Hause liefern lassen und nicht auf die Dienststelle. Aber auf so einen musste sie nicht warten. Romantik fand in ihrer Welt nicht statt. Gereizt klopfte sie sich mit dem Löffel gegen die Zähne.

Wieso eigentlich nicht? Wo bleibt mein jugendlicher Held?

Sie schleuderte den Thriller ans Fußende der Couch, stand auf und räumte den Abfall in die Küche.

In der hintersten Ecke des Küchenschranks lag gut versteckt eine einsame Tafel Schokolade. Ungeduldig riss sie die Verpackung auf und biss gierig hinein. Mit geschlossenen Augen stöhnte sie auf. Gutes Essen ist der Sex des Alters, pflegte ihre Mutter zu sagen, wenn ihr Vater sich über seine Speckröllchen beschwerte.

Bin ich schon so weit, wenn mir ein Stück Schokolade solche Laute entlockt? Ihr Blick streifte die Rosen. Ach nein. Romantische Liebe.

Das war der wunde Punkt. Sie schnappte die Fernbedienung mit der einen, die Kuscheldecke mit der anderen Hand und plumpste zurück auf ihren Lieblingsplatz.

»Roschamunde, wo bischt du?«, brummelte sie, die Tafel Schokolade zwischen den Zähnen, und zappte eifrig durch die Kanäle. Irgendwo lief immer eine Rosamunde-Pilcher-Verfilmung. Oder etwas ähnlich Sentimentales.

»Na bitte, geht doch!«

Eine einsame Hütte am Fjord und ein gut gebauter Skandinavier. Was brauchte sie mehr für einen einsamen, herzergreifenden Fernsehabend? Ihre Zähne gruben sich erneut in die Schokolade.

»Scheische, wo schind die Taschentüscher?«

Dienstag, 16. Oktober

Der nächste Morgen hielt eine weitere Überraschung für sie bereit. Diesmal kam kein Bote. Vor der Wohnungstür lag eine einzelne Rose. Und eine Karte.

Wenig später stand Alexandra im Polizeipräsidium, klopfte energisch an eine Bürotür und öffnete, ehe jemand antworten konnte. Hinter dem Schreibtisch saß Kriminalhauptkommissar Conrad Neumaier, Dienstgruppenleiter im K11, vor ihm ein Berg Akten. Mordkommission, sagte er üblicherweise nur, wenn man ihn nach seiner Arbeit fragte. Das verstand jeder. Die genauen Bezeichnungen hörten sich im normalen Leben einfach zu sperrig an. Oder nach Angeberei. Kriminalkommissariat Tötungsdelikte, Leichen- und Vermisstensachen.

»Dienstlich oder privat?« Er hob nicht mal den Blick.

»Privat.« Sofort legte er den Stift beiseite.

»Ach, du bist es, Alexandra! Setz dich, was kann ich für dich tun?«

Er faltete die speckigen Hände und lehnte sich zurück. Alexandra machte es sich in einem knarrenden Ledersessel bequem und deutete anklagend auf die halb geleerte Kaffeetasse, die zwischen den Papieren stand.

»Also erstens lernt man auf unserer Dienststelle, dass volle Kaffeebecher nicht auf den Schreibtisch dürfen. Weißt du, was los ist, wenn der umkippt? Zweitens sieht die Tasse widerlich aus, mit dem eingetrockneten Rand, die muss mal wieder gespült werden, und drittens sollst du überhaupt keinen Kaffee mehr trinken, wegen deinem Herz und …«

»Und du hältst nun den Schnabel! Ich freu mich, dich zu sehen, aber mein Herz und mein Schreibtisch sind mein Bier und jetzt komm zur Sache.«

»Du hast viel zu tun?«

»Alexandra, was gibt's?«

Sie verzog schmollend das Gesicht. Conrad Neumaier war ein Freund ihres Vaters. Gemeinsam waren sie im Streifendienst gewesen, ehe Neumaier zur Mordkommission wechselte. Sie selbst kannte ihn seit Kindertagen und legte großen Wert auf seine Meinung. Bei Schwierigkeiten suchte sie oft seinen Rat. Dass er seit geraumer Zeit Herztabletten schluckte, bereitete ihr ernsthaft Sorgen. Mit seinen zahlreichen Pfunden zu viel auf den Hüften, verschärfte sich das Problem. Außerdem sah er dadurch deutlich älter aus, trotz der vollen, dunkelblonden Haare. Aber dieses Thema wollte sie heute nicht vertiefen.

»Spuck schon aus, was ist los?«

Unruhig rutschte sie nach vorn auf die Sesselkante.

»Ich habe ein Date.«

»Gratuliere.«

»Aber, das ist nicht so einfach.« Wie immer, wenn sie nicht weiter wusste, kaute sie auf ihrer Oberlippe.

»Sag nicht, so eine Blind-Date-Internetgeschichte? Und jetzt hast du Schiss, dass der Typ ein Spinner ist?«

»So tief bin ich noch nicht gesunken. Aber ich habe den Mann erst ein Mal gesehen.« Sie zögerte. »Und ich kenne seine Bücher.«

Conrad Neumaier horchte auf.

»Du meinst doch nicht etwa diesen selbstgefälligen, affektierten … mir fällt keine passende Beschimpfung mehr ein … diesen Stockmann? Dem du dein Erscheinen in der Presse verdankst?«

* * *

Er blieb wie immer ganz allein. Die anderen lachten über ihn, als sie sich am Mainufer auf den Bänken niederließen und die Sonne genossen, die um die Mittagszeit angenehm wärmte.

Er suchte ein anderes Licht. Lieber verbrachte er die ganze Pause im Wagen, als mit denen zu reden. Die wussten nichts. Gar nichts. Er war anders. Ein Wissender.

Einer rief dort draußen seinen Namen. Aber Namen bedeuteten nichts. Er hatte seinen Namen oft gewechselt. Jetzt benutzte er wieder den, unter dem *Er* ihn gekannte hatte. *Er*, der ihm den Weg zeigte. Mit *Seinem* Buch hatte *Er* ihm die Augen geöffnet. Eine neue Sicht der Welt. Die Botschaft, auf die er so viele Jahre gewartet hatte.

Es interessierte ihn nicht, was andere von ihm dachten.

Mittwoch, 17. Oktober

Draußen dämmerte es bereits. Alexandra nagte an ihrem Kugelschreiber und schaute vom Schreibtisch auf. Mischa saß ihr gegenüber, rieb sich mit der flachen Hand den Nacken und gähnte.

»Ich hasse diesen Papierkram.« Er stand auf, reckte die Arme nach oben, dehnte die Muskeln und öffnete das Fenster.

Hoffentlich brachte die Sauerstoffzufuhr auch ihren müden Kreislauf wieder in Schwung. Noch eine Stunde bis zum Feierabend und sie hatte es Mischa immer noch nicht erzählt. Es machte sie nervös. Leicht aggressiv. Sie dachte ernsthaft darüber nach, ihm das halbausgefüllte Formular zusammengeknüllt an den Kopf zu werfen. Sie konnte ihn sicher treffen, so wie er da stand, in voller Breite vor dem Fenster.

»Du musst nicht darauf warten, dass ich das alleine fertig mache«, raunzte sie ihn an.

In den frühen Morgenstunden waren sie zu einem handgreiflichen Streit zwischen zwei angetrunkenen Eheleuten gerufen worden. Alte Bekannte. Man traf sich öfter zu ähnlichen Anlässen. Möbelstücke flogen, Fäuste ebenso. Am Ende hatten die beiden Kontrahenten eine ordentliche Anzahl blauer Flecke, Schürfwunden und sogar ein Messer schien im Spiel gewesen zu sein. Nachdem die Nachbarn die Polizei alarmiert hatten, stritten sie einvernehmlich ab, irgendwelche Probleme gehabt zu haben. Wie der Fernseher in den Vorgarten gekommen war und dass sie angeblich zu laut gewesen sein sollten, konnten sie sich nicht erklären. Unter Heulen und wüsten Beschimpfungen machten sie ihre phantasievollen Aussagen und ließen die obligatorische Blutprobe auf dem Revier nur unter Protest über sich ergehen. Jetzt mussten alle Details akribisch aufgelistet und systematisch in Protokollen und Vordrucken festgehalten werden.

Alexandra entschied sich für den Kugelschreiber als Wurfgeschoss, um die halbfertige Schreibarbeit nicht wieder von vorn anfangen zu müssen. Sie traf Mischa genau zwischen die Schulterblätter.

»Hey, Faulpelz! Los jetzt. Weißt du, in dem Buch, das ich gerade lese …«

»Verschone mich mit deinen Bücherweisheiten!«

»Aber es ist echt spannend!«

Mischa hockte sich auf den Rollenstuhl, drehte sich einmal im Kreis und streckte dann die Beine weit von sich.

»Ich will es trotzdem nicht hören. Du hast mir schon die ganze Nacht aus diesem Buch erzählt. Lass uns einfach unsere Arbeit machen.«

»Du hast keine Ahnung, was dir alles entgeht, du notorischer Nichtleser!«

»Kann sein. Aber ich habe ja dich, du wandelndes Hörbuch.« Er warf den Kugelschreiber zurück und Alexandra streckte ihm die Zunge raus. »Außerdem weiß ich, was du verpasst. Das Leben. Das findet nämlich nicht auf deinem Sofa unter der Lesedecke statt. Sondern draußen in der Welt, zwischen echten Menschen.«

Jetzt machte er sie richtig wütend.

»Und das weißt ausgerechnet du so ganz genau? Warst du schon mal auf meinem Sofa, unter meiner Lesedecke? Die Welt und die Menschen sehe ich den ganzen Tag. Das reicht. Davon abgesehen, wann warst du zuletzt richtig aus? Und damit meine ich nicht mit mir. Das zählt nicht. Seit einem Jahr verkriechst du dich unter Neumaiers Küchentisch.«

Einen Moment lang schaute er sie nachdenklich an, dann nickte er langsam.

»Dass auf deinem Sofa kein Platz für mich ist, habe ich nicht vergessen. Keine Angst.«

»So habe ich das doch nicht gemeint!« Zerknirscht biss sie sich auf die Lippen. »Tut mir leid!«

Mischa hob abwehrend die Hand.

»Kein Problem für mich. Du hast davon angefangen. Die Geschichte ist Ewigkeiten her. Aber das andere …«

»Entschuldige, ich bin eine echt blöde Kuh. Mann, du weißt doch, wie ich bin! Meine Klappe ist halt manchmal schneller als mein Verstand. Du hast mich geärgert. Aber du hast natürlich vollkommen recht, wenn du dir Zeit lässt. Und mich geht das nicht das Geringste an.«

Mit der Hand machte er ihr Zeichen, sie solle mit dem Quaken aufhören.

»Zerbrich dir nicht meinen Kopf, ja? Im Gegensatz zu dir treibe ich regelmäßig Sport. Und dabei bin ich durchaus mit anderen Menschen zusammen.«

»Polizisten, Mischa. Kollegen, keine normalen Menschen.«

»Du könntest ruhig mal wieder mitkommen, dann kann ich dich auf die Matte legen.«

»Ich lasse mich nicht gern aufs Kreuz legen, auch nicht von dir. Außerdem gehe ich zum Schießtraining.«

Er lachte leise und rollte mit dem Stuhl zurück an den Schreibtisch. »Oh ja, ich weiß. Beim Schießen entwickelst du fast so viel Ehrgeiz wie beim Hochleistungssofahocken.«

»Zu deiner Beruhigung, was das betrifft, ich werde nicht auf meinem Sofa verrotten. Morgen Abend gehe ich aus.«

»Allein?«

»Quatsch, dann wäre es ja keiner Erwähnung wert. Du errätst nie, mit wem.« Ihr Herz klopfte ungehörig laut.

»Mit deinem Journalistenfreund oder mit Silke oder mit dem Kollegen Hoffmann aus der Verwaltung, der die Hosen bis unter die verschwitzten Achseln hochzieht?«

»Äh, igitt! Ich sag doch, du kommst nicht drauf!«

Mischa hob die Schultern, dann beugte er sich zu ihr herüber und schnappte sich eines der unfertigen Formulare.

»Na los, raus damit, bevor du dran erstickst.«

»Mit Tobias Stockmann!« Triumphierend erwartete sie seine Reaktion.

»Dem arrogantesten Mörder von allen?« Er schien nur mäßig beeindruckt.

»Der Mann ist Schriftsteller. Ein guter und erfolgreicher. Er hat mich zum Essen eingeladen.«

»Vorsicht bei dem Typ.«

»Wieso? Der schreibt doch nur über Mörder. Keiner sagt, dass er einer ist.«

»Doch. Er selbst. Er spielt mit dem Mörderimage. Finde ich unsympathisch.«

»Alles nur Show.«

Mischa verzog das Gesicht. »Wenn du meinst. Mir ist er zu eingebildet. Der erwartet, dass ihm alle zu Füßen liegen. So wie der dich angeguckt hat, verspeist er dich zum Nachtisch. Darum sage ich nur: Vorsicht. Machen kannst du, was du willst.«

»Danke! Und was den Nachtisch betrifft …«

»Will ich gar nicht wissen«, fiel Mischa ihr ins Wort.

»Hey, wieso? Keine Lust auf pikante Details? Ich habe da mal ein Buch gelesen …«

»Nicht schon wieder! Geh, mach was du willst, aber erspare mir den Rest!«

* * *

Er wartete. Es machte ihm nichts aus. Schon seit Tagen kam er regelmäßig zum Hotel, um *Ihn* zu sehen. Während der Buchmesse war es einfacher gewesen. Scharen von Menschen hatten die Lobby des Maritim bevölkert. Er war nicht aufgefallen, auch wenn er keine Business-Bekleidung trug. Eine Tragetasche mit Verlagslogo reichte, um ihn als Messebesucher auszuweisen. Der Page, der sich in seiner albernen Uniform mit den Koffern der Gäste herumquälte, kannte ihn inzwischen, begrüßte ihn ganz selbstverständlich, obwohl er nie Gepäck mitbrachte und daher von ihm auch kein Trinkgeld zu erwarten war.

Viele Stunden hatte er auf den kleinen schwarzen Ledersesseln verbracht, die Rezeption, den Eingang und die Aufzüge fest im Blick. Vom Restaurant aus war es schwieriger, die Bewegungen des

Meisters zu überwachen. Zweimal hatte er sich nah heran gewagt, als *Er* mit der Concierge sprach. Zimmer 652 im Superior Floor. Zu gerne wäre er *Ihm* dorthin gefolgt. Nur um auf dem Flur neben der Tür zu stehen und zu wissen, dass *Er* auf der anderen Seite war, schlief, atmete. Doch die Sicherheitsvorkehrungen des Hotels erlaubten ihm nur, das Foyer zu betreten. Alle anderen Bereiche waren den Gästen mit Schlüsselkarte vorbehalten. Aber er würde einen Weg finden, *Ihm* nah zu sein. Er konnte nicht zulassen, dass ein anderer den Platz an *Seiner* Seite einnahm, den er so sehr begehrte.

⋆⋆⋆

Frisch geduscht und eingehüllt in eine ungewohnte Wolke aus Parfüm, drehte Alexandra Runden vor ihrem geöffneten Kleiderschrank. Ein Date. Das erste seit Monaten. Ein Mann, von dem sie fast nichts wusste. Noch nie war sie mit einem völlig Fremden ausgegangen. Noch nie hatte sie vorher so lange darüber nachgedacht, welchen Eindruck sie machte.

Zwischen ihren nackten Zehnen kribbelten die langen, weichen Teppichfasern. Unschlüssig zupfte sie hier und da ein Wäschestück heraus, hielt es an den Körper, begutachtete den Anblick und warf es dann mit mürrischem Grunzen aufs Bett. Aus dem Spiegel starrte ihr ein blasses, trotziges Gesicht entgegen. Dieser schmollende Ausdruck passte nicht zu ihrem Selbstverständnis. Dabei verfügte sie nicht über den klassischen Schmollmund, mit ausgeprägt roten, sinnlichen Lippen, die Männer in den Wahnsinn trieben. Nein. Beleidigt sah sie aus. Beleidigt und langweilig.

Schminken! Wie ein Blitz durchfuhr sie der Gedanke, um sofort wie eine billige Sylvesterrakete vor ihren Augen zu verpuffen. Alexandra schminkt sich – ein Experiment, das sie periodisch wiederkehrend und erfolglos während der Pubertät betrieben hatte. Schmerzhafte Erinnerungen an Wimperntusche, tränende Augen und peinliche Malkünste in Lidschattengrün und Lippenstiftpink.

Einzig ein uralter, brauner Kajalstift musste noch da sein. Sie schwankte. Überlegte. Schwankte. Dann sprintete sie ins Bad und durchwühlte die Schublade. Ihr triumphierendes Indianergeheul, als sie fündig wurde, brachte sie selbst zum Lachen. Kriegsbemalung. Männerjagd.

Sie zog vorsichtig am unteren Lidrand und setzte den Stift an. Immerhin das konnte sie. Probehalber blinzelte sie ihrem Spiegelbild zu. Akzeptabel. Aber sie war noch immer nackt. Ihr blieben vierzig Minuten. Ratlos griff sie zum Telefon. Dann blätterte sie durch ihr Adressbuch.

Silke? Nein. Zu viele Fragen. Dauerte zu lange.

Mutter? Wird das was Festes, hast du Kondome eingepackt? Sind die auch noch nicht abgelaufen? Dein Verbrauch ist ja nicht besonders hoch.

Nein. Nicht Mutter.

Eine halbe Stunde noch. Klarer Fall von Verdrängung. Üblicherweise stülpte sie im Gehen einen bequemen Pullover über, dazu die älteste Jeans und das war es dann.

What you see is what you get. So bin ich eben.

Sie zog die Oberlippe zwischen die Zähne, kaute darauf herum und seufzte. Mischa konnte sie diesmal nicht anrufen.

Drei Minuten vor Abfahrt der U-Bahn nahm sie die Abkürzung durch den Garten, rannte quer über den Spielplatz, kreuzte die Straße bis zur Mitte und gelangte zwischen den Fahrbahnen zur U-Bahnhaltestelle. Der Zug fuhr gerade ein. Punktlandung. Mit erleichtertem Seufzen ließ sie sich auf den Sitz fallen und sah gerade noch, wie vor dem Fenster das Schild mit der Aufschrift »Große Nelkenstraße« aus ihrem Blickfeld verschwand. Sie presste die Nase gegen die kalte Scheibe, schemenhaft erkannte sie die letzten Gebäude des Stadtteils Hausen und die dunkle Silhouette einer Schrebergartenanlage. Dahinter leuchtete magentafarben die Spitze des Ginnheimer Spargels. Erst nach dem nächsten Halt verschwand der Zug im Tunnel unter der Stadt. Alexandra zwang sich, ruhig zu atmen. Acht Minuten Fahrt trennten sie von ihrem Ziel. Acht Minuten und ein paar Meter Fußweg. Aus ihrem Lieblingspullover unter der Jacke duftete es verführerisch. *Oh Gott, ich fahre zu einem Date!*

Beim Aussteigen vernebelten ihr rosarote Rosamundewölkchen die Sicht. Die Rolltreppe war viel zu langsam. Sie drängte sich an den anderen Passagieren vorbei, sprang ungeduldig die Stufen hinauf ins Freie. Links von ihr ragte die Alte Oper in den Abendhimmel, perfekt in Szene gesetzt, mit festlicher Beleuchtung, aber das ließ sie kalt. Mit städtebaulichen Wahrzeichen konnte sie noch nie viel anfangen. Für sie zählten die Menschen. Und heute zählte nur einer.

Alexandra ignorierte die rote Ampel und konnte sich nur mit Mühe im Zaum halten, um nicht zu rennen. Schon von Weitem erkannte sie Tobias Stockmann, wie er in kleinen Kreisen über das unebene Pflaster schritt und die Hände auf dem Rücken verschränkt auf sie wartete. Mitten in ihrem Revier. Aber auch das war ihr jetzt gleichgültig. Vermutlich würde sie gleich keinen Bissen herunterkriegen, auch wenn sie das Steakhouse liebte, vor dem er seine Runden drehte. Er konnte das unmöglich wissen, nicht einmal ahnen. Sie sah es als gutes Vorzeichen an, dass er genau dieses Restaurant ausgesucht hatte. Der Mann war einfach ein Traum.

Aufatmend stellte sie beim Näherkommen fest, dass auch er sich nicht in Schale geworfen hatte. Zu einer verwaschenen, leicht ausgefransten Jeans trug er einen Sweater mit Kapuze, wie schon bei der Lesung, und sah einfach umwerfend aus. Fast wie ein Teenager. Mit diesem unglaublichen, leicht verlegenen Lächeln.

Er führte seinen letzten Kreis zu Ende und blieb dann dicht vor ihr stehen.

»Ich freue mich, dass du wirklich gekommen bist, meine Kommissarin.« Er fasste ihre Hand und hob sie sanft an die Lippen, wobei er sie nicht aus den Augen ließ. Die warme, tiefe Stimme rumorte in ihrem Bauch, und sie verzieh ihm die vertrauliche Begrüßung sofort, ohne sich dessen bewusst zu sein.

»Aber ich bin nicht wirklich bei der Mordkommission!«

Schlagartig färbten sich ihre Wangen in tiefem Rot. Wie immer, wenn sie gezwungen war, außerdienstlich mit einem schönen Mann zu sprechen.

»Das weiß ich doch.« Sein Lachen umschmeichelte ihre Sinne. »Aber es macht mir Spaß, den bösen Buben zu spielen, der sich zu einem heimlichen Rendezvous mit der Vertreterin von Recht und Ordnung trifft.«

Er dirigierte sie mit einladender Geste zum Eingang.

»Heute Abend will ich nicht über mich reden. Und nicht über meine Arbeit. Ich bin sehr neugierig auf dich.«

Sein Aftershave streifte ihre Nase, als er schwungvoll die Tür für sie öffnete. Sie hielt den Atem an.

»Erzähl mir, wer du bist, Alexandra. Ich will alles über dich erfahren, was es zu erfahren gibt.«

Erstaunt hob sie den Blick von seiner Hand, die ihre immer noch festhielt, und fand endlich die Sprache wieder.

»Den ganzen Abend über mich reden? Ich fürchte fast, das wird dann ein kurzer Abend.«

Doch entgegen Alexandras Befürchtung wurde der Abend lang und alles andere als langweilig. Kurz vor Mitternacht verließen sie das Restaurant und Alexandra bestand darauf, mit der U-Bahn nach Hause zu fahren. Tobias begleitete sie bis zum Bahnsteig und wartete mit ihr auf die Einfahrt des Zuges.

»Du bist wirklich ganz anders, als ich es von einer Polizistin erwartet hatte.« In seiner Stimme lag echtes Erstaunen.

»Das klingt nicht gerade nach einem Kompliment – schließlich hast du dich mit einer Polizistin verabredet.«

»Oh, das ist es aber! Wobei ich nicht genau sagen könnte, was ich mir vorgestellt habe. Vielleicht fürchtete ich eine Enttäuschung in Gestalt einer langweiligen Bürokratin? Jedenfalls hatte ich keine Moorhuhnjägerin, keinen bekennenden E-Mail-Junkie oder schokoladensüchtigen, klassikbelesenen Kinofan erwartet! Du könntest tatsächlich all meine Pläne über den Haufen werfen.«

»Welche Pläne?«

Er strich mit den Fingerspitzen ihre Schläfe entlang und zog dann den Zopf über ihre Schulter nach vorn.

»Unwichtig«, wich er aus. »Viel wichtiger ist: Wann sehen wir uns wieder? Morgen?«

»Da bin ich schon verabredet.« Alexandra zog eine Schnute. Es kribbelte heftig in ihrem Bauch, trotzdem hatte sie nicht vor, der Versuchung nachzugeben und Jörg abzusagen. Freunde ließ man nicht einfach hängen.

»Und Freitag kann ich nicht, wichtiger Termin. Was ist mit Samstag?«

»Samstagmittag, aber später muss ich zum Nachtdienst.«

»Verdammt lange bis Samstag.« Er drehte immer noch ihren Zopf in seiner Hand. »Ich zähle die Stunden, Alexandra.«

Donnerstag, 18. Oktober

Kurz nach sechs Uhr erwachte Tobias in seinem Hotelzimmer. Er schaltete die Nachttischlampe ein, setzte sich auf und überflog ein letztes Mal das Dossier, das neben seinem Bett lag. Jetzt brauchte er es nicht mehr. Die PR-Abteilung hatte ganze Arbeit geleistet. Ein kompletter Lebenslauf und umfangreiche Angaben zu allen relevanten Personen in Alexandras Umfeld. Nahezu lückenlos. Er wusste einfach gerne, mit wem er es zu tun hatte, bevor er sich auf irgendetwas einließ. Natürlich hätte er all das auch selbst herausfinden können. Doch es war bei Weitem eleganter, es andere tun zu lassen. Er musste nur erwähnen, dass er ein Rendezvous plante, und schon flatterten ihm die Informationen ins Haus. Der Verlag überließ nichts dem Zufall, was ihm sehr entgegenkam. Und es gab keine Spur, die zu ihm führte. Mit leisem Lachen schüttelte er den Kopf. Das musste er wohl als Berufskrankheit verbuchen: Wann immer es möglich war, vermied er es, Spuren zu hinterlassen. Von jedem Klick im Internet blieb eine Signatur, die zurückverfolgt werden konnte, von jedem Anruf, jedem Fax. Ein Ausdruck jedoch, der von Hand zu Hand gereicht wurde, konnte sich nur noch selbst verraten. Sein Daumen strich sanft über die Zeilen: Vorlieben, Abneigungen, Freunde. Alexandra hatte ihm alles bestätigt. Es war erstaunlich, wie durchsichtig der Mensch inzwischen geworden war.

Er stand auf und ging zum Schreibtisch. Dann knüllte er das Papier zu einer dichten Kugel zusammen, legte diese in den Aschenbecher und entzündete ein Streichholz. Fasziniert beobachtete er, wie sich eine feine Rauchsäule kräuselte und die Flammen die Worte genüsslich auffraßen. Genauso sollte es sein: Verzehrend, brennend vor Leidenschaft. Er war bereit, mit dieser Frau so ziemlich jedes denkbare Tabu zu brechen. Bis auf eines.

Vorsichtig schob er mit dem Zeigefinger die Asche vom Rand zur Mitte. Er zog den Vorhang beiseite und öffnete das Fenster.

Sofort brandete Verkehrslärm von der Bundesstraße herauf. Zwischen den Fahrspuren täuschte eine Grünanlage mit Teich idyllische Ruhe vor. Ein paar Spatzen zwitscherten in den kahlen Bäumen auf dem weiten Platz, der sich vom Hotel bis zur Festhalle erstreckte. Trotz ihrer auffälligen Fassade, wirkte sie auf ihn unscheinbar, stand eindeutig im Schatten der Moderne. Direkt vor ihm erhob sich der Messeturm, hinter dem sich der Himmel rosa färbte und die schlafende Silhouette der Stadt zum Leben erweckte. Dies war die Stunde des Tages, die Tobias mehr liebte als jede andere. Die Stunde des Aufbruchs, der Erneuerung; der Sieg des Kommenden über das Vergangene. Ein theatralischer Augenblick, geschaffen für Symbolik und Rituale. Er streckte den Arm mit dem Ascher weit hinaus. Eine Windböe erfasst die grauen Flocken, riss sie mit sich und trug sie davon.

»Ich nehme, was du mir anbietest, Frankfurt. Und am Ende gebe ich dir alles zurück.«

Er pustete in die Aschereste, die noch am Glas festklebten. Einige Krümel stoben senkrecht empor und er rieb sich die brennenden Augen.

»In Zukunft muss ich vorsichtiger sein.«

Freitag, 19. Oktober

Mischa hatte sie nicht gefragt. Wenn er nicht bald den Mund aufmachte, würde sie platzen. Es konnte nicht sein, dass er nicht wissen wollte, wie der Abend mit Stockmann verlaufen war. Alexandra musste unbedingt wissen, was er darüber dachte, ehe sie Tobias wieder traf. Die Zeit bis dahin erschien ihr unerträglich lang. Im Augenblick war allerdings an ein persönliches Gespräch nicht zu denken. Ausgerechnet auf der Rückseite der Liebfrauen-Kirche, kurz vor dem Durchgang zum Kloster, mussten zwei Kampfhähne auf Distanz gehalten werden. Eine Angestellte aus dem gegenüberliegenden Laden hatte eine beginnende Schlägerei gemeldet. Fröstelnd lehnte sie mit dem Rücken an der Hauswand und deutete wortlos auf die beiden Männer, von denen einer den anderen immer noch im Schwitzkasten hielt.

»Auseinander!« Mischas Stimme brachte etliche Passanten zum Stillstand, die Angesprochenen dagegen hielten einander weiter umklammert und drehten sich laut schimpfend im Kreis.

»Der wollte mein Rad klauen«, keuchte der Eingeklemmte und versuchte, sich durch Ellbogenstöße zu befreien.

»Der lügt, der Arsch!«

Mischa packte den mutmaßlichen Dieb von hinten mit einer Hand im Nacken, die andere griff einen Arm. Alexandra zog von vorn und befreite den Kopf des zweiten Mannes, der aber nichts Besseres zu tun hatte, als nun seinerseits zum Angriff überzugehen.

»Schluss jetzt!« Alexandra drehte ihm den Arm auf den Rücken, bis er aufgab. »Was habt ihr für ein Problem?«

Beide brüllten gleichzeitig drauflos.

Auch jetzt machte die Frau auf der anderen Straßenseite keine Anstalten, sich auch nur einen Schritt zu bewegen. Sie nahm den Polizei-Einsatz als willkommene Unterbrechung ihrer Arbeit, nutzte die Gelegenheit, sich eine Zigarette zu gönnen. Alexandra ärgerte sich, sie lieferte nicht gerne das Showprogramm für andere.

»Stopp. Und jetzt noch mal von vorn, und zwar leise, junger Mann. Du hast also nicht versucht, dieses Fahrrad zu stehlen?«

Mischa begutachtete das strittige Objekt, dessen Schloss Spuren erheblicher Gewalteinwirkung zeigte. Daneben stand eine inzwischen etwas zerzauste Topfpflanze.

»Ey, sehe ich so aus, als ob ich Fahrrad fahren will, oder was?« Der Angesprochene strich sich die dunklen Haarstoppel glatt und rümpfte beleidigt die Nase. »Mann, Fahrradfahren ist so was von überhaupt nicht cool, ey. Was soll ich mit so einem Ding, Alter?«

»Vorsicht! Ich bin nicht dein Alter, verstanden?«

Alexandra amüsierte sich, es war gar nicht so einfach, dem jungen Türken die Luft rauszulassen.

»Klar hat er das versucht. Hab ich doch gesehen, ich bin doch nicht blind!« Der Fahrradbesitzer war etwa Mitte zwanzig und im Vergleich eine halbe Portion, trotzdem ging er schon wieder in Kampfposition.

»Ey, willst du noch was auf die Fresse oder was? Kannst du kriegen, ich …«

Alexandra sah deutlich, dass der Teenager mit den Bodybuildermuskeln das Angebot nicht zum ersten Mal aussprach und es durchaus ernst meinte. Doch das Rad war teuer, vermutlich arbeitete der dürre Blonde damit als Kurier. Er hatte seinen Besitz wie ein Löwe verteidigt. Die Nase und das linke Auge trugen eindeutige Abdrücke der gegnerischen Fingerknöchel.

»Ich habe nur gesehen, wie sie sich geschlagen haben. Was vorher war, weiß ich nicht«, meldete sich jetzt die Raucherin zu Wort, ohne damit die Sachlage zu erhellen. Offenbar fürchtete sie, als Zeugin zwischen die Fronten zu geraten.

»Zu Ihnen komme ich gleich noch«, rief Alexandra ihr zu, was auf wenig Begeisterung stieß.

»Och, nö. Ich muss wieder arbeiten.« Plötzlich hatte sie es eilig, die Zigarette loszuwerden und zu verschwinden.

Mischa legte dem potentiellen Dieb, der sich schon wieder drohend aufplusterte, besänftigend die Hand auf die Schulter.

»Ganz ruhig. Bleiben wir doch mal sachlich. Du hast also ganz zufällig die Blechschere und den Seitenschneider bei dir? Das trägst du üblicherweise immer mit dir herum? So wie andere Leute einen Regenschirm, ja?«

Alexandra grinste und erfragte nebenbei die Personalien des angeschlagenen Radfahrers. Wenige Meter weiter tummelten sich auf dem Platz rund um den Brunnen die Besucher des Blumenmarktes. Trotzdem hielt sich der Menschenauflauf um sie herum in Grenzen. Zwei Uniformierte mit zwei jungen Männern am Wickel störten das Stadtbild nicht weiter. Man hielt den Abstand, der nötig war, um nicht angesprochen zu werden, aber trotzdem jedes Wort verstehen zu können.

Nachdem das Opfer sich schließlich mit dem geretteten Fahrrad und der lädierten Pflanze auf den Heimweg gemacht hatte, schob Mischa den anderen, der sich zwischenzeitlich aufs Jammern verlegt hatte, zum Streifenwagen.

»In einem Punkt muss ich dir natürlich recht geben. Im Polizeiauto fahren ist bei Weitem cooler als auf dem Rad. Aber soll ich dir noch was verraten? Vorne sitzen ist wesentlich cooler als hinten!«

»Ey Mann, ich hab doch nichts gemacht!«

Alexandra setzte sich neben ihn.

»Nur weil es nicht funktioniert hat, bist du noch lange nicht unschuldig. Wenn mich nicht alles täuscht, sind wir uns doch schon öfter begegnet.«

»Nie im Leben, ey. Mit euch hatte ich noch nie was zu tun.«

»Nicht mit uns«, stimmte Mischa zu. »Aber mit den Kollegen bist du bestimmt schon ein paar Mal gefahren.«

»Ich bin mir sicher, ich kenne dich vom Revier. Ist nicht sonst eher die Elektronikabteilung dein Bereich? Ladendiebstahl – CDs, DVDs – und so?«

Sichtlich genervt hob der Junge beide Hände und suchte Mischas Beistand.

»Ey Mann, was will die Frau von mir? Sag der mal, sie soll still sein!«

Mischa setzte den Blinker und stoppte gleich darauf am Zebrastreifen. Die bevorstehenden Formalitäten auf dem Revier und die Aussicht auf ein Telefonat mit den Eltern ihres schlecht gelaunten Begleiters verführten nicht zu übermäßiger Eile.

»So läuft das nicht bei uns. Meine werte Kollegin wird sich genauso lange weiter mit dir unterhalten, wie sie das für richtig hält.«

»Oh Mann, ey …«

Plötzlich klopfte jemand neben Alexandra an die Scheibe.

»Tobias!« Hocherfreut kurbelte sie das Fenster herunter. »Nur eine Sekunde, Mischa!«

»Polizeioberkommissarin Müller, wie schön Sie hier zu treffen. Im Einsatz, wie ich sehe?«

Die Nennung des Dienstgrades verfehlte ihre Wirkung nicht. Dem Jungen klappte die Kinnlade runter. Oberkommissarin. Erstaunlich, was das ausmachte. Nicht viel, rein faktisch, aber gefühlsmäßig eine ganze Menge. Glaubten die Jungs doch plötzlich, nicht irgendeinen Polizisten vor sich zu haben. Oberkommissarin. Das musste schon etwas Wichtiges sein. Alexandra grinste. Normalerweise eine Technik, die Mischa gerne verwendete, um ihr den angemessenen Respekt zu verschaffen. Es funktionierte fast immer. Dass ausgerechnet Tobias ihm jetzt mit diesem Trick zuvorkam, amüsierte sie.

»Im Einsatz, allerdings. Und leider gerade keine Zeit«, verkündete Mischa gereizt.

»Das Schicksal meint es gut mit mir. Da komme ich nichts ahnend aus der Stadtbücherei und dann sehe ich dich! Ein Lichtblick an profanem Ort.« Tobias beachtete ihn nicht und flirtete ungerührt weiter.

»Wir sehen uns morgen?«

»Ja, morgen. Ich freu mich drauf.«

Tobias zwinkerte ihr zu, musterte Mischa desinteressiert und schlenderte lässig davon.

***

Er trug es mit Fassung. Immer schon hatte er gewusst, dass die anderen ihn unterschätzten. Sie hielten ihn für dumm. Aber das war er nicht. Sein Vertrag war nicht verlängert worden. Auch die Zeitarbeitsfirma kündigte ihm. Wegen mangelnder Integrationsbereitschaft. Er passte nicht ins Team. Die Kündigung festigte seine Überzeugung, dass er für etwas anderes bestimmt war, als diesen nichtsnutzigen Menschen zu dienen. Für Geld. Damit glaubten sie, ihn kaufen zu können. Eine monatliche Überweisung und er schuldete ihnen Loyalität. Aber da irrten sie schon wieder. Er wusste längst, wer der Einzige war, dem er dienen wollte. Freiwillig. Nur *Ihm* allein gebührte all seine Zuneigung. *Seinem* Willen unterwarf er sein Schicksal. Dass er den Schlüssel mitnahm, an diesem letzten Arbeitstag, war reine Intuition. Bedächtig traf er Vorbereitungen, ohne genau zu wissen, wofür. Doch in ihm wuchs die Gewissheit, dass er seine Kenntnisse brauchen würde. Bald.

Samstag, 20. Oktober

Hand in Hand schlenderten sie über die Uferpromenade auf der Sachsenhäuser Mainseite. Stahlblau spannte sich der Himmel über die Stadt und den breiten ruhigen Fluss. Die höher gelegene Straße wurde von Platanen gesäumt, deren handtellergroße Blätter in großen Mengen heruntergeweht waren und sich in der Grünanlage sammelten. Unter ihren Füßen raschelte das bunte Laub.

Alexandra liebte dieses Geräusch. Ein Knistern, ähnlich dem eines gerade erst aufflackernden Feuers, wenn die Flammen Stück für Stück das trockene Holz erobern. Die Sonne wärmte ihr Gesicht, eine Wohltat nach den vergangenen trüben Tagen. Ein letztes Aufbegehren des Altweibersommers. Der Wetterbericht prognostizierte weiter sinkende Temperaturen und der Wind, der gelegentlich auflebte, war bereits erstaunlich kalt. Ihre Hand schmiegte sich in Tobias' Jackentasche, wärmend und behaglich. Das Mittagessen ließen sie ausfallen. Die Zeit, die sie gemeinsam verbringen konnten, war zu kostbar, um sich auf einen langwierigen Restaurantbesuch einzulassen. Mit einem Tisch, der sie voneinander trennte.

»Du warst viel unterwegs in den letzten Jahren, das war fast eine Weltreise, oder?«

»Es waren vor allem Lesereisen und kein Urlaub.«

»Aber ein bisschen Entspannung war sicher auch dabei?«

»Entspannung?« Er lachte leise und legte den Arm um ihre Taille. »Ja natürlich. Es gibt Dinge, die mich sehr entspannen!«

Das flirrende Licht zwischen den rauschenden Blättern der vereinzelten Weiden machte sie angenehm schläfrig.

»Warst du überall dort, wo auch dein Mörder im Buch Station gemacht hat?«

»Selbstverständlich!«

»Dann haben dich die Reisen zu den Morden inspiriert?«

»Kannst du so sagen, ja. Der Roman entstand ganz nebenbei. Ein guter Autor findet überall Inspiration und er hört niemals auf zu schreiben. Als ich zurückkam, war ich nahezu fertig mit dem Manuskript.«

Der Fluss plätscherte träge neben ihnen. Ein weißes Ausflugsschiff steuerte die Anlegestelle am anderen Ufer an. Stolz prangte der Name »Johann Wolfgang von Goethe« auf dem Bug.

»Meinst du, sie werden irgendwann ein Schiff nach dir benennen? Gewidmet einem berühmten Sohn der Stadt.«

»Eine schöne Idee!« Er berührte ihre Stirn mit den Lippen. »Gemeinsam mit Goethe auf den Wellen kreuzen! Eine Ehre – für Goethe, meine ich.«

Er grinste unverschämt. Immer wenn er sich zu ihr neigte, rutschte die Haarsträhne vor seine Augen. Sie hob die Hand und schob sie beiseite, ehe er dazu kam. Er hielt ihre Hand in der Bewegung fest und legte sie in seinem Nacken ab. Seine Lippen öffneten sich leicht. Wenn sie sich nicht zum Gespött der Leute machen wollte, musste sie sich schleunigst etwas einfallen lassen. Einfach weiterreden, egal was, sonst würde sie auf der Stelle über ihn herfallen.

»Ist es dort passiert?« Sie deutete über seine Schulter zum Eisernen Steg, dessen elegant geschwungener Bogen hinter ihm über den Main führte.

»Was?«

»Der Mord. Der erste. Ich habe mir überlegt, dass das ein passender Ort wäre.«

»Willst du es sehen?« Er schnappte nach ihrer Hand und zog sie in Richtung Brücke. »Komm schon, lass uns hinlaufen!«

Gemeinsam rannten sie los, die breiten Treppenstufen hinauf, bis zur Brückenmitte.

»Hier?«

»Genau hier.« Er nickte, außer Atem. Zweifelnd schaute sie in sein Gesicht.

»Das Geländer ist viel zu breit. Wie willst du da jemanden runterstoßen?«

»Gut erkannt. Man müsste ihn im Genick und am Hosenboden packen, hochstemmen und werfen. Ein riesiger Kraftakt. Völliger Unsinn.«

»Das heißt?«

»Lass mich überlegen. Er saß auf dem Geländer, eben weil es so schön breit ist. Genau das steht jedenfalls in meinem Buch.«

»In der Nacht. Im Winter. Das glaubst du ja wohl selbst nicht!«

Tobias freute sich diebisch.

»Das gefällt mir! Ja, man sieht, du bist Polizistin. Gut mitgedacht. Ich habe mir ein wenig Flunkerei erlaubt.«

»Es ist also nie passiert!«

»Wer sagt das? Vielleicht habe ich nur an der Jahreszeit gedreht. An der Tageszeit. Im Sommer sitzt hier immer mal ein mutiger Zeitgenosse.« Er legte den Kopf auf die Seite und beobachtete sie schmunzelnd.

»Ich glaube dir kein Wort. Es ist nie passiert! Basta!«

Herausfordernd stieß Alexandra ihren Zeigefinger gegen seine Brust.

»Tu das nicht!«

»Was?«

»An mir zweifeln. Weißt du nicht, dass Ketzerei und Unglaube sofort bestraft werden müssen?«

Im gleichen Augenblick ergriff er sie mit beiden Händen, hob sie an und setzte sie mit Schwung auf der Brüstung ab.

»Tobias!«

Lachend schlang er die Arme um sie und schob sich zwischen ihre Knie.

»Angst?« Seine Nase schmiegte sich an ihren Hals. »Du hast Angst vor mir? Siehst du, das ist ein angemessenes Verhalten. Und das ist die Strafe, die ich dir für deine Zweifel auferlege!«

Sie zauste seine Haare. Ihr Herz klopfte wild.

»Ist es nicht riskant für deinen Ruf als seriöser Schriftsteller, so mit dem Verbrecherstatus zu kokettieren? Man könnte auf die Idee kommen …«

»Mich zu überprüfen? Aber ich bitte darum! Genau das ist meine Intention. Du wirst dich wundern, wie viele Übereinstimmungen du findest.«

»Ich? Aber ich habe nicht vor …«

»Alexandra, du enttäuschst mich! Es gibt keinen Grund, zu leugnen. Du bist Polizistin!«

»Schon, aber ich kann sehr wohl zwischen Realität und Fiktion unterscheiden. Auch wenn mein lieber Kollege das Gegenteil behauptet.«

»Jetzt enttäuschst du mich noch viel mehr. Eine Überprüfung meiner persönlichen Daten ist das Mindeste, was ich von dir erwartet habe. Oder – du kleine Heuchlerin – da ist so ein verräterisches Zucken in deinem Gesicht.« Sein Lächeln spiegelte äußerste Genugtuung. »Du machst es nur nicht selbst. Soll ich mal raten? Der gute alte Kommissar Neumaier macht das für dich. Ein Freundschaftsdienst, nicht wahr? Ich wusste es!«

Es erschien ihr befremdlich, wie sehr er darauf aus war, recht zu behalten und als möglicher Mörder dazustehen. So sehr er sie anzog, einen kleinen Denkzettel musste er einstecken.

»Nein, du irrst dich. Also, nur zum Teil. Nach der Lesung, ehrlich, da war ich schon ein bisschen skeptisch. Von meinem Partner ganz zu schweigen. Der ist extrem misstrauisch.«

»Der vierkantige Miniaturkleiderschrank?«

»Sei nicht gemein. Er ist in Ordnung. Nur eben vorsichtig. Ich ging tatsächlich zu Neumaier und fragte ihn, was er von dir hält, vor unserem ersten Date. Klopfte mal ab, ob er dich überprüfen lassen kann. Aber er hielt das nicht für nötig.«

»Wie bitte?« Tobias' Züge verhärteten sich.

»Reine Zeitverschwendung, sagte er. Darum ging ich ganz entspannt mit dir aus. Meine Sorge war unbegründet. Wenn Neumaier sagt, da steckt nichts dahinter, ist das sozusagen eine offizielle Unbedenklichkeitsbescheinigung. Auf seine Intuition ist immer Verlass. Er hat mir klar gemacht, dass deine – entschuldige den Ausdruck – Mördernummer nur fake ist. Ihr kennt euch von früher?

Er hat so was angedeutet. Darum konnte ich mich ganz genüsslich in deine Hände begeben!«

Es amüsierte sie, wie er mit seiner Selbstbeherrschung kämpfte. Unglaublich, wie sein Ego mit dieser Missachtung seiner scheinbaren Gefährlichkeit zu kämpfen hatte.

»Du überlegst doch nicht etwa gerade, wie du Neumaier für diese Aussage bestrafen kannst? Ich glaube nicht, dass er mit der Presse gesprochen hat. Die werden sicher weiter spekulieren.« Sie legte beide Arme um ihn. »Tobias! Du willst doch nicht wirklich, dass dich alle für einen Mörder halten? Das wäre doch verrückt.«

»Verrückt?«, in seiner Stimme schwang ein scharfer Unterton. »Du glaubst, ich bin verrückt. Macht dir das etwa weniger Angst?«

Er spielte die Rolle wirklich konsequent. Herausfordernd blinzelte Alexandra ihn an und versuchte, ihr spöttisches Lächeln zu unterdrücken.

»Nein. Ein Verrückter ist gefährlicher als ein normaler Mörder. Aber wenn du ein Mörder bist, dann ganz sicher kein gewöhnlicher. Der Perfekteste von allen. Drunter machst du es nicht.« Sie überlegte kurz, wobei sie die Augen zum Himmel richtete. »Wie aber verhält sich ein perfekter Verrückter? Gibt es da wirklich einen Unterschied?« Ihre Mundwinkel zuckten. »So oder so, es bleibt dabei, was immer du bist: Du bist nicht normal!«

Er baute sich vor ihr auf und zog finster die Augenbrauen zusammen.

»Was denn?« Sie gluckste leicht. »Du entsprichst in keinster Weise irgendeiner Norm, ergo bist du nicht normal!« Ihr hemmungsloses Kichern war nicht mehr zu bremsen.

»Du lachst doch nicht etwa über mich?«

Langsam legte er seine kühlen Hände um ihren Hals, die Daumen auf ihrer Kehle. Alexandra hielt still und fixierte seine Augen.

»Würde ich nie wagen. Schließlich bist du mein Lieblingsmörder. Es ist mir eine Freude, vor dir zu erzittern!«

Jetzt zogen sich ihre Mundwinkel fast bis zum Ohr, während eine erregende Gänsehaut über ihre Arme kroch. Er lockerte seinen

Griff und strich noch einmal genüsslich über die zarte, verletzliche Haut, die den Kehlkopf bedeckte.

»Du tust gut daran, mich ernstzunehmen.«

»Na sicher! Aber ich finde es trotzdem beruhigend, dass Neumaier sagt …«

»Halte dich von Neumaier fern«, fuhr er sie unwirsch an.

Doch auch das reizte Alexandra nur zum Lachen. In ihrem Körper tanzten die Hormone und sie war bereit, alles zu sagen, um dieses verrückte Abenteuer weiter voranzutreiben.

»Neumaier behandelt mich, als wäre ich ein Baby, weil er mich schon so lange kennt. Als er hörte, dass ich mit dir ausgehe, hat er mich dreimal angerufen. Ich konnte gar nicht anders, als mit ihm zu reden.« Das war eine glatte Lüge, die ihr mühelos gelang. »Außerdem heißt das ja wohl auch, dass er sich seiner Sache doch nicht so sicher ist. Und überhaupt, was interessiert dich, was Neumaier denkt? Vergiss ihn, Tobias. Wenn es wichtig für dich ist, rede ich gerne mit der Presse. Erzähle ihnen, was du für ein gruseliger Typ bist! Ein guter Freund von mir schreibt für eine Zeitung. Du siehst, ich habe die richtigen Kontakte.«

Sie rutschte vom Geländer, streckte sich ihm unbekümmert auf Zehenspitzen entgegen.

»Willst du meine Meinung hören? Ganz ehrlich? Für mich bist du der verwegenste, verführerischste und gefährlichste Mann, der mir je begegnet ist!«

Sein Ärger verflog ebenso schnell, wie er aufgeflammt war. »Du willst das Spiel mit der Gefahr.« Seine Stimme vibrierte verheißungsvoll in ihrer Hand, die er an die Lippen zog. »Das wirst du bekommen, meine wunderbare Alexandra.«

Er küsste ihr Handgelenk, streichelte es mit seiner Zungenspitze. »Hab nur ein wenig Geduld. Für heute muss ich mich leider verabschieden.«

Die Enttäuschung in ihrem Blick war peinlich deutlich zu sehen, wie ihr schlagartig klar wurde.

»Aber ich verspreche dir, dass wir uns bald wiedersehen.«

Mit einer leichten Seitwärtsbewegung des Kopfes brachte er die lose Haarsträhne zurück an ihren Platz. Jetzt sah er wieder ganz so aus wie bei der Lesung. Ein großer, charmanter Mann, mit dem Lächeln eines ungestümen Teenagers.

»Ich freue mich schon darauf. Gefahr ist mein Leben.« Sie zwinkerte verschwörerisch und er warf ihr eine Kusshand nach der anderen zu, während er sich rückwärtsgehend entfernte.

»Alexandra?«

»Ja?«

»Beim nächsten Mal, vergiss deine Handschellen nicht!«

* * *

Gemächlich drehten sie ihre nächtliche Runde entlang der ehemaligen Wallanlagen. Der innerstädtische Grüngürtel, der das 1. Revier begrenzte, war in einem weiten Bogen auf dem Gelände der alten Stadtmauern errichtet worden und endete an beiden Seiten am Mainufer. Für Mischa war das der schönste Dienst-Bezirk von allen. Er umfasste die komplette Altstadt, abgesehen von Sachsenhausen auf der anderen Seite des Flusses.

»Du kannst Tobias nicht leiden, Mischa. Aber du kennst ihn nicht. Er ist wirklich nett.«

Alexandra versuchte schon seit zehn Minuten, ihn davon zu überzeugen, aber Mischa reagierte nicht.

»Ich habe eine super Idee!« Siegessicher schaute sie ihn von der Seite an. Im Innenraum des Wagens war es dunkel, aber er wusste immer, wenn sie ihn ansah.

»Verschone mich!«, bat er und setzte den Blinker. Eine Stippvisite in der Goethestraße, in der sich ein Designerladen an den anderen reihte, konnte nicht schaden.

»Nein, ich verschone dich ganz bestimmt nicht! Morgen Abend ist eine Vernissage in der Galerie Betz & Sonnabend im Westend … Tobias hat mich eingeladen – und dich nehme ich mit!«

»Niemals.« Das fehlte ihm gerade noch.

»Gib ihm eine Stunde Zeit, sich zu bewähren. Wenn du ihn dann immer noch schrecklich findest, kannst du gehen.«

»Wie großzügig. Will ich aber nicht.«

»Du willst ihn also weiter grundlos schrecklich finden?«

»Kann sein.«

Rund um Gucci und Konsorten herrschte Ruhe und Frieden. Mischa bog erneut ab, um die Stadtumrundung fortzusetzen. Ihm war klar, dass Alexandra noch nicht fertig sein konnte. Wie immer wenn sie nachdachte, kaute sie auf ihrer Lippe herum.

»Es ist halb zehn«, setzte sie nach kurzer Pause wie erwartet abermals an. »Wir haben Dienst bis um sieben. Kannst du dir vorstellen, wie hart diese Nacht für dich wird? Ich werde nicht locker lassen, bis du ja sagst.«

»Ja.«

»Du kommst also mit?«

»Nein.«

»Aber du hast ...«

»Du wolltest, dass ich ja sage. Habe ich gemacht.«

»Es gibt was zu essen, Cocktails und Musik. Um Eintrittskarten kümmere ich mich und du musst nicht mit ihm reden. Nur zuhören. Gib ihm eine Chance.«

Er schwieg, aber er spürte weiter ihren Blick. Unnachgiebig. Bohrend. Flehend.

»Komm schon, Mischa«, quengelte sie und boxte gegen sein Bein, bis er sie ansah. »Bitte!«

Zum Glück wusste sie nicht, was dieser Blick bewirkte. Sie hätte ihn sonst viel öfter so angesehen.

»Genau eine Stunde.« Er kapitulierte. »Keine Sekunde länger.«

Sonntag, 21. Oktober

Endlose, weiße Wände verschmolzen scheinbar konturlos mit der Decke. Die wenigen Exponate verteilten sich locker und eher beiläufig; mannshohe Metallskulpturen, die filigran und schwebend wirkten. Ein leichter Nebel waberte über den Boden und verflüchtigte sich in der nach oben heller werdenden Beleuchtung.

»Snobs«, zischte Mischa mit zusammengebissenen Zähnen.

Alexandra schob ihn weiter ins Innere der Galerie, die bereits mit zahlreichen Gästen gefüllt war.

»Die starren uns an«, zischte Mischa wieder und zog unbehaglich die Schultern hoch.

»Das bildest du dir nur ein.«

Aber auch sie blieb zunächst abwartend stehen und begutachtete skeptisch die Lage. Die Ausmaße der Galerie verblüfften sie. Rechts führte eine Treppe hinauf zu einer Empore. Dahinter musste der Durchgang zur Hauptausstellung sein. Entschlossen steuerte Alexandra darauf zu.

»Sieh sie dir doch an, wie wichtig die sich alle fühlen.«

Eine Kellnerin in Livree verteilte Sekt und Alexandra griff sich zwei Gläser vom Tablett. Eins davon drückte sie Mischa in die Hand.

»Trink was und hör auf zu nörgeln. Dann sind hier eben ein paar Snobs, okay. Aber nicht nur – wir sind schließlich auch da.«

»Unter Zwang.«

»Und wir sind auch nicht die einzigen in Jeans.«

Sie deutete zum anderen Ende der Halle, dann stieß ihr Glas klirrend gegen seins. »Austrinken!«, kommandierte sie, schnappte Mischas Arm und zog ihn mit sich. »Auf in den Kampf!«

Als Tobias Alexandra bemerkte, verabschiedete er sich von seinem Gesprächspartner und kam ihr entgegen. Blicke folgten ihm, es wurde eifrig getuschelt. Die Menge teilte sich ganz automatisch.

Alexandra stutzte und schüttelte leicht den Kopf. Tobias führte mit den Händen eine teilende Geste aus – wie Moses. Mit schelmischem Lächeln strich er die Haarsträhne zurecht und zwinkerte ihr zu. *Unwiderstehlich.* Als er Mischa an ihrer Seite entdeckte, hob er überrascht die Augenbrauen. Die Männer reichten einander die Hand, distanziert, aber höflich. Tobias küsste Alexandra auf die Wange und wieder klickte der Auslöser einer Kamera.

»Wieso hast du deinen Bodyguard mitgebracht?«, flüsterte er ihr zu, als die offizielle Eröffnungsrede begann.

Wenig später schaute Tobias Stockmann Mischa unbefangen ins Gesicht.

»Sie mögen mich nicht«, stellte er fest. »Wieso?«

Mischa zuckte die Schultern. Irgendwo im Hintergrund fanden seine Augen Alexandra, die sich unter dem üblichen Vorwand aus dem Staub gemacht hatte und sich jetzt lebhaft mit einer der Künstlerinnen unterhielt.

»Es muss doch einen Grund geben«, hakte Stockmann nach.

»Sie sind ein Mörder.«

Stockmann lachte. »Sie waren mit Alexandra auf der Lesung, ich erinnere mich. Nehmen Sie immer alles so ernst?«

»Nehmen Sie immer alles so leicht?«

»Ja. In der Tat. Das Leben macht mir Spaß. Es ist kurz und ich gebe mir Mühe, das Bestmögliche für mich herauszuholen. Ist das verwerflich?«

»Wenn es auf Kosten anderer geht.«

»Sie sind ein zutiefst moralischer Mensch, habe ich recht? Moral langweilt mich.« Herausfordernd schob er den Unterkiefer leicht nach vorn und zeigte die Zähne. »Der Verteidiger von Recht und Ordnung. Geben Sie es zu, auch Sie zieht die Unmoral stärker an als die Moral, sonst wären Sie nicht Polizist, sondern Klosterbruder geworden. Die Abgründe der menschlichen Seele oder dessen, was die meisten Menschen für eine Seele halten. Kommen Sie, reden Sie mit mir! Monologe langweilen mich fast genauso sehr wie

Moral. Sie haben unserer Alexandra doch versprochen, es eine Weile mit mir auszuhalten, oder? Freiwillig sind Sie sicher nicht hier.«

Mischa schob beide Hände in die Hosentaschen. Es ärgerte ihn, dass Stockmann die Situation durchschaute. Alexandra machte keine Anstalten, ihr Gespräch zu beenden. Sie hatte ihn hereingelegt. Aus einem der anderen Räume drang der winselnde Seufzer eines gequälten Saxophons und verstummte. Dann nach kurzer Pause hörte man das Instrument wieder. Klar und lebendig, melancholisch. Ausgerechnet ein Bill-Withers-Song. Dieser eine, den er besonders mochte. Der ihn gerade deshalb jetzt störte. Textfetzen kamen ihm in den Sinn.

Good things might come to those who wait.

Und ausgerechnet dieses Instrument, mit seinem typischen Klang, der sich leidend und leidenschaftlich emporschwang, ihn jedes Mal gegen seinen Willen mitriss.

Not to those who wait to late. We got to go for all we know.

Er heftete die Augen auf sein Gegenüber. »Dieser erste Mord, die Sache mit der Brücke, das geschah hier in Frankfurt?«

»Richtig.«

Das Saxophonwimmern bohrte sich in seinen Magen, störte die Konzentration.

We can make it if we try.

»In einer dunklen Winternacht?«

»Oh, wenn Sie sich bemüßigt sehen, nach dem Toten zu suchen: Es war nicht irgendeine Brücke; er fiel vom Eisernen Steg und möglicherweise war es helllichter Tag. Hat Alexandra Ihnen das nicht erzählt? Gelegentlich schwindele ich ein bisschen.«

»Warum?«

Stockmann lachte. »Warum? Warum nur. Weil es Spaß macht, alle an der Nase herumzuführen? Weil ich es ihm nicht zu leicht machen will.«

»Wem?«

Stockmann schüttelte geistesabwesend den Kopf. »Aber vielleicht lüge ich ja auch jetzt? Wer weiß!«

»Wem wollen Sie es nicht zu leicht machen?«

»Vielleicht war es sogar ein Akt der Gnade meinerseits, dass ich diese eine Stelle nicht exakt beschrieben habe. Keiner wird gern an seine Misserfolge erinnert. Dabei hatte ich ihn sogar gewarnt.«

»Wen meinen Sie?«

Aber wieder erhielt er keine Antwort. Vielleicht versuchte Stockmann nur, ihn mit diesem undurchsichtigen Geschwätz in die Irre zu führen. Mischas Zorn brodelte. Dieser überhebliche Fatzke hielt ihn für blöd. Ein einfacher, ungebildeter Bulle, der auch noch so aussah, mit seiner vierkantigen Statur. Oh ja, er wusste genau, was dieser Kerl von ihm dachte. Sollte er doch. Wenn er ihn unterschätzte, verringerte das seine Aufmerksamkeit, machte ihn anfällig für Fehler. Für den blöden Bullen musste man sich nicht so anstrengen, der kapierte ja sowieso die Zusammenhänge nicht. Aber da irrte Stockmann sich. Gewaltig.

Das Saxophon war verstummt, seine Magenschleimhaut entspannte sich und die Gedanken ließen sich wieder sortieren. *Der Richter und sein Henker.* Alexandra hatte ihm die Story in groben Zügen erzählt. Die Parallelen zu Stockmanns Roman waren sicher kein Zufall. Ein Mörder, ein Kommissar und eine Brücke.

»Wie lange ist das her, sagten Sie?«

Tobias Stockmann legte den Kopf in den Nacken, seine Augen funkelten belustigt.

»Ziemlich genau achtzehn Jahre. Oh, ich ahne, was Sie vorhaben! Sie werden nach ihm suchen, habe ich recht? Sie glauben, Sie können den Fall lösen.« Jetzt lachte er laut. »Sie Narr! Wie können Sie sich einbilden, etwas zu finden, nach all der Zeit, wenn es doch damals schon nichts zu finden gab?«

Mischa blieb stumm.

»Sie werden sich die Zähne ausbeißen. Es gibt keine Beweise. Nirgendwo. Reine Zeitverschwendung. Aber Sie haben ja nichts Besseres zu tun, in Ihrer Freizeit. Sie haben nichts, außer Ihrer Arbeit. Wie frustrierend, wenn man es dann nur bis zum Streifenbullen gebracht hat, was? Da kommt ein potentieller Mörder gerade recht. Endlich die Möglichkeit, sich zu profilieren, der ganzen Welt zu zeigen, dass man mehr drauf hat, als nur das grüne Besoffenentaxi zu fahren. Eine Aufgabe für Helden. Den Bösewicht zur Strecke bringen. Aber vielleicht sehen Sie mich völlig falsch. Fragen Sie Alexandra. Ich bin ein netter Junge, der nur ein bisschen spielen will. Spaß haben. Das sagte ich vorhin schon. Mit Ihnen werde ich eine Menge Spaß haben. Sie auf der einen Seite, ich auf der anderen. Auf meiner Seite steht die Unmoral, das Böse, der Spaß, Sex und nicht zu vergessen: Alexandra. Und auf Ihrer Seite? Wieso sind Sie so schweigsam, Herr Michalczyk? Wollen Sie sich nicht wehren? Lassen Sie das einfach so auf sich sitzen? Soll ich noch einen Schritt weiter gehen? Auf ihrer Seite steht nichts außer Langeweile. Sie konnten nicht mal Ihre Frau halten; wurden verlassen, und was Neues ist nicht in Sicht. Ihre Kollegin dagegen lässt nichts anbrennen, aber sie lässt Sie nicht ran. Warum bloß? Kann es sein, dass Sie ein Schlappschwanz sind? Dass Sie es nicht bringen; nicht im Leben und nicht im Bett?«

Äußerlich zeigte Mischa keine Regung. Doch die Worte verfehlten ihre Wirkung nicht.

»Es juckt Sie in den Fingern, mich zu schlagen. Warum tun Sie es nicht! Sie sind wütend. Sie wissen genau, dass Sie mir körperlich überlegen sind, obwohl ich größer bin. Kommen Sie schon, schlagen Sie zu! Seien Sie ehrlich zu sich selbst. Das ist es doch, was Sie jetzt wollen!«

Mischas Halsmuskulatur verspannte sich brennend, die Hand ballte sich in der Tasche zur Faust. Er war wütend, mehr als das. Der Kerl hatte so recht. Aber ihm war klar, dass er Stockmann einen Gefallen damit erweisen würde, wenn er sich gehen ließ. Er konnte nur verlieren. In seinem Bauch sprangen die Saxophontöne gegen die Wände, jämmerlich, heulend, wütend. Sein stures Schweigen forderte Stockmann weiter heraus.

Als Alexandra zurückkehrte, versuchte dieser eine neue Strategie. Er küsste sie zur Begrüßung auf die Wange und legte sofort den Arm um ihre Taille.

»Du hast mit Gabriele de Witte gesprochen. Ist sie nicht eine exorbitante Künstlerin?«

»Ja, sie ist toll.«

Alexandra sah Mischa forschend an. Stockmann deutete auf ein großformatiges Kunstwerk.

»Einfach frappierend diese Allegorien, die sie in ihren Gemälden verwendet, nicht wahr? Fulminant, wie sie das brachiale Aufeinanderprallen von Impressionismus und Expressionismus gestaltet. Wobei mir immer wieder auffällt, dass ihre Kairophobie und der implizierte Antiklerikalismus absolut kohärent sind. Sie avisiert sozusagen das Eindringen des Lettrismus in die Malerei. Finden Sie nicht auch, Herr Michalczyk?«

»Nein. Eigentlich nicht. Aber mir gefallen die Bilder.«

Ungerührt erwiderte er Stockmanns Blick, dessen blasierter Spott sein Ziel verfehlte. Alexandra runzelte die Stirn.

»Weißt du, Tobias, ich habe …«

Mischa hatte endgültig genug. »Entschuldige die Unterbrechung, Alexandra, aber die Stunde ist um. Schönen Abend noch.«

Mitten im Satz ließ er die beiden stehen.

Überrascht schaute Alexandra ihm nach, wie er den Ausgang ansteuerte. Sie öffnete den Mund, aber Tobias kam ihr zuvor.

»Lass ihn gehen.« Er presste die Lippen aufeinander.

»Habt ihr euch gestritten?« Es war wohl doch ein Fehler gewesen, die beiden allein zu lassen. Schade. Dabei hatte sie ihren Plan für gut gehalten.

»Nein«, schnell zeigte Tobias wieder ein Lächeln. »Nein. Es tut mir leid, dass ich dich enttäusche. Ich konnte ihn partout nicht davon überzeugen, dass ich ein umgänglicher Mensch bin.«

»Das ist nicht deine Schuld. Vielleicht war es einfach nur eine dumme Idee, ihn mitzubringen. Dieses ganze Künstlermilieu, damit kann er nicht viel anfangen.«

»Aber immerhin, ihm *gefallen die Bilder.*«

Sein anzüglicher Unterton war nicht zu überhören.

»Mach dich nicht über ihn lustig!«

»Das liegt mir fern. Aber ich verstehe nicht so recht, wie du mit ihm klarkommst. Ein bisschen kulturelle und literarische Grundbildung bräuchte dieser Mensch schon. Ansonsten ...«, leicht zerknirscht suchte er ihren Blick, von unten herauf, »... fehlt ihm einfach das passende Niveau, um mit dir zusammen zu sein. Er hat kein Wort von dem verstanden, was ich gerade sagte.«

Alexandra zog eine Schnute und rieb sich verlegen die Nasenspitze.

»Habe ich auch nicht, wenn ich ehrlich bin. Ist mein Niveau jetzt ein echtes Problem für dich?«

Sanft strichen seine Lippen über ihr Haar.

»Keineswegs! Du bist genau richtig für mich, so wie du bist.«

»Dann erklär mir, was du gemeint hast.«

»Siehst du, das ist der Unterschied! Du willst es wissen, aber ihm ist es egal, dass er nichts versteht.«

* * *

Er hatte es den ganzen Abend beobachtet. Eine Schande. Dieser Mensch war *Ihm* zuwider. Er konnte es sehen. Mehrfach war es ihm gelungen, ganz nah an *Ihn* heranzukommen. Er hörte *Seine* Worte. Einmal traf ihn *Sein* Blick. Dieser Blick, der schnitt wie eine Klinge, der härter war als Stahl, strahlender als die Sonne und vernichtender als ein Orkan. Er spürte *Seine* Verzweiflung über die ihm entgegengebrachte Ignoranz. Er musste *Ihn* beschützen.

Sein Atem bebte. Der Herr schickte ihm Zeichen, auch wenn *Er* vorgab, ihn nicht zu bemerken. Nicht zu erkennen. Nie das Wort direkt an ihn richtete. Er wollte seine Dankbarkeit zeigen. *Ihm* ein Geschenk machen. Er erinnerte sich an das Gespräch mit dem schrecklichen Mann, dessen Anwesenheit dem Herrn missfiel. Die wilde Erregung brachte seinen ganzen Körper zum Zucken. Er stöhnte unwillkürlich laut auf. Die Leute schauten ihn tadelnd an. Was wussten die schon von wahrer Hingabe. Nichts! Aber er wusste, welche Gabe er dem Herrn bereiten konnte, um *Ihn* zu erfreuen.

⋆⋆⋆

Normalerweise half ihm körperliche Betätigung, um mit sich ins Reine zu kommen. Mischa steckte den Kopf unter den Wasserhahn und spürte belebende Kälte über seinen Nacken rieseln. Er schüttelte die Tropfen aus den nassen Haaren. Ein kaltes Rinnsal lief über seine Brust. Mitternachtsjogging. Hatte nichts gebracht. Das Bild verschwand nicht mehr aus seinem Kopf. Stockmann mit blutiger Nase.

In der Ecke neben dem Schrank wartete eine bessere Lösung. Ein Geschenk von Alexandra und Ozzy. Damals, zum Einzug. Die Handschuhe zog er nicht an. Der Boxsack steckte alles ein, wehrte sich nicht. Er schlug zu, mit seiner ganzen Kraft. Aber das war es nicht, was er brauchte. Diesmal brachte die Erschöpfung keine Befriedigung. Er warf die verschwitzte Wäsche von sich und stieg unter die Dusche. Noch mehr kaltes Wasser. Jede Menge.

Sein Ärger kühlte nicht ab. Die Fingerknöchel brannten. Dieses arrogante Arschloch. Und Alexandra hing ergeben an seinen Lippen, merkte nichts davon. Wollte es nicht merken. Wollen Sie sich nicht wehren, Herr Michalczyk? Nein. Wollte er nicht. Konnte er nicht. Wie denn auch? Es musste ein anderes Mittel gegen diesen Mann geben, als mit ihm zu reden. Dabei konnte er nur verlieren. Der Mord auf dem Eisernen Steg. Der perfekteste Mörder von allen. Wenn da was dran war? Fröstelnd stellte er das Wasser ab und ging tropfend zum Küchentisch. Er hatte das Buch noch nicht ausgepackt. *Ich bin ein Mörder.* Der Titel lachte ihn an. Lachte ihn aus. Beweise, Herr Michalczyk. Wo sind Ihre Beweise? Abwarten. Angriffslustig ballte er die Fäuste.

⋆⋆⋆

»Ich kam aus den Nebeln des ersten Lichts. Die aufsteigende Sonne im Rücken. Ich bin der Anfang. Der Anfang dessen, was ihr das Ende nennt. Und die leuchtend rote Glut des Himmels ist mein steter Begleiter. Die Farbe des Blutes. Die Farbe des Lebens und die Farbe dessen, der gekommen ist, das Leben zu nehmen. Ich richte meinen Blick in die Wolken und ich lache und schreie zu dem, der da nicht ist, weil dort nichts ist, außer Unendlichkeit und Leere. Ich rufe: Sieh mein Werk! Sieh, was ich für dich und alle bereitet habe! Mein Werk ist schlecht und es ist einzig und es ist wahr. Denn du, der du nicht bist im Himmel, kannst mich nicht aufhalten. Mein Wille geschehe, denn ich bin hier und du bist es nicht. Und bist du es doch, so schicke ein Erdbeben, welches hier und jetzt die Erde zerreißt zu meinen Füßen, auf das ich verschlungen werde von ihr und hinabfahre in die ewige Verdammnis. Doch die Wolken bleiben stumm und die Vögel singen. Kein Blitz wirft mich zu Boden und keine Heerscharen erscheinen, mich zu richten. Also steht es geschrieben, in meinem Buch der neuen Zeitrechnung. Die Morgenröte ergießt sich über die Welt und tränkt sie mit eurem Blut, bis der Engel des Lichts den letzten Funken am Abend verlöschen lässt und ewige Finsternis die Gläubigen umfängt, die jammernd und winselnd jede Hoffnung fahren lassen. Denn ich bin der Herr über Leben und Tod, der Anfang und das Ende. Und nichts kommt nach mir.«

Montag, 22. Oktober

Tobias Stockmann wartete vor dem neuen Polizeipräsidium in der Adickesallee auf Alexandra. Sie musste das Gebäude durch den Hauptausgang verlassen, um zur U-Bahn zu gelangen. Folglich konnten sie einander gar nicht verfehlen – auch, wenn Alexandra noch nichts davon wusste, dass sie den Abend gemeinsam verbringen würden. Es kam ihm entgegen, dass sie heute nicht im Revier gearbeitet hatte. So blieb ihm eine Begegnung mit ihrem Kollegen Michalczyk erspart. Zugegeben, gestern hatte ihn der Mann direkt amüsiert, mit seinem rechtschaffenen Gehabe und seinem unterdrückten Zorn. Aber er stellte auch ein Hindernis dar, zwischen ihm und Alexandra. Und das war indiskutabel. Dass statt Alexandra in diesem Augenblick Conrad Neumaier durch eine der großen Glastüren kam, entlockte ihm ein entzücktes Lächeln.

»Herr Kommissar.« Tobias verschränkte die Arme vor der Brust, statt Neumaier die Hand zu reichen. »Welche Überraschung, Sie zu sehen. Ich dachte, Sie wären längst nicht mehr im Dienst. Sie erinnern sich doch noch an mich?«

Neumaier zeigte wenig Begeisterung. »Wie könnte ich Sie vergessen, Herr Stockmann. Ihr Bild ist ja ständig in der Presse.«

»Nur kein Neid!« Tobias musterte ihn von oben bis unten. »Sie haben sich kein bisschen verändert«, frotzelte er.

Sofort zog Neumaier den Bauch ein und reckte den Hals. Der zerknautschte braune Mantel spannte.

»Immer noch die gleichen stahlblauen Augen, die gleiche Standhaftigkeit und immer noch sicher in Ihrem Urteil, was wichtig ist und was unwichtig. Habe ich Recht?« Tobias schnalzte mit der Zunge.

»Darauf können Sie sich verlassen!« Neumaiers Antwort klang fast wie ein Knurren und Tobias schüttelte mitleidig den Kopf.

»Auf Ihr Urteil verlasse ich mich sicher nicht.« Seine Augen verengten sich zu schmalen Schlitzen. »Wissen Sie, was schade ist? Es ist so leicht, die Polizei auszuspielen, dass es eigentlich keinen wirklichen Spaß mehr macht. Sie sind so blind und fühlen sich so sicher. Aber ich garantiere Ihnen, das ist ein Fehler. Sie sollten sich genau an das erinnern, was ich Ihnen sagte. Es hat noch immer Gültigkeit.«

Alexandra freute sie sich auf ihren Feierabend. Obwohl sie die Zusatzschichten im Präsidium mochte. Ein anderes Umfeld, neue Einblicke, ein paar Stunden Abwechslung. Aber jetzt war Schluss und sie konnte noch für eine kleine Weile den Rest Sonne genießen, der den Himmel blau färbte. Ab morgen war Schmuddelwetter angesagt. Der Herbst ließ sich nicht mehr aufhalten.

Unmittelbar hinter der Tür traf sie auf Tobias und Conrad, die sich miteinander unterhielten. Irritiert schaute sie von einem zum anderen. Conrad wirkte verkrampft, während Tobias' lässige, fast schon nachlässige Körperhaltung ein Höchstmaß an Entspannung anzeigt.

»Ich muss los, Alexandra.« Neumaier verabschiedete sich hastig, noch ehe er sie richtig begrüßt hatte. Ganz selbstverständlich legte Tobias seinen Arm um ihre Schulter.

»Es war mir ein Vergnügen, Sie wiederzusehen, Herr Kommissar!«

»Tschüß. Und grüße Irene von mir!«, fügte Alexandra hinzu.

Neumaier winkte nur bestätigend über die Schulter, ohne den Kopf zu drehen.

»Wer ist Irene?«

»Seine Frau.«

Tobias lachte laut. »Dieser dicke, alte Mann hat immer noch eine Frau?«

»Pscht! Sei still!« Alexandra versuchte, ihm den Mund zuzuhalten. »Was war hier los?«

»Nichts. Was soll gewesen sein?« Er drehte sie zu sich um und rieb versöhnlich seine Nase an ihrer.

»Du hast versucht, ihn zu provozieren, nehme ich an?«

»So was Schlimmes würde ich doch niemals tun.«

»Du hast auf seine Figur angespielt und …«

Sein Mund verschloss ihre Lippen. Warm und fest. Undeutlich nuschelte sie noch einen Augenblick weiter, ehe sie den Widerstand aufgab.

***

Conrad Neumaier überquerte mit dem Wagen die Mainbrücke, schwamm im Strom der Pendler aus der Innenstadt heraus nach Niederrad. Was für die meisten anderen einem ungeliebten abendlichen Ritual gleichkam, war für ihn ein Geschenk. Zum einen bedeutete es, dass er es geschafft hatte, pünktlich Feierabend zu machen, und zum anderen verschaffte der stockende Verkehr ihm Zeit zum Nachdenken. Das Zusammentreffen mit Alexandra und Stockmann hatte ihn verstimmt. Alexandra wollte nicht auf ihn hören. Obwohl er ihr deutlich zu verstehen gegeben hatte, dass seine Meinung von Stockmann keine gute war. Eine vernünftige Begründung hatte er ihr dafür allerdings nicht geliefert. Ob er ihn für gefährlich hielt, hatte sie wissen wollen.

Er schnaubte verärgert. Selbstgefällig. So viel war sicher. Gefährlich? Wer konnte das schon mit Sicherheit sagen. Was das Buch betraf, um das ein solcher Rummel gemacht wurde, das ging ihm entschieden zu weit. Sowohl der Rummel, als auch der Inhalt an sich. Obwohl er nur Bruchstücke kannte. Stockmann wollte gefährlich wirken. Aber wer sich so demonstrativ ins Rampenlicht setzte, musste ein Aufschneider sein.

Er musste mit Mischa reden. Neumaier mochte den jungen Kollegen. Ein intelligenter Mann. Gradlinig und zuverlässig. Mit viel Humor. Den konnte er im Dienst mit Alexandra gut gebrauchen. Trotz allen Ärgers grinste Neumaier in sich hinein. Eine eigenwillige Person, diese Alexandra. Schon als Kind ein Dickschädel ohnegleichen. Doch mit Mischa bildete sie ein gutes Team. Sein Einfluss wirkte beruhigend auf sie.

Mischa. Der Name klebte an ihm seit den ersten Tagen im Revier. Einer der älteren Kollegen, ein waschechter Frankfurter, der sich stur weigerte, auch nur annähernd Hochdeutsch zu reden, brachte den Namen Michalczyk einfach nicht über die Lippen, da ein »ch« in der Frankfurter Mundart nicht existiert und schon gar nicht eines, dass man weit hinten in der Kehle formen muss. Folglich nuschelte er einen unverständlichen Namen mit einem lauten »sch« in der Mitte. Nach zwei Tagen ließ er konsequenterweise den Rest des Namens weg und verkündete, dass Mischa sowieso viel besser zu dem Jungen passe. Dabei blieb es. Für alle. Auch für Neumaier. Trotzdem hatte er es bis heute nicht fertig gebracht, ihm das Du anzubieten. Obwohl er inzwischen ein ganzes Jahr unter seinem Dach wohnte. Die vertrauliche Anrede hätte es ihm vielleicht erleichtert, sein Anliegen vorzubringen, und war eigentlich allgemein üblich unter Kollegen.

Er stellte den Wagen in der Einfahrt ab, nahm die Tasche und den Mantel vom Rücksitz und ging zum Haus. Ein Reihenhaus, wie alle in der Straße. Als letztes in der Reihe, war es ein wenig größer als die anderen. Mit ausreichend Platz für eine kleine Einliegerwohnung, die sie vermieteten. Die Eingangstüren lagen sich in einer Nische rechtwinklig gegenüber, mit einer in der Mitte platzierten Kübelpflanze räumlich zusätzlich abgeteilt. Durch das Fenster sah er Licht. Die Hand schon an der Klingel, überlegte er, was er eigentlich sagen wollte.

Passen Sie auf Alexandra auf, Mischa. Ich traue Stockmann nicht über den Weg, aber ich werde Ihnen nicht sagen, warum. Überprüfen Sie ihn, behalten Sie ihn im Auge, stochern Sie in seiner Vergangenheit, aber bloß nicht zu tief, damit Sie nicht finden, was ich nicht wieder finden will.

Es gab nicht mal einen vagen Verdacht, mit dem er sich rechtfertigen konnte. Nichts außer seiner persönlichen Abneigung und ein paar provokanten Sätzen. Gekränkte Eitelkeit. Resigniert ließ er die Hand sinken. Er spürte ein leichtes Ziehen in der Brust. Zeit für seine Herztabletten. Er seufzte. Nichts hatte sich geändert. Nur älter war er geworden.

***

»Kann ich reinkommen?«

Mischa öffnete die Tür weiter. Draußen stand Sebastian, Conrad Neumaiers jüngster Sohn.

»Klar. Wo brennt's?«

Unschlüssig verzog Sebastian das Gesicht.

Vierzehn. Da brannte es überall. Mischa konnte sich gut erinnern.

Sebastian hockte sich auf den Fußboden vor Mischas Bett und streckte die viel zu langen Beine von sich. Wie immer trug er keine Schuhe, nur Sportsocken, die sicherlich irgendwann einmal weiß gewesen waren. Die Schweißabdrücke, die er beim Laufen hinterließ, zeugten von seinem unausgeglichenen pubertären Hormonhaushalt. Genau wie die ständig leicht depressive Stimmung und die glänzende Haut. Eigentlich war er ein hübscher Junge, der ganz nach seiner schlanken Mutter geriet, aber davon sah man wenig. Die schulterlangen Haare verdeckten einen Großteil des Gesichts und die Klamotten schlabberten drei Nummern zu groß um seinen Körper.

Mischa holte ein Bier aus dem Kühlschrank.

»Willst du auch was?«

»Wenn ich ein Bier kriege.«

Mischa kickte den Kühlschrank mit dem Fuß hinter sich zu und drückte Sebastian eine Flasche in die Hand.

»Das ist ja alkoholfrei!«

Ungeachtet des beleidigten Blickes öffnete Mischa beide Getränke und stieß mit dem Jungen an. Schweigend tranken sie einige Schlucke, dann schubste er Sebastian.

»Erzähl schon. Worum geht's?«

Die Ohren zwischen den unordentlichen Haarsträhnen färbten sich schlagartig in tiefem Rot.

»Mädchen«, murmelte er. »Mädchen. Und Jungs.«

»Starker Stoff. Du bist verliebt?«

»Hmhm.«

»Nicht, dass ich nicht will, aber warum kommst du zu mir?«

»Zu wem denn sonst?«

»Na ja, du hast einen Vater.«

Sebastian lachte rau und verächtlich, mit seiner kippelnden Stimme, die sich mitten im Stimmbruch nie für eine Tonlage entscheiden konnte.

»Super Idee. Hast du mit deinem Vater über so was geredet?«

Wo er recht hatte, hatte er recht.

»Und Markus?«

»Pfff! Mein toller großer Bruder hat nix im Hirn außer Internet und Zocken und dieses dämliche Gotchaspielen.« Erschrocken brach er ab. »Scheiße!«

»Gotcha?«

»Verrat ihn nicht! Bitte, Mischa – der killt mich, wenn ich ihn verpfeife. Ehrlich. Der macht mich platt!«

»Ganz ruhig, Basti. Hab ich nicht vor, auch wenn ich eigentlich müsste. Das ist illegal. Eure Eltern …«

»… haben keine Ahnung. Obwohl, bei Mama weiß man nie. Die hat hinten Augen.«

»Aber sie ist in Ordnung, oder?«

»Die geht schon. Aber die ist doch 'ne Frau, meine Mutter eben, da kann ich doch nicht, also nicht über …«

»Sex?«

Stummes Nicken. Mischa sah das ein. Männersache. Ein wichtiges, unaufschiebbares Gespräch. Und er als Experte. Dazu fühlte er sich nicht gerade berufen, aber es schmeichelte ihm.

»Na dann los. Was willst du wissen?«

»Warst du mal so richtig verknallt? So von den Socken, dass du gedacht hast, ohne die Frau geht gar nichts mehr? Wenn ich die nicht haben kann, falle ich tot um, die ist die einzige für mein ganzes Leben?«

Nervös strich Mischa sich über die Haare.

»Na ja, das Gefühl kenne ich schon.«

Er zupfte kleine Fetzen vom Etikett der Flasche.

»Was hast du gemacht?«

»Es ihr gesagt. Zumindest habe ich es versucht.«

»Hat es funktioniert? Hast du sie gekriegt?«

Mischa drehte Kügelchen aus dem Papier und schnippte sie wahllos ins Zimmer. »Nein.«

Sebastian legte sich auf den Bauch. Die Ellbogen auf die Knie gestützt, schaukelte Mischa die Flasche vor und zurück.

»War das Britta? Tut es immer noch weh?«

Mischa hörte auf zu schaukeln, trank den letzten Schluck.

»Nein und ja.«

»Wie jetzt?«

»Es war nicht Britta und es tut noch weh. Aber es geht hier nicht um mich. Erzähl mir von deinem Mädchen.«

»Na ja, sie ist … weiß auch nicht … toll eben.« Er brach ab. »Mischa, wie ist das, mit einem Mädchen zu schlafen?«

Mischa rutschte neben ihn. Fast berührten sich ihre Schultern. Eine gute Position, um einander nicht ins Gesicht sehen zu müssen.

»Kannst du es beschreiben?«

Mischa legte die leere Flasche vor sich auf die Seite und rollte sie in Richtung Kühlschrank. »Nein. Nicht wirklich.«

Sebastian tat es ihm nach und die Flaschen kullerten gemeinsam gegen den Schrank.

»Kann man es mit irgendwas vergleichen?«

Viel verlangt, an einem gewöhnlichen Montagabend.

»Das ist echt nicht leicht zu erklären. Es ist, wie … anzukommen, wo man schon immer hin wollte, oder sich fallen zu lassen, ohne zu wissen wie tief es ist, und trotzdem keine Angst zu haben. Bungeespringen ohne Seil und ein endloser freier Fall.«

»Fliegen?«

»Ja, fliegen. Das ist es.« Mischa stützte das Kinn in die Handflächen. Fliegen. Verdammt lange her. Nur über der Spüle brannte eine Lampe, im Rest des Zimmers war es stockfinster.

»Du bist echt cool, Mischa.«

»Ich gebe mir Mühe.«

Eine Weile herrschte Stille.

»Was ist aus ihr geworden, Mischa?«

Langsam rollte er sich auf den Rücken und starrte die unscharfe Schwärze der Decke an.

»Wir sind Freunde.«

»Echt? So wie du und Alexandra?«

Die Decke kam näher und Mischa schloss die Augen.

»Ja, Mann. Ganz genau so.«

Dienstag, 23. Oktober

Mit zügigen Bewegungen markierte Alexandra die Position der Fahrzeuge auf der Straße. Die Situation war eindeutig. Ebenso die Schuldfrage. Zum Glück kein Personenschaden. Noch nicht. Die Geschäftsfrau, die nicht einmal jetzt bereit war, ihr Handy aus der Hand zu legen, schien durchaus geneigt, den älteren Herrn, der ihren Mercedes gerammt hatte, mit ihren wohl manikürten Nägeln aufzuschlitzen. Kritisch begutachtete Alexandra die Kreidespur. Lange würde die nicht halten. Zu viel Verkehr. Regen war keiner in Sicht, aber der Frühnebel hing wie eine dichte Wolke über ihnen. Die Feuchtigkeit half zusätzlich, die Kreide schnell wieder von der Fahrbahn verschwinden zu lassen.

Sie hauchte warmen Atem in ihre klammen Hände. Der ganze Auftrieb war völlig unnötig. Aber die beiden Fahrer drohten weiterhin, einander mitten im morgendlichen Berufsverkehr an die Gurgel zu gehen. Nicht zuletzt, weil die Dame sich genötigt sah, unflätige Schimpfworte zu benutzen. Eindeutig ein Fall für Mischa. Gemüter beruhigen.

Alexandra machte derweil lieber noch ein paar Fotos und lotste den stockenden Restverkehr an der Unfallstelle vorbei. Genau das Richtige, um den Dienst zu beginnen – ausrücken, noch ehe der erste Kaffee des Tages getrunken und ein paar persönliche Worte gewechselt waren. Wie sie so was hasste. Und das nach der unglücklichen Geschichte mit der Vernissage.

»Warum bist du am Sonntag so schnell abgehauen?«, flüsterte sie Mischa im Vorübergehen zu, als sie das Maßband und die Kamera im Wagen verstaute.

»Die Stunde war um. Hab ich doch gesagt.«

Mischa notierte weiter Aussagen und Personalien, belehrte die uneinsichtigen Kontrahenten und überredete sie schließlich, das Feld zu räumen, um nicht weitere Auffahrunfälle zu provozieren.

»Bist du sauer auf mich?«, versuchte Alexandra es wieder, als alles erledigt war und sie sich wieder einsatzbereit gemeldet hatten. »Weil ich dich überredet habe zu kommen?«

»Tatbestand der Nötigung trifft es besser. Trotzdem nein. Ich hätte nicht kommen müssen. Und jetzt kann ich mir ein besseres Bild machen.«

»Und? Wie sieht es aus?«

»Das gehört nicht hierher, wir sind im Dienst.«

Alexandra rollte die Augen, legte die Mütze auf die Knie und durchsuchte das Handschuhfach nach etwas Essbarem. Ein vergessener Schokoriegel, oder wenigstens ein Kaugummi?

»Aber wir arbeiten gerade nicht. Also sag schon?«

»Es hat sich nichts geändert.«

»Aber …«

»Hör zu. Letzte Worte zu dem Thema. Es macht nichts, wenn ich ihn nicht mag. Ich glaube nicht, dass er das Bedürfnis verspürt, noch mal mit mir auszugehen. Das überlasse ich euch in Zukunft wieder alleine.«

»Stört es dich nicht, wenn ich …«

»Letzte Worte bedeuten: kein weiterer Kommentar. Basta!«

Es brannte ihr auf der Zunge, weiterzufragen. Zu bohren. Sie zog die Oberlippe zwischen die Zähne. Sie brauchte seine Zustimmung nicht. Aber sie wollte sie.

Der nächste Funkruf aus der Zentrale unterbrach ihre Überlegungen. Ein unruhiger Vormittag hetzte sie von Einsatz zu Einsatz. Keine Zeit zum Grübeln. Mischa stand offenbar meilenweit über diesen Dingen. Er erwähnte weder Tobias noch die Vernissage ein weiteres Mal.

* * *

Er überquerte die Brücke langsam, mit gesenktem Kopf. Doch seinen Augen unter der weit heruntergezogenen Kapuze entging kein Detail. Die asiatische Reisegruppe, die beim Fotografieren fast die ganze Breite der Brücke beanspruchte, der Akkordeonspieler, der mit seinem Hocker auf der Seite des Museumsufers Platz nahm. Das Paar, das versuchte, den eisernen Schriftzug zu entziffern, der über seinen Köpfen prangte. Der Mann, der sich lässig auf das Geländer setzte. Die Teenager, die von der Shoppingtour kamen und nun kichernd den Inhalt ihrer Tüten begutachteten. Die Mutter mit dem Kleinkind im Wagen, die die Schiffe beobachtete. Das Kind, das an einem Hörnchen nuckelte. Alle mit sich selbst beschäftigt.

Am Ende der Brücke blieb er vor der Treppe stehen, um zurückzublicken. Er war bereit, sich in Geduld zu üben, wie es das Buch lehrte. Es gab für alles den richtigen Moment. Die Wolken rissen auf, entließen einen einzelnen Lichtstrahl zur Erde, der die Brückenmitte traf. Das Kind fuchtelte mit dem Hörnchen, das ihm aus der Hand fiel und zwischen den Stäben in die Tiefe stürzte. Vorbestimmung. Ein weiteres Zeichen, dass er dem richtigen Herrn folgte. Es sollte so sein. Seine Hände schwitzten. Er konnte es kaum erwarten. Gleich war es so weit. Er war dazu ausersehen, es zu tun. Jetzt.

»Ich folge deinen Spuren, Herr«, flüsterte er und schmiegte sein Gesicht an den warmen Stoff des Pullovers. »Wirst du merken, dass ich es für dich tue?«

Langsam setzte er einen Fuß vor den anderen, verfiel in leichten Trab, beschleunigte seine Schritte. Die Augen unter der Kapuze strahlten, als er sich seinem ahnungslosen Opfer näherte.

* * *

Alexandra hängte das Funkgerät zurück in die Halterung, stieg aus dem Wagen und hielt nach Mischa Ausschau. Die Nachricht verursachte ihr ein unangenehmes Kneifen in der Magengrube. Wie immer, wenn es um den Fund einer Leiche ging. Bei dieser waren die Begleitumstände besonders makaber. Sie seufzte. Eigentlich war es höchste Zeit für eine kurze Pause und einen Imbiss. Daraus würde nun nichts werden.

Zu ihrer Erleichterung kam Mischa gerade mit den Einkäufen aus der Kleinmarkthalle, sein Funkgerät hing entgegen der Vorschrift nicht an seinem Gürtel. Ihr Magen knurrte. Leiche hin oder her, sie hatte Hunger, und allein bei dem Gedanken an den Inhalt der Tüte in Mischas Händen lief ihr das Wasser im Mund zusammen. Heiße Fleischwurst, Senf und frische Brötchen. Besser als hier schmeckte das nirgendwo. Sie gab Mischa ein Zeichen, sich zu beeilen.

»Wir haben einen Einsatz! Da liegt eine Leiche auf einem Frachter.« Sie bemühte sich trotz der Dringlichkeit um einen sachlichen Ton. »Ein Mann wurde von der Brücke gestoßen. Ist gerade eben passiert.«

»Scheiße. Sollen wir uns drum kümmern?«

»Nein, ein Team ist schon vor Ort. Aber wir fahren das Mainufer und die Gegend um die Brücke ab. Vielleicht findet sich was Verdächtiges. Der Täter soll auf unsere Seite gerannt sein.«

Mischa warf Alexandra die Plastiktüte zu, rutschte auf den Fahrersitz und schloss den Gurt.

»Gibt es eine Täterbeschreibung? Zeugen?«

»Bisher nur ein Zeuge, der unten auf dem Frachter stand. Oben auf der Brücke hat das anscheinend keiner mitgekriegt.«

»Und die Beschreibung?«

»Sehr vage. Keine vernünftige Größenangabe, ist von da unten auch nicht zu machen. Dunkler Kapuzenpullover, blau oder schwarz. Möglicherweise noch eine Kappe, ebenfalls dunkel. Vermutlich männlich, wegen der Kraft, die nötig ist.«

»Super. Die Beschreibung passt auf jeden zweiten Jugendlichen. Warte – welche Brücke, sagtest du?«

Sie wusste, woran Mischa denken würde, wenn sie es ihm sagte. Sie selbst hatte auch sofort daran gedacht. Tobias musste diesen Quatsch unbedingt jedem auf die Nase binden. Aber nicht jeder konnte darüber lachen. Im Augenblick fiel es ihr selbst schwer.

»Der Eiserne Steg«, murmelte sie und guckte aus dem Fenster. Sonne. Unpassend irgendwie. Nieselregen hätte besser zu ihrer plötzlich verhagelten Stimmung gepasst. Mischa warf ihr einen raschen Blick zu.

»Eiserner Steg. Am helllichten Tag. Hab ich das nicht schon mal gehört? Zwar gab es bei der Geschichte weder Zeugen noch einen Frachter, aber …«

»Er hat das nicht getan!«

»Er trägt häufig Kapuzenpullover …«

»Wieso sollte er das machen?«

»Keine Ahnung. Ich kann mich nicht in seinen Kopf hineinversetzen. Um die Publicity anzuheizen? Vergiss es, Alexandra. Eigentlich glaube ich das auch nicht. Die Neuauflage eines Mordes, den er schon begangen hat, ist nicht sein Stil. Zu billig.«

»Mischa! Er ist kein Mörder. Das ist nur …«

»… ein Spiel? Mord ist kein Spiel. Und wer eines daraus macht, ist in meinen Augen ein Verbrecher.«

»Fiktion. Ein Roman. Hör auf, das durcheinanderzuwerfen! Du hast das Buch doch nicht einmal gelesen.«

Er antwortete nicht darauf.

Langsam fuhren sie die Uferstraße des Mainkais entlang. Ein Team vom 9. Revier auf der gegenüberliegenden Mainseite versuchte, die Schaulustigen in Schach zu halten und die Stelle zu finden, wo das Opfer vor dem Sturz auf dem Geländer gesessen hatte. Die Wasserschutzpolizei kümmerte sich bis zum Eintreffen der Spurensicherung um den Frachter. Eine geringe Chance bestand, den Täter noch in der Nähe zu finden. Eine sehr geringe. Der Römer, zentraler Platz und Touristenattraktion, umgeben von verwinkelten Gassen und mit Anschluss an das U-Bahnnetz, war nur einen Katzensprung entfernt. Dort war bereits eine Fußstreife unterwegs. Selbst wenn man sich Zeit ließ, schaffte man die Strecke zwischen Steg und U-Bahn in weniger als zehn Minuten. Ein sportlicher Mann brauchte höchstens fünf, wenn er sich auskannte. Und davon war auszugehen. War die U-Bahn erst einmal erreicht, konnte sich der Flüchtende entspannen. Verbindung zum Hauptbahnhof mit seinem riesigen unterirdischen Verkehrsnetz, zahllosen Geschäften, Gleisen und Tunnels bestand beinahe im Minutentakt.

Der Wagen kroch über den Mainkai, während sie aufmerksam die Straße absuchten. Die Passanten schlenderten gemächlich dahin. Keine Einzelpersonen, die Anzeichen von Eile zeigten, keine hastigen Bewegungen. Jede Menge dunkle Pullover, in Schülergruppen zumeist.

»Wenn ich verschwinden wollte, würde ich mich da einfach dazwischenmogeln.« Alexandra kniff die Augen zusammen. »Oder ich würde mich umziehen. Das ist es – wir suchen jemanden, der nur im T-Shirt oder Hemd unterwegs ist, denn einfach ausziehen geht am schnellsten!«

»Stimmt zwar, aber ein Striptease auf offener Straße erregt um diese Jahreszeit Aufmerksamkeit«, gab Mischa zu bedenken. »Vor allem, wenn er den Pullover dann nicht bei sich behält, sondern ihn wegschmeißt.«

»Also braucht er ein Versteck. Eine dunkle Ecke, ein … Stopp! Zurück – ich habe den perfekten Ort gefunden!«

Mischa warf einen schnellen Blick in den Rückspiegel und auf die Gegenfahrbahn, dann wendete er.

»Halt an! Jede Wette, dass er da drüben abgetaucht ist.«

Alexandra sprang aus dem Wagen, tänzelte durch den Verkehr, den sie nur mit ausgestreckter Hand und dank ihrer Uniform auf Abstand halten konnte. Unter dem Baugerüst, das die Leonhardskirche umschloss und mit flatternden Planen verhüllte, verschwanden feuchte Fußspuren im Bauschutt. Sie wich einer Pfütze aus und folgte ihnen außerhalb der Planen, um sie nicht zu verwischen, bis zu der Stelle, an der der Flüchtige offenbar wieder unter der Absperrung hervorgetreten war. Undeutlich erkannte sie zwei staubige Teilabdrücke von Turnschuhen, die anzeigten, dass er um die Kirche herumgelaufen war. Dahinter führte die Straße in einem Bogen weiter zum historischen Museum und somit zur U-Bahn hinter dem Dom. Da die Kollegen der Fußstreife ihn dort nicht erwischt hatten, war es das. Ende der Verfolgungsjagd.

Trotzdem freute Alexandra sich, ihr Spürsinn hatte sie in die richtige Richtung geführt. Aus der Gürteltasche zog sie ein Paar Handschuhe. Eigentlich zur Aids-Prävention, aber zugleich auch Schutz vor Verunreinigung von Beweismitteln. Sie schlüpfte hinein und fischte hinter der Plastikfolie vorsichtig ein dunkles Bündel aus einer Mauernische. Triumphierend drehte sie sich mit ihrer Beute zu Mischa um. Er nickte anerkennend und griff zum Funkgerät. Noch mehr Arbeit für die Spurensicherung.

***

Er heulte auf, in einer Mischung aus Scham und Enttäuschung. Er hatte die Dreistigkeit besessen, *Ihn* zu bestehlen. Doch nun war das Objekt seiner Begierde verloren. Durch seine eigene Dummheit. Er spürte noch die elektrisierende Wirkung des Gewebes auf seiner Haut. Jede Körperzelle hatte sich mit reinem Glück gefüllt. In der Erinnerung richteten sich die Härchen auf seinen Armen auf. Seine Nasenflügel blähten sich leicht und er glaubte, den Geruch wieder einatmen zu können. Doch da war nichts. Es war überheblich gewesen, zu denken, er könne es *Ihm* gleich tun. Er hatte versagt. Um seine eigene jämmerliche Person zu retten, hatte er *Sein* Eigentum opfern müssen. Und dann war schon wieder diese schreckliche Frau gekommen und nun hielt sie es in ihren Händen. Sie bedrohte ihn. Schlagartig begriff er, dass es noch viel schlimmer war. Sie bedrohte den Meister.

Und das war seine Schuld!

***

Unwillig schob Robert Wagner die Computermaus über den Schreibtisch. Er hasste es, wenn Ereignisse keinen Sinn ergaben. Und dieses hier ergab ganz sicher keinen.

Der kleine drahtige Mann mit dem festen Händedruck und den aufmerksamen grauen Augen war bekannt für seine schnelle

Auffassungsgabe und eine hohe Aufklärungsrate. Er hatte Conrad Neumaiers untrüglichem Instinkt stets vertraut, ohne diese Gabe je zu hinterfragen. Aber heute war sein Chef eigentümlich schweigsam. Es schien, als zweifle er selbst an seiner Intuition. Die Krawatte hing schief, er trank Kaffee und häufte sich Löffel um Löffel Zucker hinein, was er wegen seiner Herzbeschwerden unbedingt bleiben lassen sollte. Neumaier schwitzte stark, wobei er merkwürdigerweise nie unangenehm roch.

»Und es ist sicher, dass es kein Selbstmord gewesen ist – absolut und unwiderlegbar?«, knurrte er plötzlich in die Stille. Seine Stirn glänzte feucht und die dichte Haartolle klebte daran fest.

»Soweit man das jetzt schon sagen kann. Martin Hirschberger war verabredet und hat auf seine Freundin gewartet. Die Freundin heißt ... Sekunde.« Ein weiterer Klick mit der Maus. »Sonja Born. Dabei hat er gegessen. Die Tüte, die neben ihm stand, enthielt noch einen halb vollen Colabecher, eine Portion Pommes und einen Hamburger. Er hatte gerade erst angefangen. Keiner setzt sich auf ein Brückengeländer und kaut einen Hamburger, um mit vollem Mund plötzlich in den Tod zu springen.«

Zum Glück war Kriminalhauptkommissarin Marion Hermann vor Ort gewesen, als das Mädchen eintraf. Ihr Feingefühl in solchen Situationen reichte weiter als sein eigenes.

Conrad Neumaier persönlich wollte gleich das Gespräch mit Hirschbergers Eltern übernehmen. Bisher hatte man sie noch nicht erreicht. Unangenehm genug, sie über den Tod ihres Sohnes informieren zu müssen. Keine nennenswerten Fakten zu besitzen, machte es nicht leichter. Wobei weder das Wort »wollen« noch »unangenehm« dem Sachverhalt wirklich gerecht wurden. Niemand *wollte* eine solche Nachricht übermitteln, aber einer musste es tun. Eine immens hohe Belastung, die Conrad Neumaier den Kollegen oft ersparte. Mit einem Papiertuch wischte er sich über den Nacken.

»Und der Verdächtige?«

Robert schüttelte den Kopf. »Keine Spur, bis auf den Pullover. Der ist zur Analyse im Labor.« Er starrte auf die Bildschirmnotizen.

»Das heißt, außer dem Schiffer hat sich noch ein zweiter Zeuge gemeldet. Der konnte aber auch nur sagen, dass er einen Jogger auf der Brücke gesehen hat, der plötzlich schneller wurde. Den Sturz selbst hat er nicht beobachtet. Wir haben natürlich noch einen Haufen anderer Namen von Leuten, die auf der Brücke waren und angeblich nichts mitgekriegt haben. Aber vielleicht kommt noch was. Marion ist noch dran und manche brauchen eben etwas länger. Die merken erst, wenn sie noch mal drüber geschlafen haben, woran sie sich erinnern.«

»Was uns morgen zugetragen wird, ist kaum noch verwertbar«, erklärte Neumaier ärgerlich. »Sie erinnern sich, was die Presse geschrieben hat. Und die werden die Sache schon breitwalzen. Jeder kann behaupten, dabei gewesen zu sein.«

»Noch haben wir keine Meldung rausgegeben. Aber es könnte hilfreich sein …«

»Nein! Das ist gut so. Belassen wir es vorläufig dabei. Kein offizielles Statement, solange wir nichts Definitives haben. Was sagt die Gerichtsmedizin?«

Robert lachte trocken auf.

»Wie immer: Geduld. *Wollt ihr Vermutungen oder Antworten. Antworten brauchen Zeit, spekulieren könnt ihr selber.* Vor Ort geben sie ungern eine Einschätzung ab. Ich warte auf das vorläufige Gutachten. Müsste aber jeden Moment kommen. Sie machen es, so schnell sie können.«

Neumaiers zorniges Blaffen brachte sein Doppelkinn in Wallung.

»Nicht schnell genug. Sie sind nie schnell genug!«

Dann riss er die Jacke vom Haken und knallte die Tür hinter sich ins Schloss.

* * *

»Ich hatte schon immer ein Gespür für gute Gelegenheiten. An diesem Abend nutzte ich eine Chance, die sich mir abseits der schönen Flaniermeile bot.

Im Halbdunkel. Zwielicht. Jenseits der Bahngleise des Güterbahnhofs. Ich weiß nicht, weshalb ich diesen Weg einschlug. Instinkt, vermute ich. Sie saß in einem heruntergekommenen Schuppen. Früher bot er Platz für die Fahrräder der Bahnarbeiter. Jetzt ragten nur noch wenige, rostige Metallständer in die Höhe. Die anderen lagen herausgerissen in der Ecke. Der Betonboden war von tiefen Rissen zerfurcht. Unansehnliche Stahlträger stemmten ein löchriges Wellblechdach in die Höhe und trotzten windschief der Schwerkraft. Sie lehnte mit dem Rücken an einem der Pfosten, die Beine weit von sich gestreckt. Am linken Oberarm baumelte ein breiter Lederriemen und neben ihr im Dreck lag die benutzte Spritze. Ihre großen, hellblauen Augen starrten blicklos durch mich hindurch. Sie war wunderschön. Perfekt. Ihr ovales Gesicht von porzellanweißer Blässe, fast aristokratisch im Schnitt. Zart gewölbte Brauen und blonde Locken, die ihr weit über die Schultern fielen. Engelsgesicht. Entrückt und fern dieser Welt. Jenseits des Schmerzes. Jenseits. Tod. Todesengel. Engel des Todes. Toter Engel. Ich konnte ihr helfen, ihr Schicksal zu vollenden.

Ein feines Lächeln huschte über ihre Lippen, als ich fragte: ›Träumst du etwas Schönes, mein Engel? Ich schenke dir etwas. Einen Traum, der ewig dauert. Aus dem du nicht mehr erwachen musst.‹

Ich zog den Riemen an ihrem Arm fest. Sehr fest. Es war zwingend notwendig, die Ader genau zu erkennen.

Den Körper zu berühren, solange er noch warm ist, und dann zu fühlen, wie die Kälte Besitz von ihm ergreift, diese Möglichkeit erfreut mich immer wieder aufs Neue. Eine elektrisierende Idee packte mich. Ich wollte es ungefiltert spüren. Haut auf Haut. Eine absolut verlockende Überlegung. Doch nur für einen Moment. Noch nicht. Nicht heute. Das zu tun, erforderte einen neuen Plan und die anschließende restlose Beseitigung meiner künstlerischen Arbeit. Ein wenig bedauerte ich es, die dünnen Latexhandschuhe tragen zu müssen. Aber ich wäre nicht ich, wenn ich über diesen Gedanken die Notwendigkeit der korrekten Ausführung des folgenden Aktes aus den Augen verlöre. So beschoss ich, an diesem Abend einem anderen meiner Sinne zum Genuss zu verhelfen. Das Messer glänzte in der spärlichen Beleuchtung doppelt verlockend. Anmutig und schön. So wie sie. Das Blut staute sich. Ich legte das Messer in ihre Handfläche, krümmte ihre Finger zur Faust und umschloss sie mit meiner eigenen. Sachte legte ich den linken Arm um ihre Schulter, damit sie nicht umkippte. Ich berührte ihr Engelshaar mit meinem Gesicht. Für einen Augenblick empfing ich ihren Duft und zögerte. Sie stank. Nach Dreck, Alkohol und Gosse. War sie überhaupt wert, dass ich ihr diesen Gefallen erwies? Doch. Ja. Vielleicht war es so sogar noch besser. Ein schmutziger Engel, durch den Tod vom Elend befreit. Poetisch. Ein einziger, zügig ausgeführter Schnitt. Präzise, tief und kraftvoll. Die scharfe Klinge glitt leicht, spielerisch durch das zarte Fleisch; schob sich zielsicher vorbei an den Sehnen und durchtrennte die Ader in der Länge. Vom Handgelenk bis zur Ellenbeuge. Sie zuckte nicht einmal. Nur ein kurzes Stöhnen. Welch unerhört schöner Laut. Ich senkte die Hand mit dem Messer in ihren Schoß. Dann wechselte ich auf die gegenüberliegende Seite des Schuppens, um sie anzusehen. Vollkommen. Das schöne Gesicht blickte weiter unverwandt ins Leere, während pulsierend, in kräftigen Stößen, das Blut aus ihrem Unterarm sprudelte. Etwas mehr Mondlicht, und ich hätte das lebendige Rot erkennen können, das ihren Körper für immer verließ. Doch besser noch war das trübe Licht der Gleisanlagen, das sich über sie breitete. Die Verheißung der immerwährenden Kälte, die sie bald umfangen sollte. Gespenstisch schön. Meine Inszenierung. Und der Himmel gab seinen Segen. Spielte die passende Melodie, als der Regen prasselnd auf das Blechdach trommelte. Finale. Abgang. Ein Blitz flammte auf. Ihre Augenlider flackerten. Ein kurzes Rucken, der Kopf sank nach vorn auf die Brust. Unter ihrem Körper bildete sich eine Pfütze, als ihre Muskulatur erschlaffte. In der Ferne ein Donnerschlag. Ende der Choreographie.«

* * *

»Weißt du eigentlich, dass du mir das Herz gebrochen hast?« Alexandra drehte sich auf den Bauch und schubste Jörg, der lang ausgestreckt neben ihr lag.

»Ich? Aber doch nicht heute!«

»Nein. Damals, als du regelmäßig zu meinem Bruder kamst. Ich war so unglaublich verliebt in dich, aber das hat dich nicht interessiert.«

»Du warst ein Baby«, murmelte er verschlafen und sie schubste ihn wieder. Diesmal mit mehr Nachdruck.

»Ich war dreizehn!«

»Sag ich doch, ein Baby. Immerhin war ich fast zwanzig.«

»Na und? Die sieben Jahre Unterschied waren dir später ganz egal.«

Er zog die Decke nach oben, die ihn von der Hüfte abwärts bedeckte. Nur die breiten Schultern blieben nackt.

»Stimmt. Aber da wolltest du nichts mehr von mir wissen. Egal, wie sehr ich dich umworben habe.«

»Gebaggert trifft es besser. Schmeichelhaft, aber penetrant. Irgendwie war es immer der falsche Moment.«

Er tippte ihr auf die Nase und grinste.

»Fühlt sich aber ziemlich richtig an im Augenblick.«

»Im Augenblick. Guter Hinweis. Du hast nicht vor, ab jetzt zu klammern, oder?«

»Hey, ich bin ein verheirateter Mann, schon vergessen?«

»Ich nicht. Du aber. Zumindest in den letzten ein, zwei – oh – es sind schon drei Stunden.«

Jörg lachte und verschränkte die Arme hinter dem Kopf.

»Ein Ausrutscher, den ich mir schon längst verziehen habe.«

»Ich bin also ein Ausrutscher?« Alexandra schlug mit dem Kopfkissen nach ihm und er hob schützend die Arme vors Gesicht.

»Willst du etwa mehr sein?«

»Auf keinen Fall. Nur …«, sie brach ab. Fast beschämt bei dem Gedanken, der ihr durch den Kopf ging.

»Was, nur?«

Laut pustete sie die Luft aus den Lungen.

»Nur, wenn du mal wieder ins Rutschen kommst, wäre ich gern dabei«, verkündete sie forsch.

»Ich dachte, du vermeidest jeden Beziehungsstress.«

»Tu ich auch. Aber dich im Bett zu haben, empfinde ich nicht gerade als Stress. Eine Beziehung ist was anderes.«

Jörg lachte lauthals los.

»Mann oh Mann, du überraschst mich heute! Wenn ich geahnt hätte, was tatsächlich alles in dir steckt, glaube mir, ich hätte in den letzten Jahren nicht locker gelassen!« Er zauste ihr die Haare. »Ich verbreite also keinen Stress in deinem Bett. Wer sorgt denn sonst dafür? Für den Stress, meine ich? Dein geheimnisvoller Krimiautor? Wie läuft es mit ihm?«

Eigentlich wollte sie nicht an Tobias denken. Nicht gerade jetzt. Was an diesem Nachmittag mit Jörg passiert war, lag auch an Tobias. Sie wollte ihn so sehr, dass es sie fast um den Verstand brachte. Aber sie durfte es nicht überstürzen. Tobias war ein Fremder, von dem sie nicht viel wusste. Und was sie wusste, mahnte zur Vorsicht. Unterdrücktes Verlangen wiederum trübte das Urteilsvermögen, also brauchte sie den Sex mit Jörg, um wieder klar denken zu können. Verwirrt bemerkte sie, dass sie sich verteidigte. Rechtfertigte. Wofür? Und vor wem? Sie war Tobias nicht verpflichtet. Es fiel ihr schwerer als sie angenommen hatte, mit der Moral zu brechen. Gleich doppelt. Sie legte ihren Kopf auf Jörgs Brust und umkreiste mit der Fingerspitze seinen Nabel. Nein, er war nicht nur Mittel zum Zweck. Er war wunderbar, einfühlsam und liebevoll. Und verrückt und lustig und er hatte eine Frage gestellt, die sie jetzt beantworten musste.

»Es läuft bestens. Er ist witzig und charmant. Ein absolut heißer Typ. Jede Menge Sex-Appeal.«

»Mehr als ich?«

»Ja, schon. Au! Warum kneifst du mich? Du hast doch gefragt. Vielleicht empfinde ich das nur so, weil ich bei ihm nicht weiß, woran ich bin.«

»Das Spiel mit der Gefahr?«

»Kann sein.«

»Habt ihr miteinander geschlafen?«

»Noch nicht. Muss ich dich jetzt etwa um Erlaubnis fragen?«

»Nein, aber ...«

»Was aber? Hör zu, Jörg, wir beide hatten Sex. Gut und heiß und gerne wieder. Das ist aber auch alles!«

Seine Eitelkeit musste einiges einstecken. Aber er hielt sich tapfer.

»Ich meine ja auch nur, du sollst vorsichtig sein. Der Kerl ist undurchsichtig.«

»Mehr als das. Glaub bloß nicht, ich bin blöd. Ich bin Polizistin. Mit Leib und Seele, das lege ich niemals ab. Auch nicht im Bett. Selbst wenn ich scharf auf ihn bin, verliere ich nicht völlig den Durchblick.«

»Sicher?«

»Ganz sicher. Im Übrigen kannst du mir einen Gefallen tun.«

»Soll ich dir den Rücken kratzen oder da weitermachen, wo wir vorhin aufgehört haben?«

»Weder noch.« Sie richtete sich auf und zog die Decke beiseite. Dann schob sie ihr Bein über seinen Bauch und setzte sich auf ihn. »Das mit dem Weitermachen übernehme ich selbst. Ich dachte vielmehr an ein bisschen journalistisches Recherchieren.«

Er seufzte wohlig unter ihrer Berührung.

»Daran kannst du jetzt denken?«

»Finde heraus, ob es an den Schauplätzen der Morde aus dem Roman tatsächlich Verbrechen gab. Irgendwas verheimlicht er. Vielleicht – vielleicht auch nicht. Ich weiß nicht. Vielleicht ist er auch nur ein perfekter Schauspieler, der niemals aufhört zu spielen, und kein perfekter Mörder. Trotzdem vielleicht …«

»Das sind aber eine Menge Vielleichts«, grunzte Jörg träge und längst wieder versöhnt.

»… findest du irgendetwas. Hinweise, Parallelen, Übereinstimmungen. Streck einfach mal deine Fühler aus, nach der Wahrheit, die im Verborgenen steckt.«

Seine Hände packten ihre weich gerundeten Hüften.

»Frag mich später noch mal. Ich strecke meine Fühler gerade ganz woanders aus und das braucht meine absolute Aufmerksamkeit.«

Belustigt schüttelte sie den Kopf. »Männer!« Dann beugte sie sich nach vorn über seine glatt rasierte Brust, um ihn zu küssen, und vergaß Tobias Stockmann für eine weitere Stunde.

Mittwoch, 24. Oktober

Die rostigen Spielgeräte auf dem Sandplatz vermittelten einen Eindruck von Trostlosigkeit. Nur wenige Familien wohnten noch in den klotzigen Häusern mit den bunten Graffitis an den Wänden. Vier Gebäude mit je fünf Etagen, um eine gemeinsame Gartenanlage angeordnet, um die sie gelangweilt herumhockten, mit ihren abwaschbaren Siebzigerjahre-Fassaden. Ein verblasster Hauch von Gemütlichkeit. Trotzdem lebte Alexandra gerne hier. Vor allem Pärchen und Singles nutzten den bezahlbaren Wohnraum in verkehrsgünstiger Lage. Genau wie sie. Sie brauchte weder ein heimeliges Ambiente noch engen Kontakt zu den anderen Mietern. Ihr genügte die Ruhe, die sich durch die Ausrichtung der Wohnung zum Garten ergab.

Am meisten liebte sie ihren großen Balkon. In jedem Frühjahr startete sie einen Großeinsatz, um mit Hingabe die Pflanzen umzutopfen, zu schneiden und neu zu befestigen. Sehnsüchtig erwartete sie den Sommer, den sie hinter dichten, blühenden Kletterpflanzen im lichten Schatten verbringen konnte. Gerade noch ein fensterbreiter Ausschnitt blieb offen, für den Blick nach unten. So konnte sie Besucher schon auf Entfernung kommen sehen, denn der nächstgelegene Parklatz befand sich hinter dem gegenüberliegenden Gebäude. Jetzt wurde es bald Zeit, sich auf den Winter vorzubereiten. Alexandra wischte sich mit dem Unterarm über die Stirn. Ihre Hände klebten von der schweren, feuchten Erde, in der sie gegraben hatte.

Überrascht entdeckte sie Tobias, der unten mit weit ausholenden Schritten über den gepflasterten Weg ging, zwischen dessen Platten fröhlich das Unkraut spross.

»Tobias! Willst du zu mir?« Hocherfreut winkte sie ihm zu. Er legte die Hand über die Augen und blinzelte gegen die tief stehende Sonne.

»Wenn du mich reinlässt?«

Eilig putzte sie die Hände an einem Tuch ab, sammelte im Vorbeigehen verstreute Wäschestücke auf und stopfte sie hastig unter das Sofa. Ein rascher Blick in den Spiegel, die unfrisierten Haare mit den gespreizten Fingern zurechtgezupft, tief durchgeatmet und auf die Tür! Entspannt lehnte Tobias bereits im Türrahmen.

»Na, meine Liebe, noch schnell alle Geheimnisse versteckt?«

Ertappt errötete sie und er zwinkerte ihr verschwörerisch zu.

»Ich werde nicht danach suchen. Versprochen.«

Wieso durchschaute er sie so leicht? Stand auf ihrer Stirn geschrieben: Ich bin zwar eine Frau, aber ich führe einen schlampigen Junggesellenhaushalt, der eines Mannes würdig wäre? Verwirrt kaute sie auf ihrer Oberlippe.

»Sprachlos?« Er schnippte mit den Fingern vor ihrer Nase.

»Du hast mich kalt erwischt! Ich habe gerade Gärtner gespielt und bin einigermaßen dreckig und verschwitzt. Da bringt Besuch schon mal das Konzept durcheinander.«

»Hast du den grünen Daumen?«

Skeptisch beäugte er die beiden inzwischen ziemlich vertrockneten Rosensträuße.

»Das ist was anderes. Ich konnte mich einfach noch nicht von ihnen trennen. Komm auf den Balkon, dann siehst du meinen privaten Dschungel.«

Tobias betrachtete mit mäßigem Interesse ihre Pflanzen.

»Dieses Haus ist eine Bausünde in Beton«, stellte er fest. »Mit mittelalterlichen Schießscharten.« Geschmeidig sank er in die Hocke, spähte durch die Schlitze in der breiten Balustrade, federte wieder nach oben und beugte sich weit über das Geländer. »Was ist das denn?«

Alexandras Blick folgte seiner ausgestreckten Hand in die Tiefe.

»Einer der Nachbarn hat auf eigene Faust angefangen, den Garten umzugestalten, die Sache geht jetzt vor Gericht.«

»Das hat wirklich besonderen Charme. Ein Eisenzaun mit scharfen Spitzen direkt neben dem Spielplatz. Ausgesprochen reizend. Es passt perfekt hierher. Diese Stadt ist verdorben. Gestern hat mir jemand im Hotel meinen Rucksack geklaut.«

»Aus deinem Zimmer?«

»Nein. Früh morgens an der Rezeption. Während ich mit einer dieser zauberhaften Damen plauderte. Ich stand direkt daneben und habe es nicht bemerkt.«

»Hast du es gemeldet?«

»Klar, direkt übers Hotel. Die hübsche Lady hat es gesehen. Also, dass ich den Rucksack abstellte und dass er anschließend verschwunden war.«

»War etwas Wertvolles drin?«

»Nein. Nichts von Belang. Wer immer sich das Ding geschnappt hat, wird bitter enttäuscht sein.«

»Dann hast du Glück gehabt.«

Er beugte sich zu ihr und küsste ihre Nasenspitze.

»Ich bin bei dir. Also habe ich ohnehin Glück.« Ein kleines, schadenfrohes Lachen entschlüpfte ihm. »Außerdem hat der Blödmann nur benutzte Wäsche erbeutet.«

»Welche Wäsche?«

»Einen Pullover. So ähnlich wie der hier, mit Kapuze. Der lag ewig in meinem Auto. Ich hatte ihn in den Rucksack gestopft, um ihn endlich mit in die Wäscherei zu geben.«

»Sag, dass der Pullover nicht blau war.«

»Doch. War er. Wieso?«

Sie nahm sein Gesicht zärtlich in beide Hände und küsste mit Bedauern seine Lippen.

»Ich fürchte, auf die romantische Zweisamkeit müssen wir erst mal verzichten. Du bist sicher, dass du umgehend eine Anzeige gemacht hast?«

»Ja. Was ist denn los?«

»Wir haben einen Toten. Wir haben einen Zeugen und eine Täterbeschreibung. Und wir haben einen blauen Kapuzenpullover als Beweisstück. Wollen wir wetten, dass wir deine DNA-Spuren daran finden?«

»Das ist nicht dein Ernst!«

»Ich fürchte doch, und darum fahren wir jetzt sofort ins Präsidium, du identifizierst den Pullover und gibst ihnen eine DNA-Probe.«

»Wieso sollte ich das tun?«

»Wieso? Um klarzustellen, dass du damit nichts zu tun hast! Wenn du freiwillig …«

»Mache ich aber nicht. Wenn die nicht von selbst auf mich kommen, wieso soll ich sie auf die Idee bringen?«

»Aber du bist unschuldig!«

»Alexandra, bist du so naiv? Wen interessieren Schuld oder Unschuld, wenn die Herrschaften Indizien haben! Glaubst du tatsächlich an Gerechtigkeit?«

»Aber ja! Und ich glaube an die Fähigkeiten meiner Kollegen und an unser Rechtssystem. Absolut! Wo warst du gestern zwischen 13 und 14 Uhr?«

»Wird das ein Verhör?«

»Tobias! Wo warst du?«

»Ich war mittags im Verlag.«

»Wie lange hat das Treffen gedauert?«

»Nicht lange. Eine halbe Stunde oder so.« Er grinste. »Die Dame ist nicht mein Typ, da geht es schneller. Das Reden, meine ich. Wir haben nur geredet, ich schwöre!«

»Du bist unmöglich! Die Sache ist nicht wirklich witzig. Aber wenn du ein Alibi hast, spricht nichts dagegen, jetzt mit mir zu kommen.«

»Doch. Ich habe nämlich keine Lust.«

Wütend stemmte sie die Hände in die Seiten. »Und ich habe auch keine Lust, und zwar auf deine Albernheiten! Wenn du nicht sofort …«

Mit unterwürfigem Gesicht streckte er ihr beide Hände entgegen, sein Körper schien geradezu in sich zusammenzusinken.

»Nicht böse werden! Ich lasse mich abführen, ganz brav. Wirst du mir Handschellen anlegen?« Das demütige Gehabe verschwand schlagartig und machte einem süffisanten Ausdruck Platz. »Wirst du? Bitte, Alexandra, fessle mich, dann folge ich dir überall hin!«

»Unmöglich!«, schnaubte sie wieder und packte ihn im Genick. Mit abgründigem Stöhnen ließ er sich von ihr aufrichten. Dann lachte er so unbändig, dass sie mitlachen musste.

»Du brauchst immer ein bisschen Show, bei allem, was du tust.« Sie schob die Haarsträhne hinter sein Ohr.

»Aber ja! Für eine gute Show gebe ich so ziemlich alles. Mein Leben, dein Leben …« Er knabberte an ihrem Hals. »Oder das irgendeines anderen.«

Mit dem Rücken drückte er sie gegen das Rankgitter, das sie zwischen dem Geländer und dem darüberliegenden Balkon angebracht hatte. Prüfend rüttelte er daran. Eine üppige Weinrebe hielt die Verstrebungen umschlungen.

»Nicht schlecht, du kannst von hier oben alles überblicken, ohne dass dich jemand sieht.«

Sie zog die Nase kraus. »Fast schon schade, dass ich gar nichts zu verbergen habe.«

Er rieb mit dem Daumen einige Erdkrümel von ihrer Wange.

»Das lässt sich ändern. Ich muss mich noch für den Überfall entschuldigen, ich wollte dich nicht stören.«

»Tust du nicht.«

»Ich war gerade in der Nähe und da dachte ich …« Er senkte den Kopf und seufzte. »Nein. Das ist gelogen. Ich wollte dich sehen. Das ist alles. Und ich war neugierig auf deine Wohnung. Ich habe genug von Hotelzimmern. Und dem Leben aus dem Koffer. Es wird Zeit, dass ich irgendwo ankomme.«

Ihre schmutzigen Finger spielten mit den Bändern seines Kapuzenpullovers. »Und da kommst du zu mir? Das gefällt mir. Nur …« Sie wickelte ein Band um den Zeigefinger und zupfte daran herum. »DNA-Probe hin oder her, ich müsste dich auch sonst gleich wieder wegschicken. In einer guten Stunde muss ich auf dem Revier sein. Zum Nachtdienst. Duschen muss ich auch noch. Es tut mir leid!«

Er brummte missmutig und zog sie an sich.

»Ich hasse deinen Dienstplan. Und ich scheine nicht in der Lage, mir zu merken, wann du arbeitest und wann du frei hast.«

»Ist auch schwierig. In unserer Dienststelle läuft seit kurzem ein Pilotprojekt für den bedarfsorientierten Schichtdienst.« Mit geschlossenen Augen schmiegte sie sich an seine Brust. »Auf jeden

Fall habe ich ab morgen früh um sieben frei. Übermorgen schiebe ich vormittags ein paar Stunden und am Samstag gehe ich wieder in den Tagdienst.«

»Sag, dass das nicht wahr ist!« Er stieß einen zornigen Laut aus. »Wenn ich meinen Terminplan richtig im Kopf habe und ich irre mich darin leider nie, können wir uns erst am Sonntag wieder sehen. Und auch da nur kurz. Termine, Termine, Termine. Wie ich das hasse!«

»Vorfreude ist die schönste Freude, sagt man.« Sie drückte ihre Lippen auf sein Kinn.

»Oh nein, Alexandra! Ich verspreche dir, dass das nicht stimmt. Du wirst es sehen, erleben«, er bedeckte ihr Gesicht mit warmen Küssen, »fühlen und nie mehr vergessen. Es wird viel besser sein als alles, was du kennst oder erwartest!«

* * *

Routinemäßig drehten Mischa und Alexandra ihre Runde durchs Revier. Um Präsenz zu zeigen und gelegentlich einen Zufallstreffer zu landen; zur rechten Zeit, am rechten Ort. Wobei sie die Fahrtstrecken und den Zeitpunkt der Kontrollen variierten. Auf der Zeil herrschte lange nach Ladenschluss nur noch mäßiger Betrieb. Das eigentliche Nachtleben – sowohl das Anrüchige als auch das Gemütliche – fand größtenteils anderswo statt. Die Einkaufsmeile belebte sich kurzfristig ein letztes Mal, wenn die Lichtspielhäuser nach dem Ende der Spätvorstellungen ihre Türen öffneten.

Alexandra hielt in der Nähe des U-Bahn-Zuganges gegenüber der Katharinenkirche und Mischa nutzte die Gelegenheit, auszusteigen, sich die Beine zu vertreten und der Diskussion über Stockmanns Verstrickung in den Mord am Eisernen Steg für eine Weile zu entgehen.

Scharen von Zuschauern strömten aus den Kinos in die Kälte der Oktobernacht. Ein Moment, der eine erhöhte Aufmerksamkeit seinerseits rechtfertigte. Er lehnte sich an die Motorhaube des

Streifenwagens und beobachtete die Grüppchen, die in fröhlicher Stimmung ins Freie drängten. Alles blieb ruhig, friedlich. Er wartete ab, bis sie sich in alle Himmelsrichtungen zerstreut hatten. Erst dann öffnete er die Tür, nahm die Mütze vom Kopf und setzte sich wieder auf den Beifahrersitz.

Alexandras Laune war weit weniger locker, sie nahm das zuvor unterbrochene Gespräch sofort wieder auf.

»Da will ihm jemand was anhängen. Er hat die Sachen vorher als gestohlen gemeldet.«

Natürlich stand sie klar auf Stockmanns Seite.

»Wie leichtgläubig bist du eigentlich? Denkst du, die Hotelangestellte hat vorher in den Rucksack geguckt, um seine alten Klamotten zu bewundern? Das ist der älteste Trick der Welt. Sachen gestohlen zu melden, um sie hinterher bei einem Verbrechen zu benutzen.«

»Aber er hat den DNA-Test machen lassen und es sind noch andere Spuren gefunden worden. Fremde Haare, in der Kapuze.«

»Richtig. Wenn er so perfekt ist, wie er immer behauptet, kann er die selbst dort platziert haben. Außerdem lag der Pullover nicht gerade an einem klinisch sauberen Ort. Verunreinigungen sind da nur logisch.«

»Er hat ein Alibi!« Erst jetzt drehte Alexandra den Zündschlüssel und fuhr los.

»Irgendeine Schnepfe aus dem Verlag. Erlaube mal, die decken ihn unter Garantie.« Aufmerksam betrachtete Mischa die Szenerie vor dem Fenster, um sich abzuregen. »Der Kerl spielt eine Menge Geld ein, da kann man einen Termin schon mal im Nachhinein verlängern.«

Die Durchfahrt vom Rossmarkt an der Hauptwache vorbei sollte nach dem Willen der Politiker in naher Zukunft gesperrt werden. Die beiden Teile der Fußgängerzone zu verbinden, bedeutete für die Autofahrer, lästige Umwege fahren zu müssen. Andererseits kam der Verkehr hier ohnehin kaum noch vom Fleck. Über den gesamten Abschnitt von der Zeil bis zum Eschenheimer Turm erstreckte sich eine gigantische Baustelle. Die Vergangenheit war einem ehrgeizigen Projekt gewichen, machte Platz für ein weiteres Einkaufszentrum, ein Bürohochhaus, ein Hotel. Mischa rieb sich resignierend den Nacken. Das alles war genauso unnütz und so wenig aufzuhalten, wie die Streiterei mit Alexandra.

»Du willst ihn verdächtigen!«

»Spielt keine Rolle. Ich bin weder sein Richter noch sein Henker.« Die Anspielung konnte er sich nicht verkneifen, aber sie bemerkte es nicht einmal. »Den Job haben andere. Es sind nicht unsere Ermittlungen. Das eine ist Dienst, das andere privat. Fang nicht an, das durcheinanderzubringen!«

Sie antwortete nicht mehr und Mischa starrte angestrengt aus dem Fenster, um ihrem Blick nicht zu begegnen. Es war nicht fair, Tobias Stockmann vor ihr schlecht zu machen. Kein bisschen. Trotzdem wollte er ihn nur zu gern überführen. Mit jeder Buchseite, die er las, lieber. Aber ihm fehlte eine konkrete Spur.

Im Zweifel für den Angeklagten.

Aus den Augenwinkeln forschte er in ihrem Gesicht. Streit mit Alexandra war die Hölle. Vor allem, wenn sie am Steuer saß.

Dass Mischa recht hatte, was das Alibi betraf, ärgerte Alexandra am meisten. Wütend trat sie aufs Gaspedal. Die Lichter der Stadt, die sie sonst in der Nacht so liebte, strahlten bunt und unbeirrt. Glitzerten auf dem feuchten Asphalt. Immer ein bisschen wie Weihnachten, wenn es geregnet hatte.

Scheiß Geflimmer. Scheiß Weihnachten.

Mischa trommelte mit dem Zeigefinger gegen die Seitenscheibe.

»Bleibt es bei unserer Verabredung nächste Woche Freitag?«

»Klar«, raunzte sie kurz angebunden. »Es ist unser Freitag, wieso fragt du?«

»Du bist sauer auf mich. Außerdem hast du viele andere Termine.«

Unvermittelt brachte sie den Wagen zum Stehen, sodass sie beide heftig in den Sicherheitsgurt gerissen wurden.

»Spinnst du?«, fauchte sie, ohne sich um den nachfolgenden Verkehr zu kümmern. »Glaubst du etwa, ich weiß nicht mehr, was wichtig ist? Einmal im Monat ist unser Freitag, so wie immer. Basta! Der ist noch nie ausgefallen und das wird auch so bleiben. Eher friert die Hölle zu. Wenn hier zwischendurch mal die Fetzen fliegen, war das doch noch nie ein Problem. Was für eine blöde Frage! Es sei denn …«, sie stockte und starrte ihn an, »du willst das nicht mehr?«

»Beruhige dich. Für mich stand das nie zur Debatte. Ich dachte nur …«

»Dass ich vor lauter Männergeschichten keine Zeit mehr für dich habe, oder was? Überlass das Denken mal lieber wieder mir, Blödmann. Du bist mein bester Kumpel, auch wenn du mir gerade tierisch auf den Wecker gehst. Nur damit du's weißt, Kleiner!«

»Danke für die Blumen. Also alles beim Alten? Am freien Freitag, vor dem freien Samstag Essen beim Koreaner. Und danach? Geht die alte Frau mit dem Blödmann ins Kino?«

Sie boxte ihm aufs Knie, während sie den Streifenwagen wieder in den Verkehr einreihte.

»Klar doch. Du zahlst.«

»So wie immer, meine eigene Rechnung und du deine.«

Im Halbdunkel grinsten sie einander an. Mit zufriedenem Brummen lehnte Mischa sich zurück und zog die Dienstmütze in die Stirn.

»Wenn du nicht mein Partner wärst«, murmelte er dabei, »dann würde mir was fehlen, alte Frau.«

Sie boxte ihn wieder.

»Dann müsste ich jetzt nämlich selber fahren und könnte kein Nickerchen machen.«

Sie lachte leise. »Du bist echt ein Blödmann!«

Draußen wartete die Stille der Nacht und Alexandra genoss das üppige Funkeln der Straßenbeleuchtung. Noch zwei Monate bis Weihnachten. Sie freute sich darauf.

Donnerstag, 25. Oktober

Die Sonne ließ sich den ganzen Tag nicht blicken. Die diffuse Beleuchtung unter der geschlossenen Wolkendecke veränderte sich nicht, Tageszeiten verschwammen in depressivem Einheitsgrau. Der einzige Lichtblick blieb, dass Alexandra das Haus nicht verlassen musste. Nicht einmal das Bett, bisher.

»Sag mal meine Schöne, der Tote auf dem Frachter, das war doch in deinem Revier?«

»Hmhm.« Alexandra grunzte schläfrig.

»Gibt es da irgendwelche Anhaltspunkte? Offiziell hat die Polizei noch nichts verlauten lassen. Es hieß aus unbestätigter Quelle, er wurde gestoßen. Ist da was dran?«

Alexandra wälzte sich auf die andere Seite und stützte sich auf den Ellbogen, plötzlich wieder hellwach.

»Das glaube ich jetzt nicht! Jörg Weber, elende alte Socke, bildest du dir ein, nur weil wir miteinander schlafen, kriegst du von mir Insiderinformationen? Bist du bescheuert?«

»Man kann es doch mal versuchen.« Er biss ihr knurrend in die Schulter. Kein bisschen verlegen. »Der Versuch ist nicht strafbar, oder? Du bist moralisch einwandfrei. Habe ich hiermit zur Kenntnis genommen. Zumindest, was Dienstgeheimnisse betrifft.«

»Schweinehund.«

»Oh ja, weiter so! Beschimpf mich, da steh ich total drauf! Kleines Luder.«

»Keine Lust. Du musst nach Hause.«

»Wieso?«

»Das hier soll nicht zur Gewohnheit werden. Also raus jetzt. Der Hinweis auf meine – unsere – moralische Gesinnung war fehl am Platz, um nicht zu sagen, ein Volltreffer, der mir die Stimmung versaut hat.«

»Ich fang gleich an zu weinen vor Rührung! Meine Alex hat Gewissensbisse? Sollte ich die nicht eigentlich haben?«

»Solltest du.«

»Habe ich aber nicht.«

»Verschwinde trotzdem – und nenn mich nicht Alex.«

Er angelte seine Hose vom Fußboden und schlüpfte, noch halb unter der Decke, umständlich hinein.

»Na gut. Dann gehe ich eben. Aber ich komme wieder.«

Sie warf ihm einen Socken an den Kopf.

»Das hoffe ich.«

* * *

Er konnte es nicht glauben. Diese Frau traf sich mit anderen Männern, statt sich des Privilegs bewusst zu sein, dass *Er* ihr seine Aufmerksamkeit schenkte. Sie hatte *Ihn* nicht verdient. Seine Lippen verzerrten sich in Abscheu. *Unverdient, unverdient!* Auch er verdiente es noch nicht, von *Ihm* bemerkt zu werden. Statt *Ihm* ein Geschenk zu machen, brachte er *Ihm* Ärger. Er presste die Hände auf die Schläfen. Sein Kopf schmerzte. Die Wut übermannte ihn, wenn er nur an die Frau dachte. Oder an die anderen Menschen, die *Ihn* zornig machten. Er war *Sein* Medium. Tief in seinem Herzen fühlte er *Seinen* Schmerz. Vielleicht würde es seine Aufgabe sein, diese Menschen aus *Seiner* Umgebung zu entfernen. Eliminieren.

Er nutzte jede Minute, die Lage zu sondieren, auszukundschaften, zu beobachten. Immer bereit, immer auf der Suche nach der Gelegenheit, dem perfekten Gedanken, der ihn zum Meister führte; ihm endlich die Chance gab, zu zeigen, dass er der wahre Schüler war. Gelehrig und wissbegierig. Er musste den Fehler von der Brücke ausmerzen. Sich selbst dafür zu bestrafen, stand ihm nicht zu, auch wenn er mehrfach daran gedacht hatte. Doch er würde einen Weg finden, seine Liebe zu beweisen. Er wusste, weshalb der Meister nach Frankfurt zurückgekommen war. Er kannte *Seine* geheimen Gedanken. Er wusste, wer *Ihn* fürchten musste. Er wollte

Sein Werkzeug sein. Das Werkzeug der Angst und der Rache. Unerbittlich. Feuer und Schwert. Asche und Blut. Noch war er schwach. Tränen füllten seine Augen.

Für dich. Alles für dich.

Er schlug das Buch auf. Es gab noch viel zu lernen.

⋆ ⋆ ⋆

Sein Brustmuskel dehnte sich. In weitem Bogen führte Mischa die Hanteln über dem Kopf zusammen, die Arme im Ellbogen leicht gebeugt. Schulter und Oberarm arbeiteten zusammen, mit kraftvollen, ruhigen Bewegungen. Gleichmäßiges Heben und Senken. Keine Verzögerungen, kein Nachfedern, um die Gelenke nicht unnötig zu strapazieren. Ausatmen unter Belastung, einatmen bei Entlastung.

Zehn Wiederholungen, dann senkte Mischa die beiden Kurzhanteln auf die Brust und richtete sich auf.

Die Leiche auf dem Frachter, der verdächtige Pullover … Es war reine Zeitverschwendung, darüber nachzudenken, und auch nicht seine Sache. Neumaier bearbeitete den Fall.

Nach Gewicht sortiert, lagen die Hanteln in langer Reihe vor der Spiegelwand. Er wählte die Nächstgrößeren, ließ sich wieder rücklings auf der Bank nieder, stemmte die Füße in den Boden, um die Lage zu stabilisieren, und begann von Neuem. Auf und ab. Solange die Gewichte sich über ihm bewegten und er die Dehnung jeder Muskelfaser spürte, entspannten sich seine Gedanken. Sieben Züge. Pause.

Aber ich habe ja nichts Besseres zu tun, als nach Beweisen zu suchen, die es nicht geben wird.

Und noch einmal sieben. Mischa erhöhte das Gewicht stärker als geplant. Diesmal war es unmöglich, die Hanteln ohne Einsatz der Rückenmuskulatur zu drücken, wenn die Füße den Boden berührten. Um diesen Effekt zu umgehen und die Kraft ausschließlich aus dem Oberkörper zu ziehen, nahm er die Beine auf die Bank, überkreuzte die Füße in der Luft. Unter lautem Aufstöhnen hob er die Gewichte. Vier Mal. Er legte sie auf der Brust ab, keuchte, atmete durch, konzentrierte sich, hob sie erneut. Gespannte Sehnen, sichtbar klopfende Adern an Hals und Schläfen. Zufrieden beendete er die Übung, löste den Gürtel und zog die Handschuhe aus. Wenigstens das hatte er im Griff.

Aus der Sporthalle hörte er das Quietschen der Schuhe. Die unnachahmliche Mischung von Schweiß, Gummisohlen, Talkumpuder und Wachs füllte die Luft. Ein Geruch wie in jeder anderen Sporthalle. Aber diese hier war für ihn wie ein zweites Zuhause. Er hatte sämtliche Trainingszeiten der Sportgruppen in den Anlagen des Präsidiums im Kopf: Kraftsport, Boxen, Fußball, Selbstverteidigung, die ganze Palette, und wusste auch immer, wann er die Räume allein nutzen konnte.

Alexandra hatte recht, er war nicht besonders gern unter Menschen. Aber nicht erst seit der Sache mit Britta.

Im Umkleideraum zog er sich aus, knotete das Handtuch um die Hüften. Die eigenen Fähigkeiten ausloten, Grenzen finden, alles herausholen, was möglich war. Das konnte er am besten allein. Eine günstigere Gelegenheit zu finden als hier, um diese Leidenschaft auszuleben, war kaum denkbar.

Günstige Gelegenheit. Leidenschaft. Schon verflog seine Entspannung. Er hängte das Tuch an den Haken und drehte die Dusche an. Stockmann hatte eindeutig ein Gespür für günstige Gelegenheiten. So, wie er es in dem Buch beschrieb. Alexandra war eine davon. Mehr nicht. Und Stockmann der leidenschaftliche Spieler. Der mit der Leidenschaft spielte. Mit ihrer Leidenschaft. Das warme Wasser umspülte Mischas nackte Haut. Er drehte den Hebel nach rechts, bis die Kälte jedes Gefühl betäubte. Mit schnellen, zornigen Bewegungen rieb er die Haut trocken.

Zu Hause wartete das Buch. Er hasste es. Trotzdem war er entschlossen, es zu Ende zu lesen. Es zog ihn in seinen Bann. Gegen seinen Willen. Schwer, es aus der Hand zu legen.

Ich glaube an nichts, flüsterte es. Woran glaubst du?

* * *

»Ich folgte meiner Intuition. Beinahe hätte ich Leidenschaft gesagt. Wie amüsant! Leitet man das Wort her über Leiden und schaffen, so kann es wieder als angemessen betrachtet werden. Wobei meine Leidenschaft nicht mir Leiden schafft. Sinnvollerweise müsste man natürlich die Schreibweise ändern. Nun gut, dies ist nicht der Ort und die Zeit, um über Etymologie zu philosophieren, nicht wahr? Ich folgte also meiner Intuition, wohin auch immer sie mich führte. Von den einsamen Wäldern Norwegens, über die Vereinigten Staaten bis hin in die biedere Schweiz. Es war vollkommen irrelevant, wohin ich meine Schritte lenkte. Überall war ich willkommen. Auch hier, wo alles begann und wo es endet. Für Sie, Kommissar; ausschließlich für Sie. Für mich geht das Spiel weiter, das sich Leben nennt. Und auch die Jagd. Haben Sie geglaubt, sie würde mit Ihnen enden? Wie anmaßend! Sie sind nur ein kleines Kapitel. Mehr nicht. Dort draußen in der Welt warten sie auf mich. Mit offenen Armen. Beglückt nehmen sie mich auf, begierig, sich in meine Hände zu begeben, sich mir hinzugeben – in jeder nur erdenklichen Weise. Wie könnte ich da widerstehen? Schließlich bin auch ich ein Mensch. Sie halten das für widersprüchlich? Dass ich einerseits behaupte, keine Gefühle zu empfinden, andererseits den Gelüsten anderer nicht widerstehen kann. Wie dumm Sie doch sind, die Ironie meiner Worte nicht zu erkennen! Weshalb sollte ich widerstehen, wenn es Menschen gibt, die mir doch mit ihrem Verhalten einen Vorteil verschaffen. Sie bieten mir Gelegenheiten, einfach und schnell, lechzen danach, durch meine Hand zu sterben. Vielleicht sind jene in ihrer Einfalt klüger als Sie, Herr Kommissar, denn sie stemmen sich nicht gegen das Unausweichliche, das ihnen in meiner Gestalt begegnet. Sie nehmen es an, sind auf ihre Art Wissende, denen instinktiv klar wird, dass sie durch mich eins werden mit der Unendlichkeit des Nichts. Dem allumfassenden, einzig wahrhaftigen Nichts! Ich bin der Lichtbringer, der die Finsternis ihres Geistes erhellt; der wahre Erlöser. Ist es nicht um ein Vielfaches gnädiger, die Seele, diesen sterblichen Furz des Universums, auszuhauchen im Bewusstsein des Endes, als davor zu zittern, von einem despotischen Gott nach Gutdünken gerichtet zu werden? Ich erlöse von dem Bösen, indem ich es ein für allemal

beende! Nein Kommissar, ich halte mich nicht für Gott. Ich bin Gott! Weil ich es so will. Ich habe mich selbst erschaffen und lebe in der Freiheit dieses Wissens.«

Freitag, 26. Oktober

Vor der Tür des 1. Polizeireviers saß Tobias lässig auf der Kühlerhaube seines Wagens. Alexandra fühlte sich geschmeichelt. Entgegen seiner Behauptung, sich ihren Dienstplan nicht merken zu können, schien er ihre Arbeitszeiten haargenau zu kennen. Inklusive der stundenweise abzuleistenden Sonderschichten.

»Ich habe eine Überraschung für dich. Steig ein.«

Kopfschüttelnd hielt Alexandra im Abstand von drei Schritten vor ihm an und versuchte einen strengen Blick. Er sollte nicht davon ausgehen, dass sie selbstverständlich immer tat, was er sich wünschte.

»Waren wir nicht erst für Sonntag verabredet? Was ist mit deinen Terminen?«

»Ich habe den Plan geändert, die Termine verschoben.«

»Tut mir leid, ich muss zuerst nach Hause, die Uniform ausziehen.«

»Dagegen ist überhaupt nichts einzuwenden. Aber muss das unbedingt bei dir zu Hause sein?«

Sie sog heftig die Luft ein. Der ging aber ran heute!

»Ja. Was auch immer du vorhast, muss so lange warten, denn ich trage noch mehr bei mir, was ich nicht im Privaten mitführen darf.«

Er zog ein gespielt beeindrucktes Gesicht.

»Mitführen, oh, oh! Beamtendeutsch. Du bist bewaffnet?«

»So ist es. Zum Dank dafür, dass ich mit Uniform in die U-Bahn steige, darf ich kostenlos fahren. Aber zur Uniform gehört nun mal auch die Waffe. Erhöht angeblich die Sicherheit im öffentlichen Nahverkehr, spart Fahrtkosten und mir die Umzieherei im Revier. Aber der Preis ist der direkte Weg nach Hause am Dienstende. Keine Ausnahmen, keine Kompromisse.«

»Du darfst also nicht mal mehr Brötchen einkaufen gehen?«

»Das schon. Aber mit mir Brötchen zu kaufen, ist sicher nicht das, was du als Überraschung geplant hast. Und alle anderen privaten Aktivitäten dauern sicherlich länger und sind somit nicht drin.«

Schmollend streckte er die Hand nach ihr aus.

»Also gut. Du hast gewonnen. Zur Resignation gehört Charakter, wusste bereits Goethe. Ich fahre dich heim und warte, bis du umgezogen bist. Kriege ich wenigstens einen Begrüßungskuss?«

»Knutschen in Dienstkleidung? Bin nicht sicher. Lese ich lieber erst noch mal nach.«

Sie blieb weiter auf Armeslänge vor ihm stehen.

»Liegt es nur an deinem Job, dass du mich so abblitzen lässt, oder an der idyllischen Umgebung, die jede Romantik tötet? Polizeirevier im Schmuddelambiente, eingeklemmt zwischen China-Imbiss und Ramschläden.«

Erstaunt glitt ihr Blick über die vertraute Straßenfront.

»Wir sind im Herzen der Stadt, am Puls der Zeit, am Ort des Geschehens. Hier ist das pralle Leben und da gehören wir hin! Außerdem hast du das ehrwürdige Gebäude gegenüber außer Acht gelassen. Oberlandesgericht, Staatsanwaltschaft, Ministerium der Justiz. Und das sind nicht die Einzigen, die hier ihren Sitz haben. Soll ich weitermachen? Schmuddelig ist es höchstens auf der Rückseite des Reviers. Das hat so ein bisschen was von Hinterhof oder Großmarkthalle, Mülltonnencharme.«

»Dazu fällt mir ein: Wo hast du deinen Türsteher gelassen? Den habe ich heute gar nicht gesehen.«

Verständnislos schaute Alexandra ihn an.

»Na den Superbullen, der nie von deiner Seite weicht. Kein Hals, kein Hirn, Türstehertyp eben.«

»Stopp! Kein Wort mehr über meinen Partner, ist das klar? Er hat sehr wohl einen Hals und …«

Tobias lachte laut. »Einen Hals – aber das mit dem Hirn darf ich so lassen?«

Sie biss sich auf die Lippen. Blöd, wieso hatte sie es so angefangen? »Nein, darfst du nicht. Was hast du gegen ihn?«

»Nichts. Er ist mir nur eine Nummer zu klein für dich.«

»Ein Meter siebzig ist nicht klein.«

»Ich meinte nicht die Körpergröße. Zumindest nicht nur. Aber lassen wir das, der Kerl ist zu langweilig, um sich seinetwegen mit dir zu streiten.«

»Er ist auch nicht langweilig.« Endlich kam sie den entscheidenden Schritt näher, boxte trotzig gegen seine Brust.

»Ich steh auf dein aufbrausendes Temperament. Verzeihst du mir?«

»Zum letzten Mal. Aber mach das nie wieder!«

Er legte zwei Finger aufs Herz. »Ich schwöre!«

Dann öffnete er den Wagenschlag und verneigte sich leicht.

»Es ist mir eine Ehre, Frau Kriminalkommissarin.«

»Polizeioberkommissarin«, verbesserte sie automatisch und stieg ein.

Während Tobias schwungvoll aufs Gaspedal trat, betrachtete Alexandra ihn aus den Augenwinkeln. War er das nun – ihr lang ersehnter jugendlicher Held? Ein Draufgänger war er auf alle Fälle, der die Grünphasen der Ampeln bis zum letzten Augenblick ausreizte.

»Kirschgrün!«, versicherte er mit Unschuldsmiene und schlängelte sich zielsicher durch den Verkehr.

Das Auto roch neu, nach echtem Leder. Es passte ebenso gut zu ihm wie die ausgeblichenen Jeans.

»Darf ich deine Waffe mal sehen?«, fragte er beiläufig. »Nur so aus reiner Neugier.«

Tobias befeuchtete sich die Lippen, spielte mit der Zungenspitze zwischen den Zähnen. Eine Angewohnheit, die Alexandra ausgesprochen sexy fand.

»Kennst du dich mit Waffen aus?«

»Ein wenig. In Amerika habe ich schießen gelernt.«

»Womit hast du geschossen? Und vor allem: worauf?«

»Nicht auf lebende Ziele, ich schwöre schon wieder. Dort kriegst du alles – von der abgesägten Schrotflinte über historische Karabiner bis zur Glock 17.«

»Und du hast alles ausprobiert?«

»Yes, Ma'am! Hat Spaß gemacht. Besonders die kleineren Waffen, Pistolen, bei denen es auf einen scharfen Blick und eine ruhige Hand ankommt. Präzision, das ist mein Ding.« Er schnalzte mit der Zunge. Es machte Alexandra nervös, wie er vom Schießen schwärmte.

»Anlegen, zielen und dann das ganze Magazin auf einmal rausjagen. Bam, bam, bam! Wenn du die ganze Scheibe wegpustest und genau ins Schwarze triffst, ist das ein irres Gefühl. Nicht wahr?«

Sie kaute auf dem Daumennagel. »Scharfschütze«, stieß sie dann hervor, »das wollte ich immer gerne werden. Wobei ich die großen Kaliber bevorzuge.«

Unruhig krallte sie die Finger der linken um die der rechten Hand. Aber es war nicht mehr aufzuhalten. Das Feuer flackerte auf.

»Ich bin gut. Richtig gut! Jedes Mal wenn ich auf den Schießstand gehe, ist das wie ein Rausch, ich vergesse alles um mich herum. Volle Konzentration. Ich verschmelze mit meiner Sig Sauer, sehe die Kugel vorher schon fliegen und verfehle mein Ziel nie. Auch auf große Distanz.«

Ihre Leidenschaft schien ihn zu amüsieren.

»Ist die Sig gut?«

»Absolut. Allein, wie sie in der Hand liegt.«

In Gedanken versunken hob sie beide Hände, streckte die Arme in Richtung Windschutzscheibe, schloss ein Auge, als ob sie ein Ziel anvisierte.

»Schwer und sicher. Zuverlässig. Mein Baby, meine Lebensversicherung, meine Dienstwaffe. Sig Sauer P6, mit 9mm Teilmantelgeschoss; die Plastikhülle fliegt weg, das Geschoss bleibt stecken, weil es seine ganze Energie direkt nach dem Eintritt abgibt. So kannst du sicher sein, dass du mit einem Schuss auch nur einen triffst. Bei der Glock ist das anders, die durchschlägt einen Körper wie Pudding und erledigt unter Umständen noch einen zweiten Menschen gleich mit. Kommt natürlich auch auf die Munition an, wie groß die Schäden sind, die man anrichtet. Die so genannten Dum-Dum-Geschosse waren ebenfalls Parabellum-Patronen, aber im Gegensatz zu den heutigen …«

»Si vis pacem, para bellum.«

»Was?«

»Daher kommt der Name. Lateinisches Sprichwort: Wenn du im Frieden leben willst, bereite dich auf den Krieg vor.«

»Ach so. Ich schätze, ich sollte den Vortrag besser beenden.«

»Nein, erzähle ruhig weiter, das gefällt mir!«

Kritisch beäugte sie ihn von der Seite. Dann fuhr sie fort.

»Im Wagen haben wir immer auch eine Heckler & Koch Maschinenpistole. Habe ich im Dienst aber noch nie gebraucht. Nicht mal angefasst, genau wie die Pistole. Im Gegensatz zu den amerikanischen Kollegen gehen die meisten von uns in den Ruhestand, ohne jemals einen Schuss abgegeben zu haben. Mir hat mal einer im Vertrauen gesagt, er würde lieber mit dem Ding werfen oder zuschlagen als damit zu schießen, wenn er die Wahl hätte. Ich sehe das ein bisschen anders, vielleicht weil ich mir meiner Fähigkeiten im Umgang mit der Pistole sicher bin. Aber viele hassen das Schießen wie die Pest.«

»Meine süße Alexandra, ein schießwütiger Waffenfreak, wer hätte das gedacht!«

»Schießwütig bin ich nicht!«

»Aber ein Waffenfreak?«

»Wenn du es unbedingt so nennen willst.«

Mit quietschenden Reifen driftete er um die Kurve und brachte den Wagen im Haltverbot vor der Feuerwehrzufahrt zum Stehen.

»Warum hat es mit der Scharfschützenausbildung nicht geklappt?«

Sie verzog bedauernd das Gesicht. »Fitnesstraining rund um die Uhr. Sport, bis der Arzt kommt. Ich bin doch nicht irre! Außerdem sind mir Menschen lebendig am liebsten. Als Scharfschütze darfst du aber keine Sekunde zögern, zu töten.«

»Darfst du im Dienst auch nicht, wenn es drauf ankommt.«

»Stimmt. Trotzdem ist das anders. Die Wahrscheinlichkeit ist sehr viel geringer. Meist genügt ein Warnschuss in die Luft oder einer, der den Täter nur aufhält. Ein Scharfschütze macht üblicherweise keine Gefangenen.«

»Ein Scharfschütze mit Skrupeln …«

»Ist eine Gefahr für jede Mission.«

»Zum Thema Mission fällt mir gerade wieder etwas ganz anderes ein. Glaubst du, dass es tatsächlich Missionare waren, die diese Stellung …«

»Tobias!«

»Was denn? Ich dachte nur, wir könnten vielleicht ausprobieren, ob da ein göttlicher Funke überspringt. Es muss schließlich einen Sinn haben, dass man es genau so tun soll und nicht anders.«

»Du bist ein Meister darin, das Thema zu wechseln.«

»Selbstverständlich. Ich bin ein Meister in so manchem. Darf ich deine Waffe nun sehen, bevor ich meine Meisterschaft auf anderem Gebiet unter Beweis stelle?«

Nicht einwickeln lassen!

»Nur ganz kurz? Einmal in die Hand nehmen.«

»Das ist verboten.«

»Genau deshalb will ich es tun.« Er knabberte an ihrem Ohrläppchen. »Bitte. Nur ganz kurz. Ich verspreche es!«

»Du bist wirklich der Meister …«

»Ich weiß.« Sanft küsste er ihren Mund.

»… der Überredungskunst. Ein teuflischer Verführer.« Sie küsste ihn heftiger.

»Oh ja, das gefällt mir. Aber vergiss die Waffe nicht.«

»Später.«

Er lachte leise irgendwo zwischen ihren Haaren.

»Bitte, bevor die Feuerwehr uns abschleppen lässt.«

Widerstrebend löste sie sich aus seiner Umarmung und strich sich die Haare zurecht, die sich aus dem Zopf gelöst hatten.

»Also gut. Du hast gewonnen. Dann eben jetzt.«

Alexandra nahm die Pistole aus dem Holster, richtete die Mündung nach rechts unten in den Fußraum. Ohne zu überlegen, betätigte sie den Magazinhaltehebel und ließ das volle Magazin in die linke Hand gleiten.

»Du traust mir nicht?«

»Geben Sie die Pistole niemals aus der Hand, bevor sie entladen ist. Steht schon in der Bedienungsanleitung.«

Routiniert zog sie den Verschluss bis zum Anschlag nach hinten, um auch die Patrone aus dem Patronenlager zu entfernen. Dann ließ sie ihn zurückschnellen und entspannte den Schlaghahn. Sie atmete tief durch, ehe sie ihm die Pistole in die Hand legte.

»Ich trage die Verantwortung. Also nein, ich traue dir nicht. Wenn es um Waffen geht, bin ich pingelig.«

Laden oder entladen Sie die Pistole nie in einem Fahrzeug. Auch das stand im Handbuch und sie wusste es sehr genau. Unbehaglich wartete sie darauf, die Waffe wieder entgegenzunehmen, und entspannte sich erst, als sie sie wieder geladen und sicher verstaut hatte.

»Zufrieden?« Sie lächelte ihn unsicher an.

»Ja, allerdings! Aber du solltest jetzt langsam nach oben gehen. Bevor die lieben Nachbarn Alarm schlagen. Wir stehen immer noch im Haltverbot.«

* * *

Marion Hermann lehnte sich mit dem Rücken ans Fenster. Ihr gegenüber saßen Robert Wagner und Holger Busek.

»Wie ist die Herzfrequenz im Augenblick?«, fragte sie mit Blick auf die Tür zu Neumaiers Büro.

»Im verträglichen Rahmen. Ob das so bleibt, hängt von deinen Ergebnissen ab.«

Sie stieß prustend den Atem aus. »Na dann hoffe ich, der Defibrillator für den Notfall funktioniert. Keine Neuigkeiten von mir. Die Gerichtsmedizin hat auch noch nichts Neues, was uns wirklich weiterhilft. Todesursache ist und bleibt der Sturz auf den Frachter, genauer gesagt …«

»Na, wer hätte das gedacht!« Holger verzog ironisch das Gesicht, langte nach dem Bericht auf ihrem Schreibtisch und überflog ihn rasch. »Das wussten wir am Dienstag auch alles schon.«

»Ja. Aber jetzt ist es hundertprozentig wasserdicht, alles andere ausgeschlossen. Außerdem liegt das erste gerichtsmedizinische Gutachten seit Mittwoch hier. Du hättest es längst lesen können.«

Er überhörte den Vorwurf in ihrer Stimme.

»Wozu haben wir es denn, damit es unbeachtet verrottet? Ich weiß genau, was drin steht, und ich kann dir auch sagen, wie der Junge von innen ausgesehen hat. Und gerochen.«

Holger ging nicht auf das Thema ein. Aus gutem Grund. Er drückte sich mit schöner Regelmäßigkeit vor der Anwesenheit bei Obduktionen.

»Aus acht Metern Höhe auf die Aufbauten eines Schubverbandes zu krachen, ist denkbar unbekömmlich«, verkündete er stattdessen. »Er ist mit dem Brustkorb auf eine Kante aufgeschlagen. Das allein hätte vermutlich schon gereicht. Schweres Trauma der Lunge.« Mit dem Finger fuhr er die Zeilen entlang und las weiter. »… Unterleib auf einer Koppelwinde, was auch immer das ist, … dazu kam ein Milzriss, Quetschung der Nieren, jede Menge innere Blutungen. Wahrscheinlich war es ein Segen, dass er mit dem Kopf auch noch einen Metallbolzen erwischt hat. Dadurch war er gleich hinüber.«

Robert schüttelte sich. »Dein Feingefühl sitzt heute wieder ganz weit hinten.«

»Wieso? Gestorben wäre der Junge auf jeden Fall. So hat er sich eine Menge Schmerzen erspart.«

»Auch wieder wahr. Hast du was von den Toxikologen gehört, Marion?«

»Weder im Essen noch im Blut konnten irgendwelche Substanzen nachgewiesen werden, die da nicht rein gehören.«

»Was hätte der Chef denn gerne gefunden?«

Sie zuckte die Schultern. »Drogen vielleicht. Dann könnte er im Rausch gesprungen sein. Mit der richtigen Mischung intus, wird jede Logik außer Kraft gesetzt, dann springst du vielleicht auch während des Essens ohne ersichtlichen Grund. Oder Gift. Eins, das schnell wirkt, dann wäre er bereits tot von der Brücke gekippt. War aber nichts. Absolut nichts.«

»Neumaier wird nicht gerade hocherfreut sein, das zu hören.«

»Wir können es nicht ändern. Fakten sind nun mal Fakten. Oder kannst du noch was aus dem Ärmel zaubern, Holger?«

»Nicht das Geringste. Stockmanns Alibi habe ich von allen Seiten beleuchtet und finde keinen Hinweis auf Manipulation.«

»Die andere DNA?« Hoffnungsvoll schaute sie Robert an.

»Suche läuft noch. Ist aber nicht gerade vielversprechend. Habe den Radius erweitert und eine allgemeine Anfrage gestartet, mit der Personenbeschreibung und dem Tatmuster, soweit man davon sprechen kann. Mal sehen, ob da was kommt, bisher gab es kein Ergebnis. Scheint auf den ersten Blick kein Widerholungstäter zu sein.«

»Ist doch noch viel zu früh, so was auszuschließen. Bis so eine Anfrage bearbeitet wird, kann es eine ganze Weile dauern. Es brennt den anderen Dienststellen nicht so unter den Nägeln wie uns. Andere Bundesländer andere Sitten. Dazu unterbesetzte Abteilungen, unzureichende Ausstattung, vorsintflutliche Methoden, weil die Herren Politiker …«

»Keine politischen Diskussionen, bitte!« Marion unterbrach Holger nachdrücklich. »Nicht schon wieder. Wir müssen uns was einfallen lassen, die Presse wird nervös.«

»Die Geier kreisen. Tun sie doch immer. Ich versteh sowieso nicht, warum der Alte keine Erklärung abgegeben hat.«

»Frag ihn doch, wenn du dich traust. Wo steckt er überhaupt?«

Prüfend steckte Marion den Finger in die Blumenerde der einzigen Pflanze auf dem Fensterbrett und wischte dann die trockenen Brösel an ihrer Jeans ab.

»Na, in seinem Büro.« Holger reichte ihr die Wasserflasche von seinem Schreibtisch und sie kippte den abgestandenen Rest in den Übertopf. Lebensrettende Sofortmaßnahme.

»Seit wann macht er die Tür zu?«, fragte sie überrascht. »Und davon abgesehen: Wenn ihr gewusst habt, dass er da ist – wieso hat ihn keiner geholt? Jetzt müssen wir mit ihm das Ganze noch mal durchkauen.«

Robert zupfte sich verlegen am Ohrläppchen.

»Ehrlich gesagt hatten wir gehofft, dass du das allein übernimmst. Er ist ein Kavalier der alten Schule und dir wird er weniger hart gegenübertreten, wenn du ihm das allumfassende Nichts verkündest.«

Marion stieß sich mit dem Fuß von der Wand ab.

»Gegenübertreten. Eins überbraten, meinst du wohl! Echt heldenhaft von euch!«

Sie raffte die Berichte an sich, rollte sie zusammen und schlug sie erst dem einen, dann dem anderen Kollegen ins Genick.

»Schämt euch! Pfui, ab in die Ecke. Alles muss frau selber machen.« Dann ging sie grinsend auf Neumaiers Tür zu und sang leise vor sich hin: »Auf in den Kampf, Torero!«

⋆⋆⋆

In Rekordzeit hatte Alexandra ihre Waffe im Safe verstaut und sich selbst in eine Zivilistin verwandelt. Unter dem obligatorischen Lieblingspullover trug sie einen Hauch verführerischer Spitze. Ihr Herzschlag dröhnte bis in ihren Schädel. Sie war bereit, jede Vernunft über Bord zu werfen.

Etwa zehn Minuten später passierten sie den Hauptbahnhof und bogen kurz darauf in das Wohngebiet am ehemaligen Binnenhafen ein. Das neu aus dem Boden gestampfte Viertel war zum Teil auf einer in den Fluss ragenden Mole errichtet, verfügte über Häuser mit direktem Zugang zu Bootsstegen, einen Yachthafen und künstlich-mediterranes Flair, das seine Tauglichkeit erst noch beweisen musste. Überragt wurde die Anlage vom Westhafen Tower, dessen dreieckige Glasflächen auf Entfernung grünlich glänzten und Alexandra immer an eine überdimensionale Mülltonne erinnerten. Auch wenn viele Frankfurter eher ein Geripptes, ein Apfelweinglas, darin sehen wollten. Alexandra betrachtete die durchgestylte Stadtentwicklung mit Skepsis.

Per Fernbedienung öffnete Tobias nun das Gittertor der Garage und sie verschwanden in der Tiefe.

»Voilà! Willkommen in meinem neuen Domizil.«

»Du hast hier eine Wohnung gemietet?«

»Gekauft. Ich halte nichts von halben Sachen.«

Sie pfiff anerkennend durch die Zähne.

»Wow! Von Bescheidenheit hältst du auch nichts, oder?«

Sie entdeckte Kameras, mit denen jeder Winkel des Parkdecks erfasst wurde, und am Ausgang eine Pförtnerloge, in der ein Securitymann mehrere Bildschirme überwachte.

Ein Lift beförderte sie in die siebte Etage. Tobias drehte den Schlüssel, stieß die Tür auf und bedeutete ihr mit weit ausholender Geste und leichter Verbeugung, einzutreten.

»Wow. Schon wieder Wow!«

»Danke, für die Anerkennung. Wobei ich gestehe, es mir mit der Innenausstattung leicht gemacht zu haben. Ich habe einfach meine Münchner Wohnung kopiert. Sie gleichen sich aufs Haar.«

Schwarzer Granitboden, weiße Teppiche, dazu schwarze Schwingsessel, eine weiße Ledercouch, glänzende Lackflächen an den übrigen Möbeln. Weiße Wände. Puristisches Design.

Auf dem Tisch eine aufgebaute Schachpartie.

»Mit welcher Farbe spielst du?« Alexandra hob vorsichtig eine der zerbrechlichen Glasfiguren an.

»Schwarz.« Tobias nahm den Läufer aus ihrer Hand und stellte ihn zurück an seinen Platz.

»Dein Springer bedroht die Dame?«

»Richtig. Sie sollte schleunigst in Sicherheit gebracht werden.«

»Vielleicht will sie das gar nicht«, hauchte sie mit anzüglichem Unterton. Aber er überhörte ihre Anspielung.

»Es ist nicht ihre Entscheidung. Mein Gegner macht den nächsten Zug. Ich bin gespannt, wie lange er braucht, um die Bedrohung zu sehen.«

Offensichtlich nahm er das Spiel ernst.

»Du hast also nicht vor, die Dame sofort zu schlagen?«

Ihre eigenen Kenntnisse des Spiels beschränkten sich auf die Grundzüge.

»Es hängt alles von ihm ab. Wir werden sehen.«

Mit dem Zeigefinger zog sie eine Wellenlinie über seine Brust, um seine Aufmerksamkeit zurückzuerlangen.

»Mit wem spielst du?«

Unverwandt traf sie sein Blick. »Mit«, plötzlich legte er den Kopf in den Nacken und schloss die Augen, »mit jedem, der mir begegnet! Das weißt du doch.«

Er schlang die Arme um sie, drehte sich mit ihr im Kreis und brachte sie vor dem riesigen Panoramafenster zum Stehen, das einen atemberaubender Ausblick über den Hafen und die Dächer der Mainmetropole eröffnete.

»Sag mir, dass es sich dafür gelohnt hat, die vielen Termine in den letzten Tagen einzuhalten, statt meine Zeit mit dir zu verbringen.« Sie fühlte seinen Atem flüsternd an ihrem Ohr. Berauschend. Verwirrend. Hastig löste sie sich von ihm, trat einen Schritt zurück.

Ihre Unsicherheit amüsierte ihn offenbar und er gewährte ihr generös einen kleinen Aufschub.

»Es gibt noch einiges zu tun, wie du siehst. Die Bilder stehen schon an der Wand und warten darauf, aufgehängt zu werden. Eine schöne Allegorie – wenn man die Motive bedenkt.« Mit feierlicher Geste drehte er einen der Rahmen um. »Erst an die Wand gestellt, dann gehenkt. Fiese Wortspielerei. Gefällt mir.«

Alexandra verzog das Gesicht. »Das sieht aus wie ein überfahrener Vogel. Blut und Knochen.«

»Das ist zeitgenössische Kunst, mein Engel. Leider kein Original. Meine neueste Errungenschaft. Habe ich vor wenigen Monaten bei einer Ausstellung in Kassel erworben. Tanz mit dem Totentanz. Eine wunderbar makabere Veranstaltung. Es heißt: Gebärender Tod. Der Knochenmann bringt bluttriefend ein Kind zur Welt. Gemalt hat es Peter Gilles und zwar mit Acrylfarbe und tatsächlich auch mit Blut!«

Alexandra schüttelte sich.

»Manche Dinge an dir sind mir ein Rätsel. Dein Kunstgeschmack zum Beispiel.«

»Da bin ich aber froh! Stell dir vor, wir hätten schon alle Rätsel gelöst, das wäre unendlich langweilig. Und Langeweile ist das letzte, was ich brauchen kann. Eine Beziehung, die langweilt, ist es nicht wert, Beziehung genannt zu werden.«

Sie betrachtete aufmerksam sein Gesicht. Nein, langweilig war er sicher nicht. Ein wenig beunruhigt gestand sie sich ein, dass sie es mit seiner Rätselhaftigkeit auf Dauer nicht aufnehmen konnte. Ihr blieb nur eine begrenzte Zeit. Die schmerzhafte Erkenntnis traf sie plötzlich und unerwartet. Wie lange wohl? Er näherte sich in gebückter Haltung, drehte eine Schulter nach unten, den Kopf nach oben und spähte in ihre Augen.

»Hallo? Alles in Ordnung?«

Sie fegte alle Bedenken beiseite und nickte. Tobias zog sie weiter, ließ sie einen Blick in alle Räume werfen und führte sie zum Schluss ins Schlafzimmer. Auch hier dominierte die Farbe weiß. Alexandra erschauerte.

»Schon wieder gruselige Bilder. Wie kannst du hier schlafen?«

»Wonnig wie ein satter Säugling. Das ist großartige Kunst. Hieronymus Bosch: Tryptichon; der Garten der Lüste. Der perfekte Dreiklang des menschlichen Daseins: das Paradies, die irdischen Verfehlungen und als krönendes Finale die Hölle. Ergänzt wird das Ganze an der anderen Wand durch einen mittelalterlichen Totentanz. Du musst genau hinsehen. Achte auf die Details, wie perfekt sie ausgearbeitet sind.«

»Glaube ich dir alles. Aber diese Motive im Schlafzimmer?«

»Wieso nicht? Der Tod gehört untrennbar zum Leben. Er ist uns sicher, sobald wir auf dieser Erde erscheinen. Mit dem ersten Atemzug wird er zu unserem ständigen Begleiter. Wieso ihn fürchten? Er ist die einzige Konstante, das einzig Unzweifelhafte in unserer Existenz. Die Vollendung, die Verheißung, das Ziel für alle. Diese Meisterwerke, auch wenn es nur Kopien sind, zeigen das in aller Deutlichkeit. Der Platz über meinem Bett ist für mich sehr inspirierend. Jeden Morgen wird mir die Vergänglichkeit bewusst gemacht und auch jeden Abend, wenn ich allein oder zu zweit ins Bett steige.«

Er hauchte einen Kuss in ihren Nacken.

»Macht es den Akt der Liebe nicht umso bedeutender, wenn man die Unausweichlichkeit des Endes vor Augen hat? Ein grandioser Zeitvertreib. Bisweilen auch der jämmerliche, verzweifelte Versuch, das eigene Leben durch die Produktion von Nachkommen zumindest genetisch zu verlängern. Unsterblichkeit auf diesem Wege erlangen zu wollen, ist ein unsinniger Wahn.«

»Du strebst mit deinen Büchern nach Ruhm. Ist das nicht genauso unsinnig?«

Er lachte leicht verlegen und senkte den Kopf. In seinen Augen leuchtete wieder der Schalk des kleinen Jungen.

»Erwischt. Ja, im Prinzip hast du recht. Vielleicht ist es auch nur ein Wahn. Der Ruhm ist nur von kurzer Dauer und nur relevant, solange ich lebe. Später habe ich nichts mehr davon. Trotzdem stimmt es. Mit meinen Büchern überdauert ein Teil von mir das Ende meiner Zeit.«

»Du hast also nicht vor, andere Spuren deiner Existenz in der Welt zurückzulassen?«

»Hättest du denn Interesse, an meiner Reproduktion beteiligt zu sein?«

Einen Augenblick starrte sie ihn sprachlos an, dann schüttelte sie den Kopf.

»Das ist nicht der Weg, den ich für uns beide sehe.«

Spöttisch kräuselte er die Lippen. »Wie wahr, wie wahr. Aber man könnte für eine Weile so tun als ob, oder?«

Atemlos schaute Alexandra zum Bett, zu den Bildern und wieder in sein Gesicht. Er will mich. Jetzt. Hier.

»Also, ich … Auch wenn es dich inspiriert. Ich kann nicht … im Angesicht des Todes.«

Tobias' Hände glitten unter ihre Bluse und zogen sie an sich.

»Wenn es weiter nichts ist.« Sein Körper drückte sich gegen ihren und schob sie sachte rückwärts zur Tür hinaus.

»Ich nehme dich überall. Auf dem Flur …«, er küsste sie, »im Wohnzimmer …«, er entledigte sie ihrer Bluse, »in der Küche …«, seine Zähne gruben sich in ihren Hals, »oder im Bad …«

Sie krallte die Finger in seinen Rücken, während er sie gegen die Wand presste, dann zog sie ungestüm an seinem Gürtel.

»Hier ist völlig in Ordnung. Die anderen Zimmer nehmen wir uns später vor.«

In ihrer Tasche vibrierte das Handy. Minutenlang, bis die automatische Mailboxansage den Anrufer auf später vertröstete.

* * *

»Guten Abend«, die Stimme am Telefon klang angespannt.

Mischa schlug mit der Hand nach dem Lichtschalter und schaute auf den Wecker.

»Gute Nacht«, brummte er, »es ist halb zwölf durch.«

»Entschuldigung.«

»Wer ist überhaupt dran?« Sein Kopf lag schwer auf dem Kissen. Der zerrissene Traum kreiste noch durch seine Gedanken.

»Jörg Weber. Alexandras ...«

»Journalistenfreund. Weiß schon. Was ist los?«

»Ich kann sie nicht erreichen.«

»Hm? Ich bin doch dran.«

»Nicht Sie. Sie, Alexandra. Es ist wichtig. Denke ich.«

Müdigkeit lastete bleischwer auf Mischas Körper. Er knüllte die Decke zusammen und richtete sich auf, um wach zu werden.

»Wir müssen was unternehmen, Mischa ... Herr Michalczyk.«

»Schon gut, was meinst du mit: Wir müssen was unternehmen?«

Mischa schüttelte den rechten Arm, der unangenehm prickelte. Er musste darauf geschlafen haben und jetzt begann das Blut schmerzhaft zu zirkulieren.

»Wie soll ich sagen, Gefahr im Verzug?«

»Gefahr für Alexandra?«

»Möglicherweise.«

»Schieß los.« Plötzlich war er hellwach.

Samstag, 27. Oktober

»Warum bist du gestern Abend nicht ans Telefon gegangen?«

Alexandra und Mischa standen allein in der Revierküche.

»Ich war nicht zu Hause.« Alexandra lutschte ihr Messer ab, mit dem sie gerade Marmelade auf ein Brötchen gestrichen hatte. Auch ohne Frühstück hatte sie es heute nur gerade so geschafft, pünktlich zum Dienst zu kommen.

»Das weiß ich. Was war mit deinem Handy? Es war nicht an.«

»Stimmt. Genau das war mit dem Handy.«

»Wieso hast du es ausgemacht? Ich habe versucht, dich zu erreichen.«

»Wäre ich nie drauf gekommen! Ich war verabredet und wollte nicht gestört werden. Schließlich haben wir bei der Schutzpolizei keine Rufbereitschaft. Die überlasse ich liebend gern den Jungs vom Kriminaldauerdienst. Weißt du, für manche von uns gibt es so etwas wie ein Privatleben.« Sie steckte das Messer in die Spülmaschine und warf die Klappe zu. »Warum erzählst du mir nicht endlich, was du Wichtiges von mir wolltest?«

»Ich habe dir auf die Mailbox gesprochen und auf den Anrufbeantworter. Damit du zurückrufst. Egal, wie spät es ist.«

Sein vorwurfsvoller Ton ärgerte sie sichtlich und sie rührte ihren Kaffee so heftig, dass er überschwappte.

»Hätte ich sicher gemacht.« Herausfordernd schaute sie ihn an und wartete.

»Du hast bei Stockmann geschlafen?« Er raufte sich die Haare. *Wie bei Dürrenmatt!* Genau wie der Kommissar im Roman »Der Verdacht«, den er zu lesen begonnen hatte, begab Alexandra sich wissentlich in die Hände eines potentiellen Mörders. Lieferte sich aus. Ohne vorher Sicherheitsvorkehrungen zu treffen.

Aus dem Nebenzimmer war Freds wieherndes Lachen zu hören und Alexandra schloss die Tür, ehe sie antwortete.

Sterne-Hotel zu betreten, war riskant und bot für die Kinder nur geringe Erfolgsaussichten. Wahrscheinlich wären sie schon am Eingang gescheitert. Und ein Gelegenheitsdieb hätte sich vermutlich eher einen Aktenkoffer geschnappt als einen alten Rucksack. Wer auch immer das getan hatte, musste aus eigenem Antrieb gehandelt haben und mit der festen Absicht, den Pullover dazu zu verwenden, Tobias einen Mord anzuhängen. Eine andere Erklärung gab es nicht.

Alexandra kaute auf ihrer Lippe und scannte die Straße mit den Augen. Wo eine Kinderbande aktiv war, gab es meistens noch mindestens eine weitere. Sie arbeiteten immer nach demselben Schema und wurden von erwachsenen Aufpassern streng überwacht. Nur gingen die praktisch nie ins Netz. Das Ende war immer das Gleiche: Man übergab die Kinder an eine Fürsorgeeinrichtung. Doch weil die kleinen Räuber nach geltendem Recht nicht gegen ihren Willen festgehalten werden konnten, verschwanden sie nach der ersten warmen Mahlzeit oder einer Nacht im bequemen Bett und niemand konnte sie aufhalten. Das war es dann. Ein Haufen Schreibkram und wenig Effekt. Sie hatte das Thema in der Vergangenheit unzählige Male mit Mischa durchdiskutiert. Wegsperren führte im Zweifel nur dazu, dass die kriminellen Fertigkeiten verfeinert wurden. Danach fanden Jugendliche nur schwer zurück in ein normales Leben. *Normal.* Sie schnaubte schlecht gelaunt. *Was ist schon normal?* Allein die Definition war mehr als problematisch.

Nach dem Streit am Morgen hatte Mischa kaum mit ihr gesprochen. Nur dienstlich. Auch das war nicht normal.

Jetzt saßen sie im Streifenwagen nebeneinander und sie fragte sich, wie lange das so weitergehen sollte. Sein Schweigen verursachte ein unangenehmes Gefühl, irgendwo zwischen Wut und Traurigkeit. Mit einem Hauch von Schuld. Und der war gerechtfertigt, wie sie sich zähneknirschend eingestand. Die Ergebnisse von Jörgs Nachforschungen ließen sich nur schwer ignorieren. Genau wie die Tatsache, dass sie ihn selbst darum gebeten hatte. Tobias konnte durchaus gefährlich sein. Doch sie wollte das, verdammt noch mal, ganz alleine herausfinden! Und sie wollte sich garantiert nicht von Mischa belehren lassen. Trotzdem. Etwas fehlte ihr, wenn er schwieg. Da blieb nur eins: die Missstimmung aus der Welt zu schaffen. Sofort. Sie drehte sich zu ihm um und stutzte. Mischa summte.

In halb liegender Position hing er auf dem Beifahrersitz. Die einzig erträgliche Haltung, wenn man längere Zeit im Auto verbrachte, wegen der vielen Ausrüstungsteile, die am hinteren Teil des Gürtels befestigt wurden. Das war nicht ungewöhnlich. Aber dass er summte, war neu.

Die Melodie plätscherte sanft wie Wasser, rieselte, tröpfelte irgendwo im Hintergrund durch ihre Erinnerung. Mischas Finger klopften den Rhythmus auf dem festen Kevlar-Gewebe der Schutzweste über seinem Bauch. Er wirkte völlig entspannt. Machte ihm das Schweigen gar nichts aus? Er schaute hinaus zu den Wolkenlöchern, durch die gelegentlich ein Fetzen blauen Himmels zu sehen war. Alexandra beobachtete ihn überrascht, folgte seinem Blick, sagte aber nichts. Obwohl sie zu gern gewusst hätte, woran er gerade dachte. Sie kannte den Song. Zuletzt hatte sie ihn auf der Vernissage gehört. Gespielt von einem Saxophon. Nur der Titel wollte ihr nicht einfallen.

* * *

Irene Neumaier stand in der Wohnzimmertür und betrachtete ihren Mann, der reglos aus dem Fenster starrte.

»Was ist los mit dir, Conrad?«

Am Waldrand bogen sich die Bäume im Wind, wie Scherenschnitte vor dem grauen Himmel. Das schwindende Licht des Tages verschmolz die Konturen im Garten zu einer einheitlichen Fläche. Geräteschuppen, Rhododendron, Feuerdorn. Das Zimmer lag im Dunkeln und Conrad antwortete erst, als Irene näher kam. Die Lampe ließ sie ausgeschaltet.

»Nichts.« In seiner Jacke steckte eine Postkarte.

»Das ist nicht wahr.« Irene Neumaier trat hinter den Sessel, legte die Arme um seine Schultern und das Kinn auf seinen Kopf. »Wir kennen uns zu lange, als dass du mir was vormachen könntest. Du stehst extrem unter Druck und ich wüsste gerne, wieso. Es ist nicht nur deine Arbeit.«

Er strich langsam über die nackte Haut ihrer Unterarme.

»Es ist nichts. Nichts von Belang.«

Auf der Karte stand kein Text.

»Aber es bedrückt dich.«

»Eine uralte Geschichte. Die eigentlich längst abgehakt ist. Nur eine kleine unbedachte Äußerung, die ich gleich wieder vergessen hatte. Aber dann ist was passiert. Ich habe es damals verdrängt und mir gesagt, das hat nichts miteinander zu tun. Aber es war die ganze Zeit da. Unterschwellig. Irgendwo in meinem Kopf. Und jetzt … Ich frage mich, ob es jetzt gerade weitergeht.«

»Was, Conrad?«

Er zog sie zu sich auf den Sessel. »Ich weiß nicht genau, was es ist. Es ist noch zu früh. Vielleicht auch nur ein Hirngespinst. Wenn ich mehr weiß, werde ich es dir erzählen.«

* * *

Gemächlich schlenderte Alexandra über den Römerberg. Die altehrwürdige Kulisse interessierte sie wenig. Nur während des Weihnachtsmarktes spürte sie eine Art Zauber, der von diesem Platz ausging. Die Lichter, der Glanz, der Duft nach Zimt und Glühwein. Oder wenn oben auf dem Balkon ein Sieg gefeiert wurde, wie der Weltmeistertitel der Fußballerinnen. Dann überkam sie diese merkwürdige Gänsehaut. Feierlich irgendwie und mitreißend. Auch wenn sie dienstlich hier war. Im Augenblick galt ihr Interesse allerdings etwas ganz anderem: Essen. Und dem Versuch, dabei alle negativen Gedanken des Tages zu vergessen.

»Übrigens: Danke für das Interview.« Jörg stopfte drei Pommes gleichzeitig zwischen die Zähne.

»Welches Interview?«

»Tu nicht so! Stockmann, der mit niemandem spricht, gibt mir am Montag ein Exklusivinterview. Das ist doch dein Werk.«

»Ist es nicht.« Sie wischte sich mit der Serviette über den Mund. Dieses elende Fastfood-Zeug würde ihrer Figur irgendwann den Rest geben.

»Ich glaube dir kein Wort. Wieso sollte er sonst ausgerechnet zu mir kommen?«

»Er kam zu dir?«

»Nicht persönlich. Der Marketing-Chef seines Verlages hat sich bei mir gemeldet. Aber er wollte mich. Ausdrücklich.«

Seufzend schob Alexandra einen weiteren Pommes nach. Teufelszeug.

»Komisch. Hat aber nichts mit mir zu tun.« Dann lachte sie und kniff ihn in den Po. »Hör mal, wenn er dich *will*, sei auf alles gefasst. Ich glaube nicht, dass er einen Unterschied macht, wenn er jemanden fürs Bett sucht.«

Jörg verschluckte sich prompt und sie klopfte ihm kräftig auf den Rücken.

»Was meinst du damit?«

»Dass es ihm egal ist, welches Geschlecht sein Gegenüber hat, wenn es willig und ihm ganz ergeben ist. Oder wenn er sich einen persönlichen Vorteil davon verspricht. Außerdem wirkt er sehr anziehend auf beiderlei Geschlechter. Lass dich nicht verführen.«

Jörg schüttelte sich mit Nachdruck. »Keine Gefahr für mich.«

Auf dem Brunnen vor ihnen thronte die Justitia. Frisch und munter nach einem wochenlangen Wellnessaufenthalt mit Runderneuerung in einer Restauratorenwerkstatt. Mit Waage und Schwert, blind und unbestechlich.

»Sei dir nicht zu sicher.«

»Sag mal, wenn du das so genau weißt, heißt das …«

Trotzig schaute Alexandra ihn an.

»Du hast gewusst, dass ich ihn will. Er wollte auch. Bist du jetzt beleidigt? Darf ich dich daran erinnern, dass unsere Verbindung nicht gerade eine klassische Zweierbeziehung ist?«

Sein gekränkter Stolz war nicht zu übersehen.

»Lass uns einfach nicht darüber reden, okay? Du erfährst nicht, was zwischen ihm und mir passiert, und er erfährt kein Sterbenswörtchen über dich. Ich habe nicht vor, zu vergleichen. Das ist kein Wettkampf. Das ist nur … mein ganz persönlicher Wahnsinn. Und wenn ich ehrlich bin, habe ich keine Ahnung, wie mir das alles passiert ist, und ich habe auch nicht die geringste Lust, darüber nachzudenken. Ach ja, noch eins: Bitte erspare dir und mir und auch Mischa solche panischen Aktionen wie letzte Nacht. Ich kann selbst auf mich aufpassen. Jetzt muss ich los. Silke wartet, ich bin heute Abend als Babysitter gebucht. Ich bin der Babysitter, verstehst du? Ich brauche keinen!«

Damit küsste sie ihn freundschaftlich auf die Wange, drehte sich um und ließ ihn stehen.

Sonntag, 28. Oktober

Unbehaglich rutschte Mischa über Conrad Neumaiers Sofa. Wenn ihm jemand etwas über den angeblich realen Brückenmord aus Stockmanns Buch erzählen konnte, dann war er das. Schließlich arbeitete der ältere Kollege schon lange bei der Kriminalpolizei und ein solcher Fall war garantiert nichts, was man einfach so vergaß. Sein Anliegen bereitete Mischa doppelt Kopfschmerzen. Er wollte nicht, dass Neumaier glaubte, er spioniere Stockmann hinter Alexandras Rücken aus. Und er wollte schon gar nicht, dass Neumaier mit ihr darüber sprach. Er fürchtete, sich lächerlich zu machen. Außerdem kam die Polizei in Stockmanns Roman nicht gerade gut weg. Wenn es also einen wahren Hintergrund gab, konnte es sein, dass er mit seinen Fragen zusätzlich aneckte. Auf seine Bitte, wegen Alexandra mit ihm reden zu wollen, hatte Neumaier ihn eingelassen. Nun saß er ihm im Wohnzimmer gegenüber und brachte ihren Namen nicht mehr über die Lippen. Stattdessen drehte er verlegen das Buch in den Händen und hielt es Neumaier schließlich entgegen.

»Haben Sie es gelesen?«

»Nein. Keines seiner Bücher.« Neumaier wirkte merkwürdig verschlossen. »Habe ich auch nicht vor. Es interessiert mich nicht.«

Mischa zögerte. »Sie kennen ihn persönlich?«

»Kennen ist zu viel gesagt.« Der kräftige Mann wuchtete sich schwerfällig aus den Polstern und trat ans Fenster. »Wir sind uns mal begegnet. Ist Jahre her.«

»Achtzehn Jahre?«

Mit erstauntem Schnauben drehte Neumaier sich um. »Woher wissen Sie das?«

Mischa schlug das Buch auf und zitierte die Beschreibung des ersten Mordes.

»Stockmann hat mir gesagt, dass es auf dem Eisernen Steg geschah, vor achtzehn Jahren. Er behauptet, es selbst getan zu haben.« Vorsichtig wartete Mischa ab. Als Neumaier nicht reagierte, wagte er sich weiter vor. »Waren Sie das, der die Mordermittlung damals geleitet hat?«

Neumaier wedelte abwehrend mit der Hand durch die Luft.

»Der Fall ging ungeklärt zu den Akten. Es war vermutlich Selbstmord. Nur gab es auch dafür keinen ausreichenden Beweis. Aber Stockmann hatte mit dem Fall nicht das Geringste zu tun. Er stand nie in Verdacht. Wieso auch? Es gab keinerlei Verbindung zwischen ihm und dem Toten. Mag sein, dass er sich auf diesen Fall bezieht. Es stand alles in der Zeitung und Stockmann …«, Neumaier verstummte. »Kein Mord. Es ist einfach kein Mord gewesen. Es gibt keinen Mord, den man nicht aufklären kann.«

In Stockmanns Buch gab es das schon. Eine ganze Menge davon, soweit Mischa das bisher beurteilen konnte.

»Aber zu dieser Zeit, vor achtzehn Jahren, sind Sie ihm begegnet?«

Neumaier grunzte etwas Unverständliches und holte eine Flasche Cognac aus dem Schrank. »Auch einen?«

Mischa verneinte wortlos. Er musste gleich zum Dienst.

»Stockmann – also sein Mörder – behauptet, die Tat jemandem angekündigt zu haben. So ähnlich, wie bei Dürrenmatt. Kennen Sie ›Der Richter und sein Henker‹?«

Sekundenlang gefror Neumaiers Gesicht zu einer starren Maske. Dann kippte er die goldbraune Flüssigkeit in den Schwenker, während das Leben in Form von steigendem Blutdruck und schwellenden Adern in ihn zurückkehrte.

»Davon weiß ich nichts«, stieß er gepresst hervor und trank einen großen Schluck. »Tut mir leid Mischa, aber ich muss Sie jetzt bitten, zu gehen, ich habe keine Zeit mehr.«

Neumaier drehte ihm den Rücken zu und starrte wieder aus dem Fenster. Verwirrt erhob sich Mischa. Einer plötzlichen Eingebung folgend, ließ er das Buch auf dem Tisch zurück. Er konnte sich ein Neues besorgen.

* * *

Fred Engels schlaksige Gestalt hing lang ausgestreckt auf dem Bürostuhl. Alexandra wartete darauf, dass er anfing zu schnarchen. Dreiundzwanzig Uhr dreißig. Die Schicht war bisher ereignislos verlaufen. Fred gähnte minutenlang.

»Sehen wir uns Dienstag zum Fußball, Mischa?«

»Bin dabei.« Mischa steckte mit dem Kopf neben ihm im Schrank. Alexandra spürte, dass ihn etwas beschäftigte. Geheimniskrämerei war nicht gerade seine Stärke. Aber Mischa redete nur, wenn er wollte. Also musste sie geduldig sein.

»Warum kommst du nicht auch, Alexandra? Du kannst uns anfeuern.« Fred lief am liebsten vor Publikum auf.

»Keine Chance. Ich darf in die Schießanlage!«

»Schießtraining?« Mischa stöhnte. »Das heißt, du kriegst wieder tagelang das verzückte Grinsen nicht aus dem Gesicht.«

Alexandra streckte ihm die Zunge raus und zauberte eine ganze Hand voll Stifte aus ihrer Schreitischschublade.

»Suchst du etwa die, Mischa?«

»Nachmittags um vier geht es los«, erklärte Fred, während sie genüsslich Kugelschreiber in Mischas Richtung schleuderte. »Die vom Revier 4 haben sich Verstärkung organisiert. Einen aus der Öffentlichkeitsarbeit, Neuzugang aus Wiesbaden. Den Namen habe ich vergessen. Vielleicht wäre der was für dich, Alexandra.«

Mit dem fünften Kugelschreiber erwischte sie Mischa an der Stirn, dann zeigte sie Fred kommentarlos den Mittelfinger.

»Komm schon, Alex. Wir brauchen dich als Torwart. Mischa ist offensichtlich untauglich. Du musst nur dein finsteres Gesicht aufsetzen, dann traut sich keiner, aufs Tor zu schießen!«

Bei dem Versuch, einem ihrer Wurfgeschosse auszuweichen, kippte Fred fast vom Stuhl. Dem Dienstgruppenleiter vor die Füße. Ralf Steinbrück zupfte ihm grinsend das Hemd zurecht und korrigierte die vorangegangene Aussage.

»Nein, Fred. Sie haben Angst, unsere schießwütige Alex ballert zurück. Locker aus der Hüfte, mit scharfer Munition. Noch einen Kaffee die Herrschaften, bevor der neue Tag beginnt?«

Der nächste Kugelschreiber sauste an seinem Kopf vorbei und zerschellte an der Wand.

»Ich bin nicht schießwütig und ich heiße nicht Alex!«

Es gab nur einen Menschen, der ihren Namen abkürzen durfte: Mischas russische Großmutter, die ihn von Zeit zu Zeit besuchte, beide mit selbstgebackenem Kuchen mästete und sie prinzipiell nur *Sascha* nannte.

»Schluss jetzt mit dem Kinderkram, Kollegin Müller. Du zerstörst hier mutwillig Landeseigentum!« Ralf versicherte sich, dass sie die restlichen Kugelschreiber wieder in der Schublade verstaute. »Ich spiele auch mit und werde sogar schon etwas früher da sein.« Er grinste süffisant. »Dienstag um drei Uhr trainieren die Mädels, Bauch-Beine-Po. Da gibt es was fürs Auge.«

Fred prustete eine Portion Kaffee über den Schreibtisch.

»Triebgesteuert!«, stöhnte Alexandra. »Ihr Kerle seid doch echt das Letzte!«

Kopfschüttelnd reichte sie Fred einen Stapel graue Papiertücher. Dann schubste sie ihn mit konspirativer Miene und beugte sich zu ihm.

»Aber wenn Ralf mitmacht und dabei so einen hautengen Gymnastikschlüpfer trägt, sollte ich vielleicht doch vorbeikommen.«

Freds Kopf fiel vornüber, hilflos japste er nach Luft.

»Was hat sie gesagt?« Ralf Steinbrück versuchte vergeblich, ihm einen deutlichen Satz zu entlocken. Und Alexandra hatte nicht vor, ihn zu wiederholen.

Montag, 29. Oktober

Jörg spürte eine ungewohnte Nervosität, wie er sie sonst vor Interviews nicht kannte. Auf ausdrücklichen Wunsch von Tobias Stockmann führten sie das Gespräch in der Tagungssuite des Maritim-Hotels. Ideal für exklusive Meetings im kleinen Kreis. Jörg musste zugeben, die Idee hatte Stil und normalerweise hätte er das Ambiente sicher genossen. Aber in Stockmanns Gegenwart fehlte ihm die Muße, auch nur einen Blick aus dem Fenster im fünften Stock zu werfen. Die Suite, in der Größe eines normalen Hotelzimmers, verfügte über einen Tisch für zehn Personen, einen Getränkekühlschrank, eine Kaffeemaschine und ein voll eingerichtetes Bad. Der Gedanke an eine abkühlende Dusche erschien Jörg schon jetzt verlockend. Dabei hatte er bisher nur schnell ein paar Bilder geschossen.

Tobias Stockmann ließ sich entspannt auf einem der Stühle nieder. Sichtlich gelangweilt beobachtete er, wie Jörg das Aufnahmegerät in Position brachte und die Funktion überprüfte. Stockmann wirkte größer, als Jörg ihn in Erinnerung hatte. Seine Haltung war lässig, sein Styling intellektuell. Er wusste genau, worauf es ankam. Die Daumen in die Gürtelschlaufen gehakt, mit leicht gespreizten Beinen wartete er darauf, sich auch verbal in Szene setzen zu können.

»Okay«, verkündete Jörg schließlich, »die Technik ist bereit, wenn Sie es auch sind. Gibt es Ihrerseits noch Wünsche oder Bedingungen, die wir im Vorfeld befriedigen oder klären sollten?«

Ein süffisantes Lächeln umspielte Stockmanns Lippen.

»Wünsche befriedigen? Dafür sind Sie, glaube ich, nicht der Richtige. Bedingungen? Ja. Eine. Was Sie hier aufnehmen, wird ohne Veränderungen abgedruckt. Keine Beschönigungen, Auslassungen oder zusätzliche Kommentare. Sollten Sie dazu nicht bereit sein, vergessen Sie die ganze Sache, dann ziehe ich mein Angebot für dieses Exklusivinterview zurück.«

Jörgs Ehrgeiz war geweckt. Dieser selbstgefällige Affe sollte ihn nicht in die Knie zwingen.

»Ich nehme die Herausforderung an!«, verkündete er und setzte sich ihm gegenüber. Aufrecht und wachsam.

Stockmann neigte anerkennend den Kopf.

»Ein Duell? Wie aufregend! Um einen Mann zu schätzen, muss man ihn zu prüfen wissen, sagte schon Goethe. An die Waffen!«

Jörg räusperte sich, drückte den Aufnahmeknopf und schaltete alle Sensoren auf Alarm.

»Herzlich willkommen, Herr Stockmann. Vielen Dank, dass Sie mir Ihre kostbare Zeit für dieses Gespräch zur Verfügung stellen.«

Sie hielten sich nur kurz mit Höflichkeitsfloskeln auf. Jörg spürte einen mächtigen Adrenalinschub durch seine Adern rauschen.

»Was verbindet Sie mit Ihrem Mörder, Herr Stockmann? Hat er authentische Züge?«

»Selbstverständlich hat er die. Haben Sie mein Buch denn nicht gelesen?«

»Also, ehrlich gesagt …«

Ungehalten fiel ihm Stockmann ins Wort. »Ich habe schon erwartet, dass Sie sich entsprechend vorbereiten!«

»Oh, das habe ich durchaus getan. Nur, muss ich gestehen, dass sich mir bei der Lektüre Ihres Buches gelegentlich der Magen umdrehte und ich einige Passagen übersprungen habe.«

Tobias Stockmann lachte verächtlich.

»So, so, ein zartes Gemüt! Aber ehrlich, immerhin. Zu Ihrer Frage: Ja, es verbindet mich vieles mit meinem Mörder. Sehr vieles. Ein Schriftsteller gibt immer einen Teil seiner selbst, wenn er schreibt.«

»Und welcher Teil ist das im vorliegenden Fall?«

Jörg versuchte, kühl und distanziert zu bleiben, was ihm ausgesprochen schwerfiel, während er Stockmanns Blicken ausgesetzt war, der das Gespräch sichtlich genoss. Jetzt lachte er wieder.

»Das wird mein Geheimnis bleiben. Hier setze ich auf die Phantasie und Intuition meiner Leser!«

»Man darf Sie also ungestraft für größenwahnsinnig halten?«

»Was der Einzelne denkt, darauf habe ich keinen Einfluss. Natürlich ist nicht jeder dieser Aufgabe gewachsen. Fehlurteile und Diffamierungen trafen alle großen Geister der Geschichte. Semper aliquid haeret!«

»Da stimme ich Ihnen zu. Etwas bleibt immer hängen. Auch ich habe mein Latein gelernt. Man sagt aber auch, dass in jedem Gerücht ein Funken Wahrheit steckt. Sollten Sie den Diffamierungen da nicht besser entgegenwirken?«

»Wozu?«

»Um die Tatsachen klarzustellen. Fiktion und Realität zu trennen. Oder stört es Sie etwa nicht, wenn mancher insgeheim glaubt, Sie wären ein brutaler Mörder und hätten den einen oder anderen Mord, den Sie beschreiben, tatsächlich begangen?«

»Wieso nur den einen oder anderen? Warum nicht gleich alle? Einen solchen Verdacht aufkommen zu lassen, käme das für Sie nicht in Frage an meiner Stelle?«

»Garantiert nicht. Wir sind, was das betrifft, wohl sehr verschieden.«

»Was das betrifft. Aber wir sind nicht so verschieden, wie Sie gerne glauben möchten.«

»Wie meinen Sie das?«

»Wir leben für den schönen Schein, fürs Rampenlicht, für eine gute Story, für den Erfolg.«

Jörg spitzte die Lippen. Nicht schlecht.

»Haben Sie jemals im Team gespielt, Herr Stockmann?«

»Nein.«

»Warum nicht?«

»Die Besten jagen allein. Und die Klügsten.«

»Ist nicht das Jagen im Rudel erfolgreicher und der Aufwand, den der Einzelne treiben muss, geringer?«

»Nur die Schwachen brauchen die Hilfe und den Schutz des Rudels. Es birgt auch Gefahren, mit der Meute zu ziehen. Wer mit den Wölfen heult, wird leicht zu ihrer Beute.«

»Inwiefern?«

Ungeduldig beugte Stockmann sich nach vorn.

»Sie wissen das! Ein Leben mit den Medien ist ein Leben unter Wölfen, Hyänen, Aasfressern! Wer sich Fehler erlaubt, wird fallengelassen und ohne Gnade zerfleischt. Das Potential wird ein letztes Mal genutzt, indem man die Reste ausweidet. Rücksichtslos. Auch wenn man vorher zum Rudel gehörte. Sie und ich, wir trotzen den Hyänen. Wie ich bereits sagte, wir spielen das gleiche Spiel. Wenn auch auf unterschiedliche Weise. Wir sind ebenso manipulativ, wie die Welt um uns manipulierbar. Und wir nutzen unsere Chancen.«

Jörg schüttelte leicht den Kopf, ging auf die letzte Bemerkung aber nicht ein.

»Sie beziehen – nein, ich muss es präzisieren – Ihr Mörder bezieht sich wiederholt auf Friedrich Dürrenmatt. Wo sehen Sie entscheidende Gemeinsamkeiten oder auch Unterschiede, in Ihrer Herangehensweise an das Thema Verbrechen? Wie stehen Sie persönlich zu seinem Werk?«

Stockmann ließ sich Zeit mit der Antwort, goss sich ein Glas Wasser ein und trank einen Schluck.

»Dürrenmatt verwischt in seinen Büchern die Grenze zwischen Gut und Böse, huldigt fast perfekten Mördern und rachsüchtigen Kommissaren. Ich gehe den entscheidenden Schritt weiter, hebe die Grenze auf, gebe dem Mörder die Genialität, die es braucht, um auch das letzte Tabu zu brechen: ihn gewinnen zu lassen. Wie kommt es wohl, dass dieses Buch trotzdem verlegt wurde? Wie kommt es, dass die Menschen es verschlingen und lieben? Weil es möglich macht, was bisher unmöglich war, sich eins zu fühlen mit der Bestie! Weil sie tief im Innern begreifen, wie unendlich frei dieser Mann ist, der, an keine Regel gebunden, von keinem Gefühl, und schon gar nicht von Mitgefühl gegeißelt, den reinen Erkenntnissen seines Geistes folgt. Kompromisslos und konsequent. Dürrenmatt hat mit dem Ansatz schon gespielt. Doch er war zu sehr der gesellschaftlich erwarteten Moral verhaftet. Vielleicht war auch nur die Zeit noch nicht reif. Und so musste er immer den Kommissar gewinnen lassen, der genau besehen nicht weniger Züge eines Monsters aufweist als sein jeweiliger Gegenspieler. Verstehen Sie mich nicht falsch, ich bin tatsächlich ein Fan des großen Friedrich Dürrenmatt. Das meine ich ernst. Seinetwegen besuchte ich verschiedene Schweizer Kantone und sogar sein Grab. Zugegeben, ich habe es an Pietät mangeln lassen – obwohl ich weder auf sein Grab gespuckt, noch betrunken singend einen Kranz abgeworfen habe. Wer seine Bücher kennt weiß, auf welche Szene ich anspiele. Nur gelacht habe ich. Und unsinnigerweise eine Weile laut mit ihm gesprochen – zu meiner eigenen Unterhaltung und Erheiterung – der Erde, unter der er verrottet, das erzählt, was ich Ihnen gerade erzählte. Warum? Ich denke, er hätte es verstanden.«

Er legte eine kurze Atempause ein, dann fügte er mitleidig hinzu: »Keine Angst, von Ihnen erwarte ich das nicht.«

Jörg fuhr sich mit der Zungenspitze über die Zähne und warf dabei einen unnötigen Blick auf seine Notizen. Zeit gewinnen, runterkühlen.

»Um auf Ihre Vorgehensweise zurückzukommen: Entspricht es den Tatsachen, dass Sie all die Orte, über die Sie schreiben, an denen die Morde spielen …«

Ungeduldig fuhr Stockmann dazwischen.

»Morde spielen nicht! Sie geschehen, werden verübt, ausgeführt, vollzogen!«

»… dass Sie all die Orte, an denen Ihre Morde vollzogen werden, selbst besucht haben?«

»All die Orte, wieder so ein unpräziser Begriff. Liegt Ihnen das Recherchieren etwa nicht? Sind Sie nur für belanglosen Smalltalk zuständig?«

»Waren Sie jetzt dort oder nicht?«

Die Überheblichkeit in Stockmanns Stimme war kaum zu überbieten.

»Unnachgiebigkeit. Eine Tugend, die ich zu schätzen weiß. Sie wissen, ich habe sogar in den Vereinigten Staaten gelesen. Reisen verhelfen zur nötigen Inspiration. Die Eindrücke, die man unterwegs sammelt, beflügeln die Phantasie. Ein nettes Volk, diese Amerikaner. Aufgeschlossen, gastfreundlich. Sympathische Leute, die mir mit viel Respekt begegnet sind.«

Jörg lachte trotzig. »Im Gegensatz zu mir? Um einen weiteren Versuch zu starten, auf den Inhalt Ihres Buches zu sprechen zu kommen: Eine Geschichte wird nur angedeutet, aber nicht zu Ende geführt, obwohl sie die Leser sicher brennend interessiert.«

»Die da wäre?« Stockmann schnippte gelangweilt ein imaginäres Stäubchen von seiner Hose.

»Der Mörder und der Kommissar. Woher kennen sie sich? Welche Verbindung gibt es zwischen den beiden?«

»Der, den es betrifft, wird es wissen, wenn er das Buch liest. Außerdem sagte ich doch ganz klar: Für den Kommissar muss ich ein weiteres Kapitel schreiben, in dem alles geschrieben steht.«

»Sie sprechen von einer Fortsetzung?«

»Nein.«

»Wie darf ich Sie dann verstehen?«

»Gar nicht. Es ist nicht meine Absicht, dass Sie mich verstehen. Wie gesagt …«

»… der, den es betrifft?«

»Genau. Erstaunlicherweise haben Sie *das* begriffen.«

Jörg klopfte mit dem Kugelschreiber ungeduldig auf seine Unterlagen. Der Gesprächsverlauf missfiel ihm.

»Wie ich gehört habe, suchen Sie eine Bleibe hier in Frankfurt. Sind Sie bereits fündig geworden?«

»Sie wissen nicht viel, wie mir scheint. Fragen mich nach Dingen, die Sie hätten recherchieren können, berufen sich auf Hörensagen. Entspricht es den Tatsachen, dass Sie inkompetent sind?«

Jörg wusste, dass dies sicher noch nicht das Ende der persönlichen Angriffe war, aber er blieb professionell.

»Wie wäre es zur Abwechslung mit einer einfachen, klaren Antwort? Ihre Fans brennen darauf, zu erfahren, wo Sie sich aufhalten. Viele hegen die Hoffnung, Ihnen persönlich zu begegnen.«

»Ja, die Chance besteht, mich leibhaftig hier in Frankfurt durch die Straßen bummeln zu sehen.«

»Leibhaftig. Wie passend.« Jörg verzog das Gesicht.

»Der leibhaftige Leibhaftige? Sie halten mich für den personifizierten Satan?«

»Habe ich nicht gesagt. Doch die Verehrung, die Ihnen einige Fans entgegenbringen, nimmt teilweise fanatische Züge an.«

Tobias Stockmann lachte laut. »Jedem, wie es ihm gebührt.«

»Um zu meiner Frage zurückzukommen, haben Sie schon das passende Domizil in Frankfurt gefunden?«

»Wissen Sie eigentlich, dass der Unterschied zwischen einem Interview und einem Verhör nicht besonders groß ist? Wobei ich die Steigerung in umgekehrter Reihenfolge ansetzen möchte: Verhör auf dem Polizeirevier, Interview mit einem Zeitungsreporter und dann … ja, dann folgt nur noch die heilige Inquisition.«

»Sollte mich das nun mit Stolz erfüllen oder anspornen, noch einen Platz weiter aufzurücken in Ihrer Beliebtheitsskala? Für Sie ist das alles hier nur ein Spiel, habe ich recht? Aber ein Spiel lebt davon, dass man es mit einem gleichwertigen Partner spielt. Oder gefällt Ihnen der Begriff ›Gegner‹ besser?«

Da war etwas, in Stockmanns Augen, das Jörg den Atem nahm. Aber er hörte nicht auf zu reden.

»Mein Gegner ist heute ein bisschen verstockt, was Antworten betrifft, Herr Stockmann, wenn Sie mir das Wortspiel erlauben.«

»Ja, das Leben ist nichts weiter als ein Spiel. Ich wusste, wir sind uns sogar sehr ähnlich in manchen Dingen. Sehr viel ähnlicher als Ihnen lieb ist! Wir erschrecken über unsere eigenen Sünden, wenn wir sie an anderen erblicken – wenn ich noch mal den guten alten Johann Wolfgang bemühen darf.«

Stockmann beugte sich plötzlich nach vorn und schaltete das Aufnahmegerät ab. Sein Blick ging Jörg unter die Haut.

»Was tun Sie da?«

»Sie und ich, wir ficken die gleiche Frau, nicht wahr?«

Jörg hatte nicht gewusst, dass Stockmann im Bilde war.

»Hat sie Ihnen nicht verraten, dass wir es in meiner neuen Wohnung getrieben haben? Keine Informationen aus erster Hand? Wie schade, wie schade! Vielleicht sollten Sie sie fragen. Glauben Sie wirklich, Alexandra auf Dauer halten zu können, Herr Weber?«

Jörg fing sich schneller, als Stockmann offenbar erwartet hatte.

»Glauben Sie wirklich, dass ich das will?«

Amüsiert klatschte Stockmann in die Hände.

»Sehen Sie, noch eine Parallele! Also spielen wir beide nur mit ihr.«

Jörg musterte ihn mit Widerwillen. »Wer sagt Ihnen, dass es nicht umgekehrt ist? Vielleicht ist sie es, die mit uns spielt.«

Für einen Augenblick genoss Jörg den Triumph, Stockmann verblüfft zu haben. Wieder beugte dieser sich nach vorn. Diesmal drückte er den Aufnahmeknopf herunter, brachte das Band zum Laufen.

»Das Leben ist ein Spiel«, begann er leise, »aber ich bin es, der die Regeln vorgibt, den Weg weist und den Schlusspunkt setzt.« Er unterbrach die Aufnahme erneut und fügte hinzu: »Es ist gefährlich, sich darüber hinwegzusetzen.«

»Drohen Sie mir oder Alexandra?«

»Versuchen Sie ruhig, Alexandra vor mir zu warnen. Das Einzige, was Sie damit erreichen, ist, sie schneller zu verlieren.«

Jörg schnaubte verächtlich. Mit kaltem Lächeln betätigte er nun selbst den Aufnahmeknopf.

»In diesem Fall bin ich es, der den Schlusspunkt setzt. Vielen Dank für dieses Gespräch, Herr Stockmann.«

Dann erhob er sich, zog den Stecker, klemmte das Aufnahmegerät unter den Arm und verließ den Raum ohne ein weiteres Wort.

* * *

Im Büro des Ermittlerteams in Sachen Hirschberger herrschte Stille, bis auf das Klappern der Computertastatur. Angesichts der spärlichen Informationen kümmerten Marion und Holger sich zwischenzeitlich um aussichtsreichere Fälle. Im Interesse der Aufklärungsquote und des Images mussten Prioritäten verschoben werden. Da zählten schnelle Erfolge zuweilen mehr als das Streben nach Wahrheit, Recht und Gerechtigkeit. Nur Robert Wagner blieb auf Betreiben Conrad Neumaiers intensiv an dem Fall dran. Noch hatte niemand auch nur ansatzweise eine Erklärung für den Mord. Martin Hirschberger galt als beliebter junger Mann. Jurastudent. Fünfundzwanzig Jahre alt. Keine Streitigkeiten, offene Rechnungen oder Feinde. Nichts.

Durch die geöffnete Tür hörte Neumaier den leisen Signalton, der eine eingehende Nachricht anzeigte. Noch zwei Klicks, dann verstummte die Tastatur und Robert griff zum Telefon. Neumaier wartete und versuchte, seine Ungeduld zu unterdrücken. Jede noch so kleine Neuigkeit war ein Lichtblick.

»Chef! Die DNA-Analyse hat einen Treffer ergeben.«

Er zwang sich, nicht aufzuspringen, atmete tief durch und erhob sich langsam. Im angrenzenden Büro studierte Robert immer noch die Angaben auf seinem Bildschirm.

»Ein Teil des DNA-Materials aus dem Pullover konnte eindeutig Tobias Stockmann zugeordnet werden, er …«

»Ja, ja, weiß ich. Weiter. Er hat uns die Probe schließlich freiwillig gegeben.«

Ein wirklicher Vorteil, der die Ermittlungen beschleunigte. Andererseits ein Pluspunkt, der Stockmann entlastete und den Neumaier ihm darum nicht gönnte. Er schob ein paar Zettel beiseite und setzte sich auf die Schreibtischplatte.

»Was ist mit dem Rest?«

Wagner spielte mit dem Kugelschreiber in seiner Hand.

»Das ist eine seltsame Sache. Ich kann mir das nicht so recht erklären.«

»Robert, was? Fakten! Keine Spekulationen.«

Draußen vor dem Fenster flog eine Krähe vorbei. Groß und schwerfällig am Boden, elegant in der Luft. Die feuchte Kälte konnte ihr nichts anhaben. Neumaier dagegen spürte den Nebel auch jetzt noch, als ob er ihm unter die Haut gekrochen und in jeder einzelnen Zelle hängen geblieben wäre.

»Die DNA konnte einem Mann zugeordnet werden, der eigentlich nicht in der Datei hätte drin sein dürfen. Darum hat das so lange gedauert. Anscheinend ist erst durch unsere Anfrage jemand darauf aufmerksam geworden und hat dann gezögert und wer weiß wo nachgefragt, ehe er uns die Information weitergeleitet hat. Der Mann ist kein überführter Täter. Irgendwer hat da einen Fehler gemacht, der nie korrigiert wurde, und Tatortspuren in die Datenbank eingespeist, die nicht hineingehören. Opferdaten.«

Neumaier zog finster die Augenbrauen zusammen.

»Gut. Ein Fehler. Was macht das schon.«

»Ein Opfer, Conrad! Wir dürfen die Daten nicht verwerten.«

Neumaiers Schildkrötenhals reckte sich aus dem Hemdkragen.

»Vielleicht nicht vor Gericht, aber jetzt, wo wir sie haben, werde ich sie nicht ignorieren! Oder ist der Kerl inzwischen tot?«

Neumaier nahm die Witterung auf. Schweißgeruch. Die Fährte war richtig, er spürte es.

»Das kann ich noch nicht sagen. Die Info kam ja gerade erst rein und ich wollte dich in Kenntnis setzen, bevor ich etwas unternehme. Noch habe ich gar nichts. Aber du weißt …«

Neumaier wischte die Einwände mit einer herrischen Geste beiseite.

»Wenn er nicht tot ist, worauf wartest du dann, Robert? Was auch immer das damals gewesen ist, ich will die Akte, die aktuelle Adresse und den Mann so schnell wie möglich auf dem Revier.«

Wenn es auch nur die geringste Verbindung zu Stockmann gab, würde er sie finden. Und wenn er den Kerl auseinandernehmen musste. Höchstpersönlich.

* * *

Sebastian Neumaier schlenderte gelangweilt die Straße entlang, dann über die Stufen vor dem Präsidium. Sechs Stufen genau, die von den sechs Parkplätzen nach oben führten, die für das 3. Revier und den KDD reserviert waren. Als er noch klein gewesen war, hatte er die Abkürzungen immer durcheinandergeworfen. KDD, KGB, KDW. Bedeutungslose Buchstaben. Tausendmal hatte ihm sein Vater erklärt, dass es da mehr als nur kleine Unterschiede gab. Später machte er sich einen Spaß daraus, sich blöd zu stellen. Natürlich hatte er längst kapiert, dass der KDD der Kriminaldauerdienst war. Die allzeit bereite Notfalltruppe, die rund um die Uhr zur Verfügung stand, wenn irgendwo ein Verbrechen aufzuklären war. Wenn er dann argumentierte, dass der Unterschied zum KGB gar nicht so groß sein konnte, weil der schließlich auch vierundzwanzig Stunden täglich im Einsatz war, flippte Conrad Neumaier schon mal aus. Der Witz kam einfach nicht rüber. Direkt gegenüber dem Eingang stützte Sebastian sich hoch auf den großen Metallkasten, der zur Straße hin den Schriftzug »Polizeipräsidium« trug. Auf der Rückseite verfügte der Kasten über einen Briefschlitz für Terminsachen. Zur Wahrung irgendwelcher Fristen. Im Schneidersitz ließ er sich nieder und starrte auf die gesichtslose Fassade.

Sein Vater fand das toll. Moderne Architektur. Alles Schrott. Kein Eigenleben, kein Gefühl. Das Gebäude strahlte nichts aus. Da nutzten auch die stilisierten Schulterklappen nichts, die man gleichmäßig verteilt an den Wänden angebracht hatte. Erkannte kein Mensch. Interessierte auch keinen. Außer seinen Vater, vielleicht. Architektenschnickschnack. Graubraunliladrecksfarbige Klinker. Wer fand denn so was schön? Er jedenfalls nicht. Sechs Stockwerke hoch. Ob das so was wie eine magische Zahl war? Sechs Stufen, sechs Parkplätze, sechs Stockwerke. Aber zwölf Fenster pro Etage, auf seiner Seite. Zwölf durch zwei, schon wieder sechs.

Es konnte nicht mehr lange dauern, bis jemand meckerte, dass er hier oben saß. Wahrscheinlich genau sechs Minuten. Aber es gab hier ja nicht mal eine Bank. Fahrradständer, unten bei den Parkplätzen, aber keine Bank, wo er seinen Hintern hätte parken können. Blöd, so was. Aber wenn er hier sitzen blieb, passte ihnen das vermutlich nicht. Sie waren alle so verdammt stolz auf sich und ihren Job.

Gereizt entfaltete er die Beine und sprang von seinem Ausguck. Wenige Meter weiter links hockte er sich zwischen zwei großen, alten Platanen auf den Boden. Er zog die Nase hoch. Irgendwie war er ja auch stolz darauf, dass sein Vater bei der Mordkommission arbeitete. Das war eine tolle Sache. Nur ... Mischa fand er viel cooler. Der war draußen unterwegs. Auf der Straße. Im »ersten Angriff«, wie die Polizisten das nannten. Außerdem ein echter Kumpel. Seit Mischa in die Einliegerwohnung eingezogen war, fühlte er sich nicht mehr ganz so einsam. Aber er konnte nicht dauernd zu ihm gehen. Er wollte ihn nicht nerven. Manchmal wusste er einfach nicht, wohin mit sich. Jetzt saß er hier, mit dem Rücken an einen Pfosten gelehnt, und stierte auf die Fensterflächen mit den halb heruntergelassenen Außenjalousien. Der rechte Gebäudeteil war noch viel größer als der linke. Kein Ort, an dem er sich wohl fühlte. Vielleicht fiel es ihm deshalb so schwer, seinen Vater zu besuchen. Obwohl er ausdrücklich gesagt hatte, er könnte jederzeit kommen, wenn es ein Problem gab. Aber es gab kein Problem. Nicht wirklich. Keines, das man einfach so wegschaffen konnte. Nur eben, dass er ihm fehlte, irgendwie. Und dass er nicht mehr mit ihm reden konnte. Er wusste, dass er wieder nicht hineingehen würde.

Auf den beiden vierspurigen Straßen, die sich in kurzer Entfernung kreuzten, brodelte der Verkehr. Ab und zu sauste ein Radfahrer hinter ihm vorbei.

Quer über den Vorplatz des Präsidiums kam ein Jogger, blieb wenige Meter vor ihm stehen, machte Atemübungen, dehnte sich. Sebastian schaute ihm zu. Der Mann schaute zurück, lächelte. Dann trat er näher.

»Hallo. Wartest du auf jemanden?«

Sebastian blinzelte. »Mein Vater ist da drin«, antwortete er vage.

»Dein Vater ist Conrad Neumaier, nicht wahr?«

»Stimmt.«

»Den kenne ich.«

Der Jogger zog die Kapuze über den Kopf und machte ein paar tänzelnde Schritte. Vom Haupteingang her hörte man Lachen. Sebastian erkannte Mischas Stimme und drehte sich um.

»Schön, dich kennengelernt zu haben, Sebastian. Ich muss weiter«, hörte er noch, dann war der Jogger weg. Sebastian stand auf und guckte dem Mann verwirrt hinterher.

Mischa kam ihm entgegen, die Sporttasche über der Schulter.

»He, Basti. Was ist los? Du siehst aus wie 'ne Kuh im Gewitter.«

Sebastian schob die Hände in die Hosentaschen und zuckte die Schultern.

»Nichts. Nur so ein komischer Typ, der meinen Namen wusste. Bekannter von Papa.«

»Wer? Der mit dem …«, Mischa packte ihn am Arm, »mit dem blauen Kapuzenpulli? Wo ist der hin?«

»Runter in die Unterwelt, wieso?«

Ohne weitere Erklärung rannte Mischa los, stürzte die Stufen hinunter und in den breiten, gekachelten Gang, der unter der Adickesallee hindurch und zur U-Bahn führte. Allein hier gab es drei weitere Straßenausgänge, dazu drei U-Bahnlinien auf zwei Gleisen. Der Durchgang von etwa 40 Metern Länge trennte ihn von der anderen Seite; dort gab es noch mal die gleichen Möglichkeiten. Vier Ausgänge, zwei Gleise. Mitten im Verbindungstunnel stoppte Mischa, machte kehrt. Dass der Typ zur Bahn Richtung Innenstadt wollte, war am wahrscheinlichsten. Zum Hauptbahnhof oder Südbahnhof. Mischa nahm die Rolltreppe abwärts mit großen Sprüngen, schnappte kurz nach Luft, tastete den Bahnsteig links und rechts mit den Augen ab. Nichts. Die Lichter der U3 verschwanden im Dunkel.

»Verflucht!«

Zornig trat er gegen die Wand. Vielleicht irrte er sich ja auch. Es musste nichts bedeuten. Während er sich langsam auf den Rückweg machte, überlegte er, was er Sebastian sagen sollte. Er wollte ihm nicht unnötig Angst einjagen. Es gab keinen Grund zur Sorge. Trotzdem gefiel ihm die Sache nicht.

***

In dem engen Gastraum summte es wie in einem Bienenstock. Kein Gästemangel trotz des seit einem knappen Monat verhängten Rauchverbots. Stimmengewirr, Lachen, Handygebimmel. Untermalt von italienischen Schnulzen, die blauen Himmel, Sonnenschein und Liebe heraufbeschworen. Genau das Richtige für einen klammen Frankfurter Oktoberabend, der schon seit Stunden nach Regen roch, nach Herbst, nach Verfall und Depression.

»Wir brauchen die offiziellen Untersuchungsergebnisse, Jörg. Polizeiberichte. Sonst können wir nichts beweisen.«

Der Service war auf Zack und das Bier gut gekühlt. Jörg trank zügig. Sein Fassungsvermögen war enorm und er war keiner, der aus Vernunftgründen aufhörte.

»Du bist witzig. Die kriegen wir nie im Leben, oder?«

Mischa stocherte in seinen Nudeln herum.

»Nein. Nicht ohne einen guten Grund und zwingende Beweise, schon gar nicht aus dem Ausland.«

Der Rauch vieler Jahre hing in den Polstern und Gardinen, die einen abgestandenen, muffigen Geruch verströmten. Nikotinbefreites Atmen mit leichtem Beigeschmack.

»Aber die Beweise stehen doch vermutlich genau in den Unterlagen drin!«

»Ironie, was? Wir kriegen die Beweise nur, wenn wir Beweise haben.« Mischa kippte einen Schuss Tabasco auf die Spaghetti, in der Hoffnung, die zusätzliche Schärfe könnte die fehlende Wärme ausgleichen. Funktionierte aber nicht. Die ständige Rennerei der verschmähten Zigarettenjunkies nahm dem Abend die Gemütlichkeit. Dauernd stand die Tür offen. Kalte Zugluft, kalte Füße, kaltes Essen. Er warf die Serviette in den Teller und gab auf.

»Aber die Presseberichte, von denen du gesprochen hast, die kannst du beschaffen? Wenn wir die genauen Daten haben, können wir zumindest versuchen, rauszufinden, ob er zur passenden Zeit am passenden Ort war.«

Jörg orderte per Handzeichen zwei weitere Biere. »Das wird aber nicht leicht.«

Mischa streckte die Arme, dass die Gelenke krachten. Die merkwürdige Geschichte vor dem Präsidium mit Sebastian beschäftigte ihn immer noch und jetzt musste er Jörg überreden, mit den wenig Erfolg versprechenden Nachforschungen weiterzumachen. Das war genau das, was er sich unter einem perfekten Tag vorstellte. Das frisch gezapfte Bier, das der schnauzbärtige Italiener mit fröhlichem »Salute!« vor ihm auf den Tisch donnerte, war absolut keine Lösung, um den Frust zu bekämpfen. Aber es nicht zu trinken, half genauso wenig. Er prostete Jörg zu, trank, wischte sich den Schaum von den Lippen und nahm das Gespräch wieder auf.

»Nein, wird nicht leicht. Offiziell werden die Informationen, die wir brauchen, nirgendwo längere Zeit gespeichert. Datenschutz. Ist ja auch richtig so. Wobei das alles aufgeweicht wird durch die ganze Terrorpanik seit dem 11. September. Also schätze ich, dass der eine oder andere doch über Daten verfügt. Für uns heißt das: elende, langwierige Kleinarbeit. Arschkriecherei und Betteln bei Behörden, Fluggesellschaften und jedem entfernten Bekannten, der weiterhelfen kann, inklusive. Garantiert. Klingt verlockend, was?«

»Ungeheuer.« Jörg verzog das Gesicht.

»Etwas mehr Begeisterung. Ist das nicht sowieso dein Job?« Mischa kämpfte um Humor.

»Klar, nur bezahlt mich hierfür keiner.«

»Aber der Preis ist höher.«

»Der Preis? Was ist denn der Preis? Glaubst du wirklich, dass Alexandra in Gefahr ist?«

»Du nicht?«

»Nein, nicht mehr. Das ist eine echt ausgekochte Braut. Die weiß, was sie tut. Aber Stockmann ist ein Arschkeks.« Jörg grinste. »Der blufft nur und macht sich wichtig. Auf seine Drohgebärden gebe ich einen Dreck! Wenn wir dem eine reinwürgen können, ist das besser als jede Bezahlung. Das nehme ich für mich als Anreiz. Ist mir ehrlich gesagt schnuppe, ob der ein Mörder ist, den wir überführen können, oder ob wir ihm nur sein blödes Spiel vermiesen.«

»Nimm das nicht zu leicht.«

»Ach was.« Jörg fegte Mischas Bedenken beiseite. »Wir haben nichts zu verlieren, nur zu gewinnen. Es ist keine offizielle Recherche, von der irgendwer was mitkriegt. Wenn nichts dahintersteckt, haben wir nur Zeit investiert und uns nicht öffentlich zum Affen gemacht. Wir müssen nur aufpassen, dass uns unsere liebe Alex nicht dazwischenfunkt. Wenn aber doch was dran ist, gibt's am Ende Ruhm und Ehre satt!«

»Und für dich die Exklusivstory.«

»Jawohl. Pulitzer-Preis, mindestens!«

Mischa betrachtete ihn nachdenklich.

»Was ist? Glaubst du, ich hab das nicht drauf?«

»Klar, hast du.«

»Also, was ist dann?«

Verunsichert fuhren Mischas Hände durch die Haare und verschränkten sich dann in seinem Genick.

»Nichts weiter. Nur wenn es um meinen Partner geht, hört für mich der Spaß auf.«

»Partnerin, wenn schon. Falls du es noch nicht bemerkt hast, sie ist eine Frau. Und was für eine!«

Jörg rollte die Augen und bemerkte zu spät, dass er das besser nicht gesagt hätte. »Ich meine, also … hey!«

Mischa hob abwehrend die Hand. »Halt die Klappe. Okay? Davon will ich nichts wissen. Aber ich habe noch eine Idee.«

»Dann raus damit.«

»Einer der Morde im Buch geht auf einen Fall zurück, der hier in Frankfurt passiert ist. Man konnte ihn nie aufklären. Das ist achtzehn Jahre her. Ich habe versucht, aus Neumaier was rauszukriegen, aber der will nicht reden. Stockmann ist offensichtlich ein rotes Tuch für ihn.«

»Dann sind wir ja in guter Gesellschaft. Nach dem Gespräch, das ich heute mit ihm hatte, habe ich Stockmann endgültig von meiner Liste der sympathischen Menschen gestrichen.«

Mischa lachte kurz auf – etwas anderes hatte er nicht erwartet. Ihm war es nach wie vor ein Rätsel, was man an diesem Mann anziehend finden konnte.

»Vielleicht fällt mir noch ein anderer Kollege ein, der sich an die Sache erinnert, oder ich muss Staub schlucken gehen im Archiv.«

Jörg rieb sich die Schläfen, als müsse er die Erinnerung an das Interview gewaltsam aus seinem Kopf vertreiben, dann konzentrierte sich wieder auf Mischa.

»Hast du einen Namen?«

»Schön wär's. Und einfach. Ein ungeklärter Todesfall im Sommer 1989. Ein Mann stürzt, springt, fällt vom Eisernen Steg und ertrinkt. Oder er wurde geworfen. Das ist alles. Müsstest du nicht auch davon gehört haben oder warst du damals noch nicht bei der Presse?«

»Doch war ich, aber mich hat es während des Studiums nach Berlin verschlagen. Perfektes Timing – war life dabei, als die Mauer fiel. Da war ich geistig ganz weit weg von Frankfurt. Aber ich werde mich in der Redaktion mal umhören.«

Jörg schnippte mit den Fingern, hob das leere Glas und zeigte dem Mann hinterm Tresen den Wunsch nach doppeltem Nachschub an.

»Fahren sollte ich nachher besser nicht mehr.«

Er schlürfte geräuschvoll den letzten Rest Schaum. Mischa verstand den Wink.

»Ich fahre auch nicht mehr. Vergiss es. Du musst dir ein Taxi rufen oder mit der U-Bahn fahren. Im Notfall bleibt dir später noch der Nachtbus.«

»Nachtbus?« Jörg schüttelte sich angeekelt. »Das ist was für Mädchen! Weißt du, was dir fehlt, Mischa? Ein gewisses Maß an Leichtigkeit und Spontaneität! Mal einen zu viel zischen und dann trotzdem fahren. Oder zumindest jetzt mal so tun, als wäre das eine Option. Aus dem Bauch heraus leben. Nicht immer so weit vorausdenken!«

Mischas Gesichtsausdruck verfinsterte sich. Spontaneität. Dazu fiel ihm einiges ein. Spontan hatte er mit fünfzehn eine Spritztour mit dem Auto des Nachbarn gemacht und war nur mit viel Glück einer Anzeige entgangen, nicht aber dem Zorn seines Vaters. Spontan entschied er sich am Ende einer ähnlichen Nacht wie dieser für ein Tattoo. Spontan offenbarte er sich der Liebe seines Lebens, spontan machte er einer anderen einen Heiratsantrag. Spontan hätte er vor wenigen Tagen einem gewissen Stockmann gerne die Nase gebrochen. Die Liste seiner spontanen Handlungen mit schmerzhaften Folgen ließ sich beliebig verlängern.

»Scheiß drauf«, murmelte er. Spontan leerte er das neue Glas, das Jörg ihm reichte, ohne abzusetzen.

* * *

Tobias stand hinter Alexandra in der Schafzimmertür.

»Du fürchtest dich nicht mehr vor dem Bild?«

»Nein.«

»Fürchtest du dich vor mir?«

Sie fühlte seinen Atem in ihrem Nacken.

»Willst du das denn?«

»Vielleicht solltest du.«

»Wieso?«

»Ich bin ein Mörder, schon vergessen? Ich könnte es wieder tun. Ich könnte dich töten.« Bedächtig schob er sie vorwärts zum Bett.

»Das glaube ich nicht.«

»Warum? Weil du mir etwas bedeutest?«

Er streifte die Bluse über ihre Schultern, drücke sie sanft in die Kissen.

»Liege ich da so falsch?«

Er strich ihr die Haare aus der Stirn. »Du liegst hier genau richtig. Aber was das Töten betrifft … Sei dir nie zu sicher. Das könnte mich herausfordern.«

Sie beobachtete, wie er sein Hemd öffnete und zu Boden fallen ließ.

»Du meinst, du könntest es tun, nur um mir zu beweisen, dass ich unrecht hatte?«

»Ist doch ein passabler Grund. Finde ich.«

Er zog mit einem kräftigen Ruck den Gürtel aus der Hose, legte sich neben sie, feinen Spott in den Augen.

»Du spinnst, Tobias. Absolut und total. Aber vielleicht ist es genau das, was ich will.« Sie berührte seine Nase, die Wange, die sich in die Handfläche schmiegte.

»Dass der Verrückte dich umbringt? Nervenkitzel bis in den Tod?«

»Nein! Dir verfallen bis in den Wahnsinn. Weil das normale Leben zu langweilig ist.«

Er knabberte an ihrem Ohr.

»Warum geschieht der erste Mord in Frankfurt?« Unvermittelt wechselte sie das Thema.

»Warum nicht?« Seine Zähne hielten sie fest.

»Nein, nein. Mach es dir nicht so leicht. Es hat einen Grund. Istanbul wäre konsequent gewesen, die Brücke über den Bosporus, wie bei Dürrenmatt.«

»Eine Kopie?«

»Okay, also darum nicht Istanbul. Auch eine Stadt in der Schweiz hätte sich angeboten, in Anlehnung …«

»So viel Anerkennung steht ihm nicht zu!«

»Ich dachte, du verehrst Dürrenmatt? So wie Goethe, den du gern zitierst. Oh – ist er der Grund für den Mord in Frankfurt?«

»Goethe!« Verächtlich spuckte er den Namen aus. »Ja, ich zitiere ihn. Aber ich liebe ihn nicht. Im Gegenteil. Ein Genie, aber inkonsequent und launenhaft, kein roter Faden im Leben. Ein zufälliges vor sich hin Existieren und Arbeiten.«

»Zufällig?«

»Nicht zielgerichtet, wahllos, wie seine Liebschaften.«

Sie musste lachen, auch über sein in Falten gelegtes Gesicht, das Abscheu ausdrückte.

»Bist du nicht ganz ähnlich, wenn ich mir diesen Einwand erlauben darf? Außerdem dachte ich, du glaubst an die Zufälligkeit des Lebens.«

»Des Lebens an sich! Aber darum darf ich mich noch lange nicht treiben lassen. Ich kann, ich muss dem entgegenwirken, solange ich die Möglichkeit habe. Ein Genie ohne Ziel vergeudet seine Kraft.«

»Verstehe ich nicht. Du sagst, du bist ein Nihilist. Dann ist es doch unerheblich, ob man im Leben ein Ziel verfolgt oder erreicht, wenn sowieso nichts am Ende zählt.«

»Am Ende, ganz recht. Aber solange ich lebe, zählt das Hier und Jetzt, der Lustgewinn und das Ego. Wenn ich das aus den Augen verliere, dann kann ich mich auch gleich erschießen.«

»Vielleicht solltest du deine Erwartungen an dich und andere ein wenig zurückschrauben, damit lebt es sich leichter.«

Seine rechte Hand legte sich langsam über ihre Kehle.

»Es gibt keinen größeren Trost für die Mittelmäßigkeit, als dass das Genie nicht unsterblich sei.«

Der Druck auf ihren Hals erhöhte sich.

»Meinst du damit mich? Bin ich mittelmäßig?«

Er reagierte nicht sofort. Dann schüttelte er den Kopf, ein leichtes Lächeln huschte über sein Gesicht. Seine Hand zog sich zurück.

»Das war nur wieder eine Aussage deines Freundes Goethe. Du bist penetrant, mein Engel, unbeugsam. Das ist alles andere als Mittelmaß.«

Sie grinste versöhnt. »Wunderbar, dann kann ich ja weitermachen. Also, zurück zu deinem Verhältnis zu Frankfurt?«

Erneut blickte er forschend und nachdenklich in ihre Augen, ohne auf ihre Bemerkung einzugehen.

»Willst du mein Engel sein, Alexandra?«

Sie kuschelte sich an ihn. »Ich weiß nicht. Wenn ich an dein Buch denke, dann sind da nur Todesengel, Racheengel – ein ziemlich mörderisches Pack! Vorher waren Engel für mich immer klassische Schutzengel. So kenne ich das aus meiner Familie.«

»Familie!« Nichts als Verachtung lag in dem Wort. »Wer braucht die schon? Nur weil sie dich gemacht haben in einem Anflug von Dummheit. Du schuldest ihnen nichts. Du verdankst ihnen nichts.«

»Dein Leben aber schon.«

Alexandra rieb ihr Bein an seinem, zog ihn noch ein wenig näher.

»Dafür soll man dankbar sein, meinst du? Ist es etwa ein Grund zur Freude, ein Mensch zu sein? Wenn man schon unbedingt an Gott glauben will, und das muss man wohl, wenn man an Engel glaubt, kann man doch nicht ernsthaft annehmen, der Mensch sei sein Meisterwerk! Ein Sack aus Haut, gefüllt mit Fleisch und Knochen. Weiter nichts. Dazu ein paar elektrische Impulse. Das soll die Krone der Schöpfung sein? Mit einer unsterblichen Seele? Auch diesen Schwachsinn redet dir deine Familie ein. Und damit haben wir wieder den Bogen über die Familie zu den Engeln. Um wie vieles besser, edler und Gott ähnlicher sind sie gestaltet. Nur Pech für sie, wenn sie seinen Ansprüchen nicht genügen. Dann schmeißt er sie raus. Degradiert, erniedrigt sie. Schon mal daran gedacht, dass wir vielleicht nichts weiter sind als himmlische Querulanten, die hier ihre Strafe absitzen? Raus aus dem Paradies und ab durch den Geburtskanal, unter Schmerzen mit reichlich Blut, entsorgt auf diesem verdammten Planeten. Ausgesetzt, wo Anarchie und Darwinismus herrschen. Der Starke gewinnt und alles Jammern und Beten ist vergebens.«

Sie richtete sich leicht auf, um ihm ins Gesicht zu sehen. »Das denkst du doch nicht wirklich!«

»Es ist nur eine Theorie. Eine Idee, nichts weiter. Um sie denen entgegenzuhalten, die es nicht lassen können, vom lieben Gott zu träumen. Aber wenn es so wäre, sag, auf welcher Seite wolltest du dann stehen? Wenn das hier die Strafe ist, wozu noch Rücksicht nehmen?« Er löste eine Haarsträhne aus ihrem Zopf, wickelte sie um den Finger.

»Kommt nicht auch für die Engel der Tag des Jüngsten Gerichts?«

»Theoretisch. Doch wieso sollten sie sich dem beugen? Verstoßene Engel können das irdische Exil dazu nutzen, Kräfte zu sammeln, das Böse zu kultivieren, zu potenzieren, um den finalen Kampf zu bestehen und zu siegen. Gesammelt hinter dem Einen, dem Ur-Revolutionär.«

»Du meinst den Satan? Denkst du an ihn, wenn du mich deinen Engel nennst? Das gefällt mir nicht!«

»Ich spreche von dem Erzengel, den man zu Unrecht ›gefallen‹ nennt. Er wurde gestürzt, bestraft, verstoßen.«

Seine zornige Stimme vibrierte in ihrem Kopf, der wieder an seinem Herzen lag.

»Stell ihn dir vor: Luzifer, der strahlende, schöne Sohn der Morgenröte. Der Lichtbringer. Und im Schein dieses Lichtes erkannte er: Im Himmel herrscht ein Despot! Diktatur. Sein Wissen und sein Einfluss wurden gefährlich. Seine Schönheit und Perfektion bedrohten das herrschende Machtgefüge.«

Seine Stimme wurde lauter, der Atem ging stoßweise. Sein Thema, seine Leidenschaft. Gut und Böse. Die Grenzen verschwammen. Sachte strich Alexandras Zeigefinger von seiner Schulter über das Schlüsselbein, in gerader Line abwärts zum Solarplexus. Eine völlig unbehaarte, erstaunlich schmale Brust. Fast schon mager der ganze Körper, mit hervorstehenden Hüftknochen. Die Haut war sehr weiß, beinahe durchscheinend, wie Pergament, durchzogen von bläulich schimmernden Adern. Dieser dominante Mann wirkte plötzlich ungewohnt hilflos. Dünnhäutig. Verletzlich. Sicher wollte er nicht, dass sie ihn so sah. Und sie wollte nicht riskieren, ihn durch ihre Erkenntnis zu verlieren.

»Ein überirdisches Wesen. Unbeugsam. Unnahbar. So wie du. Spielst du die Rolle, um mich zu erschrecken?« Ihr Finger zog die Spur weiter bis zu seiner Leiste. »Kommt das Böse wirklich in der

Gestalt des schönen Versuchers? Sag mir, bist du der Lichtbringer, der mich in die Finsternis führen will?«

Sie versuchte, ihn zu necken, doch seine Antwort klang düster, wie aus weiter Ferne.

»Und der Herr sprach: Es werde Licht! Aber ich bin es, der die Fackel weiterträgt. Lass mich deinen Geist erleuchten. Mit meiner brennenden Fackel in dich eindringen.«

Ihre Anspannung wurde unerträglich.

»In mich eindringen? Wenn es schon brennt, sollten wir das lieber verschieben und eine Pause einlegen.« Unsicher versuchte sie, die Verwirrung mit einem Scherz zu vertreiben.

»Was?«

Ihre Hand ruhte auf seiner Hüfte und ihre Zungenspitze berührte seine Schulter.

»Wenn es brennt, sollte man eine Pause einlegen.«

Das verklärte Funkeln verschwand aus seinen Augen.

»Du kleines Ferkel!«

Erleichtert stimmte sie in sein Lachen ein, tief und kehlig, das ihre Knie zum Zittern brachte. Er packte ungestüm ihr Kinn, küsste sie, biss in ihre Lippe und wälzte sich dann über sie.

»Lass uns die Fackel löschen, Alexandra. Vorübergehend. Und dann neu entzünden. Wieder und wieder und wieder …«

Dienstag, 30. Oktober

Walter Müller steckte sich eine Zigarette an und pustete den Rauch aus dem geöffneten Fenster. Mischa saß neben ihm auf der Eckbank in der Küche und schaute ihm dabei zu. Alexandras Mutter schätzte es nicht, wenn ihr Mann die Wohnung vernebelte. Aber im Augenblick war sie nicht da und Walter nutzte die Gelegenheit, nicht auf den Balkon gehen zu müssen, sondern mit dem Hintern auf der warmen Heizung sitzen zu bleiben. Auch wenn die Rippen des alten Heizkörpers unterm Fenster denkbar unbequem waren. Das war eine Frage des Prinzips. Mischa war bestens im Bilde. Ein klassischer Polizistenhaushalt, mit klar verteilten Rollen. Wer in der Familie den höheren Dienstgrad bekleidete, war eindeutig. Für einen Moment musste er grinsen. Aber bei der Frage, die er gerade gestellt hatte, war ihm nicht wirklich zum Lachen. Unter Walters Fittichen hatte Conrad Neumaier seine Karriere in Frankfurt begonnen. Was lag also näher, als sein Wissen um die Vergangenheit zu nutzen?

»Klar kann ich mich erinnern«, antwortete Walter jetzt. »Der Brückenmord. Ein riesiger Presserummel. War eine komische Sache damals. Ich war an den Ermittlungen nicht direkt beteiligt. Bin ja nie bei der Kriminalpolizei gewesen, obwohl ich das immer spannend fand. Aber die Zusatzausbildung hat nicht zu mir gepasst, das viele Bücherlesen und -studieren. Bin halt ein Praktiker und darum ewig auf dem Revier geblieben. Tolle Sache. Feste verlässliche Strukturen, geregelter Ablauf, Routine, die man irgendwann im Schlaf beherrscht. Irgendwie gemütlicher. Du kennst das ja, man hat so seine Spezis, die einem immer wieder unterkommen. Nur ganz selten ist mal was wirklich Schlimmes passiert.«

Diskret schaute Mischa zur Uhr. Drängeln wollte er nicht. Er kannte Walter inzwischen gut, den brachte so schnell nichts aus dem Konzept. Wahrscheinlich war es ihm langweilig, seit er in den

Ruhestand gegangen war. In Mischas Kopf rumorte es immer heftiger, während Walter mit Begeisterung die Bilder seines vergangenen Arbeitslebens heraufbeschwor. Routine. Täglich wiederkehrende Rituale. Mischas Zunge klebte staubtrocken am Gaumen. Ein merkwürdig metallischer Geschmack. Wie Alufolie zwischen den Zähnen. Er blinzelte, trank hastig einen Schluck Wasser und versuchte wieder, Walters Ausführungen zu folgen.

»Wir haben also seinerzeit nicht mehr zusammengearbeitet. Aber privat haben wir uns oft gesehen. Conrad hat sich geradezu in den Fall verbissen. Er war besessen von der Idee, es könnte Mord gewesen sein und der Täter käme ungeschoren davon. Wobei er mir nie klar machen konnte, warum eigentlich. Aber das ist heute noch sein Problem: Er nimmt die Arbeit zu persönlich.«

Kein Wunder bei dem Job. Mischa zog mit dem Autoschlüssel die Muster auf der Tischdecke nach. Er fand die normalen Leichen schon schlimm genug, mit denen er es manchmal zu tun bekam. Unfallopfer, Junkies, Alte, die unbemerkt in ihrer Wohnung verstarben. Das steckte keiner einfach so weg. Aber Mord war noch ein ganz anderes Kaliber.

»Hast du zufällig noch mehr Fakten im Kopf, den Namen oder das Datum?«

»Jetzt überschätzt du mich aber! Nach achtzehn Jahren.« Walter klopfte die Asche in den Blumenkasten und legte mit konspirativem Augenzwinkern einen Finger an die Lippen. Mischa konnte sich denken, dass seine Frau auch das nicht mochte. »Obwohl, warte mal – der Tote hieß Diefenbach. Genau wie mein Klassenlehrer in der Grundschule!« Er schloss das Fenster, stellte die Topfpflanzen zurück an ihren Platz und zog den Vorhang zurecht.

»Alle Spuren beseitigt«, freute er sich.

»Es muss irgendwann im Sommer passiert sein«, versuchte Mischa ihm weiter auf die Sprünge zu helfen.

»Sommer? Unsinn! Oder du meinst doch einen anderen Toten. Nein, der einzige ungeklärte Fall, an den ich mich erinnere in dieser Zeit und im Zusammenhang mit Conrad, da starb einer in eisiger

Kälte. Muss kurz vor Weihnachten gewesen sein. Aber wegen der Details fragen wir am besten Ella, wenn du Conrad nicht selbst fragen willst. Die sitzt heute noch im Archiv.«

Dankbar nickte Mischa. Dass Walter nicht nach seinen Gründen fragte, kam ihm sehr entgegen. Es sei wichtig und ein bisschen heikel, mehr hatte er nicht sagen müssen.

»Ich rufe sie gleich an. Ein tolles Mädchen, die Ella. Bildhübsch, blutjung, na ja, vor fünfunddreißig Jahren, als ich sie zum ersten Mal traf. Und stur wie meine kleine Alexandra.« Walter Müller kramte in seinem Adressbuch. »Wo steckt sie überhaupt? Warum hast du sie nicht mitgebracht?«

Alexandra. Wieder schoben sich Gedanken in Mischas Kopf, die er nicht denken wollte. Glücklicherweise interessierte Walter Müller sich nicht mehr für die Antwort, als er die Telefonnummer gefunden hatte.

* * *

Das Lied verfolgte Alexandra, seit Mischa es im Streifenwagen gesummt hatte, es schwirrte durch ihre Gedanken wie eine lästige Mücke. Mit kritischem Blick drehte sie sich vor dem Spiegel der Einkleidungsstation.

Ganz in Blau. Ungewohnt der neue Stoff auf der Haut, aber bequem. Wesentlich angenehmer in der Passform als die alte Uniform. Mit einem tiefen Seufzer gestand sie sich ein, dass sie Veränderungen hasste. Auch wenn sie sie herbeigesehnt hatte. Wie die neue Uniform. Wie ihr neues, abwechslungsreiches Leben. Aber genau jetzt hätte sie am liebsten einen Rückzieher gemacht. Es war nur ein Bündel Fasern in Schlammgrün, von dem sie sich trennen musste. Das europäisch harmonisierte Blau breitete sich schnell aus. Bald würden alle Kollegen versorgt sein und das blau-grüne Durcheinander wäre beendet. Bis zum Jahresende sollte kein Fetzchen Grün mehr übrig bleiben.

Aber Grün passt besser zu meinen Augen. Genauso, wie mein langweiliges Sofaleben vor Tobias besser zu mir gepasst hat.

Schweren Herzens packte sie die neuen Kleidungsstücke zusammen und beobachtete, wie der Scanner den Rechnungsbetrag von ihrem Kleiderkonto abbuchte.

Es summte schon wieder in ihr. Sie brauchte endlich den Titel, sonst konnte sie sich nicht davon befreien. Dieses Lied gehörte zu Mischa. Es hatte nichts in ihrem Kopf zu suchen und ging ihr auf die Nerven. Trotzdem konnte sie nicht aufhören, die Melodie zu summen.

»Schizophrenie im Endstadium«, murmelte sie, warf das Kleiderbündel auf den Rücksitz und stellte das Autoradio an. Sie versuchte, sich auf Naheliegendes zu konzentrieren. Der Scheibenwischer fegte trockene Blätter und letzte Regentropfen aus ihrem Blickfeld. Über den Himmel rasten dicke Wolkenberge in unterschiedlichen Höhen. Keine Aussicht auf ein kleines bisschen Sonne. Endlose Tage ohne Tobias lagen vor ihr. Sein Leserhythmus und ihr Dienstplan verhängten eine Zwangspause über ihre Beziehung. Schon wieder diese innere Schizophrenie. Ein Teil von ihr litt und der andere Teil fühlte dabei Erleichterung – nach dem vergangenen Abend.

Selbst beim Schießtraining hatte sie die Erinnerung nicht losgelassen. Auf der kleinen Schießanlage lieferte sie Ergebnisse ab, über die sich viele Kollegen gefreut hätten, aber für ihre Verhältnisse waren sie indiskutabel. Erst auf die Fünfundzwanzig-Meter-Distanz gelang es ihr, die nötige innere Ruhe zu finden. Sie traf sicher aus jeder erdenklichen Position: stehend, liegend, sitzend. Auch einhändig war die Quote beachtlich. Nur einen Schuss verzog sie noch, als sie daran dachte, wie Tobias ihre Sig in der Hand gehalten und selbst vom Schießen geschwärmt hatte. Plötzlich stand ihr das Bild eines apokalyptischen Reiters vor Augen, im Morgenrot, die Heckler & Koch im Anschlag.

Alexandra schüttelte sich. So ein Blödsinn. Zur Abwechslung erwartete sie eine Portion Realität im morgigen Tagdienst und anschließend ein unkompliziertes Treffen mit Jörg. Genau das war es, was sie gebrauchen konnte. Keine Rätsel. Keine Glaubensfragen, die sie sich selbst nicht beantworten konnte. Keine Gewissensentscheidungen. Tina Turner sang von Liebe und Alexandra schaltete das Radio ab. Sofort wurde das Summen in ihrem Kopf lauter. Sie seufzte wieder. Dann ergab sie sich und summte mit.

* * *

»Ich tötete ein Kind. Das war leicht. Es gibt so viele davon. Sie sind unvorsichtig. Ob es lustig war? Nicht lustiger als bei den anderen. Weshalb ich dann lache? Ich lache über Ihr Entsetzen, Kommissar. Wieso entsetzt es Sie, nach allem, was Sie von mir wissen, dass ich ein Kind getötet habe? Ist das etwa verwerflicher, als einen Erwachsenen zu ermorden? Aus welchem Grund? Alle sind immer so betroffen, wenn es um Kinder geht. Als wären sie mehr wert, besser, unantastbar. Sie sind es nicht.

Unschuldig? Nein. Arglos, ahnungslos vielleicht. Aber unschuldig? Wie kommen nur immer alle auf diese Idee? Niemand kann die Gedanken eines Kindes lesen. Wer weiß schon, was in den Köpfen vor sich geht. Wieso sollten seine Gedanken unschuldig sein? Weil der Mensch gut und ohne Schuld zur Welt kommt? Unsinn! Warum werden dann aus unschuldigen, liebenswerten, wundervollen Kindern bösartige Erwachsene? Die Umstände, ach ja. Was ist mit den Genen? Wenn es die Gene sind, warum wirken sie erst später, nicht von Anfang an? Wenn es die Gene sind, ist das Böse doch von Beginn an da. Und bedenken Sie – auch ich war ein Kind. Glauben Sie wirklich, dass ich ein nettes Kind gewesen bin? Eines zum Gernhaben? Lügen Sie sich nichts vor. Doch gut, Ihnen zuliebe spinne ich den Gedanken weiter. Ich war ein gutes Kind und erst die Umstände meines Lebens machten mich zu dem, was ich heute bin. Ein skrupelloser Mörder. Welche Umstände waren das? Wen kann ich – nein, Sie sind es ja, der das denken möchte – also, wen können Sie für meine Taten verantwortlich machen? Um mich reinzuwaschen von meiner Schuld, auf dass ich wieder schuldlos bin, wie jene ach so putzigen kleinen Wesen. Wollen Sie das wirklich? Wenn es das Gute gibt, muss es auch das Böse geben. Das eine kann ohne das andere nicht existieren. Die Bibel kommt nicht ohne den Antichristen aus. Menschen brauchen den Vergleich. Nur so erkennen sie, was gut und was böse ist. Also, wenn Sie an das Gute im Menschen glauben, müssen Sie zwangsläufig auch an das Böse im Menschen glauben. Gerade Sie, als Kommissar! Sehen Sie es denn nicht, Tag für Tag? Oh, ich weiß schon, was Sie sagen wollen. Ich, der große Bösewicht, muss im Umkehrschluss genauso an das Gute glauben. Aber nein, Sie Dummkopf! Der Bösewicht bin ich nur für Sie, weil Sie mich mit Ihrem Bild vom Guten vergleichen. Ich glaube nicht an Gut und Böse, nicht an Gott und nicht an einen Sinn. Deshalb ist der Mord an einem Kind auch nicht unsinniger als jeder andere Mord. Wenn ich dieses Geheule höre! Das arme Ding, es hat doch niemandem etwas getan! Sicher? Fragen Sie den Käfer, den es achtlos zertreten hat, die Fliege, der es die Flügel ausriss, oder den Hamster, den es verhungern ließ. Unwissenheit schützt vor Bosheit nicht. Warum also um ein Kind mehr trauern als um einen Menschen, der in seinem Leben schon etwas geleistet hat? Vielleicht sogar Gutes getan? Die Menschen machen es sich zu einfach, wenn sie die Unschuld so verteilen. Und zugleich machen sie es sich unnötig schwer. Schuld und Unschuld sind irrelevant. Ein sinnloser Mord? Natürlich! Weil es keine sinnvollen Morde gibt. Kein einziger Mord macht auf Dauer Sinn, weil nichts in diesem erbärmlichen Leben einen Sinn hat. Nicht das Leben und nicht das Sterben irgendeines Menschen! Weil nichts von Dauer ist, außer vielleicht das Nichts als solches. Wir leben im Augenblick und der ist das Einzige, was zählt. Ich strapaziere Ihr Gehirn? Ihren Sinn für Moral und Anstand? Alles, woran Sie glauben? Denn Sie, Sie glauben immer noch. Habe ich recht? Oh ja, ich weiß es! Es ist mir gleich, auch wenn Sie bis zum bitteren Ende glauben und vielleicht sogar noch das Beten anfangen, ehe ich mit Ihnen fertig bin. Und nun möchte ich mich noch ein wenig an Ihrem leidenden Gesichtsausdruck erfreuen. Schließlich habe ich noch nicht wirklich erzählt, wie das damals gewesen ist mit diesem Kind. Ich muss gestehen, ich weiß nicht, ob es ein Junge oder ein Mädchen war. Das spielte keine Rolle. So wie es eigentlich nie eine Rolle spielt, welches Geschlecht ein Mensch hat. Nicht beim Sex und schon gar nicht im Angesicht des Todes. Ich mag diesen Ausdruck. Sehr sogar. Diese Vermenschlichung ist schon erstaunlich. Wieso gibt man dem Tod ein menschliches Antlitz? Denken Sie weiter. Wenn man dem Tod ein menschliches Gesicht gibt, wieso dann nicht meines? Ich leihe es ihm gern. Aber zurück zu der Geschichte, auf die Sie bereits warten. Ich fing mir ein Kind. Irgendeines. Sie sind überall. Wie die Ratten. Eine wahre Plage.«

* * *

Es war längst Zeit, diesen Arbeitstag zu beenden. Conrad Neumaier musste nicht auf die Uhr sehen, um das zu wissen. Es gab nichts, was er im Präsidium noch tun musste oder konnte. Trotzdem zog es ihn nicht nach Hause. Er schleppte zu viel Ballast mit sich herum, den er seiner Frau nicht zumuten wollte. Dass ihre Ehe seinen Beruf schon so lange verkraftete, grenzte an ein Wunder. Klaglos ertrug Irene Überstunden, Geistesabwesenheit und depressive Verstimmungen, wenn die Arbeit ihn bis an seine Grenzen trieb. Sie verdiente ein besseres Leben, ein leichteres. Es war sein Job, jede Bedrohung von ihr fernzuhalten.

In seinem Schreibtisch lagen drei Postkarten. Gleiches Motiv. Kein Text. Er war entschlossen, diese Sache auch weiter zu ignorieren.

Schwitzend lockerte er den Hemdkragen und schenkte Kaffee nach. Der lauwarme Rest schmeckte bitter.

Und dann war da noch dieses verfluchte Buch. Seinetwegen interessierte Mischa sich so brennend für Stockmann. Und für die Vergangenheit. Wieso musste Alexandra ausgerechnet mit diesem Kerl ausgehen?

Er durfte seine Zeit nicht mit solchen Geschichten verschwenden. Er musste einen Mord aufklären und kam nicht voran. Seit einer Woche lag der Fall Martin Hirschberger auf seinem Schreibtisch und alles, was sie vorzuweisen hatten, waren zwei DNA-Spuren, die in Sackgassen führten. Seit Stockmann in der Stadt war, kreuzten sich ihre Wege, ob er wollte oder nicht. Conrad Neumaier glaubte schon lange nicht mehr an Zufälle. Aber er glaubte an Professionalität. Und seine eigene litt unter der Antipathie, die er für diesen Mann empfand.

Wieso hatte Mischa das Buch liegen lassen? Conrad wollte es nicht in seinem Haus haben. Nun lag es hier, im Büro. Und wieso zum Teufel hatte er es letztendlich doch in die Hand genommen und begonnen zu lesen? Er verfluchte den Augenblick, der ihn dazu verführt hatte.

⋆⋆⋆

Jörg erwartete Mischa vor der Kneipe und pustete Rauchwölkchen in den Abendhimmel. Im Sommer standen hier dicht gedrängt die Tische und Bänke von vier nebeneinander liegenden traditionellen Apfelweinschänken. Jetzt wirkte der Affentorplatz trostlos, das Kopfsteinpflaster glänzte feucht und Jörg drückte sich eng an die Hauswand. Er zählte sich zu den bekennenden Gelegenheitsrauchern. Kein dringendes Bedürfnis also, nur Langeweile. Als er Mischa kommen sah, drückte er seine Zigarette aus und schnippte sie in den Mülleimer. Jörg grinste. Mischa hatte die Hände in den Taschen vergraben und die eng anliegende Strickmütze tief über die Ohren gezogen. Das kam für ihn nicht in Frage. Lieber lausig frieren als die Frisur einbüßen. Idiotisch, aber er stand dazu. So war er eben.

Sie begrüßten einander mit Handschlag, durchquerten den Hof und betraten gemeinsam den schummrigen Gastraum des »Klaane Sachsenhäusers«. Ein Blick in die Speisekarte erübrigte sich für Jörg. Auch wenn es dort eine große Auswahl moderner und internationaler Gerichte gab. In der Luft hing der schwere, unverwechselbare Geruch von Sauerkraut. Auf einer Tafel neben dem Ausschank, mit Kreide notiert, diverse fleischliche Zugaben. Üppig und deftig. Jörg inhalierte mit erhobenem Kopf und fächelte sich demonstrativ den Duft zu.

»Mann, das riecht nach Zuhause! Willst du auch was essen?«

»Nein, hab keinen Hunger.«

Sie rutschten auf zwei gegenüberliegende Holzbänke. Der lange Tisch war bereits mit einer Gruppe Würfelspieler besetzt.

»Wer braucht denn Hunger, um zu essen? Du brauchst doch auch nicht zu heiraten, wenn du … Hallo, schöne Frau«, unterbrach er seinen Satz.

»Was kann ich euch zwei beiden denn bringen?« Melodisch begleitete die Stimme der Kellnerin das Klappern der Gläser auf dem vollen Tablett, das sie beiläufig auf ihrer Hüfte abstützte. Jörg bestellte Rippchen mit Kraut und Brot, dazu Apfelwein für beide. Sauer gespritzt.

»So ist's recht! Wie es sich gehört, Schnuckelchen!« Sie kniff ihn freundlich in die Wange, ehe sie davonwogte.

»Ist das nicht ein Prachthintern?«

Genießerisch folgten Jörgs Augen der Frau. Sie mochte ein paar Jahre älter sein als er, brachte annähernd zweihundert Pfund auf die Waage, vorn wie hinten gut verteilt, hatte lange dunkle Locken und ein ansteckendes Lachen, das sie großzügig an alle Gäste verschenkte. Mischa amüsierte sich.

»Du bist echt unglaublich. Machst du eigentlich jede Frau an, die deinen Weg kreuzt?«

»So ist es. Und der Erfolg gib mir recht.«

Er fand das völlig normal, schließlich war er ein Mann und die Frauen liebten ihn, so, wie er war.

Als das Essen nach kürzester Zeit dampfend auf dem Tisch stand, beendeten sie das belanglose Vorgeplänkel.

»Also schieß los, hast du schon was rausgefunden, Mischa?« Ein großes Stück Fleisch verschwand in Jörgs Mund.

»Sein Name war Gernot Diefenbach. Die Eltern sind bereits gestorben. Aber seine damalige Freundin, Linda Suttor, wohnt noch in Praunheim.«

»Nicht schlecht. Wie kommt es, dass ich nichts finden konnte, obwohl ich höchstpersönlich im Zeitungsarchiv war, auf Knien durch den muffigen Keller gerutscht bin und uraltes Papier durchstöbert habe?«

»Weil es eben doch im Winter war. Am zwanzigsten Dezember. Stockmann hat versucht, mich zu verarschen.«

»Und jetzt?« Jörg türmte eine Portion Sauerkraut auf die Brotscheibe und balancierte beides zum Mund.

»Wir könnten die Frau mal fragen, was sie zu der Mordtheorie zu sagen hat. Selbstmord hat sie damals kategorisch ausgeschlossen.«

»Das mache ich. Ich behaupte einfach, ich plane eine Zeitungsserie über ungeklärte Mordfälle in Frankfurt. Passt auch wunderbar mit dem Mord letzte Woche zusammen. Gleicher Ort. Eigentlich ein Wunder, dass das noch niemandem aufgefallen ist …«

»Mir schon«, warf Mischa ein, während Jörg konzentriert ein großes Stück Fleisch vom Knochen säbelte.

»Sag mal, nebenbei, spricht was dagegen, wenn ich das tatsächlich verwende? Schließlich habe ich einen Beruf, der von solchen Spekulationen lebt, solange keine Fakten vorliegen. Also nicht den Mord damals, sondern den aktuellen. Den könnte ich mit Stockmann in Verbindung bringen. Mal sehen, was dem Großmaul dazu einfällt.«

»Von mir aus jederzeit. Aber kriegst du da nicht Ärger mit Alexandra? Denn …«, Mischa verstummte kurz. »Hör zu, du musst klarstellen, dass es keine Beweise gegen ihn gibt, verstanden? Der Eiserne Steg wird im Buch nicht erwähnt. Sonst kriegst du garantiert Ärger, nicht nur mit Alexandra. Verleumdungsklage oder so.«

»Pff, damit muss man leben. Wäre nicht die erste.« Jörg kippte den letzten Schluck Apfelwein hinunter und stieß erst einen kleinen Rülpser, dann einen wohligen Seufzer aus. »Hauptsache, dem Stockmann ans Bein gepisst, der Rest findet sich.«

Er gab sich betont lässig, was diesen Mann betraf. Obwohl er ihn verunsicherte. Verunsicherte und faszinierte, mit diesem Blick, der ungehemmt in die Tiefe eindrang. Er spürte noch immer seine beängstigende Anziehungskraft. Seine Selbstsicherheit, die alle Konventionen zu lächerlichen Banalitäten degradierte, über die er sich mit Leichtigkeit hinwegsetzte. Aber das war nichts, worüber Jörg reden wollte, und eigentlich auch nicht nachdenken.

»Zurück zu Frau …?«

»Suttor.«

»Genau. Ich stelle ihr ein ordentliches Honorar in Aussicht.«

»Legst du ihr damit nicht die passenden Worte in den Mund?«

»Auch wahr. Ich schau sie mir an und improvisiere. Ich bin ein guter Menschenkenner.«

Auf Entfernung suchte er Augenkontakt zur Kellnerin. Sie verstand ihn ohne Worte und füllte zwei Gläser.

»Bedenke, dass die Zeit die Erinnerung trübt und verzerrt.«

»Oder Hässliches schön färbt. Ich bin kein Anfänger, Kleiner! Spätestens Freitag wissen wir alles, was es zu wissen gibt!«

Mittwoch, 31. Oktober

Nebel hüllte die Stadt in weiches, diffuses Licht. Seit Tagen schon. Wie ein feiner Regenschleier schlugen sich die Tropfen an der Fensterscheibe nieder. Erst gegen Mittag war mit einer Änderung zu rechnen. Wenn überhaupt. Selbstmörderwetter. Nicht, dass es dafür einen Beleg gab. Genauso wenig wie für das hartnäckige Gerücht, dass um Weihnachten die Suizidrate ansteigt. Völliger Unsinn. Trotzdem war sich Mischa sicher, sollte er jemals den Drang verspüren, seinem Leben ein Ende zu setzen, dann an einem Tag wie diesem. Aber gewiss nicht heute.

Er drückte Alexandra einen dampfenden Kaffeebecher in die Hand, noch ehe sie die Jacke ausziehen konnte.

»Guten Morgen, Kollegin Müller. Ich sehe, wir nähern uns dem Gefrierpunkt.«

»Wieso?«

»Du trägst die Nase in schmückendem Säuferrot, das heißt, draußen ist es unter fünf Grad Celsius.« Er grinste vergnügt und reichte ihr die Milchpackung. Die Zusammenarbeit mit Jörg hatte seine Laune deutlich verbessert. Alexandra kniff das linke Auge zu, legte mit dem ausgestreckten rechten Zeigefinger auf ihn an, schoss und pustete das Mündungsfeuer beiseite.

»Wie war euer Fußballspiel? Habe ich was verpasst?«

Daran wollte Mischa lieber nicht erinnert werden. Eine haushohe Niederlage, nicht zuletzt dank seiner eigenen Geistesabwesenheit.

»Du bist schon wieder in der Zeitung.« Fred wedelte mit der aktuellen Ausgabe eines Boulevardblattes vor Alexandras Nase und ersparte ihm damit eine Antwort.

»Liebt diese Frau ein gefährliches Monster?«, prangte in großen roten Buchstaben über einem unscharfen Bild, auf dem sie Hand in Hand mit Tobias zu sehen war. »Oder führt dieser Mann uns alle an der Nase herum?«

Der abmildernde Untertitel war deutlich kleiner. Der Artikel bezog sich auf Jörgs Interview, rückte Tobias in die Nähe großer Massenmörder der Vergangenheit, spielte mit Ekel und Angst in mindestens dem gleichen Ausmaß wie Tobias in seinem Buch. Nebenbei stellte er immer wieder die Frage nach der Arbeit der Polizei. Spielte die Frau die Rolle einer Doppelagentin? Ermittelte die Polizei tatsächlich gegen ihn? Trickste der charismatische Erfolgsautor auch die Vertreter von Recht und Ordnung aus? Reißerisch aufgeworfene Fragen, keine Antworten. Bis auf ein klares Nein zu den Ermittlungen der Polizei.

* * *

In ihrer Küche im Frankfurter Stadtteil Niederrad bereitete Irene Neumaier das Mittagessen vor. Ausnahmsweise waren zwei ihrer drei Kinder gleichzeitig anwesend. Sabrina, die Älteste, warf skeptische Blicke in die Kochtöpfe.

»In der U-Bahn hat mich heute dauernd so ein Typ angeglotzt. Voll bescheuert.«

Irene lächelte. »Du bist halt ein hübsches Mädchen, da gucken die Jungs schon mal hin.«

Sabrinas ovales Gesicht, umrahmt von langen, fast schwarzen Haaren, wirkte zerbrechlich. Dazu lange Beine und anmutige Bewegungen. Jeder Mann sah sie gerne an.

»Quatsch. Nicht so angeguckt. Der hat nicht geflirtet, der hat mich beobachtet. Wenn ich ihn angesehen habe, hat er sich weggedreht.«

»Vielleicht war er nur schüchtern?«

»Nee. Zu alt. Aber auch nicht so ein geiler Sack, der auf kleine Mädchen steht. Der sah einfach unsympathisch aus. So ohne jeden Gesichtsausdruck und die Kapuze runtergezogen, dass man ihn kaum erkennen konnte.«

Sebastian holte sich eine halbvolle Milchflasche aus dem Kühlschrank und trank sie ohne abzusetzen aus.

»Papa lässt dich beschatten. Weil er wissen will, ob du dich immer noch mit Christopher triffst.«

»Du spinnst!«

Irene warf die Kartoffelschalen in den Komposteimer und drehte sich um. »Wie kommst du denn auf die Idee, Basti! Euer Vater würde nie …«

Sebastian nahm keine Notiz von ihr. »Hatte der Kerl einen dunkelblauen Pullover an, 'ne blaue Jeans und nagelneue Joggingschuhe?«

Sabrina ließ den heißen Topfdeckel fallen, unter dem das Gemüse dampfte. »Ja!«

»Sag ich doch. Den habe ich am Montag vorm Präsidium getroffen. Der hat mir erzählt, dass er Papa kennt, und ist dann in der U-Bahn verschwunden.«

»Der lässt mich echt überwachen? Mama, stimmt das?«

Irene schnappte nach Luft. »Nie im Leben! Das ist völliger Unsinn. Sabrina! Wo willst du denn hin?«

»Keine Sekunde bleibe ich mehr hier! Das ist ja schlimmer als bei George Orwell. Überwachungsstaat. Scheiß Familie!«

Krachend flog zuerst die Küchentür, Sekunden später die Haustür ins Schloss.

»Hast du ja klasse hingekriegt, Basti! Du und deine blühende Phantasie. Wie kommst du auf solche Geschichten? Willst du Sabrina auf die Palme bringen oder mich?«

Sebastian stellte die leere Flasche zurück in den Kühlschrank.

»Aber das stimmt Mama! Das mit dem Mann ist wirklich passiert.«

Irene schaute ihn zornig an. »Das Schlimmste ist, dass du nicht weißt, wann es Zeit ist, mit der Lügerei aufzuhören!«

* * *

Er fühlte sich sicher. Neben ihm lag die Taschenlampe. Schwer atmend schaltete er sie aus. Er versuchte, das Gefühl der Sicherheit festzuhalten. Der Schweißausbruch kam schnell und heftig. Doch er schaltete die Lampe nicht wieder ein. Hart schlug sein Herz gegen die Rippen. Schwarz und drohend lastete die Erinnerung auf seinen Schultern.

»Du bist das Licht«, flüsterte er heiser. »Du erleuchtest meine Finsternis.«

Der klamme Griff der Angst lockerte sich ein wenig. Er musste es aushalten. Trainieren. Nur so konnte es gelingen. Es machte ihn stärker. Im Dunkeln versuchte er sich zu orientieren. Es war nicht schwer. Er kannte sich aus. Immer wieder war er in diesem Raum gewesen, hatte die Anlagen gewartet, die sich im Untergrund versteckten. Unsichtbar von außen. Unterschätzt, so wie er. Dabei waren sie wichtig. Versorgten die Stadt mit Energie. Es dauerte sicher noch eine Weile, bis sie den Schlüssel vermissten.

Es war so perfekt. Es musste dem Meister gefallen. Hier. Genau hier. Mitten in der Stadt. So nah würde es sein. So nah und doch unerreichbar. Beinahe öffentlich. Keiner konnte es finden. Er musste nur noch eines auswählen. Die Zeit für die Rache des Meisters war da und er – er konnte ihm dabei behilflich sein! Der Meister musste sich freuen. Der Meister musste ihn bemerken! Vielleicht würde *Er* sogar wieder mit ihm sprechen! Sein Körper gehorchte nicht mehr. Er kauerte sich auf den Boden, presste die Fäuste vor den Mund. Keuchend wartete er, bis die Erregung abklang.

* * *

Gedankenverloren streichelte Alexandra Jörgs nackten, braungebrannten Rücken, bis hinab zu den beiden kleinen Grübchen. Sie lächelte unwillkürlich. Jörg gab sich große Mühe, attraktiv und sportlich zu bleiben. Das verräterische kleine, weiße Fleckchen oberhalb des Steißbeins und die feinen Streifen unterhalb der Gesäßfalte ließen sie beinahe laut auflachen. Sonnenbank und Fitnessstudio. Sie wusste, dass er sich nicht gerne quälte, aber sein Ego verlangte den Einsatz. Ein eitler, unverbesserlicher Frauenheld.

Schon immer, und daran würde sich nichts ändern. Das hatte nicht mal Karin geschafft.

Wenn eine Frau in Jörgs Nähe kam, straffte er automatisch die Schultern und zog den Bauch ein. Obwohl das gar nicht nötig war. Seine Augen leuchteten, die Stimmlage änderte sich und der ganze Mensch stand unter Spannung. Balzverhalten. Während Jörg sich aufplusterte wie ein Gockel, um größer und wichtiger zu erscheinen, versuchte Tobias, das Gegenteil zu erreichen. Das hatte sie bei der Vernissage beobachtet.

Tobias' Schultern kippten leicht nach vorn und der Kopf neigte sich zur Seite. Trotz seiner Größe schaffte er es, Frauen von unten nach oben in die Augen zu sehen. Ein Kokettieren mit aufgesetzter Schüchternheit, das verblüffend gut funktionierte. Durch die Abwärtsbewegung von Kopf und Schultern fiel ihm jedes Mal diese Haarsträhne ins Gesicht, die er mit einem kurzen Ruck zurückbeförderte oder mit einer leichten, vermeintlich unbewussten Handbewegung beiseitestrich.

Es waren wohlüberlegte, einstudierte Gesten, wie ihr langsam klar wurde. Tobias spielte gekonnt den unschuldigen Jungen, weckte in jeder Frau das Verlangen, ihm jenseits dieser Unschuld zu begegnen. Dass sie ihn durchschaute, änderte nichts an den Gefühlen, die er bei ihr auslöste.

Männern gegenüber war er dagegen stets dominant. Der Kopf blieb kerzengerade auf den Schultern, keine Haarsträhne wagte es, ihm in die Stirn zu fallen. Er inszenierte sich perfekt, analysierte sein Gegenüber schnell und wählte präzise die Waffe, die am sichersten traf. Seine sprachliche Überlegenheit zwang fast jeden in die Knie. Jörg einzuschüchtern war schwer, aber Mischa hatte ihm wenig entgegenzusetzen.

Sie küsste Jörgs Schulter und legte zwei Finger in die verführerischen Grübchen. Doch er schlief weiter.

Wieder dachte sie an Tobias. Er brauchte zwingend die Bewunderung. Wenn sie nicht bereit war, ihm die bedingungslos zu geben, würde er sofort Schluss machen.

Sie hörte Jörgs ruhige, gleichmäßige Atemzüge und seufzte. Diese nachmittäglichen Treffen mit ihm würden ihr mehr fehlen als ihr lieb war. Jörg war der pure Spaßfaktor. Reine Lust ohne Berechnung, ohne Verpflichtung, ohne Reue. Aber auch ein Spiel ohne Zukunft. Noch einmal schmeckte sie seine warme Haut, mit einem Anflug von Melancholie. Es war nur logisch, dass es irgendwann so weit gekommen war. Ebenso logisch, es zu beenden. Jetzt.

Donnerstag, 01. November

Nihilismus. Mischa rieb sich den Schädel. Ungeduldig kippelte er mit dem Küchenstuhl. Der Kaffee in der Tasse war längst ausgekühlt. Seit er begonnen hatte, Stockmanns Buch zu lesen, war seine Abneigung stetig gewachsen. Er empfand direkt körperlichen Widerwillen, wenn er das Buch zur Hand nahm. Das hatte ihn zuerst davon abgehalten, es auch noch mit Dürrenmatt aufzunehmen. Aber seit dem Mord auf dem Eisernen Steg ließ ihn der Gedanke nicht los, dass auch dessen Bücher eine Bedeutung hatten, die weiter reichte, als auf den ersten Blick zu sehen war. Für den Fall. Für Stockmann. Und damit auch für ihn.

Die beiden Bücher, die Mischa in der Bücherei ausgeliehen hatte, verbreiteten einen leicht muffigen Geruch. Er mochte weder den Inhalt noch Dürrenmatts Stil. Umständliche triste Geschichten, die in seinem Kopf nur Schwarz-Weiß-Bilder erzeugten. Unsympathische Menschen, einer wie der andere. Egal ob sie nun das Gute oder das Böse symbolisierten. Obwohl – genau genommen fand diese Unterteilung gar nicht statt. Mischa blätterte hin und her. Gut und Böse existierten nur als schemenhafte Begriffe, eine Persiflage ihrer selbst.

Er knackte mit den Fingern. Konnte das der Schlüssel sein? Weniger der offensichtliche Inhalt, sondern das, was zwischen den Zeilen stand. Musste er auf die unterschwelligen Eigenschaften der Personen achten, auf Brüche und Widersprüche in den Charakteren? Wie ein Profiler.

Langsam erwachte sein Interesse wieder. Und sein Appetit. Aus dem Kühlschrank angelte er eine Packung Toastbrot, Käse und Salami. Unordentlich schichtete er alles übereinander und biss kräftig hinein.

Also dann, Herr Dürrenmatt, zeigen Sie mir, was Sie so drauf haben! Er wischte ein paar Krümel unter den Tisch und legte beide Bücher aufgeschlagen vor sich. Links: »Der Richter und sein Henker«, rechts: »Der Verdacht«. In der Mitte platzierte er ein Blatt Papier. »Nihilismus« schrieb er darauf, und die Namen der Hauptfiguren. Dann klemmte er den Stift hinters Ohr, das Brot zwischen die Zähne und begann, gezielt nach Hinweisen zu suchen.

⋆ ⋆ ⋆

Bei ihrem morgendlichen Besuch am Kiosk stolperte Alexandra förmlich über ihr eigenes Liebesleben. Sie kochte vor Wut. Wieder hatten es zwei Zeitungen für nötig gehalten, ihr Foto abzudrucken. Für eine davon schrieb Jörg. *Mistkerl.* Eine gedruckte Ohrfeige für ihre Entscheidung gegen ihn. Er musste direkt von ihrem Bett aus in die Redaktion gefahren sein, um noch in der Nacht einen Bericht über Tobias zu schreiben. Obwohl sie versucht hatte, ihm zu erklären, dass Tobias nicht der Grund dafür war, dass sie ihre Liaison aufgab. Aber das war wohl zu viel verlangt von einem gekränkten Macho.

Sie kaufte beide Blätter und hoffte, dass die Frau auf der anderen Seite der Theke sie nicht erkannte. Dann hastete sie durch Sprühnebel und Pfützen zurück nach Hause. Noch auf der Treppe begann sie zu lesen. Sie brauchte drei Versuche, ehe der Schlüssel das Schloss traf. Die Tüte mit den Brötchen und die Jacke landeten direkt hinter der Tür auf dem Boden, die nassen Schuhe behielt sie an. Ungeduldig warf sie den feuchten Zopf über die Schulter auf den Rücken und breitete die Zeitung auf der Arbeitsfläche in der Küche aus. Hinsetzen kam jetzt nicht in Frage. »Kehrt der Mörder vom Eisernen Steg zurück?«

Der Inhalt des Artikels machte sie sprachlos. Jörg bezog sich darin auf den Brückenmord in Stockmanns Roman und den aktuellen Fall. Wieso verknüpfte er die beiden Morde? Der Eiserne Steg wurde im Buch nicht erwähnt. Und sie hatte ihm nichts gesagt. Nichts!

Beunruhigt überflog sie die Zeilen erneut. Nein. Kein Hinweis auf sie oder auf den Pullover. Es musste Zufall sein. Genau besehen war es eine völlig aus der Luft gegriffene Geschichte. Wenn man die aktuellen Ermittlungen nicht kannte. So wie sie. Und Jörg kannte sie nicht. Oder doch?

Der zweite Bericht zitierte Tobias selbst. Sammelte seine doppeldeutigen Aussagen und Andeutungen zu einer zweifelhaften Collage, spannte wieder den Bogen zu historischen Bluttaten.

»Warte, warte nur ein Weilchen, dann kommt Stockmann auch zu dir!«

Sie knüllte die Zeitungen zusammen und feuerte sie gegen die Wand, kaute auf ihrer Lippe, bis sie gefühllos wurde, dann sammelte sie die Seiten auf und griff zum Telefon.

»Du musst aufhören, mit der Presse zu spielen«, schleuderte sie Tobias statt einer Begrüßung entgegen.

»Guten Morgen, mein Engel.«

Sie spürte Tobias' Lächeln am anderen Ende der Leitung.

»Merkst du nicht, wie sie dich für ihre Zwecke instrumentalisieren? Du bist schon wieder die Titelstory. Aber willst du das wirklich, auf einer Stufe mit bestialischen Verbrechern stehen?«

»Wo ist das Problem? Ich kenne mich, ich kenne die Wahrheit. Lass sie doch schreiben, was sie wollen!«

Sein kehliges Lachen konnte ihren Verdruss diesmal nicht verscheuchen.

»Nein. Falls du es noch nicht bemerkt hast, sie schreiben auch über mich.«

»Gefällt dir das nicht?«

»Nein, überhaupt nicht. Ich will nicht Spießruten laufen müssen, sobald ich aus dem Haus gehe.«

»Alexandra, liebe wundervolle Alexandra, die Presse liebt mich – und dich auch. Aber ich bin es, der sie manipuliert, und nicht umgekehrt. Sie tun mir einen Gefallen. Was glaubst du, wie viele Kleingeister und Ignoranten genau jetzt in die nächste Buchhandlung rennen und mein Buch kaufen? Das Skandalbuch. Das Mörderbuch. Vielleicht von einem echten Mörder geschrieben! Wie aufregend. Und die Damen unter den abgehetzten Lesern werden dich beneiden.«

»Ich will nicht beneidet werden. Ich will meine Ruhe und meine Privatsphäre und …«

»Und mich? Sag, dass du mich willst, liebste Alexandra. Mich, den gefährlichen Mörder. Sag, dass du mich trotzdem immer noch willst!«

⋆ ⋆ ⋆

Am späten Nachmittag klingelte das Telefon auf Conrad Neumaiers Schreibtisch. Vor ihm türmten sich stapelweise Papiere. Fallakten, Urlaubsanträge, Krankmeldungen. Bis zum Wochenende musste er unbedingt Ordnung in das Durcheinander bringen. Er kippte den letzten Schluck seines kalten, zu stark gesüßten Kaffees hinunter. Manchmal hasste er den Job mehr als er ihn liebte. Den größten Teil seiner Zeit verbrachte er mit Schreibkram, Warterei und sinnlosen Telefonaten. Der Apparat vor ihm klingelte immer noch. Widerwillig griff er zum Hörer, ohne auf die Nummer im Display zu achten.

»Kriminalkommissariat 11, Neumaier«, raunzte er.

»Du musst nach Hause kommen, sofort!«

Irenes Stimme klang schrill und versetzte ihn umgehend in höchste Alarmbereitschaft.

»Und sag jetzt nicht, dass das nicht geht, dass du noch arbeiten musst!«

»Was ist denn los?«

»Das will ich verdammt noch mal von dir wissen!«, zischte sie. »Es geht um Sabrina – fällt dir zu unserer Tochter etwas ein, was du mir erklären möchtest?«

Einen Moment lang schwieg er und grübelte. Er hatte keine Ahnung, worauf sie anspielte. Der letzte Streit mit seiner Tochter lag bereits einige Wochen zurück. Er war sich keiner Schuld bewusst, was seine Situation nicht vereinfachte. Irene neigte normalerweise nicht zur Hysterie. Unschlüssig räusperte er sich.

»Soll ich mir das Fräulein mal vorknöpfen?«

»Genau darum geht es. Mit deiner Einmischung hast du alles nur noch schlimmer gemacht!«

»Moment Mal: Erstens bin ich ihr Vater, da muss ich mich gelegentlich einmischen, und zweitens weiß ich immer noch nicht, wovon du gerade sprichst!«

»Sie ist abgehauen, Conrad, davon spreche ich. Und zwar deinetwegen. Und wenn du mehr als nur gelegentlich ein Vater wärst – und auch mein Mann – dann wäre das nicht passiert!«

Er brauchte einige Augenblicke, um zu registrieren, dass sie aufgelegt hatte. Sein Blick streifte über den überfüllten Tisch, bis ihre Worte die volle Wirkung entfalteten. Ein Teil von ihm hätte am liebsten den ganzen Plunder zu Boden gefegt oder aus dem Fenster geworfen. Resigniert legte er den Hörer auf die Gabel. Wieso hatte er geglaubt, ausgerechnet er könnte ungeschoren davonkommen?

Als Conrad Neumaier zu Hause ankam, war es merkwürdig still. Er stellte seine Tasche ab und lauschte. Aus dem Wohnzimmer war leises Schluchzen zu hören. Irene saß im Sessel, das Gesicht in die Hände gestützt. Er ließ den Mantel fallen, war mit wenigen Schritten neben ihr. Sanft legte er die Hand auf ihren Arm und sank in die Hocke. Sie weinen zu sehen, konnte er nur schwer ertragen.

»Es tut mir leid, Irene.«

Erbost schüttelte sie ihn ab und er wich unwillkürlich ein Stück zurück.

»Es geht hier nicht nur um Sabrina, habe ich recht?«

Irenes geschwollene Augen schauten an ihm vorbei. »Du hast mich im Stich gelassen. Und deine Kinder.«

Er nickte reumütig. »Was habe ich verpasst?«

Sie strich sich die Haare aus dem Gesicht und rieb mit zitternden Fingern die Tränen von den Wangen.

»Basti steckt mitten in der Pubertät«, begann sie leise. »Mit mir redet er kaum noch ein Wort. Erinnerst du dich, wann er dich das letzte Mal um Rat gefragt hat? Nein. Kein Wunder. Er fragt dich nicht mehr. Sobald Mischa nach Hause kommt, ist Basti drüben bei ihm.«

Conrad knetete seine Hände. Das tat weh.

»Wenn Markus könnte, würde er sich einen Internetanschluss unter die Haut implantieren lassen, um sein ganzes Leben online abzuwickeln. Aber manchmal probiert er das echte Leben aus und verschwindet heimlich zum Gotchaspielen. Er wäscht dann mitten in der Nacht die verschmierten Klamotten, ist voller blauer Flecken, und manchmal heult er vor Schmerzen. Trotzdem geht er immer wieder hin. Er weiß nicht, dass ich davon weiß. Und Sabrina … Sie wird in zwei Monaten achtzehn. Vermutlich wird sie am gleichen Tag die Schule schmeißen, ihre Koffer packen und zu Christopher ziehen. Aber zumindest das mit Christopher weißt du ja wohl.«

Neumaier starrte sie erschüttert an und öffnete den Hemdkragen. Seine Familie löste sich vor seinen Augen in Trümmern auf und er stand blind und unfähig daneben.

»Was weiß ich?«

»Lässt du sie tatsächlich beschatten?«

»Wie bitte?«

»Sabrina ist ihm in der U-Bahn begegnet und Basti hat behauptet, mit dem Kerl gesprochen zu haben, den du auf sie angesetzt hast. Vorhin hat sie angerufen, dass sie nicht nach Hause kommen wird, solange das nicht aufhört. Weil sie glaubt, ihn vor der Schule gesehen zu haben. Ich kam gar nicht zu Wort. Am Anfang dachte ich, das ist wieder nur eine von Bastis Lügen. Aber dann stand ein Mann drüben auf der anderen Straßenseite. Genauso, wie sie ihn beschrieben haben. Er hat mir zugenickt und sich mit zwei Fingern an die Stirn getippt. Als ob ich wissen müsste, wer er ist. Aber ich weiß gar nichts, weil du ja nicht mit mir redest!«

Conrad wischte sich mit dem Handrücken den Schweiß von der Stirn. »Wie sah der Mann aus?«

»Wieso fragst du?«

»Irene! Wie sieht der Kerl aus? Wann genau hast du ihn gesehen?«

»Heute Morgen, etwa viertel vor acht. Kurz bevor Markus aus dem Haus ging. Sein Gesicht konnte ich nicht erkennen. Er sah ganz normal aus – Jeans, Kapuzenpullover, Turnschuhe – vollkommen unauffällig.«

Aschfahl tastete Conrad Neumaier nach der Schachtel mit den Herztabletten.

»Wo sind die Kinder jetzt?«, keuchte er, während er mit zitternden Fingern eine Kapsel aus der Verpackung löste. »Wo sind die Kinder, Irene?«

* * *

»Ich experimentierte über Monate. Es gab keinen Grund zur Eile. Niemand würde freiwillig, wissentlich, diesen Versuch über sich ergehen lassen. Es erforderte ebenso viel Feingefühl, die Dosierung zu erarbeiten wie die geeignete Person zu finden. Ich gewann wichtige Erkenntnisse über die Wirkungsweise meiner ausgewählten Substanzen, während eine Serie von vergifteten Haustieren die Stadt erschütterte. Wie bedauerlich für ihre Besitzer. Faszinierende Beobachtungen erschlossen mir eine völlig neue Perspektive auf das, was ich beabsichtigte zu tun. Schnell wurde mir klar, dass ich es zur Gänze miterleben wollte. Jedes einzelne Stadium mit meinen eigenen Augen sehen. Das verkomplizierte die Sache selbstverständlich. Doch es erschien mir nur als eine weitere Herausforderung, die meinen Intellekt kitzelte und zur Hochleistung anspornte. Keine unüberwindliche Hürde. Ich bin beileibe kein Zauderer. Meinen Entschlüssen folgt generell die schnelle Umsetzung. In diesem Fall jedoch … die Vielzahl der Möglichkeiten … Welche Methode versprach den größten Genuss? Sicher. Ich spreche von Genuss. Das wundert Sie? Sie hoffnungsloser Ignorant. Sie verstehen rein gar nichts. Dann spielte mir der Zufall in die Hände.«

* * *

Keine Lüge hält ewig stand. Alles, was man verbirgt, drängt irgendwann zurück an die Oberfläche. Conrad Neumaier war sich dessen durchaus bewusst.

»Ich lasse Sabrina nicht beschatten, glaub mir«, murmelte er, ohne seine Frau anzusehen, als sie aus der Küche zurückkam. Irene stellte zwei Gläser auf den Tisch, schenkte Wasser ein und reichte ihm eins davon. Hastig spülte er die Tablette herunter.

»Wieso bist du so erschrocken, dass dein Herz verrückt spielt?«

Irene ließ sich nicht einfach so beruhigen, dazu war sie zu lange mit einem Polizisten verheiratet.

»Es ist nur mein Job. Der Stress. Und was den Mann betrifft, den ihr gesehen habt ... Wenn dir drei Leute von einem Clown erzählen, wirst du unter Garantie auch bald einen sehen. Nur, weil du plötzlich darauf achtest. Es ist alles eine Frage der Wahrnehmung.« Vor ihm auf dem Tisch lag aufgeschlagen die Tageszeitung. Tobias Stockmanns Gesicht lächelte ihm entgegen. Höhnisch, arrogant. Conrads Hände zitterten immer noch und er hielt das Glas fest umklammert, damit Irene es nicht bemerkte. Mit einem Kopfnicken deutete er auf das Foto.

»Hast du den schon mal gesehen?«

Verärgert klappte sie die Zeitung zu. »Nein, natürlich nicht. Was soll die Frage? Sag mir die Wahrheit, Conrad. Sind wir in Gefahr? Bedroht jemand unsere Familie?«

»Nein.« Er sagte es mit fester Stimme. »Niemand.« Und dann fügte er seufzend hinzu: »Ich verspreche dir, jetzt wieder mehr für meine Familie da zu sein. Und dazu gehört, dass ich als Erstes mit den Kindern rede. Sie sollen wissen, dass ich sie nicht ausspioniere und dass ich sie ernstnehme! Wenn Sabrina glaubt, sie wird verfolgt, muss ich der Sache nachgehen.«

Draußen war es längst dunkel, als Sebastian auf die Couch plumpste. Die Haare hingen ihm bis über die Nasenspitze. Conrad Neumaier zwang sich, ruhig zu sprechen.

»Erzähl mir von dem Mann vor dem Präsidium.«

Sebastian zuckte die Schultern.

»War doch nur Einbildung, sagt Mama, ein Lügenmärchen.«

Irene wanderte zwischen Küche und Wohnzimmer hin und her, das Telefon in der Hand. »Ich weiß nicht, wen ich noch anrufen soll.«

»Setz dich, Irene, das klärt sich sicher bald alles auf.« Conrad gab sich Mühe, seine eigene Sorge zu verbergen. »Komm schon, Basti. Erzähl!«

Aber bevor er damit anfangen konnte, klapperte an der Haustür ein Schlüssel. Conrad stürzte nach draußen und kam gleich darauf mit Markus zurück. Ein Gespräch mit seinem Vater führen zu müssen, war offensichtlich eine Zumutung. Seine Haltung strahlte Widerwillen und Desinteresse aus, während Conrad seine Fragen stellte.

»Ich verstehe überhaupt nicht, was ihr wollt. Ich habe keine Ahnung, wo Sabrina ist. Und euren komischen Kapuzenmann habe ich auch nicht gesehen. Hey Zwerg«, er trat seinem Bruder gegen das Bein. »Was erzählst du wieder für'n Scheiß?«

»Das ist kein Scheiß!« Sebastian trat zurück und Markus schlug ihm ins Genick.

»Schluss jetzt!«, fuhr Conrad dazwischen. »Könnt ihr nicht einfach meine Fragen beantworten, ohne euch zu prügeln?«

»Oh, ein Verhör, da gehe ich besser wieder.« Mit angewidertem Gesicht stand Sabrina plötzlich in der Tür.

»Da bist du ja!« Irene sprang auf und umarmte ihre Tochter. »Komm setz dich. Wir haben uns Sorgen gemacht!«

»Wieso?«

»Wieso?« Kurzzeitig verlor Conrad die Fassung. »Ich denke, du wirst beobachtet, verfolgt – oder etwa doch nicht?«

Demonstrativ blieb Sabrina stehen und lehnte sich gegen die Schrankwand. »Den Typ hast du doch geschickt.«

Conrad fuhr sich mit beiden Händen in die Haare.

»Nein, mein Kind, habe ich nicht. Und darum will ich, dass ihr die Augen offen haltet und mir Bescheid gebt, wenn ihr den Kerl noch mal seht. Und ich will, dass ihr Bescheid sagt, wohin ihr geht. Ist das klar?« Sein Kopf nahm eine ungesunde Farbe an. »Ob das klar ist, habe ich gefragt?«

Das genölte »Ja« seiner Kinder brachte ihn ins Schwitzen.

»Möglicherweise steckt gar nichts dahinter. Das kann alles ein Zufall sein und das halte ich für am wahrscheinlichsten.«

Sebastian schnellte aus dem Sessel hoch. »Klar doch, weil ich ja immer nur Scheiß erzähle. Aber Mischa hat ihn auch gesehen. Ihr könnt ja ihn fragen, wenn ihr mir nicht glaubt!«

»Natürlich glauben wir dir, Basti.« Irene versuchte wie immer zu beschwichtigen. »Aber vermutlich war das ein Polizist.«

»Trotzdem schadet es nicht, wenn ihr vorsichtig seid.«

Markus schnaubte verächtlich und Sabrina rollte die Augen. Conrad konnte deutlich sehen, dass er ihre Überzeugung, er ließe sie überwachen, nicht ins Wanken brachte. Er hatte nichts erreicht. Gar nichts.

Erbost dachte er an das Gespräch mit Stockmann.

Es ist so leicht, die Polizei auszuspielen, dass es eigentlich keinen wirklichen Spaß mehr macht. Sie sind so blind und fühlen sich so sicher.

Jemand gab sich Mühe, sein Gefühl der Sicherheit zu vertreiben. Und er war damit durchaus erfolgreich.

Freitag, 02. November

Gut gelaunt machte Robert Wagner sich auf den Weg in die Kantine. Endlich war die ersehnte E-Mail eingetroffen, die hoffentlich Licht in die leidige DNA-Geschichte brachte. Er suchte immer noch nach dem Mann, dessen genetische Spuren im Pullover von Tobias Stockmann aufgetaucht waren, und der möglicherweise mit dem Fall Hirschberger in Verbindung stand. Nach wie vor konnte das nicht als unzweifelhaft angesehen werden. Er selbst war ausgesprochen skeptisch. Natürlich waren Parallelen zu dem Mord in Stockmanns Buch vorhanden, und dass das Auftauchen des gestohlenen Pullovers just an diesem Tag in der Nähe des Tatorts ein reiner Zufall gewesen sein sollte, erschien wenig glaubhaft. Trotzdem, Beweise sahen anders aus. In Ermangelung weiterer Anhaltspunkte und mit einem verbissenen Conrad Neumaier im Genick, kämpfte Robert sich scheibchenweise durch pedantische Vorgaben, um hinter das Geheimnis des Opfers aus der DNA-Datei zu kommen. Statt sofort zu lesen, hatte er sich den E-Mail-Anhang ausgedruckt. Er musste ohnehin in Papierform der Akte hinzugefügt werden. Da konnte er das Gute mit dem Nützlichen verbinden und den ganzen Kram entspannt beim Frühstück durchgehen.

Er gönnte sich einen großen Becher Kaffee, der hier viel besser schmeckte als aus Conrad Neumaiers Kaffeemaschine. Dazu wählte er ein Stück Apfelkuchen und setzte sich auf einen der orangeroten Stühle am Fenster zum Innenhof.

Bisher wusste er nur, dass Dirk Heppner bei der Bundeswehr gewesen war. Ein unauffälliger, ruhiger Rekrut, der sich nach der Grundausbildung verpflichtet hatte. Für acht Jahre. Er studierte auf diesem Weg und verlängerte seine Zeit anschließend noch einmal. Ein gewissenhafter Soldat. Keine Einträge in der Personalakte. Bis zu einem nicht näher beschriebenen Vorfall am Rande eines Herbstmanövers, nach dem er die Truppe verließ. Robert spießte ein Stück Kuchen auf und nahm den neuen Ausdruck zur Hand. Er war gespannt, wie man seine Nachfrage zu diesem Thema beantwortet hatte. Er überflog die spärlichen Zeilen und seine Kaubewegungen wurden immer langsamer.

»So ein blödsinniger Bürokratenscheiß!«, schimpfte er und warf die Gabel auf den Teller. »Wie soll man denn da vernünftig ermitteln?«

Die E-Mail speiste ihn mit Floskeln ab. Zuständigkeits- und Kompetenzprobleme, die vorab geklärt werden mussten. Schweigepflichten, die keine Herausgabe von Details zuließen. Man vertröstete ihn und versprach, sich zu melden, sobald die Bedenken ausgeräumt waren. Alles, was man ihm gab, war ein Austrittsdatum. Damit endete die Akte. Und der Zivilist verschwand von der Bildfläche.

* * *

Unruhige Träume trieben Mischa aus dem Bett, nach gerade mal drei Stunden Schlaf. Liegen zu bleiben war zwecklos. Also stand er auf, schaltete die Kaffeemaschine ein und schnürte die Laufschuhe. Es war nur ein Weg von wenigen Minuten bis zum Sportgelände. Dort wollte er auf der Tartanbahn seine Runden drehen, bis der Kaffee fertig und sein Kopf klar war. Aber draußen, vor der Haustür entschied er sich plötzlich anders und kehrte Niederrad den Rücken. Er hatte keine Lust, irgendjemandem zu begegnen. Der Wald begann fast unmittelbar hinter dem Haus. Nebel nahm ihm die Sicht zwischen den Bäumen.

Darling, when the morning comes and I see the morning sun, I want to be the one with you. Von Morgensonne konnte nicht die Rede sein. Und ein Darling, der bereit war, morgens mit ihm aufzuwachen, war auch nicht in Sicht. Mischa erhöhte das Tempo. An guten Tagen schaffte er die Strecke bis zur neuen Commerzbankarena in zehn Minuten. Heute nicht.

Als er noch neu im Revier gewesen war, hatte Alexandra ihn zu einem Heimspiel der Frankfurter Eintracht geschleppt. Damals noch im alten Waldstadion und in der zweiten Liga. Alexandras Bruder kam mit und auch Sebastian. Mischa fühlte sich fremd und unwohl inmitten der kollektiven Euphorie. Für eine halbe Stunde. Schwarz-rote Trikots, der Adler auf der Brust, aus tiefem Herzen gegrölte Fangesänge. Dazu Alexandra, die ihn mit strahlenden Augen in die Geheimnisse des Vereins einweihte und mit ihrem Rindswurstbrötchen fütterte. Und er, der zwar gelegentlich gerne selbst kickte, sich aber kein bisschen für die Bundesliga interessierte, lernte Spielernamen und Nummern auswendig. Noch ehe das Spiel angepfiffen worden war, hatte er sich infiziert. Gleich doppelt. Die Mannschaft gewann überlegen mit sechs zu zwei. Alexandra wickelte ihren Eintrachtschal um seinen Hals und umarmte ihn. *Du hast uns Glück gebracht, Kleiner. Jetzt gehörst du zur Familie!* Da musste es passiert sein. An diesem Nachmittag.

Stiche in der Seite zwangen Mischa, anzuhalten. Die kalte Luft schmerzte beim Einatmen. Blöde Idee, bei dem Wetter zu joggen. Der Kaffee musste längst durchgelaufen sein und seinen Kopf brauchte er für andere Gedanken als diese. Er rieb die klammen Finger gegeneinander und machte verärgert kehrt.

Zurück in seiner Wohnung überprüfte er seine E-Mails und schickte das übliche »Guten Morgen« auf die Reise zu Alexandra. Heute ohne einen weiteren Zusatz. Dazu fühlte er sich momentan nicht in der Lage. Offenbar war sie noch nicht aufgestanden, denn meistens kam sie ihm zuvor. Ein Ritual, immer, wenn sie keinen Dienst hatten. Mindestens diese eine Nachricht am Morgen. Manchmal brachten sie es bis auf zehn getauschte Witze oder Zweizeiler am Tag.

Er kickte die Schuhe in die Ecke, goss Kaffee in seine Lieblingstasse und kroch wieder unter die Bettdecke.

Im sicheren Bewusstsein, dass er seine Stimmung damit auf den vorläufigen Tagestiefstpunkt befördern würde, begann er wieder Dürrenmatt zu lesen, während er einen Kaffee nach dem anderen trank. An einer Stelle entfuhr ihm ein Lachen. Zynisch und böse fühlte es sich an und doch nicht zu unterdrücken. Der Kommissar befragte einen Schriftsteller, der unbedingt verdächtigt werden wollte. Eine Rolle, mit der sich Dürrenmatt selbst in den Roman schlich, wie Hitchcock in seine Filme. Und dieser Schriftsteller fühlte sich unterschätzt und vom Kommissar nicht ernstgenommen.

»Sie trauen mir den Mord nicht zu?«, las Mischa laut. »Fragte der Schriftsteller sichtlich enttäuscht.«

Oh ja, hier fand er Stockmann wieder, in seiner ganzen wichtigtuerischen Arroganz. Der in Anlehnung an den Roman die Person des Schriftstellers und des Verbrechers zu einer einzigen verschmolz. Verschachtelung vom Feinsten. Die Geschichte in der Geschichte in der Geschichte. Aber wer war Stockmanns Gegenspieler im wahren Leben, der ihm die ausreichende Bösartigkeit absprach?

»Ich spreche sie dir ab«, murmelte er. »Aber es muss noch einen anderen geben. Eine weitere Parallele. Eine alte Verbindung. ›Der, den es betrifft, wird es wissen, wenn er das Buch liest‹, hast du im Interview gesagt. Und ich verwette meinen Arsch darauf, dass dieser jemand doch Conrad Neumaier ist.«

* * *

Linda Suttor verschränkte die Arme vor der Brust.

»Wie viel?«

Jörg sah sich gezwungen, eine nicht unbeträchtliche Summe zu nennen, ehe sie im Türspalt zurücktrat und ihn einließ. Der Flur war eng. Der Schrank hinter der Tür lehnte sich windschief gegen eine Kommode. Beide waren zum Bersten vollgestopft und standen halb offen. Daneben türmten sich Schuhe in unterschiedlichen Größen. Überwiegend schmutzige Kinderschuhe. Aus der Küche hörte man die dazugehörigen Besitzer lautstark streiten. Linda Suttor herrschte sie an, gefälligst den Mund zu halten, und kommandierte den Ältesten ab, die ganze Horde zu beaufsichtigen, und zwar draußen. Dann wies sie Jörg einen Platz auf einem Küchenstuhl an, setzte sich ihm gegenüber und verschränkte wieder die Arme.

»Gernot, ja?«, nuschelte sie, während sie eine Zigarette zwischen die verkniffenen Lippen steckte und umständlich zu entzünden versuchte. Ärgerlich warf sie das leere Feuerzeug auf den Tisch zwischen das benutzte Geschirr und angelte vom Fensterbrett ein zweites. Jörg ließ ihr Zeit. Auf ihrem Pullover sah er die Reste der vorangegangenen Mahlzeit, die vermutlich das jüngste der Kinder dort hinterlassen hatte. Im Ganzen hatte er fünf gezählt. Sie nahm einen tiefen Zug.

»Was wollen Sie denn wissen?«, fragte sie, wobei sie ausatmete und ihr der Rauch mit jedem Wort aus Mund und Nase quoll.

»Alles, woran Sie sich erinnern können.«

Er drückte sich betont vage aus. Gab ihr Spielraum für Erinnerungen und Assoziationen.

»Ich bin nicht berechnend, nicht dass Sie das denken. Aber Sie sehen ja, wir haben es hier nicht so dicke.« Sie rieb Daumen und Zeigefinger gegeneinander. »Also wenn Sie was wissen wollen, dann sehe ich Geld und zwar gleich. Vorher. Ein paar Scheinchen hier bar auf den Tisch. Der Gernot war ein guter Kerl, aber hinterlassen hat er mir nur einen dicken Bauch. Der Große, der vorhin mit hier drin war, das ist seiner.« Abwartend lehnte sie sich zurück. »Also was ist jetzt?«

Jörg zückte sein Portemonnaie und wohlwollend nickend verfolgte sie, wie er die Geldscheine auf den Tisch zählte.

»Nichts für Ungut, Herr Weber, aber ich bin schon mal reingefallen mit so einem Reporter. Damals, als es passiert ist. Und wie!«

Jörg schaute sie auffordernd an. Der Deal versprach eindeutige Vorteile für beide Seiten. Nachdem das Finanzielle geklärt war, machte Frau Suttor ihrem Herzen Luft. Ihr Tonfall veränderte sich um eine winzige Nuance, ein kurzes Aufflackern vergangener Emotionen, doch ihre müden Augen blieben stumpf.

»Das war ein ganz junger, der Reporter. So wie ich. Mein Alter, zwanzig, höchstens fünfundzwanzig. Kam noch vor der Polizei und hat mir erzählt, dass der Gernot ertrunken ist. Die sind zuerst zu seinen Eltern, weil er da noch gemeldet war und nicht bei mir. Verheiratet waren wir ja nicht. War ein netter Bursche, der Reporter, auf den ersten Blick. Sah gut aus und klang auch alles ganz vernünftig, was der mir gesagt hat. Aber der hat halt die Eltern vom Gernot nicht gekannt. Also der hat gemeint, ich soll nichts sagen von dem Brief, wegen der Prämie. Damit seine Eltern das Geld kriegen und dass die mir dann sicher was abgeben, für das Kind. Weil, wenn die von der Versicherung herausfinden, dass er sich umgebracht hat, dann kriegt gar keiner was. Und da hat er ja recht gehabt, gell. Nur dass die Diefenbachs mich nicht leiden konnten und nichts rausgerückt haben, die Geizhälse. Musste mich ganz allein durchschlagen mit dem Jungen.« Sie knüllte die Zigarettenschachtel zusammen. »Nur die Zeitung hat mir ein bisschen Geld gegeben, weil sie Fotos drucken durfte und ein Interview. Ich hätte am liebsten dann doch der Versicherung Bescheid gesagt, damit die den Eltern das Geld wieder wegnehmen. Aber da war der Brief ja schon nicht mehr da. Hatte ihn verbrannt. Weil der das gesagt hat, der Reporter. Da hatte ich überhaupt nichts mehr in der Hand und keiner hätte mir geglaubt. Heute ist mir das egal. Alles. Sollen die Leute doch denken, was sie wollen. Die alten Diefenbachs sind tot, für die ist es auch egal. Und ob Sie jetzt darüber schreiben oder es lassen, weil es eben doch kein Mord war, ist Ihr Bier.«

Im Hof kreischten die Kinder um die Wette. Es schallte durchdringend bis hinauf in den vierten Stock des Altbaus. Das Fenster stand halb offen, wegen des Rauchs vermutlich. Die Heizung war nicht eingeschaltet. Jörg rieb sich fröstelnd die Hände.

»Was stand in dem Brief?«

»Dass er krank ist. Und dass der Doktor gesagt hat, da ist nichts mehr zu machen. Der Gernot wollte halt nicht abwarten, bis es vorbei ist, und leiden und alle andern noch quälen mit seinem Elend. Da ist er in den Main gesprungen. Er war wirklich ein lieber Kerl, aber halt nicht so furchtbar klug. Er hat es gut gemeint. Aber so Sachen, wie mit der Versicherung, dass die bei Selbstmord nicht zahlen, aber, wenn er wegen dem Krebs gestorben wäre, dann schon, das hat er nicht gewusst.«

Die Zigarette verglühte mit einem letzten Aufleuchten, als sie langsam und ausgiebig daran sog. Jörg gönnte ihr eine Pause. Keine schönen Erinnerungen, die er da heraufbeschwor.

»Sagen Sie, der Reporter, wissen Sie noch seinen Namen?«

Sie blinzelte, hustete und wedelte den Rauch beiseite. Ihr Blick konzentrierte sich auf die Geldscheine. Rote Flecken bildeten sich auf ihren Wangen.

»Vergessen«, keuchte sie hastig.

»Hat er Sie nur dieses eine Mal besucht, oder kam er häufiger?«

»Warum?« Sie hustete weiter und versenkte den Zigarettenstummel in einem Ketchuprest.

»Nur so aus Interesse, ich dachte, vielleicht kenne ich den Kollegen.« Jörg war sich beinahe sicher, dass er den Namen des Witwentrösters kannte. »Er hat sich um Sie gekümmert, das konnten Sie sicher gut gebrauchen. Ein bisschen Unterstützung, Zuwendung und Trost.«

Sie nickte und fischte eine Zigarette aus der Packung, die Jörg ihr anbot. Dann gab er ihr Feuer.

»Sie müssen sich sehr einsam gefühlt haben.«

Die roten Flecken vertieften sich.

»Dreimal«, sie steckte das Geld in die Hosentasche. Der bittere Zug um ihren Mund vertiefte sich.

»Dreimal kam er wieder. Und ich dachte schon … Aber dann blieb er weg. Als es richtig schwierig wurde mit dem Kind und Gernots Eltern, da war ich ganz allein.«

***

Conrad Neumaier balancierte einen großen Blumenstrauß nach Hause. Zwischen den leuchtenden Blüten prangte ein unsichtbares Schuldbekenntnis. Er hoffte, dass Irene ihn ohne viele Worte verstand. Ein weiteres Gelöbnis, die Versäumnisse der Vergangenheit wieder gut zu machen. Für sie da zu sein und für die Kinder. Die Arbeit draußen zu lassen, nicht mal daran zu denken. Das Wochenende sollte ganz ihr gehören. Den ominösen Mann mit Kapuze hatte heute zum Glück keiner gesehen. Neumaier geriet immer mehr in Schräglage bei dem Versuch, die unter den Arm geklemmte Rotweinflasche am Rutschen zu hindern.

»Esmeralda!«, rief er vergnügt durch das gekippte Küchenfenster. »Quasimodo ist da! Mach mir die Tür auf!«

Und Esmeralda kam und öffnete, fing die Weinflasche auf und lachte mit ihm, und für eine kleine Weile war die Welt in bester Ordnung.

⋆ ⋆ ⋆

»Entspann dich, Mischa. Stockmann ist ein Blender, jetzt habe ich es amtlich!«

Jörgs Triumph war nicht zu überhören. Sein Lachen schepperte durch den Hörer. Mit leichter Verzögerung und begleitet von Motorengeräuschen. Mitten im Feierabendverkehr machte er sich auf den Weg nach Stuttgart zu seiner Familie. Getrieben von Sehnsucht und mit einem Packen Fotos auf der Speicherkarte seines Handys. Er hatte die ideale Wohnung im Visier und jeden Winkel abgelichtet, um im Geiste schon mal mit Karin die Einrichtung der Zimmer durchzugehen. Das Problem »Alexandra« betrachtete er als abgehakt. Sie hatte ihm den Laufpass gegeben, er ihr einen nicht ganz einwandfreien Zeitungsbericht. Das war es. Eine räumliche Trennung kam ihm daher sehr gelegen. Zeit zum Abkühlen auf beiden Seiten. Er war sicher, dass sie ihre Freundschaft deswegen nicht auf Dauer aufgeben mussten. Dazu kannten sie einander zu lange.

Mit wachsender Begeisterung erzählte er Mischa nun von seinem Besuch bei Linda Suttor.

»Die Frau hat einiges hinter sich und weiß, wie man sich durchwurschtelt. Geschäftstüchtig und lebenstauglich. Außerdem hat sie mir weit mehr erzählt, als sie gesagt hat.«

»Wie meinst du das?«

»Na, der Reporter und Witwentröster, der hatte nicht nur gute Ratschläge für sie. Der hat sie flachgelegt. Hundert Prozent! Hättest mal sehen sollen, was sie für rote Ohren gekriegt hat, als sie von ihm sprach. Sie hat sich unter Garantie damals mehr von ihm erhofft. Für mich besteht nicht der geringste Zweifel, wer das war. Skrupellos, eine Schwangere, die gerade den Freund verloren hat, für seine perversen Spiele einzuspannen. Das passt zu ihm. Obwohl ich immer noch nicht ganz verstehe, was er damit bezweckt hat.«

»Und du glaubst nicht, dass er vielleicht den Abschiedsbrief gefälscht und dann den Mann umgebracht hat?«

»Glauben? Nein. Das Gegenteil beweisen können? Ebenfalls nein. Aber mal ehrlich, dass wäre wirklich ein bisschen zu weit um die Ecke gedacht. Er müsste die beiden beobachtet, ihre Gewohnheiten studiert, Gernots Schreibstil imitiert, die Familienverhältnisse und den Arzt gekannt haben. Selbst dann bleibt die Frage, wie er den Mann von der Brücke in den Fluss geworfen hat. Das ist nicht ganz einfach. Ich habe mir das Geländer extra noch mal angesehen. Es ist relativ hoch und ziemlich breit. Mitte Dezember kannst du ausschließen, dass da jemand zum Vergnügen sitzt. Da friert dir der Arsch fest. Außerdem mitten in der Nacht?«

Mischa schwieg.

»Hey, was ist denn los? Eingeschlafen am anderen Ende?«

Jörg kratzte mit den Fingernägeln über das Mikro, dass es laut und unerfreulich in Mischas Ohr dröhnte.

»Lass das, Mann!«, schnauzte der grantig.

»Du solltest dich freuen, Mischa! Der Kerl ist nicht so gefährlich, wie er immer tut. Und dass er ein elender Drecksack ist, wird unsere Alex schon noch merken. Mich macht es auch nicht gerade glücklich, dass sie sich den ausgesucht hat. Aber bitte, sie ist erwachsen.«

Mischa zwang sich zu einer schnellen Antwort. Jörg war ein netter Typ, aber er selbst war weit davon entfernt, sich nett zu fühlen oder ein nettes Gespräch führen zu können.

»Ja, du hast recht. Ist ihre Sache. Was hast du Frau Suttor erzählt, wie es jetzt weitergeht mit deiner Story?«

»Dass ich mich melde, wenn ich noch Fragen habe. Dass es noch dauert, bis alle Recherchen abgeschlossen sind. Vages Geschwafel. War ihr aber auch weitgehend egal, nachdem sie Cash gesehen hatte.«

»Dann ist das Thema für uns jetzt also erledigt.«

»So sieht es aus.«

Wieder folgte ein längeres Schweigen.

»Ist alles in Ordnung bei dir, Mischa?«

»Ja. Ja klar. Bin nur nicht ganz bei der Sache.«

»Das merkt man. Wir können trotzdem mal wieder ein Bier trinken gehen, oder? Auch ohne Grund.«

»Klar. Ruf einfach an, wenn du wieder hier bist.«

Mischa legte das Telefon aus der Hand, spürte wieder diese unbändige Wut. Dieses Verlangen. In der Ecke baumelte der Boxsack. Ein eiskalter Schauer schüttelte ihn. *Ich will Blut sehen.* Langsam wickelte er die Bandagen um die Finger und streifte die Handschuhe über. *Komm schon, Feigling!* Eine merkwürdige Erregung hielt ihn umklammert. *Wehr dich. Kämpfe.* In Zeitlupe umkreiste er den Gegner, machte einige zögernd tänzelnde Schritte auf ihn zu. Dann versetzte er ihm den ersten Schlag mit der Rechten, einen Aufwärtshaken mit der Linken. Und noch einen, noch einen, noch einen …

* * *

»Was heißt das, wir haben den Abend ganz für uns?« Conrad Neumaier entkorkte die Rotweinflasche und roch daran. Eine feinherbe Note, leicht holzig. Er drehte den Korken von der Spindel und legte ihn sorgsam in ein kleines Körbchen neben der Spüle. Irene achtete genau darauf, dass Wertstoffe nicht einfach im Restmüll landeten.

»Basti wird gleich zum Tischtennistraining abgeholt und bleibt anschließend bei Lukas. Markus hat irgendwas von Verabredung genuschelt und Sabrina ist schon weg.«

An der Art, wie sie antwortete, schnell und beiläufig, erkannte er, dass irgendetwas nicht stimmte. Aber er wollte sich den Abend nicht verderben lassen. Entschlossen küsste er die weiche Linie ihres Nackens.

»Esmeralda, folge mir in den Turm«, brummte er dabei. Irene lächelte, aber sie schmiegte sich nicht an. Sein Instinkt machte ihm einen Strich durch die Rechnung. Sie verheimlichte etwas. Hilflos wünschte er, es ignorieren zu können. Das Wochenendgefühl verflüchtigte sich. Unaufhaltsam entglitt ihm, was er ersehnte.

»Wo ist Sabrina?«, fragte er leise.

Irene straffte den Rücken. Das war also die Frage, auf die sie gewartet hatte.

»Also ist sie wieder bei ihm.«

Sie nickte und zupfte weiter Salatblätter in ein Sieb.

»Wir können sie nicht daran hindern, Conrad.«

»Der Kerl ist acht Jahre älter und sie ist nicht volljährig. Rein rechtlich, Irene …«

»Spar dir dein *rein rechtlich*!« Sie senkte das Küchenmesser und wischte die Hände an einem Geschirrtuch trocken, ehe sie sich zu ihm umdrehte. »Glaubst du, sie lässt sich einfach aufhalten? Noch zwei Monate, dann ist es ohnehin nicht mehr unsere Sache.«

»Auch wenn sie volljährig ist, bleibt sie unsere Tochter und damit bleibt es auch unsere Sache.«

Ihre Miene verzog sich zu einem zynischen Grinsen.

»*Rein rechtlich*, Conrad? Mit achtzehn hast du keine Handhabe mehr. Und jetzt? Willst du den Mann anzeigen, wegen Verführung Minderjähriger? Das kannst du. *Rein rechtlich!*« Bissig fügte sie hinzu: »Tu es! Damit du deine Pflicht erfüllt hast.«

»Darf ich dich daran erinnern, dass …«

Lautes Getrampel auf der Treppe störte Conrad Neumaiers Konzentration. Auf dem Flur riss Markus die Jacke vom Haken.

»Bin weg«, rief er im Vorbeirennen.

»Moment!« Der cholerische Ton in Neumaiers Stimme ließ sich nicht mehr unterdrücken. »Zurück mit dir, Freundchen!«

Markus schlurfte mit hängenden Schultern in die Küche.

»Was'n los?«

»Wo willst du hin? Und wie siehst du überhaupt aus?«

Die Hose hing tief zwischen Markus' Knien, der untere Rand der Hosenbeine schlabberte ausgefranst über den Boden. Sichtlich gelangweilt guckte er an sich herunter.

»Wie immer. Kann ich jetzt gehen?«

Das genervte Nuscheln gab Conrad den Rest. Er schlug mit der Faust auf den Küchentisch.

»Kannst du nicht! Wir beide werden uns jetzt unterhalten.«

»Oh, Mann, nicht schon wieder. Ich muss los.«

»Und ich habe gesagt, wir werden uns unterhalten!«

Desinteressiert sah Markus an ihm vorbei auf die Tassen, die ordentlich nebeneinander an den Wandhaken hingen.

»Also?« Er zupfte die Hose im Schritt zurecht.

»Wirst du das wohl lassen? Dich in meiner Küche am Sack kratzen, wenn ich mit dir rede? Du gehst heute nirgendwo mehr hin. Verschwinde sofort in dein Zimmer. Ist das klar?«

»Ich denke, du willst mit mir reden. Was'n jetzt?«

Bockig verschränkte Markus die Arme vor der Brust und bewegte sich keinen Zentimeter.

»Du gehst in dein Zimmer habe ich gesagt!« Conrads Halsschlagader schwoll bedenklich. Hier ging es um seine Autorität als Vater, als Familienoberhaupt, ums Prinzip.

»Und was, wenn nicht?«

»Markus!« Irene sah ihn flehend an, ihre Hände umklammerten das Geschirrtuch. »Bitte!«

»Nein. Ich bin verabredet, und deshalb gehe ich jetzt.«

»Das werden wir ja sehen!«, brüllte Conrad.

»Genau. Du wirst es sehen. Nämlich mich von hinten, wenn ich die Tür zumache.« Demonstrativ zog Markus die Nase hoch und drehte sich um. Conrad packte ihn an der Schulter. Markus versuchte ihn abzuschütteln, aber sein Griff lockerte sich nicht.

»Hiergeblieben! Ich lasse nicht zu, dass du dich weiter bei illegalen Waffenspielchen vergnügst und mich zum Narren machst!«

Markus schlug die Hand beiseite und fuhr herum.

»Ich hasse dich. Ich hasse euch beide! Ihr kennt mich nicht. Ihr wisst nichts von mir und trotzdem glaubt ihr, über mein Leben bestimmen zu können. Aber das ist vorbei. Ich werde nie wieder auf euch hören, nie wieder! Auf dich schon gar nicht, du fettes, altes Bullenschwein! Mich kriegt ihr nicht mehr zu Gesicht. Ich verschwinde – für immer. Ich verabscheue dich! Ich verachte dich!«

Er zerrte den Rucksack über die Schulter und schlug die Tür zu. Hinter ihm blieb nur Stille zurück. Die gleiche ohnmächtige Stille, die auf ein Erdbeben folgt.

* * *

Warmes, gedämpftes Licht verbreitete eine gemütliche Atmosphäre und überdeckte kleine Schönheitsfehler in der farbenprächtigen Dekoration. Plastikpalmen und Bambus, dazu koreanische Souvenirs, bevorzugt in Rot und Gold. Leise Musik mischte sich zwischen die Gespräche und verstärkte das Gefühl, an den kleinen Tischen des Restaurants »New Korea« völlig ungestört zu sein.

»Was machen wir nach dem Essen? Schon eine Idee?« Alexandra langte mit den Stäbchen quer über den Tisch nach den gebratenen Nudeln auf Mischas Teller.

»Ins Kino gehen, dachte ich.« Er drehte abwartend die Gabel in der Hand, bis der Weg wieder frei war, spießte dann einen Brocken von ihrem scharf gewürzten Hähnchenfleisch mit Brokkoli auf.

»Gut gewählt«, lobte er mit vollem Mund.

»Kompliment zurück, ich liebe diese Nudeln!«, verkündete Alexandra seufzend und bediente sich weiter von seinem Essen. »Wollen wir den Rest tauschen?«

Die Prozedur gehörte zum Standardprogramm ihrer Freitage. Beide packten ihr Besteck, fixierten einander.

»Rechtsrum«, ordnete Mischa an und sie nickte. »Fertig? Los!«

Gleichzeitig sprangen sie auf, umrundeten den Tisch und plumpsten auf den gegenüberliegenden Stuhl.

»Jetzt gucken wieder alle, als ob wir nicht ganz dicht wären«, flüsterte Alexandra und rollte die Augen.

»Womit sie eindeutig recht haben. Ich bevorzuge diese Technik, das Essen zu tauschen, trotzdem.«

»Weil ich dir mal die Misosuppe übergekippt habe.«

Mischa nickte zustimmend und schob die nächste Gabel mit Hühnchen in den Mund.

»Buh!«

Sein Kopf schnellte nach oben und Alexandra machte einen kleinen Hopser auf ihrem Stuhl.

»Verdammt noch mal, was … Tobias?« Wie aus dem Nichts stand er neben ihrem Tisch und pustete Alexandra ins Ohr.

»Hallo mein Engel – na, wenn das kein Zufall ist, dass wir uns hier treffen!«

»Dann ist es wohl Absicht.« Sie rang immer noch nach Luft. Der Schreck hatte sie eiskalt erwischt. »Was tust du hier, Tobias?«

Eine leichte Verärgerung über ihre Worte zeigte sich in einer ungewohnten Falte auf Tobias Stockmanns Stirn, offenbar hatte er Begeisterung über sein Erscheinen erwartet. Doch die Falte verschwand schnell und das gewohnt charmante Lächeln legte sich weich auf sein Gesicht.

»Ertappt. Ich musste dich sehen, denn ich … Entschuldigung«, er wandte sich Mischa zu. »Ich weiß, ich sollte nicht hier sein. Aber ich muss kurzfristig für die nächsten drei Tage nach Hamburg. Ich kann nicht fahren, ohne dieser zauberhaften Frau auf Wiedersehen zu sagen. Das müssen Sie verstehen, Herr Michalczyk. Darf ich?« Stockmann zog einen freien Stuhl heran, setzte sich aber nicht. »Wenn ich schon unangemeldet hier dazwischenplatzte, kann ich euch dann wenigstens zu einem Drink einladen? Ein Bier oder ein …«

»Wir haben Cocktails geordert. Aber …«

»Auch gut, mein Schatz.« Er ließ Alexandra nicht ausreden.

Mischas Hand umklammerte die Gabel fester. Wieso ließ sie sich das gefallen?

»Dann gehe ich jetzt einfach an die Theke und bestelle mir auch einen.« Stockmann reckte den Zeigefinger in die Höhe. »Nur einen Cocktail, Herr Michalczyk. Okay? Dann bin ich wieder weg.«

Alexandra zeigte entschuldigend die Zähne, als er verschwunden war, und verzog das Gesicht.

»Ich habe ihm nicht gesagt, wo wir hingehen. Wirklich nicht.«

Mischa nickte und aß demonstrativ gelassen weiter. Er nahm sich vor, sich nicht reizen zu lassen. Die maßlose, unbegründete Wut, die er in den Boxsack geprügelt hatte, sollte keine zweite Chance mehr bekommen. Nicht wegen diesem Kerl.

Viel zu schnell für Mischas Dafürhalten kehrte Stockmann zurück, brachte die Cocktails auf einem Tablett gleich mit und servierte formvollendet.

»Ein Tequilla Sunrise für die Dame und für den Herrn ein Caipirinha, ohne Alkohol. Haben Sie damit etwa Probleme?« Lässig glitt er auf den Stuhl und nahm das letzte Glas vom Tablett. »Und ein Manhattan für mich – mit Alkohol.«

Unzufrieden schob Mischa den Teller beiseite, ohne auf die Bemerkung einzugehen. Das Essen schmeckte plötzlich nicht mehr.

»Mischa ist heute Fahrer«, erklärte Alexandra schnell. »Wir wechseln uns ab und für den Fahrer gilt: Null Promille.«

»Wie vernünftig.« Stockmanns Gesichtsausdruck zeigte wenig Anerkennung. »Sagen Sie, Herr Michalczyk, ist Ihr Name eigentlich russischen oder polnischen Ursprungs? Nur so aus Neugier. Ihre Aussprache verrät mir nur, dass Sie kein gebürtiger Frankfurter sind – nicht mal ein Hesse – aber einen Akzent kann ich nicht feststellen.«

Mischa zerdrückte konzentriert eine Limette mit dem Strohhalm und ließ sich Zeit mit einer Antwort.

»Polnischer Name, aber familiäre Wurzeln in Russland, geboren und aufgewachsen in der Nähe von Dortmund«, platzte Alexandra heraus und warf Tobias einen fragenden Blick zu. »Reicht das?«

»Ach so, ein Ruhrpottgewächs.« Stockmann nickte zu seinen Worten, als sei mit dieser Auskunft alles erklärt, und fügte dann mit spöttischem Grinsen hinzu: »Ich habe nicht vor, mich über Ihre Herkunft lustig zu machen, nicht, dass Sie das denken. Obwohl mir gerade ein paar sehr nette Polenwitze einfallen … wissen Sie, warum Russen in Deutschland immer gleich zwei Autos stehlen?«

»Tobias, du gehst zu weit!« Alexandra boxte ihn auf den Oberarm. »Du kannst hier nicht ungebeten hereinplatzen und …«

»Entschuldige, Alexandra – ich ziehe die Frage zurück. Das war unpassend. Sie sind schließlich ein Gesetzeshüter. Nichts für Ungut, Herr Michalczyk.«

Mischas Halsmuskulatur spannte sich an. Der braune Zucker wirbelte in einer Wolke durch sein Glas. Er war nicht bereit, sich provozieren zu lassen. Und er kannte Alexandra – wenn Stockmann so weitermachte, riskierte der als Nächstes einen Tritt gegen das Schienbein. Er selbst allerdings auch – für sein Schweigen – das konnte er deutlich in ihren Augen sehen.

»Cheers!« Stockmann genoss es unverhohlen, Alexandras Temperament herauszufordern, bemühte sich jetzt aber um ein unverfängliches Gespräch zu dritt. Mit abgesenktem Niveau, schoss es Mischa durch den Sinn. *Dem primitiven Bullen angepasst.* Die Minuten zogen sich in die Länge. Das eingeschobene schleimige Flirten ging ihm entschieden auf die Nerven. Er antwortete so selten wie möglich, ohne allzu unhöflich zu sein.

»Wissen Sie, Herr Michalczyk, was das Beste an meinem Beruf ist, ist mir erst in den letzten Wochen klargeworden. Ich hätte nie gedacht, dass ich mit meinen Büchern einen solchen Erfolg landen könnte.« Seine Zungenspitze strich an den Schneidezähnen entlang, als er Alexandras Blick suchte. »Bei dir zu landen, weil du meine Geschichten gerne liest!«

Zu viel des Guten. Dem großen Schweiger platzte der Kragen.

»Bilden Sie sich besser nicht allzu viel darauf ein, dass Alexandra Ihre Bücher gut findet. Sie liest wahllos alles, was gedruckt wird – von Jerry Cotton über Rosamunde Pilcher bis zu Hemingway. Ist ihr völlig egal. Sie findet überall etwas, das sie begeistert.«

»Witzbold!« Alexandra schubste ihn verlegen, musste dann aber doch grinsen. »Ehrlich gesagt, Tobias, hat er nicht unrecht. Was meine Auswahl betrifft. Wobei ich durchaus Qualität erkenne und unterscheiden kann, was literarisch hochwertig ist und was nicht. Aber manchmal muss es eben Kitsch sein. Daran ist doch nichts verwerflich!«

Bei ihren Worten ließ Tobias seinen Blick von ihr zu Mischa wandern. Dort verweilte er, während er Alexandra antwortete.

»Das hoffe ich, dass du Qualitäten unterscheiden kannst. Nicht nur literarisch. Aber wirklich schwierig erscheint es mir nicht. In diesem Fall.« Langsam erhob er sich. »Das war es für heute. Ich überlasse dich nun wieder ganz deinem«, er befeuchtete demonstrativ seine Lippen, »deinem Kollegen. Wir sehen uns am Dienstag?«

»Auf jeden Fall!«

Mischa studierte angestrengt die Getränkekarte. Das säuselnde Wesen neben ihm machte ihm zu schaffen. So kannte er Alexandra nicht. Und so gefiel sie ihm nicht. Stockmann küsste sie zärtlich. Mischa bemühte sich, es zu ignorieren, was sich angesichts der Intensität schwierig gestaltete. Im Gehen erhob Stockmann sein Cocktailglas, prostete ihm herausfordernd zu: »À votre santé!«, trank den letzten Schluck, dann war er weg.

Während es in Mischas Innern weiter leise brodelte, nahm Alexandra den Faden sofort an der Stelle wieder auf, an der Stockmann sie mit seinem Erscheinen unterbrochen hatte.

»Also dann, welcher Film? Spionage, Verschwörung, Agententhriller – Action. Oder lieber eine Komödie, niveaulos, aber lustig? Nein, wenn ich mir dein Gesicht so ansehe, steht dir der Sinn im Augenblick eher nach Sprengstoff.«

Wider Erwarten musste er lachen. »Ja, allerdings. Tut mir leid. Ich bin ein grottenschlechter Schauspieler, was? Aber ich habe mir

Mühe gegeben. Das hast du hoffentlich bemerkt! Er steht auf dich, das ist nicht zu übersehen. Ich wünsch dir …«

»Du musst es nicht gleich übertreiben. Also Action?«

»Action«, bestätigte er.

Umständlich schaute Alexandra auf die Uhr, die hinter einer der Palmen verborgen an der Wand hing.

»Halbe Stunde haben wir noch, um in Ruhe – was ist los?«

Mischa wischte sich mit der Hand übers Gesicht.

»Keine Ahnung. Ich habe so ein komisches Gefühl im Mund. Als ob mir die Zunge einschläft.«

»Das kommt vom Lügen, weil du versucht hast, mir mit Tobias Glück zu wünschen.«

Ohne Vorwarnung brach ihm der Schweiß aus und gleichzeitig krampfte sich sein Magen zusammen.

»Verflucht. Ich bin gleich wieder da.« Er sprang so heftig auf, dass sein Stuhl umkippte, aber er kümmerte sich nicht darum.

Alexandra wartete. Nach zehn Minuten bezahlte sie die Rechnung, folgte ihm hinter den leise klimpernden Perlenvorhang und klopfte an die Tür der Herrentoilette.

»Mischa?« Sie hörte undeutliche, aber eindeutige Geräusche, dann die Spülung und das Quietschen des Wasserhahns.

»Wow. Du siehst beschissen aus«, verkündete sie, als er schließlich wieder zum Vorschein kam. »Aus Kino wird wohl nichts heute. Dort gibt es Popcorn, aber keine Kotztüten. Ich fahre dich nach Hause.«

»Nicht nötig. Das schaffe ich schon.«

»Klar und ich laufe morgen einen Marathon. Gib mir deinen Autoschlüssel.« Auffordernd streckte sie die Hand aus. »Mach schon.«

»Hosentasche, hinten links«, keuchte er verkrampft. Die Hand auf den Bauch gepresst, krümmte er sich wieder. Sie angelte nach dem Schlüssel.

»Hör mal, ich weiß, dass du Tobias zum Kotzen findest, aber so deutlich musst du mir das nicht zeigen!« Ihr Aufmunterungsversuch misslang und sie packte ihn fester am Arm, um ihn zu stützen. Er schaffte nicht mal mehr ein Lächeln.

* * *

Markus rannte durch das Unterholz. Die blonden Haare klebten ihm schweißnass auf der Stirn. Seine Knie gaben nach. Er stolperte, rappelte sich auf, rannte weiter, biss die Zähne zusammen, um nicht zu stöhnen. Die Schulter schmerzte. Überall hatten sie ihn getroffen. Es brannte höllisch. Jedes Mal, wenn sie sich meldeten, kroch die Angst durch seinen Körper, aber jedes Mal ging er wieder zu dem geheimen Treffpunkt im Wald.

Sie spielten nicht im Team. Jeder gegen jeden. Keine Namen. Keine Gesichter. Keine Freundschaften. Am Ende zählte nur die Anzahl der Treffer. Einige fanden es witzig, statt der Farbpatronen Gummigeschosse zu verwenden. Platzierte Brustschüsse erzielten extra Punkte. Keine weiteren Regeln. Und er war der Loser. Immer wieder. Wahrscheinlich wollten sie ihn deshalb dabei haben. Weil einer immer der Arsch sein musste, den man leicht erwischte. Aber er war kein Weichling. Nicht der verhätschelte Sohn eines Bullen, der glaubt, nur weil der Vater Polizist ist, etwas Besonderes zu sein. Selbst nichts leisten zu müssen. Sein Vater konnte ihm gestohlen bleiben. Jetzt erst recht. Er wollte es allen zeigen. Er war ein Mann. Ein ganzer Mann. Auch wenn er zu klein war für sein Alter. Sogar sein Bruder überragte ihn um einen ganzen Kopf. Ein harter Mann. Niemand sollte über ihn lachen. Die Büsche standen zu dicht. Er konnte die anderen nirgendwo sehen. Sein Fuß verhakte sich an einer Wurzel, er stolperte kopfüber in einen Blätterhaufen. Keuchend wälzte er sich auf die Seite, dann auf die Knie. Als er den Kopf hob, schaute er in den Lauf einer Waffe.

»Gotcha!«, flüsterte der Mann.

Samstag, 03. November

Im ersten Morgengrauen erwachte Alexandra. Einen schlechten Geschmack im Mund und säuerlichen Geruch in der Nase. Kopf an Kopf. Mischas Atemzüge gingen ruhig. Etwas mehr als zwei Stunden hatten sie durchgeschlafen. Mit einem Eimer zwischen den Knien, halb sitzend, halb liegend, hatte sie die Nacht in seinem Bett verbracht. Privater Sanitätsdienst mit Ausziehen, Stirnkühlen und regelmäßigem Kübelwechsel inklusive. Sachte löste sie sich von Mischa und schaute ihn an. Er war der beste Partner, den man sich wünschen konnte. Auch wenn sie in den vergangenen Tagen immer wieder aneinandergeraten waren. Das war ihre Schuld, in erster Linie. Dass er sich um sie sorgte, war ja irgendwie auch süß von ihm. Und unvermeidlich. Schließlich verbrachten sie mehr Zeit miteinander als mit irgendeinem anderen Menschen. Ungezählte Stunden im Dienst, in denen man unmöglich immer nur über Polizeibelange reden konnte. Nächte, in denen zwölf Stunden lang fast nichts passierte. Da kannte man den Partner bald besser als so mancher die Ehefrau oder den Mann zu Hause. Ein Streifenpartner ließ sich einfach mit nichts vergleichen, ein Team zu sein bedeutete Zuverlässigkeit und absolutes Vertrauen. Vor Mischa hatte es einige Kurzzeitkollegen gegeben. Nicht belastbar die Kerle und humorlos.

Mischa war anders. Da stimmte die Wellenlänge von Anfang an. *Du bist die Liebe meines Lebens.* Seine holprige Liebeserklärung, nach einem halben Jahr gemeinsamem Dienst, hätte beinahe alles vermasselt. Aber er war an dem Abend so betrunken, dass sie ihn unmöglich ernstnehmen konnte. Sie hatte ihn zwar nicht ausgelacht, aber unmissverständlich abgewiesen – und ins Bett geschickt, den Rausch ausschlafen, mit dem Hinweis, der Anfall wäre sicher schnell vorbei. Zu viel Gefühl gefährdete das Urteilsvermögen, machte verletzbar. *Ein Partner ist ein Partner. Und ein Partner ist tabu.*

Mischa versuchte es nie wieder. Und dann kam Britta. Vorsichtig rollte Alexandra den Kopf hin und her. Und dann war Britta wieder weg. Der steife Nacken schmerzte. Trotzdem fühlte sie sich wohl. Idiotisch irgendwie. Nach einer durchkotzten Nacht.

Alexandra gähnte. Etwas zu laut und Mischa schlug die Augen auf. Seine Dynamik ließ noch zu wünschen übrig, aber bald schon verspürte er das dringende Bedürfnis, duschen zu gehen.

Sie begleitete ihn zur Sicherheit bis an die Badezimmertür, half ihm beim Ausziehen, dann ließ sie sich wieder aufs Bett fallen. Nebenan rauschte das Wasser.

Schon seltsam. Jörg, der seinen Körper so pedantisch in Form hielt, zog sich jedes Mal hastig an. Er stand nie auf und ging nackt durch die Wohnung. Tobias dagegen präsentierte sich. Selbstverliebt rückte er sich ins rechte Licht, konnte sich ihr nicht oft genug zeigen, obwohl er nicht wirklich schön war. Nicht so perfekt, wie er sich fühlte. Und Mischa?

Er schaukelte leicht, als er wieder durch die Tür kam. Ohne ein Handtuch, ohne unnütze Gedanken. Die leicht gebogenen Beine zitterten immer noch.

»Danke Partner«, sagte er im Vorbeigehen und schaffte ein schwaches Grinsen.

»Keine Ursache.« Sie folgte ihm mit den Augen zum Schrank. Gar nicht übel, so ausgepackt. Er holte frische Wäsche aus der Schublade. Der stämmige, sonst eher gedrungen wirkende Körper war muskulös mit einem runden, festen Gesäß. Zarte blonde Haare bedeckten die Haut an Beinen und Armen. Auch auf der Brust, wie sie bereits wusste. Es war ihm schrecklich peinlich gewesen, dass sie Erbrochenes von ihm abwaschen musste, weil er zu schwach war, sich zu rühren. Das kleine Tattoo am Oberarm kannte sie schon länger.

Bisher hatte sie sich nie die Frage gestellt, was sonst noch unter seiner Uniform steckte. Mischa war ihr Partner und ein Freund, sonst nichts. Ihr bester Freund. Heute ersparte sie sich jeden Anflug schlechten Gewissens. Ihr Liebesleben war nach langer Funkstille in den letzten Wochen zu einem chaotischen Durcheinander mutiert, da kam es nicht mehr darauf an, dass sie den nackten Hintern ihres Partners anstarrte. Er musste es ja nicht unbedingt mitkriegen. Immerhin hatte sie nur in sein Gesicht geschaut, als er auf sie zukam. Alles Weitere wäre doch zu peinlich gewesen. Obwohl …

Energisch stand sie auf und wischte den Gedanken beiseite.

»Ich koche Kaffee. Du kannst sicher einen brauchen, oder?« Sie wartete nicht auf eine Antwort. »Mir fehlt auf jeden Fall einiges an Schlaf, da muss eine große Dosis Koffein sein.«

»Wenn ich nur daran denke, wird mir wieder elend.«

»Mann, ich bin echt eine doofe Nuss!« Die Kaffeedose in der Hand verharrte sie in der Bewegung. »Wir hätten ins Krankenhaus fahren sollen, heute Nacht. Wer weiß, was das war, was dich so gebeutelt hat. Wir haben das Gleiche gegessen und getrunken und mir fehlt rein gar nichts.«

Mischas Gesicht war aschfahl. Er sah erbärmlich aus.

»Setz dich wieder. Ich hole dir ein Glas Wasser.«

»Ich will nichts. Hör auf, mich zu bemuttern, ja?« Seine Gegenwehr blieb schwach und er trank sofort, als sie ihm das Glas reichte.

»Aber das ist doch seltsam, oder etwa nicht? Was, wenn man versucht hat, dich zu vergiften?«

»In unserem Stammlokal? Du machst Witze. Keine besonders guten.«

»Natürlich nicht. Ich dachte eher …« Sie schluckte. Kein guter Gedanke.

»Dein gefährlicher Galan? Was hätte er davon? Außerdem hat es mich nicht umgebracht.«

»Klar. Du hast ja alles gründlich wieder ausgekotzt. Trotzdem. Ich könnte mir in den Hintern beißen, im Krankenhaus hätten sie dir gleich den Magen ausgepumpt und jetzt wüssten wir, was drin war.«

»Na schönen Dank. War nicht nötig. Kam doch alles ganz von selbst wieder raus.«

»Aber was war es? Verstehst du, dass ist doch wichtig!«

»Es war mein Abendessen. Weiter nichts. Entspann dich. Du machst dich noch verrückt wegen dem Möchtegern-Mörder. Entschuldigung. So gut ist der nicht, dass er überall die Finger im … Oh, Scheiße!« Das Glas glitt aus seiner Hand, als er sich hochstemmte und Richtung Badezimmer stürzte. Ehe er sich wieder übergeben konnte, packte Alexandra ihn an der Schulter und hielt eine Schüssel unter. Da war eine feine rote Spur.

»Was soll das? Willst du ein Andenken an unsere gemeinsame Nacht?« Routiniert reichte Alexandra ihm ein nasses Tuch und unterdrückte das Erschrecken. Mischa hatte das Blut nicht bemerkt. Zeit, zu handeln.

»Wenn du immer noch nicht in ein Krankenhaus willst, fahren wir jetzt zu Ozzy. Versuche nicht, mir das auszureden. Das Andenken nehme ich ihm mit.«

»Es ist Samstagmorgen, da wird er …«

»… hocherfreut sein, uns zu sehen. Ist schon klar. Sein Dienst müsste seit zwei Stunden um sein.«

Alexandra verfrachtete Mischa in den Wagen und rüstete ihn erneut mit einem Eimer aus. Zügiger als erlaubt durchquerten sie das Wohngebiet. Kein Mensch war zu sehen. Das diesige Wetter verlockte nicht dazu, früh aufzustehen. Sie folgte der Bundesstraße an der Galopp-Rennbahn vorbei und bog unweit des Gerichtsmedizinischen Instituts rechts in eine Seitenstraße ab. Dort parkte sie gegen jede Verkehrsregel quer auf dem Bürgersteig vor einer der Villen. Ozzy bewohnte das ganze Untergeschoss.

Alexandra drückte den Daumen auf den Klingelknopf, bis er fast gefühllos war. Man hörte Ozzy deutlich, noch bevor er an der Tür ankam.

»Scheiße, wenn das nicht wichtig ist, erschieße ich das Arschloch da draußen!«

Alexandra zog das Genick ein. »Ozzy, wir brauchen deine Hilfe!«, platzte sie heraus, ehe er etwas sagen konnte.

»Was ist los?« Er warf einen verschlafenen Blick auf Mischa. Plötzlich hellwach, streckte er die Schultern, dass es knirschte, griff beherzt zu und zerrte Mischa durch die Tür. »Sehe schon.«

Drinnen roch es nach Desinfektionsmittel, nassem Hund und kalter Pizza. Eine Mischung, die schon einem gesunden Magen Probleme bereiten konnte. Ozzy bemerkte davon längst nichts mehr. Diese typische Duftnote umwehte ihn und seine Wohnung ständig. Ein Tribut an seine drei Leidenschaften. Seinen übergroßen Hund, sein Grundnahrungsmittel, das er mindestens zweimal täglich zu sich nahm, und sein Labor im Keller. Alexandra und Mischa hatten schon etliche Abende gemeinsam mit ihm, dem Hund und reichlich Pizza auf dem Sofa im Wohnzimmer verbracht. Immer mit dem gleichen Fernsehprogramm: Quincy, dem Vater aller Pathologen. Ozzy kannte alle 145 Folgen der Serie auswendig und war mächtig stolz auf seine komplette Sammlung. Neben den Videokassetten im Regal prangte eine original Autogrammkarte des Darstellers Jack Klugmann in einem Bilderrahmen. Fast ein kleiner Schrein für das geliebte Kultobjekt. Mischa presste die Hand über die Nase.

»Kein Grund zur Aufregung, Ozzy. Ich bin kein Fall für Dr. Quincy. Sag Alexandra, ich brauche noch keinen Leichenbeschauer.« Angestrengt versuchte Mischa zu scherzen. Sam umkreiste ihn schwanzwedelnd.

»Mit der Betonung auf *noch*. Du scheinst dir alle Mühe zu geben, dass es bald so weit ist.« Ozzy drehte sich zu Alexandra. »Er sieht aus, als hätte er sich selbst ausgekotzt. Hast du mir was mitgebracht, von seinen edlen Körpersäften?«

Sie überreichte ihm die Schüssel mit dem wenig appetitlichen Inhalt.

»Braves Mädchen.« Er tätschelte ihr die Wange, wie er es sonst bei seinem Hund zu tun pflegte. »Du behältst wenigstens die Nerven und denkst mit. Leg den Burschen mal flach. Kaltes Tuch auf den Schädel, Eimer daneben, dann folge mir in meine Katakombe und erzähle, womit der gute Junge versucht hat, sich das Hirn wegzusaufen.«

Unter Protest ließ sich Mischa auf der Couch nieder. Sam streckte sich neben ihm auf dem Boden aus und leckte liebevoll seine Hand.

Alexandra sprang die Stufen hinunter. Neben der Sorge verspürte sie durchaus ein gewisses Maß an Neugier. Ozzys privates Labor war ihr bisher verschlossen geblieben. Es ähnelte einem professionellen Operationssaal, in dem er Versuche durchführte, von denen sie lieber nicht im Detail wissen wollte, worum es sich handelte. Neben einer umfangreichen Ausrüstung an medizinischen Geräten standen zahllose eingelegte Präparate auf Regalen. In der Mitte des Raums war ein Edelstahltisch auf Rollen platziert. Ozzy grinste vielsagend, als er ihren Blick bemerkte.

»Keine Leichen, Süße. Auch wenn es ein Originalstück aus der Pathologie ist. Du solltest mal sehen, wie viele Mädels absolut darauf abfahren, auf diesem Tisch so richtig abzufahren!« Seine Augenbrauen zuckten in freudiger Erinnerung. »Gib mir die Giftbrühe mal rüber, mit der unser Held sich zugeschüttet hat.«

»Mischa war nicht betrunken. Wir haben was gegessen und er hatte ein, nein zwei alkoholfreie Biere und später noch einen Cocktail, aber selbst der war ohne Alkohol!«

»Na, wenn du das sagst, wird es so sein.«

Ungeduldig beobachtete sie, wie Ozzy winzige Proben in Reagenzgläser gab, Flüssigkeiten zusetzte, schüttelte, den Kopf zur Seite neigte, wieder schüttelte.

»Erzähl mir was über die Symptome. Noch was außer Übelkeit? Wann fing es an? Wie lange nach dem Essen oder Trinken?«

»Etwa eine Stunde nach dem Essen, eine Viertelstunde nach dem Cocktail. Er sagte was von einem komischen Geschmack oder Gefühl im Mund. Dann ging er aufs Klo und kam grün zurück. Im Auto hat er sich noch mal übergeben und auf dem Parkplatz. Den Rest der Nacht einmal pro Stunde ungefähr. Beim letzten Spucken war Blut dabei.«

»Hab ich gesehen, ja.«

»Das macht mir echt Angst. Findest du was?«

»Da ist praktisch nichts Verwertbares mehr drin, nur noch Magensäure und Galle.« Ozzy griff in eine der Schubladen, zog eine steril verpackte Spritze und ein elastisches Band hervor.

»Die Wissenschaft fordert ein Blutopfer.«

Während sie die Treppe hinaufstiegen, grinste er von einem Ohr zum anderen.

»Hey, Mischa, lebst du noch oder kann ich endlich mit der Sektion anfangen?«, rief er.

»Freu dich nicht zu früh, Fledermausfresser!« Die Stimme klang schwach, leicht röchelnd, dann wieder würgend. Aber mehr als ein Würgen wurde nicht daraus. Schweiß bedeckte Mischas Stirn, das Zittern verstärkte sich, seine Augäpfel drehten sich bedenklich nach innen und der Atem flachte ab.

»Scheiße!« Ozzy klatschte ihm links und rechts mit der flachen Hand ins Gesicht. »Augen auf, Mischa! Sieh mich an. Konzentrier dich, Alter, sonst beißt Ozzy dir die Nase ab. Komm schon, nicht wegtreten! Ja, hier bin ich. Reiß dich gefälligst zusammen, Mann! Atme ganz ruhig. So ist es gut, immer schön in meine Augen sehen.«

Hilflos stand Alexandra daneben, wusste nicht, wohin mit ihren Händen, ihren Blicken, bis Mischa endlich die Kontrolle über Augen und Atmung wiedererlangte. Dann sackte er mit einem gequälten Stöhnen in sich zusammen.

»Das war's.« Routiniert legte Ozzy zwei Finger auf Mischas Handgelenk. »Im positiven Sinne. Das Schlimmste ist vorbei. Der Puls fühlt sich wieder einigermaßen normal an. Der Kreislauf kommt wieder. Jetzt muss er einfach schlafen. Und bluten. Wir zwei Hübschen machen ein paar Tests, solange das Prinzlein schlummert. Der wird wieder. Ist ein zäher Brocken. Ich verpasse ihm eine Aufbauspritze, dann läuft er wieder wie's Lottchen. Hoffe ich. Die Aufbauspritzen sind meine eigene Erfindung. Wäre nicht schlecht, die mal am lebenden Objekt zu testen, wenn er noch lange genug lebt. Oh, komm Alexandra, lach doch mal, so schlecht sind meine Witze auch wieder nicht!«

Doch Alexandra fehlte augenblicklich jeder Sinn für Humor. Ihre Angst war größer als sie zugeben wollte. Ein hässlicher Verdacht drängte sich in ihr Bewusstsein und ließ die Angst weiter wachsen.

»Pflanzengift«, flüsterte sie. »Ozzy, kann das Pflanzengift gewesen sein?«

»Pflanzenschutzmittel? Wie sollte er …«

»Nein. Gift aus Pflanzen. Wie war das, in dem Buch – hast du es gelesen? Das neue von Tobias Stockmann?«

»Oh, das Ich-bin-der-perfekte-Mörder-Buch? Klar. Affengeil und gnadenlos!« Bewunderung sprach aus seinen Worten. »Scheiße. Meinst du Fingerhut?«

»Oder das andere Zeug, das er verwendet: Schierling?«

»Dann wäre Mischa schon ex. Wieso denkst du an so was?«

»Tobias hat den Cocktail mit uns getrunken und er kann Mischa nicht ausstehen.«

»Das ist ein starkes Stück, Mädchen, was du da andeutest. Eine Vergiftung auf Basis dieses Romans? Dann muss er mit runter, damit wir ihn im Auge behalten können. Eibe käme auch in Frage und noch einiges andere, dann kann es brenzlig werden.«

Er schüttelte Mischa kräftig und zerrte ihn hoch.

»Aufstehen, Alter. Waschen, rasieren, Dienst fängt gleich an!«

Mischa hing zwischen ihnen wie ein schwerer Sack Brennholz. Steif und sperrig, ohne hinreichende Kontrolle über seine Bewegungen. Ein mühseliges Unterfangen, ihn die Treppe hinunter zu befördern. Erst, als sie ihn mit vereinter Kraft auf den Seziertisch wuchteten, gab er ein Lebenszeichen von sich.

»Ich bin nicht tot. Lass nicht zu, dass er mich aufschneidet, Alexandra!«

»Keine Angst.« Beruhigend strich sie ihm über den Kopf. »Ich passe schon auf dich auf.«

»Fassen wir die Symptome noch mal zusammen: Übelkeit, Brennen im Mund und Durst?«

Während er redete, klopfte Ozzy behutsam auf Mischas Ader in der Armbeuge und setzte gekonnt die Spritze an.

»Ja, und er hat wie wild geschwitzt.«

»Hmhm«, nachdenklich zog Ozzy das Blut auf, tupfte bedächtig die Einstichstelle ab. »Drück hier mal ein bisschen drauf mit dem Tupfer. Wie sieht es aus mit Mydriasis?«

»Mit wem?«

»Mydri … Pupillenerweiterung, große dunkle Pupillen?«

»Keine Ahnung, Ozzy, es war Nacht!«

Sie beobachtete ihn, wie er nun Mischas Blut in Röhrchen verteilte.

»Ich denke, Fingerhut können wir ausschließen. Auch Eibenextrakt und Eisenhut kommen vermutlich nicht in Frage, auch kein Schierling. Die Blutanalyse dauert ein paar Tage, auf die können wir nicht warten. Was fällt dir noch ein?«

»Ich weiß nicht. Mann, ich habe doch nicht geahnt, dass das wichtig ist! Ihm war schlecht, er hat gekotzt, das kommt eben mal vor. Kopfschmerzen hatte er auch.«

»Unspezifisch.«

Sie drückte vorsichtig ein nasses Tuch auf Mischas Stirn.

»Und er war nervös, fahrig, sein Bein hat gezuckt.«

»Erregungszustand und Muskelzucken«, murmelte Ozzy. »Du hast ihm sofort Kohle gegeben?«

»Nein, später in der Nacht.«

»Warum nicht gleich?«, raunzte Ozzy vorwurfsvoll. »Das ist die erste und wichtigste Maßnahme im Vergiftungsfall. Kohle fressen, massenweise, auf der Stelle!«

»Woher soll ich das denn wissen? Sehe ich aus wie seine Mutter? Ich hätte so was nicht mal zu Hause. Es war reiner Zufall, dass ich die Tabletten in Mischas Bad entdeckt habe. Außerdem hatte ich keine Ahnung, dass es eine Vergiftung ist, du Blödmann!«

»Was heißt hier Blödmann?«

»Nicht streiten.« Mischas schwacher Protest blieb ungehört.

»Du hast Glück, dass er dir nicht kollabiert ist oder durchgedreht. Wenn es Stechapfel gewesen wäre … Im Buch hat Stockmann die Dosierungen exakt beschrieben. Ich habe das nachgeprüft. Der Kerl weiß, worüber er schreibt.«

»Dann glaubst du also, dass er das war? Dieser Scheißkerl! Den knöpf ich mir vor. Den mach ich fertig.« Alexandra würgte stellvertretend das nasse Handtuch.

»Das habe ich nicht gesagt. Komm wieder runter und bleib sachlich.«

»Sachlich? Bist du noch zu retten, Ozzy? Das Arschloch hat meinen Partner vergiftet!«

»Hey, dein Partner lebt und schlummert selig.«

»Tut er nicht«, murmelte es undeutlich vom Seziertisch. »Ihr macht solchen Krach, da kann man nicht schlafen, auch wenn man fast tot ist.« Mischa öffnete die geröteten Augen. »Trotzdem hat Ozzy recht.«

Alexandra warf empört die Arme in die Luft. »Er hat versucht, dich umzubringen! Oder etwa nicht?«

Mischa schüttelte bedächtig den Kopf. »Nein. Dann wäre ich längst hinüber. Der wollte genau das. Ich sollte mir die Seele aus dem Leib kotzen und eine beschissene Nacht haben. Vielleicht wollte er mir einen Denkzettel verpassen, dass ich mich nicht mit ihm anlege. Ich bin nicht gerade sein Fan.«

»Da hätte Schierling doch wunderbar gepasst. Sehr symbolträchtig. Dem Lästerer seiner Größe den Schierlingsbecher reichen, wie weiland dem guten, alten Sokrates!« Ozzys Begeisterung stieß auf wenig Anteilnahme.

»Außerdem ist es nur ein Verdacht, Alexandra. Wir haben keine Beweise. Oder hast du gesehen, dass er was in den Cocktail gemischt hat?«

»Nein, natürlich nicht.«

»Siehst du.« Langsam kehrte das Leben in Mischa zurück. »Wenn Ozzy mich wieder hinkriegt ohne bleibende Schäden, lasse ich die Sache auf sich beruhen.«

»Spinnst du? Du willst das einfach hinnehmen? Ich kann nicht so tun, als wäre nichts gewesen!«

Um Mischas blasse, ausgetrocknete Lippen zeigte sich ein verschmitzter Zug.

»Das verlange ich auch nicht. Aber du sollst nicht mit dem Kopf durch die Wand. Gesetzt den Fall, er war es – was erwartet er jetzt?«

Alexandra zuckte die Schultern und kaute schmollend auf der Oberlippe.

»Er erwartet genau das von euch.« Ozzy schnippte mit den Fingern. »Dass ihr ihn verdächtigt und haltlose Vorwürfe erhebt, die ihr nicht beweisen könnt.«

»Ich schicke ihn in die Wüste, Mischa. Darauf kannst du dich verlassen!« Sie konnte den Gedanken nicht ertragen, dass Tobias das getan hatte. Wo blieb die Logik? Was sollte das? Reine Rache, nur weil Mischa ihm nicht die gewünschte Bewunderung entgegenbrachte? Oder tatsächlich ihretwegen, als Beweis seiner Gefährlichkeit, die sie bezweifelte?

»Es ist längst nicht erwiesen, dass er es war. Das ist nur eine Möglichkeit. Im Zweifel für den Angeklagten. Warte erst mal ab, wie er reagiert.«

Dass Mischa ihn auch noch verteidigte, brachte sie vollends aus der Fassung. Waren jetzt alle Kerle völlig verrückt geworden?

»Du bist ja bescheuert, Mischa. Was gibt es denn noch für eine Möglichkeit? Herr Kim hat plötzlich entdeckt, dass er dich nicht leiden kann? Oder war der Cocktail eigentlich für mich bestimmt, weil ich mit dem Trinkgeld knausere, oder für Tobias, weil er Herrn Kim kein Autogramm gegeben hat? Oder was?«

»Ozzy hast du auch Beruhigungsspritzen? Ich glaube, meine Kollegin könnte eine vertragen.«

Sie gab ein ärgerliches Zischen von sich und schüttelte Mischas Hand ab, die er auf ihren Arm zu legen versuchte.

»Leute, ich glaube, wir sind einfach zu müde, um ganz klar zu denken.« Gähnend rieb Ozzy sich die Augen und dann mit den Handflächen über das ganze Gesicht. Sanft nahm er Alexandra bei den Schultern. »Fahr nach Hause. Das Prinzlein kann sich hier auspennen. Und mir würden ein paar Stunden Schlaf jetzt auch gut tun. Er ist über den Berg und bei mir in guten Händen. Wenn sein Magen wieder aufnahmefähig ist, gibt es …«

»Kaffee und kalte Pizza?«

»Bist du irre, Frau? Kamillentee und Zwieback. Siehst du, ich sorge bestens für ihn. Mach, dass du rauskommst, Alexandra.«

»Vielleicht hast du recht. Tut mir leid, dass ich eben so grantig war.« Zerknirscht guckte sie Mischa an. »Und du bist wirklich okay?«

»Verschwinde schon. Und: Danke.«

»War doch nichts, Kleiner.« Jetzt grinste sie wieder, zumindest ein bisschen. »Immerhin kam ich so in den Genuss, dich nackt zu sehen!« Sie fuhr ihm mit den Fingern durch die Haarstoppeln, umarmte Ozzy und verschwand.

»Sie hat dich nackt gesehen?«

⋆⋆⋆

»Für jedes Mittel gibt es das perfekte Opfer. Für jedes Opfer gibt es das perfekte Mittel. Engelstrompete. Langanhaltende Qual. Er schrie direkt danach. Halluzinationen, Wahnvorstellungen, die seinen öden Alltag in ein Wunderland verwandeln konnten. Details gefällig? Aber gern, Herr Kommissar. Er war ein Sonderling, der allein auf einem abgelegenen Hof lebte. Umgeben von Wiesen, Rindern und Verfall. Irgendwo im schönen Norwegen. Am Ende fand man ihn in seiner Werkstatt. Verblutet. Ein tragischer Unfall unter Alkoholeinfluss? Es war bekannt, dass er regelmäßig trank. Zugegeben, um an einen Unfall zu glauben, musste man selbst eine Menge getrunken haben. Aber die Skandinavier trinken gerne zu viel. Viel zu viel. Exzessiv. Neben dem Restalkohol ergab die Obduktion Spuren eines Teeaufgusses. Fatal zu glauben, man könne die Rauschwirkung im Griff behalten. Ich kann nur davon abraten. Zumindest davon, es selbst zu trinken. Es zu verabreichen jedoch und zu beobachten, bereitete mir großes Vergnügen! Aber Sie haben ein Recht darauf, die ganze Geschichte zu hören.

Unter dem Vorwand einer Reifenpanne verschaffte ich mir Zugang zu seinem Haus. Ich schmierte ihm Honig ums Maul, wie man gerne sagt. Es kostete mich keine Überwindung, obwohl er ein widerlicher, fetter Kerl war. Unappetitlich. Ein bisschen geheucheltes Interesse, ein Hauch von Bewunderung, wofür auch immer, und du erreichst alles, was du willst. Ich blieb drei Tage. Langsam steigerte ich die Dosis. Schöne Bilder, schöne Träume. Er verstand nichts von diesen Dingen. Hatte nie im Leben Drogen konsumiert. Abgesehen von stinkendem, schwarzem Kautabak, den er in alle Ecken rotzte. Was genau in meinem Tee steckte, wollte er gar nicht wissen. Aber trinken wollte er ihn. Am liebsten den ganzen Tag. Ich versicherte ihm, dass er gut verträglich war. Nein, keine Abhängigkeit zu erwarten.

Ich habe nicht zu viel versprochen! Er hat nach drei Tagen aufgehört, den Tee zu trinken. Kommen Sie, Kommissar, schauen Sie nicht so verbiestert. Lachen Sie mit mir! Ich schwöre es, nach drei Tagen hat er nicht mehr danach verlangt. Gut, ich gebe zu, er hat dann auch nicht mehr geatmet. Sie verleiten mich dazu, abzuschweifen. Lassen Sie mich die Geschichte abkürzen. Showdown. Der letzte Akt. Die letzte Tasse Tee. Seine Pupillen erweiterten sich, er sprach ohne Unterbrechung, er weinte, schrie, warf mit Möbelstücken um sich, um direkt anschließend hysterisch zu lachen und mir um den Hals zu fallen. Er starrte Löcher in die Wand, redete mit imaginären Besuchern, dann steckte er beinahe die Küche in Brand und ging in die Werkstatt. Ich folgte ihm in gebührendem Abstand, blieb von da an für ihn außer Sicht. Seine Raserei steigerte sich zusehends. Er brüllte wie ein Vieh. Nichts Menschliches mehr zu erkennen. Dann packte er die Kettensäge. Welch himmlisches Geräusch! Obwohl Fanfaren angemessener gewesen wären. Ich bin mir sicher, er hörte sie, die Engelstrompeten. Ich ließ sie für ihn erschallen. Mächtig, übermächtig, überwältigend. Er sägte alles kurz und klein. Die Kette fraß sich durch die gesamte Einrichtung. Sie wissen, was geschieht, wenn die Halluzinationen zu stark werden? Er sah sein Gesicht im Spiegel über dem Waschbecken, das er bereits aus der Wand gerissen hatte. Satan, brüllte er. Satan! Nur dieses eine, einzige Wort verständlich, während der ganzen Zeremonie. Satan! Der Spiegel splitterte und der Satan vervielfachte sich.

Nie werde ich diesen Laut vergessen. Verzweifelt und entschlossen. Aus der Mitte seines Bauches heraus wuchs er, wie das Donnern einer Lawine, die alles verschlingt. Dann vernichtete er den Satan in blinder Besessenheit.

Hob das Werkzeug und senkte es mit feierlicher Geste. Die Kettenglieder tränkten sich mit Blut, sammelten es, schleuderten es gegen die Wände, lösten Fetzen aus dem Fleisch. Sehnen und Fasern zerrissen. Jaulend drang die Säge in den Oberschenkel vor. Splitternd durchtrennte sie den Knochen. Sein Triumphgeschrei übertönte ihren Gesang, noch lange nachdem er auch das zweite Bein des Satans erbeutet hatte. Und sie sang weiter, lag neben ihm, während er lachend das warme rote Blut beobachtete, das aus den Stümpfen strömte.«

⋆⋆⋆

Am frühen Nachmittag kehrte Mischa nach Hause zurück. Er war immer noch schwach auf den Beinen. Der Schlüssel fiel ihm aus der Hand. Als er sich bückte, wurde neben ihm die Wohnungstür aufgerissen.

»Markus?« Im Eingang stand Irene, das schmale Gesicht noch blasser als sonst, die Augen gerötet.

»Nein, nur ich. Was ist los?«

»Er ist weg. Seit gestern.« Sie legte eine Hand vor den Mund, um die aufsteigenden Tränen zu unterdrücken.

»Sicher ist er bei einem Freund.«

»Ich habe sie alle angerufen.«

»Alle, die Sie kennen«, korrigierte Mischa vorsichtig.

»Wissen Sie mehr als ich?«, hoffnungsvoll hob sie den Kopf.

»Ich weiß nur, dass Eltern selten alle Freunde ihrer Kinder kennen.« Erschöpft lehnte er sich an die Wand. »Vielleicht«, er fühlte sich wie ein Verräter, »hat Basti eine Idee?«

»Nein, habe ich schon versucht.«

Mischa konnte ihr nicht von den Gotchaspielen erzählen, ohne Basti in Schwierigkeiten zu bringen. Es lag nahe, dass Markus in dieser Gemeinschaft Freunde hatte, von denen Irene nichts ahnte. Freunde, die genauso wenig mit ihren Eltern klarkamen wie er und bei denen er problemlos eine Nacht unterschlüpfen konnte. Viel länger reichte die Kondition bei Ausreißern meistens nicht.

»Es ist nur eine Nacht, Irene. Er ist sicher bald wieder da.« Seine Speiseröhre brannte immer noch wie Feuer. Er wurde den Geschmack von Magensäure nicht los.

Irene nickte schwach. »Das hat Conrad auch gesagt. Aber Markus ist stur und sie haben sich noch nie so gestritten wie gestern. Was ist, wenn er nicht wiederkommt?«

Sonntag, 04. November

Die Schwierigkeiten im Dienst hielten sich an diesem lauen Sonntag in Grenzen. Mischa versuchte, fit zu erscheinen, und Alexandra ließ ihn in dem Glauben, dass es ihm gelang. Zum Glück wurde kein körperliches Eingreifen erforderlich. Ein angetrunkener Randalierer im Schnellrestaurant, ein orientierungsloser Obdachloser, der ein bisschen Zuspruch brauchte, ein brennender Mülleimer an einer U-Bahnstation, damit wurde sie problemlos fertig. Sie übernahm die Regie im Einsatz, traf Entscheidungen, schnell und energisch. Dabei spürte sie Mischas unausgesprochene Erleichterung. Auch über den Freitagabend verloren sie kein Wort.

Jetzt sortierte Alexandra im Revier Formulare in die Ablagefächer. Erledigtes, Unerledigtes zur Weiterbearbeitung durch andere Dienststellen, Vorgänge zur Wiedervorlage, Schriftstücke zur Unterschrift durch Vorgesetzte. Mischa lehnte in der Tür, stützte sich mit dem Arm am Rahmen ab, während er mit Fred sprach, der draußen auf dem Flur stand. Sie lächelte unwillkürlich, als sie Mischa lebhafter reden hörte. An seinem Handgelenk kräuselten sich kurze, blonde Haare. Es war gut, ihn auf dem Posten zu sehen. *Blonde Haare.* Sie biss sich auf die Lippen und versuchte, sich auf die Arbeit zu konzentrieren. Ein heißes Rieseln packte sie vom Nacken abwärts, schlängelte sich quer durch ihren Bauch. Blonde Haare. Überall. Der Gedanke irritierte sie. Nervös begann sie zu pfeifen, wie ein Kind im dunklen Keller. Aber pfeifen hatte noch nie geholfen. Schon gar nicht diese Melodie. Alexandra übertrug ihr Unbehagen auf das Lied. Eine einzige Textzeile hätte ihr genügt, um Ruhe zu haben. Es lag ihr auf der Zunge. Sie war sicher, es loswerden zu können, sobald sie sich erinnerte. Am einfachsten wäre es gewesen, Mischa nach dem Titel zu fragen. Er drehte sich um, als er sie pfeifen hörte, und sie schaute hastig beiseite. Irgendwann musste sie ihn fragen, aber auf keinen Fall jetzt.

* * *

Er wimmerte leise am Telefon, beschämt und zugleich ergriffen, endlich die Stimme des Meisters zu hören.

»Ich habe das für dich getan. Es ist ein Geschenk. So wie der Mann auf dem Frachter. Aber das habe ich nicht richtig gemacht. Verzeih mir! Ich habe Fehler gemacht und war dumm. Anmaßend. Ich schenke dir den Jungen. Bitte, nimm mein Geschenk an.«

»Du bist jetzt bei ihm?«

»Ja.« Er hörte *Ihn* atmen, während *Er* überlegte.

»Ich verzeihe dir. Doch du wirst nie wieder eigenmächtig handeln. Ist das klar? Nie wieder!«

Die Schärfe der Worte zwang ihn in die Knie.

»Nie wieder, ich schwöre!«

»Lass ihn mithören.« Ein weiches versöhnliches Flüstern. »Ich will nicht mit ihm reden, ich will nur, dass er mich hört!«

Er schaltete den Lautsprecher zu und hockte sich vor den Jungen, brachte beide Stimmen ganz nah an dessen Ohr.

»Ich werde alles tun, was du verlangst, Meister! Du bist das Alpha und das Omega.«

Der Mann am anderen Ende der Leitung lachte.

»Der Herr über Leben und Tod! Ich nehme dein Geschenk an. Ab jetzt gehört der Junge mir. Und ich werde auch dir ein Geschenk machen, wenn die Zeit dafür gekommen ist. Bist du bereit?«

»Ja, Herr. Ja!«

»Du weißt, welcher Art mein Geschenk sein wird?«

»Ich empfange die Erlösung durch deine Hand.«

Das Lachen hallte durchdringend und hemmungslos.

»So sei es! So sei es!«

Der Junge neben ihm konnte nicht schreien. Klebeband verschloss seinen Mund. Stummes Weinen krümmte den Körper in krampfhaften Wellen.

»Was soll ich mit ihm machen?«

»Nichts. Noch nicht. Lass ihn einfach nur allein. Geh jetzt.«

Er folgte der Anweisung des Meisters, schlug die Tür ins Schloss, drehte den Schlüssel. Zurück blieb nichts außer Kälte und Finsternis.

* * *

Der Duft von Lavendel füllte Alexandras Wohnung. Eine Verheißung wogender blauer Felder im warmen Sommerwind. Mit geröteter Haut entstieg sie der Badewanne, wickelte die Haare in ein kleines, den Körper in ein großes Badetuch und entließ die Dampfschwaden hinaus in die Dunkelheit. Sie löschte die Kerzen, die sie neben der Wanne aufgestellt hatte, und räumte das Buch und das leere Weinglas ins Wohnzimmer. Die Erholung, die sie sonst nach einer solchen Badeorgie empfand, blieb heute aus. Seit Dienstschluss wartete sie auf Tobias' Anruf. Ungeduldig, ängstlich, ärgerlich dieses Mal. Sie setzte sich auf das Sofa und cremte sich mit langsamen, kreisenden Bewegungen ein. Von oben, nach unten. Erst als auch die letzte Pore mit Lotion versorgt war, klingelte endlich das Telefon. Die Tube entglitt ihren Händen. *Der Augenblick der Wahrheit.* Nervös nahm sie das Gespräch entgegen.

»Hallo, liebste Alexandra. Hast du mich vermisst?«

Der Zorn verpuffte beim ersten Wort, das er sprach. Sie lächelte, als sie antwortete.

»Und ob ich dich vermisst habe. Ich vermisse dich noch.« Sein Lachen grub sich in ihren Bauch und sie zog die Beine aufs Sofa und schmiegte sich in ihre Kuscheldecke, als wären es seine Arme.

»Das ist gut. Ich dachte schon, du tröstest dich mit einem anderen, wenn ich nicht da bin.«

»Tust du das denn?«, fragte Alexandra schnell, damit keine Pause entstand, die ihn womöglich hellhörig machte. Sie musste sich konzentrieren, wenn sie ihren Plan nicht aus den Augen verlieren wollte, durfte sich nicht einlullen lassen oder ihm ihre Unsicherheit zeigen.

»Natürlich. Wenn mir danach ist. Aber mir ist nicht danach. Mir ist nur nach dir. Wie war dein Abend mit dem Superbullen?«

Alexandra presste die Hand vor den Mund. Da war sie, die Frage, auf die sie gewartet hatte und die er nicht hätte stellen dürfen. Ihre Stimme war leise und belegt, wie von einer beginnenden Erkältung.

»Mach es nicht kaputt, Tobias. Werde nicht wieder gemein.«

»Also hat er dich getröstet.« Scharf stieß er die Luft aus.

»Nein. So ein Unsinn!« Alexandra zog das Tuch vom Kopf und schleuderte es zu Boden.

»Leugne es nicht! Das macht es nur peinlich. Es gibt keinen anderen Grund, ihn immerzu zu verteidigen. Ich kann viel vertragen, zur Not auch einen anderen Mann, aber keine Heuchelei.«

»Aber du irrst dich, Tobias!« Ihre Hand fuhr in die nassen Haare, die ihr klamm auf den Schultern klebten.

»In diesen Dingen irre ich mich nie. Dein Journalist, das konnte ich noch nachvollziehen. Er sieht gut aus, ist einigermaßen gebildet. Aber dieser Klotz! Ist er so gut im Bett? Du hast mit ihm geschlafen, nachdem ich gegangen bin. Nicht wahr? Du warst bei ihm. Gib es zu!«

Alexandra unterdrückte das Verlangen, ihn aufzuklären. Aber sie musste etwas anderes tun, um herauszufinden, ob er wirklich für Mischas Vergiftung verantwortlich war.

»Okay, du hast recht«, flüsterte sie und schloss die Augen dabei. »Ich habe die ganze Nacht in seinem Bett verbracht.« Das war nicht einmal eine Lüge. »Bist du nun zufrieden?«

Er schwieg. Hatte er eine andere Antwort erwartet? Hatte sie einen Fehler gemacht? Sie wollte ihn nicht verlieren, sie wollte die Wahrheit und noch mehr wollte sie, dass er unschuldig war.

»Es war nicht die erste Nacht oder?«

»Nein.« Wieder keine Lüge. Sie hatten viele Nächte miteinander verbracht. Im Streifenwagen, auf Ozzys Sofa. Sie legte ihr Gesicht in eine Hand und stützte sich mit dem Ellbogen auf den angewinkelten Knien ab. Mehr konnte sie dazu nicht sagen. Und plötzlich lachte er. Vergnügt, als wäre nichts gewesen.

»Na siehst du! Ich hatte recht. Wie immer. War es so schwer das zuzugeben?« Ehe sie antworten konnte, fuhr er fort. »Ist schon gut, ich verstehe, dass du gezögert hast. Wäre mir auch peinlich an deiner Stelle. Das muss aufhören Alexandra. Verstehst du? Nicht dieser Mann. Nie mehr. Du gehörst«, er unterbrach sich kurz, »zu mir! Ich will dich nicht teilen.«

Erleichtert atmete sie aus. Eifersucht. Das war alles. Kein Hinweis darauf, dass er etwas vom unschönen Verlauf ihrer Nacht mit Mischa ahnte.

»Alexandra, versprichst du es? Ich bin ab sofort der Einzige? Du beugst dich meinem Willen?«

Das ging ihr entschieden zu weit, dennoch ignorierte sie den Wunsch, zu widersprechen. Ihr schlechtes Gewissen setzte noch eins drauf.

»Dein Wille geschehe. So willst du es doch haben, nicht wahr?«

Sein Lachen vibrierte in der Tiefe ihres Unterleibs.

»So will ich es haben. Du bist mein Engel. Bis in alle Ewigkeit!«

★ ★ ★

Ozzy kratzte sich die Stirn unter den zotteligen schwarzen Haaren. Im Krankenhaus bändigte er sie zu einem dünnen Zopf. Er hatte sich geschworen, die Haare genauso lang wie Ozzy Osbourne zu tragen. Ihm zu Ehren zierte eine fette Fledermaus seinen linken Oberarm. Jeden Tag packte ihn aufs Neue ein merkwürdiges Staunen, wenn er den weißen Kittel überzog und alle ihn Herr Doktor Sauer nannten. Raimund. Der Rocker in ihm konnte das nicht so recht begreifen. Aber Raimund Sauer war ein begnadeter Internist und hatte sich im internen Duell gegen sein Alter Ego Ozzy und dessen Leidenschaft für die Pathologie durchgesetzt. Leben retten. Das übertraf einfach alles.

Jetzt widmete er seine ganze Aufmerksamkeit den von Mischa mitgebrachten Texten und Notizen zu Stockmann und Dürrenmatt.

»Literatur, Logik und die Philosophie des Nichts. Noch 'ne Nummer größer ging es nicht, oder?« Er kraulte Sam hinter dem Ohr, der genießerisch die Augen schloss.

»Das müsste für den ganzen Abend reichen und vielleicht sogar noch für die Nacht. Aber ich krieg das alleine nicht auf die Reihe.«

»Nihilismus ist ein verdammt abstrakter Begriff. Was genau muss man sich darunter vorstellen?«

»Stockmann«, knurrte Mischa, »reicht völlig, wenn du dir den vorstellst. Oder seinen gefühllosen Mörder.«

»Schönen Dank. Geht es ein bisschen unpersönlicher?«

Den Kaffeebecher in der Hand lehnte Mischa sich zurück und zog ein Bein auf den Sessel.

»Ich habe keine perfekte Definition. Nur folgende Einschätzung, was Nihilismus bedeutet: Es ist vollkommen unerheblich, was wir in unserem Leben tun. Am Ende bleibt nichts. Wir sind nur ein Produkt des Zufalls. Eine Laune der Natur und verschwinden in der Leere nach dem Tod. Es gibt keinen tieferen Sinn. Ob du gut bist oder böse, ist irrelevant. Kein Richter, keine Strafen am Lebensende. Das 11. Gebot greift: Du sollst dich nicht erwischen lassen. Denn dein Tun hat nur Konsequenzen, wenn du dumm genug bist, dich von Menschen richten zu lassen. Sie sind die einzige Instanz, die dir Schwierigkeiten machen kann. Intelligenz zählt, Gerissenheit. Und du darfst dir keine Schwächen oder Sentimentalitäten erlauben, wenn du die eigene Existenz so gestalten willst, dass du den größtmöglichen Lustgewinn erzielst. Dabei kannst du weder Rücksichtnahme noch Skrupel oder Moral gebrauchen.«

Ein ungewohnt langer Vortrag für Mischa. Erstaunt nahm Ozzy zur Kenntnis, dass er sich offensichtlich schon seit längerem mit dieser Frage beschäftigte. Die Sache mit Stockmann ging eindeutig viel tiefer, als er gedacht hatte. Vermutlich tiefer, als es auch Mischa ahnte. Ozzy legte die Füße auf den Tisch neben die Pizzaschachtel und angelte nach einem weiteren Stück.

»Gut. Jetzt bin ich einigermaßen im Bilde. Dann hast du recht, was das Buch hier betrifft. Der olle Dürrenmatt war nicht konsequent. Mal heißt es, sein Verbrecher handelt aus einer Laune heraus und nicht, um ein Ziel zu erreichen, dann lässt er ihn sagen: Es ist noch jeder umgekommen, der sich mit mir beschäftigt hat. Das bedeutet aber planmäßiges Handeln und eben nicht ein Spiel mit dem Zufall.«

»Siehst du, das Buch ist voll von solchen Widersprüchen. Und Stockmann hat das entweder ignoriert oder nicht bemerkt. Was wiederum heißt, dass er längst nicht so perfekt ist, wie er immer behauptet.«

»Was hast du noch?«

»Er bezieht sich dauernd auf das Buch ›Der Richter und sein Henker‹ und den ultimativen Bösewicht darin, den angeblichen Nihilisten.«

Ozzy träufelte zum dritten Mal Tabasco auf sein Pizzastück, faltete es zusammen und stopfte es komplett in den Mund.

»Umpd?«

»Was dieser Mann außer dem einen Mord auf der Brücke, der ganz am Anfang steht, noch verbrochen hat, wird nirgends erwähnt. Seine Nihilismusneigung ist ebenfalls eher unscharf und uneindeutig. Dagegen gibt es einen weiteren Roman mit dem gleichen Kommissar, wo es einen bei Weitem perfideren Vertreter dieser Glaubensrichtung gibt.«

Mühsam würgte Ozzy den halbzerkauten Brocken herunter.

»Du meinst, Stockmann hat geschlampt?«

»Yes, Sir! Das perfekteste Arschloch von allen hat geschlampt. Und wenn er an dieser Stelle unsauber gearbeitet hat, dann gibt es sicher noch mehr Fehler zu finden!« Mischas Augen erfüllte ein euphorischer Glanz. »Stockmann bezieht sich unüberlegt auf Dürrenmatt, in dem Glauben, niemand macht sich die Mühe nachzulesen. Aber da hat er sich geschnitten!«

»Schadenfreude steht dir gut, mein Freund. Ich werde das Gefühl nicht los, dass da was sehr Persönliches dahintersteckt. Ein privater Rachefeldzug?«

Mischa hob die Achseln. »Nenn es, wie du willst.«

Oh ja, es war etwas sehr Persönliches. Ausgerechnet er, den Stockmann für einen ungebildeten Bullen und Bücherhasser hielt, wollte ihn mit Hilfe eines Buches entlarven.

Mischa schubste den Kaffeebecher über den Tisch und massierte sich mit beiden Händen die Schläfen.

»Es geht mir nicht darum, ihn reinzulegen oder bloßzustellen. Ich will nur wissen, wie viel Wahrheit in seinem Buch steckt.«

»Wahrheit?«

»Ich weiß inzwischen, dass der erste Mord, den er begangen haben will, kein Mord war. Aber was ist mit den anderen? Alexandra ist unsere Freundin, Ozzy. Sie ist verknallt in ihn. Vielleicht liebt er sie auch. Aber was nützt ihr alle Liebe dieser Welt, wenn er das ist, was er vorgibt zu sein?«

»Ein Mörder.«

»Wenn er nur ein verfluchter Angeber ist, ein Großmaul – von mir aus, dann soll er sie verdammt noch mal haben. Aber solange ich daran zweifle …«

Ozzy nickte und schlug ihm auf die Schulter.

»So lange suchst du die Wahrheit. Die Wahrheit und nichts als die Wahrheit. Alles klar, ich bin dabei.«

Ozzy steckte die letzten Pizzakrümel in den Mund, schob die Dogge beiseite und schlurfte zur Stereoanlage. Augenblicke später grölte er laut mit seinem Namensgeber um die Wette.

»I'm just a dreamer, I dream my life away …«

Montag, 05. November

Markus hörte Geräusche. Draußen. Ein auf- und abschwellendes Rauschen. Der Hunger hatte längst aufgehört, nur der Durst quälte ihn von Stunde zu Stunde heftiger. Die Luft war trocken und reizte seine Atemwege. Irgendetwas brummte ganz in seiner Nähe. Er fürchtete sich davor, dass der Mann zurückkam. Und er fürchtete sich bei dem Gedanken, dass er nicht zurückkommen würde. Seine Hände und Füße spürte er kaum noch. Kalt und taub. Gefühllos von den Fesseln. Ob es Tag war? Oder Nacht? Er glaubte, Autos hupen zu hören. Manchmal vernahm er auch Stimmen. Gedämpft. Hinter dicken Mauern. Er musste pinkeln. Der Druck stieg, wandelte sich in Schmerz. Der Schmerz verdrängte für eine Weile die Angst. Er forderte alle Konzentration. Bis sein Körper entschied, genug gelitten zu haben. Für einen Augenblick fühlte er Erleichterung und klebrige Wärme. Dann mischten sich Tränen und Scham mit hilfloser Resignation. Sie hatte nur darauf gewartet. Gelauert. Fast glaubte er, sie aus den Ecken kriechen zu sehen, trotz der Dunkelheit. Das Klebeband erstickte sein Schluchzen. Die Angst kehrte zurück.

⋆⋆⋆

»Ich musste ihn loswerden. Er war mir lästig. Er glaubte in seiner Einfalt, mir ebenbürtig zu sein. Mehr noch, mir einen Gefallen erweisen zu können. Sein dauerndes sinnloses Gerede, ohne Pause, ohne Atem zu schöpfen. Verhängnisvoll. Seine Eitelkeit. Sein unerschütterlicher Glaube an sich selbst, trotz offensichtlicher Unfähigkeit. Sein Mangel an Demut. Unbelehrbar, was die Wahrheit betraf. Unerträglich. Erst als die Erde ihn völlig bedeckte, die schwere, kalte Erde seines eigenen Gartens, gönnte ich mir den wohlverdienten Genuss. Ruhe. Ich setzte mich neben sein frisches Grab und ein wohliger Schauer überlief meinen Rücken bei dem Gedanken an seine brechenden

Fingernägel, wenn er versuchen würde zu graben, ehe ihm die Luft ausging. Ich blickte auf die Uhr. Jetzt. Genau jetzt musste die Wirkung des Betäubungsmittels nachlassen. Ich legte mich flach auf den Boden, presste mein Ohr auf die Stelle, wo er verzweifelt nach Luft rang.

Atmest du noch? Redest du immer noch? Wirst du nun demütig erkennen, dass ich es bin, der entscheidet, dass ich es bin, dessen Stimme die Welt hört! Und nur mehr meine, von diesem Augenblick an. Nie wieder deine Stimme.

Gab es noch etwas zu hören? Ein leises Röcheln, vielleicht? Nein. Nein, leider. Zu viel Erde. Doch notwendig. Sollte es ihm doch auf keinen Fall gelingen, sich zu befreien. Sollte ihn doch niemand jemals wieder finden. In der Tiefe sollte er bleiben. In der Dunkelheit. Vergessen von der Welt, die ihm den Ruhm zu Lebzeiten versagte und die ihn auch im Tode einfach ignorieren sollte. Er verschwand vom Antlitz der Erde. Getilgt. Ausgelöscht. Ein Niemand. Der keine Spuren hinterließ, außer ein paar unbedeutenden Zeilen, die niemand je gelesen hatte. Kein Mensch, der ihn suchte, ihn betrauerte. Eine völlig nutzlose Existenz, die ich beendet hatte. Sein Vermächtnis gehörte allein mir, der ich allein seine Existenz beachtet hatte. Ich richtete mich auf, klopfte die Erde von seiner Jacke und seinen Stiefeln, die ich getragen hatte, um meine nicht zu beschmutzen. Über mir spannte sich blau der sommerliche Himmel. Föhnwetter. Mir klang noch sein Gejammer in den Ohren. Schrecklich, diese Gegend. So hübsch, doch immer diese Wetterlage, die den Kopf fast zum Bersten bringt. Ich hatte ihn davon befreit. Seine Kopfschmerzen für immer beendet.«

⋆ ⋆ ⋆

Alexandra kaute grübelnd auf ihrem Plastiklöffel. Den leeren Joghurtbecher in der Hand starrte sie auf die Wand aus Pflanzen auf ihrem Balkon. Immergrünes Efeu, dazwischen die Weinrebe, die sich immer stärker verfärbte. Tiefes, dunkles Rot schmückte die Äste, die langsam vertrockneten. Rot. Blutrot. Tobias konnte Blut nicht leiden. Obwohl er sein ganzes Buch darauf aufgebaut hatte. Aber als sie sich in seiner Gegenwart in den Finger schnitt, war er beinahe ohnmächtig geworden. Während sie den Finger in den

Mund schob, um die Blutung zu stillen, beeilte er sich, Pflaster zu holen. Sein Gesicht war bleich und seine Hände zitterten. Auch sein Lachen klang gezwungen, als sie ihm vorschlug, sie könne ihm doch mit dem aufgeschlitzten Zeigefinger ein Bild malen. Endlich ein Original für seine Sammlung. Zugegeben, die Wunde war hässlich tief und klaffend. Wäre sie allein gewesen, hätte sie vermutlich laut geflucht. Aber an dem Schnitt war nichts Bedrohliches. Trotzdem hatte das fließende, rote Blut Tobias verstört.

Sie wurde das Gefühl nicht los, dass sie mehr über ihn wissen sollte – nein – musste, über seine Vergangenheit, sein Leben, von dem er nicht erzählen wollte. Und zwar dringend. Wenn er nicht redete, musste sie einen anderen Weg finden.

Nachdenklich betrachtete sie sein Buch.

»Verrate du mir, wer er ist! Welches Geheimnis hat er dir anvertraut?«

Es gab nur zwei Morde, bei denen kein Blut floss. Gab es noch etwas, das diese beiden Passagen vom Rest unterschied? Hatten sie etwas anderes gemeinsam? Schnell blätterte sie zwischen den Seiten hin und her. Nein, das sah nach einer Sackgasse aus. Lebendig begraben der eine und vom Eisernen Steg geworfen der andere. Letzterer erfüllte vermutlich nur den einen Zweck, Dürrenmatt ins Spiel bringen zu können. Dürrenmatt, der Tobias ebenso wichtig war wie Goethe. War das ein Anhaltspunkt? Seine Hassliebe zu beiden Literaten? Dürrenmatt hatte er im Zusammenhang mit seinem Abitur erwähnt. Und hier in Frankfurt war er vermutlich zur Schule gegangen. Alexandra spuckte den Löffel auf den Wohnzimmertisch, schob den Teller mit dem angebissenen Brötchen beiseite und zog den Laptop näher zu sich heran. Irgendwo musste sie anfangen zu suchen, und irgendwann. Ihr blieb noch ein ganzer Tag, bis er zurückkam.

Gymnasium Johann Wolfgang von Goethe, Frankfurt am Main, tippte sie in die Suchmaske.

Sie zögerte und zog die Oberlippe zwischen die Zähne. Es grenzte an Verrat, was sie plante. *Mit dem Wissen wächst der Zweifel.* Eines seiner vielen Goethe-Zitate. Ihr Finger schlug hart auf die Returntaste. Es war an der Zeit, die Zweifel durch Tatsachen zu ersetzen.

Dieses Vorhaben kostete sie ihren freien Vormittag, ein halbes Dutzend Telefonate und ihren kompletten Vorrat an Höflichkeit, Diplomatie und Überredungskunst.

Am Ende hielt sie das Jahrbuch seiner Schule in der Hand. Mit Fotos, Namen und kurzen Beschreibungen aller Schüler und Lehrer des Abiturjahrganges 1986.

Tobias selbst hatte die Schülerzeitung geleitet, zusammen mit Kai Mertens und Dirk Wiesner. Arm in Arm posierten sie auf dem Abschlussfoto, mit selbstbewusster Haltung, reckten die Finger zum Siegeszeichen. Zwei lachten in die Kamera, während der dritte sich den Freunden zuwandte. Sein Gesicht war nicht deutlich zu erkennen. Alle drei zeichneten verantwortlich für die abgedruckten Kommentare im Jahrbuch. Beißend, treffend in jeder Hinsicht, abgründig und brillant.

Die Tutorin ihres Deutsch-Leistungskurses hieß Dr. Sophia Hübner-Seefelder. Sehr jung sah sie aus, auf dem Foto.

Drei Namen. Drei Spuren in die Vergangenheit. Alexandra legte das Buch beiseite. Sie spionierte. Dass Tobias das nicht tolerieren konnte, sollte er es je erfahren, verstand sich von selbst. Das Gefühl, es tun zu müssen, blieb.

⋆ ⋆ ⋆

Mischa saß in der Hocke vor der Tür zum Dachboden. Ruhig und leise wiederholte er in regelmäßigen Abständen seine Appelle an die Frau auf der anderen Seite, die sich seit Stunden verschanzt hatte. Von drinnen waren schabende Geräusche zu hören. Ruth Markert saß direkt hinter der Tür.

»Sind Sie noch da?« Ihre Stimme klang ängstlich, besorgt.

»Natürlich bin ich noch da, Ruth. Das habe ich Ihnen doch versprochen.« Er lehnte sich gegen die Wand. Die gehockte Haltung war denkbar unbequem, aber besser geeignet für die Verständigung durch das Schlüsselloch. »Verraten Sie mir, warum Sie sich eingeschlossen haben?« Stille. »Warum haben Sie das Messer mitgenommen Ruth? Was ist passiert?«

Wieder hörte er das Schaben. Vermutlich rutschte sie mit dem Rücken entlang der Holztür. Unmöglich also, die Tür mit Gewalt zu öffnen.

»Sie glaubt nicht.«

»Ihre Mutter?«

»Sie glaubt nicht an Gott und nicht an den Teufel.«

»Haben Sie darüber mit Ihrer Mutter gestritten?«

»Sie will nicht, dass ich in die Kirche gehe. Dabei muss ich doch beten! Das ist das Einzige, was hilft. Seine Stimme ist leise, er verkleidet sich, damit man ihn nicht erkennt. Er ist hier, um uns alle zu holen. Der Teufel geht um in Frankfurt. Er hat einen Mann von der Brücke gestoßen. Und darum habe ich das Messer dabei. Mich soll er nicht kriegen.«

Mischa brach der Schweiß aus. Lag das an dem Gespräch, an der Körperhaltung oder einfach an der Temperatur in diesem stickigen Gebäude? Nachwirkungen der Vergiftung? Die Waffe drückte gegen seine Hüfte. Er öffnete den Reißverschluss seiner Jacke und richtete sich steifbeinig auf.

»Glauben Sie an Gott?«, flüsterte Ruth.

Ein jäher Schwindel nahm ihm die Sicht. Vor seinen Augen grieselten graue Schneeflocken, wie früher auf dem Fernsehbildschirm nach Sendeschluss. Woran glaubst du? Durch das Rauschen in seinen Ohren drang die Frage in sein Bewusstsein. Und er meinte, ein hämisches Lachen zu vernehmen, während er nach der Antwort suchte.

Alexandra fühlte sich wie beim Zirkeltraining. Dauernd sprintete sie die Treppe hoch und runter. Verscheuchte die sensationslüsterne Nachbarschaft, hielt Kontakt zu Mischa und befragte Ruths Mutter. Eingeklemmt zwischen Rüschendeckchen, Brokatkissen und Nippes. Immer mit einem Ohr an der halb geöffneten Wohnungstür. Im Zweifel wollte sie lieber selbst schnell handeln können, wenn die Situation es erforderte, und sich nicht auf die beiden Sanitäter verlassen, von denen sie als Verstärkung angefordert worden waren. Immerhin hatte die Frau dort oben ein Messer.

Im Treppenhaus hing der Geruch diverser Mahlzeiten. Zwiebeln, Fisch, Frittierfett und über allem eine schwache Essigwolke. Neben der Eingangstür klebte ein zerfledderter Zettel mit der Hausordnung. Verbote und Anweisungen unter Androhung von unterschiedlichen Repressalien bei Nichtbeachtung. Daneben die Namen der Hausbewohner, ordentlich aufgelistet und mit Datum festgehalten, wer wann zu putzen oder den Bürgersteig zu fegen hatte. Auch eine umfangreiche Müllentsorgungsanleitung. Alexandra hatte beim Anblick dieser Reglementierungen sofort eine heftige Beklemmung gefühlt. Da musste man ja durchdrehen.

Aber vielleicht hatte Ruth den Teufel ja auch tatsächlich gesehen. Die Leonhardtskirche, in die sie zum Beten ging, lag dem Haus fast direkt gegenüber. Sie konnte dem Mörder vom Eisernen Steg also ganz nah gekommen sein, als dieser auf der Flucht den Pullover entsorgte.

Endlich hörte Alexandra den Arzt kommen und rannte ihm entgegen, um Bericht zu erstatten.

»Sie sitzt immer noch hinter der Tür«, sagte sie abschließend. »Mein Kollege spricht seit etwa dreißig Minuten mit ihr.«

Der Arzt zupfte sich nachdenklich am Ohr. »Ich sehe mal nach der Mutter. Die hat zu hohen Blutdruck. Ich war schon öfter hier«, erklärte er auf Alexandras fragenden Blick. »Wenn Ruth immer noch redet, passiert heute nichts mehr. Zwangseinweisung wird nicht nötig sein. Sobald sie durch die Tür ist und das Messer abgibt, können Sie gehen.«

Alexandra schnaubte empört. Der Kerl machte es sich leicht, und Mischa konnte sehen, wie er klarkam. Ärgerlich stapfte sie wieder nach oben, um ihm beizustehen. Aber das war gar nicht mehr nötig. Vor der geöffneten Dachbodentür stand Ruth. Eine fette Frau im gestreiften Kittelkleid, strähnige braune Haare hingen ungepflegt über ihre Schultern. Alexandra gab resignierend den Gedanken auf, sie zu befragen. Manchmal sah man es einfach an den Augen. Ihr Geist war nicht mit ihrem Körper mitgewachsen. Dadurch hatte ihre Aussage über den Teufel, der vielleicht der Mörder war, wenig Aussicht ernstgenommen zu werden. Alexandra konnte höchstens Schaden anrichten und ihr noch mehr Angst einjagen.

Im Augenblick schien Ruth sich allerdings nicht mehr zu fürchten. Ihr Mund über dem breiten Doppelkinn lächelte. Für Mischa. Der neben ihr stand und mit ihr sprach; ihr weiter die gleiche freundliche Höflichkeit entgegenbrachte, ihr Aufmerksamkeit schenkte. Für so etwas gab es keine Ausbildung. Das kam aus dem Bauch – man konnte es, oder eben nicht.

Aus Alexandras Jackentasche ertönte ein kratziger Funkspruch. Sie nahm den neuen Auftrag entgegen, ohne sich abzuwenden, dann gab sie Mischa ein Zeichen.

»Du warst echt gut.« Während sie die Treppe hinuntergingen, schaute sie ihn von der Seite an. »Hast das erste Mitglied für deinen eigenen Fanclub sicher.«

»Ruth ist ein armes Wesen.« Mischa wirkte mitgenommen, erschöpft. Alexandra riss mit Schwung die Haustür auf.

»Sie habe ich nicht gemeint.« Grinsend verpasste sie ihm einen Schubs mit der Faust auf die Nase. »Sondern mich!«

Dienstag, 06. November

Er freute sich darauf, den Jungen zu sehen. Seine Schritte knirschten auf dem Kies, als er den Hauptweg verließ und sich dem Brückenpfeiler auf der Nordseite der Untermainbrücke näherte. Niemand nahm Notiz von ihm. Keine der Mütter auf dem Spielplatz ahnte, was der Mann mit dem Overall hinter der Tür versteckte, auf die er zusteuerte. In der Hand trug er einen Werkzeugkasten. Ein normaler Anblick. Pfeifend stieg er die Sandsteinstufen hinauf und steckte den Schlüssel ins Schloss. Ein wohliger Schauer überlief ihn beim Betreten des engen dunklen Raumes. Eine gute Woche hatte er noch, ehe wieder jemand hier hereinkommen musste. Neben der Umspannanlage war gerade genug Platz für seine Zwecke. Es wäre noch besser gewesen, den Jungen direkt im Innern des Eisernen Stegs unterzubringen. So viel passender, das eine Verbrechen auch räumlich mit dem anderen zu verbinden. Aber dort konnte der Bursche sich nicht mal hinsetzen. Es war ihm leicht gefallen, den Mann von der Brücke zu stoßen. Nur ein Fremder, eine Berührung im Vorübergehen. Doch dem Jungen hatte er in die Augen gesehen, ihn weinen gehört. Er konnte ihn unmöglich zwingen, die ganze Zeit zu stehen. So weit war er noch nicht.

Er richtete den Strahl der Lampe in den hintersten Winkel. Dort hockte er, zusammengekauert und gut verschnürt und glotzte erschreckt ins Licht.

Unwillkürlich musste er kichern, als er die angetrocknete Pfütze bemerkte. Fremde Angst. Es fühlte sich unsagbar gut an. Die Stahltür schlug hinter ihm zu. Ein hässlich lautes Geräusch in der gedämpften Stille, die den Wartenden die ganze Zeit umfangen haben musste.

»Hallo Junge«, flüsterte er, »ich bin wieder da.«

* * *

Der Blick durch das Fenster wurde durch ein buntes Graffiti erschwert. Alexandra nahm die Schmiererei nur am Rande zur Kenntnis. Viel gab es auf dem Weg nach Praunheim ohnehin nicht zu sehen. Sie lehnte den Kopf gegen die Scheibe und schloss für einige Minuten die Augen. Die U-Bahn zu nehmen, war für ihren Geschmack bequemer im Stadtverkehr, als sich mit dem Auto ins Getümmel zu stürzen. Von der Parkplatzproblematik mal ganz abgesehen. Außerdem verbrachte sie dienstlich so viel Zeit hinter dem Steuer, dass sie das Rütteln und Schaukeln als entspannende Abwechslung empfand.

Die beiden unblutigen Roman-Morde gingen ihr nicht aus dem Sinn. Dabei war ihr ein Indiz aufgefallen, das vielleicht eine Überprüfung lohnte. Dazu musste sie jetzt ihren Bruder befragen. Den Abtrünnigen. In Gedanken grinste sie in sich hinein. Jens vertrug das enge Zusammenglucken der Familie nicht. Zu allem Überfluss war er als junger Polizist in Conrad Neumaiers Wirkungskreis gelandet. Das hatte die brodelnde Suppe der gefühlten Überwachung zum Überkochen gebracht. Ihn als Vorgesetzten ständig im Genick zu haben, führte zu einem schwelenden Konflikt, der irgendwann eskalierte, weil die jeweilige Autorität nicht anerkannt und die Beziehung nicht auf Dienstliches beschränkt werden konnte. Ihr Vater erkundigte sich überdies gerne wohlmeinend über die Entwicklung des Sprösslings und gab zu jedem Fall und jeder Entscheidung seinen Senf dazu.

Jens flüchtete ins Exil. Zumindest beruflich. Zwar wohnte er weiter in unmittelbarer Nähe, aber er verrichtete seinen Dienst, für Conrad Neumaier und auch den Vater unerreichbar, auf bayrischem Territorium in Unterfranken. Dank der perfekten Autobahnanbindung nur eine gute halbe Stunde Fahrt entfernt.

Alexandra stieg an der Endstation der U6 in der Heerstraße aus. Die Sonne verzog sich hinter den Wolken und erste dicke Tropfen schlugen auf das Pflaster. Fröstelnd klappte sie den Kragen ihrer Jacke hoch. An einen Schirm hatte sie mal wieder nicht gedacht. Sie warf einen raschen Blick auf die Gleise und sprintete bei Rot über die Straße. Direkt gegenüber bot eine lang gestreckte Wohnanlage ein wenig Schutz. Drei Stockwerke, Flachdach, Beton pur, mit dem Charme eines Billigmotels an der Autobahn. Dahinter schlossen sich Gärten und zahllose Reihenhäuser der ersten Generation an. Für die sogenannten May-Bauten war der Stadtteil in den zwanziger Jahren des letzten Jahrhunderts sogar berühmt geworden. Sie rümpfte die Nase. Architektur war nicht gerade ihr Fachgebiet, und mit dem puristischen Bauhaus-Stil konnte sie sich nicht anfreunden. Hasenkästen. Mieterschließfach. Da fehlte es ihr eindeutig an Wärme und Gemütlichkeit.

Alexandra wischte sich mit dem Ärmel übers Gesicht. Nur noch ein paar Minuten zu Fuß. Trotzdem würde sie völlig durchnässt ankommen. Der plötzliche Schauer gab sich alle Mühe. Wasser schwappte in ihre Turnschuhe und die Jeans klebte auf der Haut. Ihr Bruder wohnte abseits der Hauptverkehrsstraße in einer Sackgasse. Eine ruhige Nachbarschaft, die nur das gleichmäßige Rauschen der Autobahn störte. Alexandra versenkte die Hände in den Taschen und zog die Schultern hoch, während sie an liebevoll herausgeputzten Einfamilienhäusern vorüberschritt. Parkplätze Mangelware, die Bürgersteige nur angedeutet, so schmal, dass man hintereinander laufen musste, und einen Kinderwagen konnte man zwangsläufig nur auf der Straße schieben. Ein Manko, mit dem ihr Bruder und ihre Schwägerin sich inzwischen arrangiert hatten. Das Haus war trotzdem ein Schnäppchen. Solide, erschwinglich, groß, wovon auch Jörg nun schon seit einiger Zeit profitierte.

Jörg. Noch so ein leidiges Thema, das sie mit ihrem Bruder nicht erörtern wollte. Hier und jetzt ging es um etwas ganz anderes. Sie brauchte seine Hilfe und seine beruflichen Verbindungen. Einzig seine Neugier konnte ein Problem werden. Viele Informationen wollte sie nicht preisgeben. Da musste er durch.

Sie warf einen Blick auf die Uhr, gutes Timing; sie war zuversichtlich, ihn alleine anzutreffen. Stürmisch betätigte sie die Klingel und erwartete ihn mit strahlendem Lächeln.

»Hallo Jens.«

»Schwesterlein! Was verschafft mir die Ehre?«

»Ist Jörg da?«

Finster runzelte er die Stirn. »Nein. Und wenn du seinetwegen kommst, muss ich dir sagen …«

»Gar nichts musst du. Ich will mit dir alleine reden und sicher sein, dass er nichts davon erfährt. Seine Einmischung kann ich nicht gebrauchen.«

»Dann herein mit dir. Frau und Kind sind auch nicht da. Mein brüderlicher Rat sowie mein Badezimmer und ein Handtuch stehen dir also uneingeschränkt zur Verfügung.«

»Polizeiliche Hilfe brauche ich auch.« Sie schlüpfte aus den Schuhen und hängte die triefende Jacke über die Heizung.

»Hast du was verbockt? Brauchst du politisches Asyl, so wie damals nach der Studentendemo?«

»Depp. Eine Information aus dem Freistaat Bayern, zu der du als Grenzgänger vermutlich Zugang hast.«

»Schieß los.«

Auf Socken trabte sie ins Bad und zog ein Handtuch aus dem Schrank, um sich die Haare trocken zu reiben. Er folgte ihr erwartungsvoll.

»Es geht um eine vermisste Person.« Sie entschloss sich nach kurzem Zögern, auch die Hose und die Socken abzulegen.

»Kein Thema. Finde ich für dich.«

Jens reichte ihr eine Wolldecke und sie platzierte sich mit angezogenen Beinen auf einem Sessel.

»Nicht so hastig. Ich habe keinen Namen, keine Adresse, kein genaues Datum, nur eine ungenaue Beschreibung und ein paar Informationen über sein Umfeld.«

»Klasse. So wünscht man sich das doch. Du kannst es nicht auf die einfache Tour, oder? Es muss immer kompliziert sein.« Er verschwand in der Küche.

»Das Leben ist kompliziert. Versuchst du es trotzdem?« Sie hörte das Brummen der Mikrowelle.

»Logisch. Aber das kostet dich was.«

»Was?«

»Moralische Kurskorrektur.« Mit einer Tasse heißer Milch mit Honig kam er zurück und hockte sich neben sie auf die Armlehne des Sessels. »Ich bin dein großer Bruder und ich bin Jörgs Freund. Und weder blind noch blöd. Du wirst damit aufhören, Alexandra. Lass die Finger von ihm, sonst gibt es eine Katastrophe.«

»Das ist deine Bedingung?«

»Ja. Keine weiteren intimen Treffen mit Jörg, sonst rühre ich keinen Finger.«

Sie senkte den Kopf. Reumütig, wie er glauben sollte. In Wahrheit nur, damit er ihr Grinsen nicht sah.

»Also gut.« Sie seufzte demonstrativ. »Die Sache ist zu wichtig. Ich nehme deine Bedingung an.«

Zufrieden drückte er ihr einen Kuss auf die feuchten Haare.

»Sehr vernünftig!«

Sie nickte. Er musste nicht wissen, dass sie die Geschichte mit Jörg längst beendet hatte.

* * *

Conrad Neumaier hängte den Hörer in die Gabel. An der Wand vor ihm, über dem Aktenschrank, hing eine runde Uhr mit Datumsanzeige. Stumm tickte sie vor sich hin. Er mochte den Anblick der ruhig und stetig fließenden Zeit, obwohl er es hasste, zu warten.

Markus war noch immer nicht nach Hause gekommen. Irene stand deshalb kurz vor einem Nervenzusammenbruch. Er nicht. Er kannte Markus, auch wenn sie ihm einreden wollte, dass das nicht so war. Markus war schließlich sein Sohn und sie waren einander ähnlich. Sehr ähnlich. Hartnäckig, unbeugsam, unnachgiebig. Eigenschaften, die er an sich als positiv bewertete, weil sie für einen Polizisten hilfreich waren. An einem Sechzehnjährigen wirkten sie in erster Linie stur. Doch mit dem eigenen Vater eine Rangordnung auszufechten, war in diesem Alter wohl normal. Und keiner von ihnen war gewillt, klein beizugeben. Wenn er von sich selbst ausging, konnte es durchaus noch eine Weile dauern, bis Markus bereit war, zurückzukommen. Und bis er selbst bereit war, Irenes Sorge ernstzunehmen.

Die Arbeit lenkte ihn einstweilen ab. Gab eine klare Richtung vor, der er unbeirrt folgte. Solange er die Schreibtischschublade nicht öffnete, in der sich ein weiteres Problem versteckte: die Postkarten, die regelmäßig bei ihm eintrafen. Eine hatte er gestern zwischen den Seiten der Tageszeitung gefunden. Heute Morgen steckte eine weitere hinter dem Scheibenwischer seines Wagens. Dieses alberne Spiel wollte er nicht mitspielen und sich nicht auf eine weitere Machtprobe einlassen. Er ahnte, wie er es beenden konnte. Aber er dachte gar nicht daran, sich unter Druck setzen zu lassen. Einzulenken, einen Fehler einzugestehen, den er nach wie vor nicht als Fehler sah. Sein Gegenüber war ein Maulheld, der sich gerne wichtig machte. Er durfte die Postkarten nicht als echte Bedrohung ansehen. Er durfte keine Zusammenhänge herstellen, wo es keine gab. Andernfalls gestattete er diesem Mann, seine Schritte zu lenken. Und das sollte ihm nicht ein zweites Mal gelingen.

Verärgert drehte er einige Runden durch sein Büro und blieb kurz am Fenster stehen. Symbolisch kam ihm das vor. Er trat auf der Stelle, drehte sich um sich selbst, statt voranzukommen. Privat genauso wie beruflich. Markus, die Postkarten und der Mord am Eisernen Steg. Wenigstens bei Letzterem gab es erste minimale Fortschritte. Robert Wagner hatte in den letzten Tagen die zweite DNA-Spur aus dem Fall Hirschberger bis nach Detmold verfolgt. Eine üble Sache, die, wie Neumaier durchaus verstand, niemand an die große Glocke hängen wollte. Verdammt schädlich für das Image der Truppe. Heute endlich hatte die Bundeswehr ihnen einen Einblick in die Unterlagen gewährt. Wobei Einblick eigentlich zu viel gesagt war. Ein paar Daten und sorgsam ausgewählte Fakten ließ man ihnen zukommen. Aber weder die komplette Dienstakte, noch das psychologische Gutachten. Immerhin äußerte sich auch der damals zuständige Stabsarzt in einer kurzen Telefonaudienz, soweit ihm das im Rahmen seiner Schweigepflicht möglich war.

Neumaier kehrte zu seinem Schreibtisch zurück, er hatte die Worte noch genau im Ohr.

»Dirk Heppner wurde in seiner Einheit gemobbt, was offenbar jeder wusste – aber gehandelt hat niemand. Und das jahrelang. Vermutlich war es die einfache, klare Struktur, die ihn dennoch zum Bleiben bewegte. Auch wenn er in der Hierarchie ganz unten stand, vermittelte diese ihm ein Gefühl der Sicherheit. Einen festen Platz. Den Platz des Verlierers, den ihm niemand streitig machte.«

Und der Kerl duckte sich und erduldete alles, in der irrigen Annahme, dadurch doch dazuzugehören. Seine Schüchternheit und soziale Ungeschicklichkeit führten zu Spekulationen. Man munkelte, man tratschte, sagte ihm alle erdenklichen sexuellen Perversionen nach.

Neumaier blätterte durch die Gesprächsnotizen. Ein extrem labiler Mensch, hatte der Psychologe gesagt. Und das sei er wohl schon immer gewesen. Belastet mit einem tief sitzenden Identitätsproblem, das sogar dazu geführt hatte, dass er seinen Namen ändern ließ und den Geburtsnamen der Mutter annahm. Nach dem verhängnisvollen Manöver war er als Soldat nicht mehr zu gebrauchen – untauglich. Der Gutachter ließ daran keinen Zweifel. Er wurde aus dem Dienst entlassen, man bot ihm psychologische Betreuung und Hilfe an, die er jedoch kategorisch ablehnte.

Neumaier schauderte. Fast fünf Tage in einem dunklen, kalten Loch. Gefangen, geprügelt, gedemütigt. Niemand da, der ihn vermisste, der ihn suchte. Der pure Zufall rettete sein Leben. Sein Überleben. Aber zu welchem Preis? War aus dem Opfer von damals ein Täter geworden? Ein Mörder? Welchen Grund konnte es geben, einen wildfremden Menschen zu töten?

Eine plötzliche Angst schnürte ihm die Kehle zu. Fünf Tage. Er tastete in seiner Tasche nach den Herztabletten. Markus war vor fünf Tagen zuletzt zu Hause gewesen.

* * *

»Ich verstehe Ihren Ekel nicht. In Ihrem Bücherregal stehen Gedichtbände. Sie sollten etwas von Poesie verstehen. Was kann poetischer sein, als das Ende eines Lebens zu begleiten, zu sehen, wie es den Körper verlässt, und diesen Augenblick mit allen Sinnen festzuhalten. Nichts anderes ist es, was ich tue.

Wozu die Grausamkeit, die Schmerzen, das Blut? Nein, das hat nichts mit Barbarei zu tun – im Gegenteil. Heißt es nicht, es wird uns erst bewusst, was wir haben, wenn wir es verlieren? Diese erbärmlichen Wesen bekommen genau das von mir! Ehe sie abtreten, spüren sie noch einmal das Leben. Das Leben! Glauben Sie mir, keiner von ihnen wusste es vorher richtig zu schätzen! Ein furioser Abgang, bei dem man den Körper, den man zurücklässt, in jeder Einzelheit wahrnimmt. Intensiv wie nie zuvor. Das Leben fühlt und den Schmerz, den Schmerz und dann nur noch den Schmerz, der es leicht macht, loszulassen.«

Mischa legte das Buch beiseite. Das Leben spüren. Er erinnerte sich genau, wie sehr er das Leben gespürt hatte, Freitagnacht. Und ihm war klar, wem er dieses Erlebnis verdankte. Auch ohne Beweise. Vor einer halben Stunde hatte Ozzy sich gemeldet.

»Hey Mischa, ich bin mit den Analysen durch!«, verkündete er vergnügt. »Genau wie ich dachte, Hauptbestandteil war das Gift der Pulsatilla. Das ist eine Heilpflanze, die in der Homöopathie verwendet wird. Schwein gehabt. Ich dachte erst, es sei Goldregen pur, aber da war nur eine winzige Menge Cytisin. Kombiniert hat er das mit … warte, was haben wir denn noch alles: Glykoside, Digitaloide, Alkaloide … Sieht aus wie Pfaffenhütchen; das ist nicht ganz so spaßig. Die Wirkung setzt zeitverzögert ein, sodass dich das eine zu beuteln beginnt, wenn das andere aufhört. Gemein, aber gut gemacht, muss ich sagen. Der Kerl hat echt was drauf und echt einen Dachschaden.«

»Aber das macht ihn nicht automatisch zum Mörder.«

»Nein. Schließlich lebst du noch. Die Substanzen zu beschaffen, ist nicht besonders schwer. Sind beliebte Gartenpflanzen. Du musst nur rausgehen und sie pflücken. Beim Goldregen, zum Beispiel, sind sämtliche Pflanzenteile giftig, auch wenn man sie trocknet. Und herauszufinden, wie man sie anwendet, ist auch kein großes Problem.«

»Ein Hoch auf das Internet?«

»Du sagst es.«

»Aber er hätte mich umbringen können, mit dem Zeug?«

»Hätte er, alles nur eine Frage der Menge. Man muss extrem vorsichtig sein bei der Dosierung, oder man nimmt den möglichen Exitus in Kauf. Wäre natürlich auch denkbar, dass einer einfach hirnlos ist und so einen Mix auf gut Glück zusammenrührt, was ich bei Stockmann allerdings ausschließe. In Ermangelung eines anderen Verdächtigen, tippe ich daher auf Perfektion.«

Ohnmächtiger Zorn packte Mischa, als er das Gespräch beendet hatte. Ozzy war äußerst zufrieden, aber ihm nützte das alles wenig. Keinerlei greifbare Beweise. Einmal mehr fixierte er den Boxsack. Auch wenn er es nicht zugeben wollte, fehlte ihm immer noch ein Teil seiner Kraft. Es war unvernünftig gewesen, sich am Sonntag nicht krank zu melden. Idiotisch, so zu tun, als sei er voll einsatzfähig. Der vergangene Nachtdienst hatte ihn geschlaucht wie nie zuvor. Nur keine Blöße geben. Alexandra hatte genug gesehen von seiner hilflosen Schwäche.

»Blödes Arschloch.«

Ausnahmsweise meinte er nicht Stockmann damit.

Dennoch war der allgegenwärtig. Mischa starrte auf das Buch. *Woran glaubst du*, wisperte es. Noch ein Grund mehr, sich Stockmann unterlegen zu fühlen. Die Sicherheit und Selbstverständlichkeit, mit der er seine Auffassung vertrat. Im Buch wie im Leben. Klar und eindeutig. Vielleicht eine weitere Lüge – aber souverän vorgetragen. Er selbst konnte nicht mal das. *Woran glaubst du?* Egal, wie oft er das Flüstern vernahm, er wusste keine Antwort.

In die Stille hinein schrillte das Telefon.

»Hallo, Kleiner. Lust auf ein Bier?«

Ausgegrübelt. Automatisch musste Mischa lächeln. Jörg – das bedeutete Frohsinn, Übermut, Freundschaft.

»Kannst du vorbeikommen und welches mitbringen? Bin nicht in der Stimmung, wegzugehen.«

»Ist was?«

»Nein, nichts.« Jörg wusste noch nichts von dem durchkotzten Wochenende. »Doch. Nein. Später.«

»Wow, so genau wollte ich es gar nicht wissen. Mach dich locker, Mann. Die Nacht ist lang. Wir kriegen das wieder hin. Was auch immer es ist!«

* * *

Die Lichter der Häuser auf der anderen Seite des Ufers warfen in der Dunkelheit glitzernde Reflexe auf den Fluss. Die Nähe zum Wasser erweckte den Anschein von Leichtigkeit, versetzte schnell in Urlaubsstimmung. Heute jedoch fühlte Alexandra sich unwohl seit sie Tobias' Wohnung betreten hatte. Ihre heimlichen Nachforschungen belasteten sie, errichteten eine unsichtbare Barriere, die auch der Sex mit ihm nicht hatte beseitigen können. Aber sie war nicht bereit, einfach aufzugeben. Ihn aufzugeben. Die Situation ließ sich retten, wenn er mitspielte. Freiwillig gab, was er bisher verweigerte.

Sie drehte dem Fenster den Rücken und beobachtete, wie er zwei Gläser mit Wein füllte und auf dem Tisch neben dem Schachbrett abstellte. Abwartend schaute er sie an und sie schlenderte näher, spielerisch langsam.

»Erzähl mir mehr. Von dir«, bat sie leise. »Was hast du früher gemacht? Bevor du geschrieben hast.« Sie schmiegte sich an, schnurrend und schmeichelnd wie eine Katze, lauschte auf seinen Herzschlag. »Du bist doch hier in Frankfurt aufgewachsen. Warum bist du weggegangen, warum wiedergekommen?«

Er schob sie ein Stück von sich.

»Hast du dich nicht vor Kurzem über die neugierigen Pressefritzen beschwert? Und jetzt löcherst du mich.«

»Das ist was anderes. Ich dachte wir«, sie stockte. Gab es dieses Wir überhaupt? Sie versuchte einen neuen Anlauf. »Du sprichst nur über die jüngere Vergangenheit und gerne über die Zukunft. Du sprichst über dich als Autor. Was mich aber viel mehr interessiert, ist der Mensch Tobias Stockmann.«

»Der Mensch. Menschen sind unvollkommene Wesen.«

»So ist das nun mal. Ich bin auch ein Mensch.«

Er reagierte nicht, rückte nebenbei eine der Schachfiguren zurecht. Schwarzer Läufer in Schlagdistanz zu einem weißen Bauern. Alexandra ließ nicht locker.

»Die Presse hat nie über deine Kindheit geschrieben. Woran liegt das? Ich meine, bei jedem Null-acht-fünfzehn-Promi drucken sie Babyfotos ab und berichten banale Begebenheiten, die irgendein Schulkamerad ausplaudert.«

Sein Kopf schnellte nach oben. »Welcher Schulkamerad?«

»Irgendeiner findet sich immer. Aber bei dir nicht. Es müsste doch genügend alte Bekannte geben, die scharf darauf sind, ins Rampenlicht zu treten und ein paar Euro zu kassieren.«

»Ich war vermutlich ein langweiliger Schüler, an den sich niemand mehr erinnern kann. Einer von den farblosen Strebern, die keinen bleibenden Eindruck hinterlassen.«

»Du? Nie im Leben!«

»Na gut, Frau Kommissarin. Denken Sie nach, lassen Sie ihre kriminalistischen Fähigkeiten spielen. Wieso spricht keiner über mich?« Er packte sie, zog ihr Gesicht dicht vor seines, dann biss er ihr in die Unterlippe. »Warum nur?«, flüsterte er.

»Sie fürchten sich vor dir.« Plötzlich war es ganz klar. »Sie haben Angst, dir in die Quere zu geraten, deinen Zorn auf sich zu ziehen. Du warst ein unbequemer Mensch.«

»Mensch – schon wieder dieses Wort! Und wieso war? Bin ich es jetzt nicht mehr?«

»Nicht für mich.« Seine undurchschaubare Aggression erregte sie nach wie vor. »Ich finde dich nicht unbequem. Schwierig vielleicht, aber spannend. Unglaublich spannend. Mehr noch als dein Buch. Und alles, was ich versuche, ist, herauszufinden, wo die Unterschiede sind. Wo das Buch aufhört und du anfängst. Du versuchst das zu verwischen, du spielst damit, aber ich will die Spuren wieder aufdecken. Für mich. Nur für mich. Ich will dich finden, hinter all dem Versteckspiel. Sprich mit mir!«

»Du machst einen Fehler Alexandra. Suche nicht nach mir. Sonst begibst du dich wirklich in Gefahr.«

»Bin ich das nicht schon?«

Er betrachtete ihr Gesicht, ohne eine Emotion zu zeigen.

»Wie groß die Gefahr ist, liegt bei dir. Wir alle haben eine Vergangenheit, und solange wir nicht tot sind, haben wir auch alle eine Zukunft. Deine Zukunft ist noch offen.«

Alexandra hob sich auf die Zehenspitzen und berührte flüchtig seine Lippen. »Wenn du wieder nicht über die Vergangenheit sprechen willst, sprichst du dann mit mir über das Geheimnis in deinem Buch? Wieso ist es so geworden? Wieso hast du die Geschichte aus Sicht des Mörders geschrieben? Ist das nicht schwierig?«

»Nein. Für mich nicht.« Er zog sie zu sich, Hüfte an Hüfte. »Es macht die Geschichte authentischer.«

»Du kannst dich wirklich in einen Mörder hineinversetzen?«

Seine Hände suchten ihren Körper, und sie fühlte seine Lippen, weich an ihrem Hals.

»Tun das Profiler nicht auch? Rhetorische Frage, bemüh dich nicht um eine Antwort. Ich weiß, wie ein Mörder denkt, denn ich bin ich ein Mörder – so steht es geschrieben, schwarz auf weiß. Die meisten meiner Leser glauben inzwischen mit absoluter Sicherheit daran. Du immer noch nicht?«

Sie saugte an seinem Ohrläppchen, ehe sie antwortete.

»Bin mir nicht sicher. Oh, jetzt weiß ich es, Sympathie! Durch die Ich-Perspektive fühlt man sich dem Mörder näher, es schafft eine intensivere Verbindung, wenn man in seine Gedanken einbezogen wird. Man soll ihn sympathisch finden, trotz seiner abstoßenden Grausamkeit. So wie in dem Buch ›Das Parfüm‹. Der Typ ist irre, aber eigentlich fehlt ihm doch nur Liebe. Darum findet man ihn nicht nur schrecklich, sondern bedauernswert und gewinnt ihn trotz allem gern.«

Abrupt ließ er sie los. »Völlig falsch. Das war nie meine Absicht. Sympathie ist irrelevant. Ein bemitleidenswerter Irrer auf der Suche nach Anerkennung? Wie banal, Alexandra. Hochachtung vor der

Perfektion soll den Leser erfassen! Was du für Grausamkeit hältst, ist nichts weiter als konsequent umgesetzter Nihilismus.«

Unsicher streckte sie die Hand nach ihm aus und hakte einen Finger in seine Gürtelschlaufe ein.

»Ich weiß nicht recht.«

In seinen Augen brannte die gleiche Leidenschaft wie bei seiner Ausführung über Luzifer, den verstoßenen Engel.

»Aber ich weiß! Es steckt in uns allen. Der Drang zu töten. Der Wunsch, es einfach zu tun, ohne über Konsequenzen nachzudenken. Nur um zu spüren, wie es ist, wenn man einem anderen das Leben nimmt. Das auszuleben ist meine Freiheit. Absolut losgelöst zu sein von jedem Zwang. Und das ist es, was die Leser fesselt. Auch dich – gib es ruhig zu. Es jagt dir Schauer über den Rücken. Wohliges Entzücken, lesen zu dürfen, wonach es dich verlangt, und was du selbst dich doch nicht wagen würdest.«

»Wie bitte?« Verblüfft ließ sie ihn los und zog sich einen Schritt zurück.

»Was dich abstößt, sind nicht die Morde. Es ist die Perfektion! In dem Punkt sind sich alle Menschen gleich. Bedauerlicherweise. Und niemand ist ehrlich genug, es zuzugeben. Ich gebe dir ein Beispiel und mache es dir leicht, mir zu folgen. Sieh dich an. Du bist eine gut aussehende Frau. Nicht schön, aber interessant. Ich weiß, ich weiß: *Im Deutschen lügt man, wenn man höflich ist*, und wenn man Goethe folgen will. Aber jetzt und hier ist kein Platz für unaufrichtige Schmeicheleien. Du kannst zufrieden mit dir sein. Aber bist du das? Was empfindest du, wenn du in einer Zeitschrift ein Model siehst? Unterschwelligen, verdrängten Hass. Neid. Wegen ihrer Perfektion, die dir fehlt. Tröste dich, auch jedes Model verbirgt irgendwo einen Fehler. Niemand ist wirklich perfekt. Außer mir, genau genommen!«

Er lachte dieses merkwürdige Lachen, bei dem sie sich zu fragen begann, ob es wirklich selbstironisch war.

»Der makelbehaftete Mensch fürchtet den Makellosen. Führt er ihm doch die eigene Schwäche und Unzulänglichkeit vor Augen!

Ergo flüchtest du in die Schutzbehauptung von Grausamkeit, weil du die Virtuosität des Mörders nicht besitzt.«

Er war ihr fremd. Beängstigend. Beängstigend vor allem seine Theorie, weil sie den Funken Wahrheit darin erkannte.

»Du erwartest also reine Bewunderung für deinen Mörder?«

»Absolut! Er ist ein Genie. Wenn du das nicht siehst, hast du rein gar nichts verstanden!«

»Nein. Vielleicht habe ich das nicht. Aber ich sehe, wie du dich veränderst. Du wirst deiner Romanfigur immer ähnlicher. Du sprichst wie er, du gibst vor, wie er zu denken, du machst seine Einstellung zu deiner Einstellung. Das macht mir Angst, Tobias!«

»Du hast Angst vor mir? Vielleicht, weil du endlich anfängst, mein wahres Wesen zu sehen?«

»Nicht vor dir, sondern um dich! Du bedeutest mir viel, sehr viel – weißt du das immer noch nicht? Und ja, ich bewundere das Genie in dir. Aber nicht das Genie in deinem Mörder. Du musst das unterscheiden.«

»Es gibt keinen Unterschied. Er ist ein Teil von mir! Ich habe ihn geschaffen. Er ist mein Werk. Ich bestimme seine Handlung, denke seine Gedanken. Wir sind eins.«

»Ich bin der Herr über Leben und Tod? Ist es das – der Kick, Gott zu spielen? Das geht im Roman, aber das ist doch nicht das Leben.«

Er hob langsam das Glas zum Mund, den Blick fest auf ihr Gesicht geheftet, leerte es in einem Zug, ehe er antwortete.

»Oh doch, genau das ist es!«

»Ich erkenne dich kaum wieder, Tobias. Was ist mit dir passiert? Wenn du das nicht mehr unterscheiden kannst, lebst du irgendwo zwischen Realitätsverlust und Größenwahn!«

Der Spott in seinen Augen schmerzte mehr als alles andere.

»Größenwahn, ja? Es ist die geistige Größe, die dir offenbar fehlt. Wie konnte ich das auch erwarten. Es ist Zeit für dich, zu gehen.« Mit einer wegwerfenden Handbewegung wies er ihr die Tür. »Du bist zu klein für mich und wirst dich nie über deine Grenzen erheben! Jetzt ist deine Zukunft geschrieben. Jetzt. Verschwinde, Bulle.«

Mittwoch, 07. November

Das Blatt flatterte auf den Schreibtisch. Fast schon beiläufig, nebensächlich.

»Vermisstensache, übernimm du das. Persönlich.«

Paula Winkler überflog die Daten.

»Junge, sechzehn Jahre alt. Markus Neumaier.« Überrascht senkte sie das Blatt. »Dein Markus?«

Am anderen Ende des Raumes blieb Conrad Neumaier kurz vor der Tür stehen, wühlte in einem mitgebrachten Ordner.

»Hmhm«, brummte er.

»Hier steht, er ist seit Freitagabend nicht mehr gesehen worden.« Er reagierte nicht. »Freitag. Heute ist Mittwoch!«

»Was willst du von mir, Paula? Alles, was du wissen musst, steht da drauf! Verschwunden nach einem Streit mit dem Vater. Er ist sechzehn, verdammt noch mal! Vielleicht ist er bei seiner Freundin, aber ich weiß nicht mal, ob er eine hat.«

Sein Kopf nahm eine gefährlich dunkle Verfärbung an. Die dicken Finger zerrten am Hemdkragen.

»Mach das diskret, Paula. Das muss nicht jeder im Team mitkriegen. Wir haben immer noch diese Mordsache am Hals.«

»Schon gut Conrad. Schon gut. Ich mach das, wir finden ihn.«

Als er mit dem Ordner im Arm zur Tür hinausstürzte, nahm sie gerade noch wahr, wie seine wasserblauen Augen ins Schwimmen gerieten. Kein gutes Zeichen. Sie kramte in ihrer Handtasche. *Ein Königreich für eine Kippe!* Seufzend steckte sie das Objekt ihrer Leidenschaft in den Mund und nuckelte daran. Während sie sich bemühte, ein befriedigendes Gefühl aus der kalten Zigarette zu ziehen, griff sie zum Telefon. Erste Schritte einleiten. Auch wenn das vermutlich nichts brachte.

Auf ihrem Schreibtisch türmte sich die Arbeit. Unerledigtes, das jetzt weiter warten musste. Conrad wusste, dass es zunächst nicht allzu viel gab, was sie tun konnte. Er war ein Profi. Genauso lange im Geschäft wie sie selbst. Irgendwie hatten die Jahre an ihm mehr gezehrt als an ihr. Sicher, es ging um seinen Sohn. Eine besondere Situation. Aber sie konnte den Eindruck nicht verdrängen, dass hinter seinem Verhalten mehr steckte.

Sie klemmte den Hörer zwischen Kinn und Schulter, während das Freizeichen ertönte und sie in die Warteschleife verschoben wurde, dabei las sie die Angaben erneut. Markus war kein Streuner. Nie ausgerissen oder anderweitig auffällig geworden. Dann stutzte sie. Nicht Conrad Neumaier hatte die Vermisstenanzeige aufgegeben, sondern seine Frau.

* * *

Tobias Stockmann liebte die energiegeladene Atmosphäre des Frankfurter Flughafens, die Größe der Hallen, die Helligkeit und die scheinbare Schwerelosigkeit der Metall- und Glaskonstruktion. Menschenmengen. Gesprächsfetzen. Schicksale, die sich begegneten, für einen Augenblick, um dann wieder im Sog der Zeit zu verschwinden. Gesichter, müde und euphorisch, aufgeregt, panisch, entspannt, glücklich und erwartungsvoll. Alle Emotionen auf engstem Raum vereint. Alle Geschichten dieser Welt konzentriert und gesammelt in einem Punkt. Jede einzelne eine Möglichkeit, eine Herausforderung, eine Verheißung. Er musste nur beobachten und auswählen. Denn er besaß die Macht, aus einem belanglosen ein ergreifendes Leben zu machen. Es festzuhalten, zu verändern, zu veredeln, zu beenden.

Die Feder ist mächtiger als das Schwert. Wer hatte das noch mal gesagt? Die Feder befehligt das Wort. Gut, wenn man das Wort wie die Klinge eines Schwertes zu benutzen wusste. Oder das Wort benutzte, um die Klinge zu verbergen? Niemand durfte die Macht des Wortes unterschätzen. *Am Anfang war das Wort und das Wort war bei Gott.* Er lächelte vor sich hin.

Endlich packte der Mann vor ihm seinen Koffer und machte Platz vor dem gelben Automaten. Routiniert berührten seine Finger die richtigen Punkte des Touchscreens.

»Wie lange dauert das?« Er ignorierte die Stimme und das fortwährende Schnüffeln hinter seinem Rücken. Die Kreditkarte verschwand im Schlitz und heraus kam das Ticket. Es dauerte nicht länger als zwei Minuten. Quick-Check-In. Der perfekte Service für Vielflieger. Schnell, anonym, unkompliziert. Keine Ausweiskontrolle. Kein lästiges Anstehen am Flugschalter. Obwohl die Damen meist charmant und seinen Schmeicheleien sehr zugetan waren. Heute stand ihm der Sinn nicht danach. Er drehte sich zu dem nervösen Mann um und hob mit herablassendem Lächeln die Flugkarte in die Höhe.

»Beeindruckend. Nicht wahr?«

Der andere nickte stumm.

»Dann wünsche ich eine gute Reise.«

Eine flüchtige Begegnung. Eine weitere Lebensspur, die sich so schnell in Nichts auflöste, wie sie sich gebildet hatte. Überdeutlich erschien ihm heute jedes Detail.

Es blieb nicht mehr viel Zeit, um an Bord zu gehen. Bald schon musste der letzte Aufruf erfolgen. Gelassen schlenderte Tobias Stockmann in Richtung Flugsteig. Er wollte Alexandra anrufen. Es war an der Zeit, sie um Verzeihung zu bitten.

In seinem Kopf formten sich die passenden Worte. Er wusste, dass sie nicht zu Hause sein konnte. Er hatte es genau geplant. Die Nachricht auf dem Anrufbeantworter zu hinterlassen, sodass sie immer wieder abgehört werden konnte, war viel besser. Keine normale Frau konnte so hartherzig sein, seine Entschuldigung nicht anzunehmen. Seine Stimme klang mühsam beherrscht, flehend und eindringlich.

»Ich bin ein Idiot, Alexandra. Es ist unverzeihlich, was ich gesagt habe, und trotzdem bitte ich dich darum. Mein Buch ist mein Leben, mein Herz hängt daran, da entgleist meine Leidenschaft schon mal. Du weißt, wie ich bin. Perfektionist, auch wenn es darum geht, einen Fehler zu machen. Ich wünschte …« Eine Durchsage unterbrach seinen Satz. »Ich muss gehen, Alexandra. Du hast es gehört. Sie haben schon meinen Namen ausgerufen. Ich hatte so gehofft … Ruf mich an. Bitte!«

***

Paulas Stimmung schwankte. Einerseits war sie gerade angenehm überrascht worden. Andererseits war die Information, die sie erhalten hatte, ausgesprochen unbefriedigend.

Ihr Kollege Sven Eigner rollte mit seinem Schreibtischstuhl herüber und stützte die Ellbogen mitten in ihre Unterlagen.

»Ich habe dir die Antwort weitergeleitet.« Er deutete mit dem Finger auf ihren Bildschirm. »Was machen wir jetzt?«

Paula öffnete die neue E-Mail in ihrem Postfach, obwohl sie den Inhalt bereits kannte. Automatisch griff sie nach der bereits leicht ausgefransten Zigarette, die neben der Tastatur lag. Sie hasste Vermisstensachen wie diese.

Um sich ein genaueres Bild von Markus' Verschwinden machen zu können, hatte sie am Morgen zunächst Irene Neumaier zu Hause besucht. Dabei erfragte sie seine Handynummer und die Bankverbindung. Natürlich ging er nicht ans Telefon, das hatte sie auch nicht erwartet, aber über den Netzbetreiber ließ sich ermitteln, wo und wann er zuletzt eingeloggt gewesen war. Und das war die gute Nachricht, trotz datenschutzrechtlicher Bedenken gab man ihr eine schnelle Auskunft. Allerdings war der letzte Anruf von Markus' Handy bereits am Feitag spätnachmittags getätigt worden. In unmittelbarer Nähe seines Elternhauses. Seither herrschte absolute Funkstille. Es musste nichts bedeuten. Vielleicht war einfach nur der Akku leer.

Die Herrschaften von der Bank stellten sich bei Weitem zickiger an. Dabei wollte sie zunächst nur wissen, ob Markus seit Freitag in irgendeiner Form über sein Konto verfügt oder Daten abgefragt hatte. Vorläufig brauchte sie keine Details. Nur ein Lebenszeichen.

Solange kein Verdacht auf eine Straftat vorlag, waren ihre rechtlichen Möglichkeiten begrenzt. Ein Satz, der ihr im Gespräch mit Irene Neumaier herausgerutscht war. Mütter hörten das normalerweise nicht besonders gern. Sie erwarteten schnelle Resultate und zwar bevor etwas passierte.

In Markus' Fall gab es für sie bisher keinen Grund zu der Annahme, dass er unfreiwillig verschwunden war. Nicht, nach den Details, die sie nun über den Streit kannte. *Mich seht ihr nie wieder*, war eine ziemlich eindeutige Absichtserklärung.

Paula zerbiss die Zigarette und spuckte angewidert Krümel in den Mülleimer. Er war der Sohn eines Kollegen. Nicht, dass sie sich um ein fremdes Kind weniger gesorgt hätte, aber dass sie ihn kannte, veränderte die Situation trotzdem.

Vielleicht lag es auch an Sebastian, der bei ihrem Gespräch mit Irene plötzlich in der Tür gestanden hatte. Starr und mit großen Augen. Bei dem Wort »Vermisstenanzeige« war er wortlos nach draußen gerannt.

Markus war kein kleines Kind mehr. Ein robuster Sechzehnjähriger mit Wut im Bauch konnte inzwischen überall sein. Auf einer Party seine Rebellion feiern. Oder im Drogenrausch tief in der Scheiße sitzen.

Sie hob den Kopf, um endlich auf die Frage zu antworten.

»Schick der Bank ein Fax, Sven. Briefkopf, Stempel drauf, Unterschrift – und blase die Sache ein bisschen auf. Ich weiß, wir haben kein Druckmittel. Mach es trotzdem. Und dann ruf noch mal an, drück auf die Tränendrüse. Der Bursche ist minderjährig und fünf Tage sind eine lange Zeit.«

* * *

Der fremde Mann hatte ihm Geld gegeben. Eine ganze Menge sogar. Und er sollte noch mehr bekommen, wenn er sich genau an die Anweisungen hielt. Darum stellte Ricky Kramer keine Fragen. Wozu auch. Er war frisch geduscht, rasiert und neu eingekleidet. Ein wenig high. Auch dafür hatte der Mann gesorgt. In seiner Tasche steckten ein Ticket, ein paar Pillen und ein Wohnungsschlüssel. Was er zu tun hatte, war denkbar einfach.

***

Mischa stand an der Wohnungstür und starrte Sebastian fassungslos an. »Das ist ein Scherz, oder?«

Sebastian schüttelte den Kopf und zog die Nase hoch.

»Hab es genau gehört. Sie hat ihn vermisst gemeldet.«

Mischa erinnerte sich an Irenes verweinte Augen und an den Streit, den sie erwähnt hatte. Er legte Sebastian die Hand auf die Schulter.

»Komm erst mal rein, setz dich und dann will ich die ganze Geschichte hören.«

Bereitwillig folge Sebastian Mischa, der ihn auf einen Stuhl drückte. Auf dem Herd brodelten Dosenravioli in einem Topf. Mischa schaltete die Platte ab, zog sich den zweiten Stuhl heran und setzte sich direkt vor Sebastian.

»Markus ist also seit Freitag weg? Und du sagst, er war zum Gotcha verabredet. Weiß außer dir jemand davon?«

Wieder schüttelte Sebastian den Kopf.

»Du wirst mir jetzt alles sagen, was dir einfällt. Zu Freitag, zu Markus, zu dem Streit. Egal wie blöd oder belanglos es dir vorkommt. Einfach alles. Klar?«

Sebastian nickte, brachte aber kein Wort heraus.

Obwohl er Markus nicht mal besonders mochte, schien er krank vor Sorge. Aber wenn Markus einfach nur weggelaufen war, gab es dazu keinen besonderen Grund.

»Du hast Angst um deinen Bruder, Basti.« Mischa beugte sich nach vorn und legte die Unterarme auf die Oberschenkel. Er sprach betont leise. »Sag mir warum. Und warum du nicht früher zu mir gekommen bist.«

»Papa hat gesagt«, begann Sebastian stockend. »Dass Markus nur seinetwegen weg ist und dass er vorher gesagt hat, dass er abhaut. Und dass ich dich nicht dauernd *belästigen* soll.« Er wischte sich mit dem Handrücken über die Nase und zuckte die Schultern. »War mir echt egal. Weil du gesagt hast, ich kann immer kommen und darum wollte ich eigentlich doch, aber …«

»Aber?« Vom Herd stieg Mischa ein leicht brenzliger Geruch in die Nase. Er hätte den Topf gleich beiseite ziehen sollen. Was von den angebrannten Ravioli noch zu retten war, konnte er später entscheiden. Geduldig blieb er sitzen und wartete, bis Sebastian weitersprach. *Dieser* Brand bedurfte jetzt seiner ganzen Aufmerksamkeit.

»Aber ich will nicht, dass du denkst, ich spinne! Markus hat ihn nie gesehen, deshalb weiß ich nicht, ob das nicht völliger Quatsch ist. Da war doch dieser Mann, der mich am Präsidium angesprochen hat.«

»Der Jogger mit dem Kapuzenpullover?« Mischa spürte ein unangenehmes Kribbeln auf der Kopfhaut.

»Sabrina hat ihn auch gesehen. In der U-Bahn. Und Mama sagt, er war letzte Woche hier vor unserem Haus. Wir sollten Papa Bescheid geben, falls er wieder auftaucht. Er sagt, das war bestimmt nur ein blöder Zufall.«

Mischa schloss sekundenlang die Augen, atmete tief durch und wartete, bis er seine Gesichtszüge wieder sicher unter Kontrolle hatte.

»Und, ist der Typ noch mal aufgetaucht?«

Sebastian schüttelte den Kopf. War das nun ein gutes oder ein schlechtes Zeichen? Unentschlossen blies Mischa die Backen auf und ließ die Luft stoßweise entweichen. Es hatte keinen Sinn, Sebastian noch mehr Angst zu machen.

»Gehen wir mal davon aus, dass dein Vater recht hat und das nur ein Zufall war, okay? Dann ist das Letzte, was wir wissen, dass Markus zum Gotcha verabredet war.«

Sebastian ließ den Kopf hängen, seine Zustimmung konnte Mischa nur ahnen.

»Weißt du, wer die Ermittlungen leitet?«

»Frau Winkler«, nuschelte er unter den zotteligen Haaren hervor. Mischa klopfte ihm aufmunternd aufs Bein.

»Kopf hoch, Basti. Du rufst Frau Winkler jetzt an und erzählst ihr genau das, was du mir erzählt hast. Sie muss das wissen mit dem Spiel. Vielleicht weiß sie es auch schon«, schob er schnell nach. Er wusste, wie wichtig es für Basti war, vor seinem Bruder nicht als Verräter dazustehen. »Aber wir sollten auf Nummer sicher gehen. Wahrscheinlich ist gar nichts passiert. Aber wenn er sich im Wald verletzt hat und sich deshalb nicht meldet, dann müssen wir ihn schnell finden.«

⋆⋆⋆

An der Decke baumelten kitschige Kronleuchter, deren funkelnde Glaselemente sich bei jedem Luftzug drehten. Die Wände zierten Bilder in unterschiedlichen goldenen Rahmen; im Durchgang stand ein Klavier, daneben eine gut gefüllte Kuchentheke: ein Hauch plüschige Nostalgie. So richtig passend erschien Alexandra die Umgebung plötzlich nicht mehr. Auch wenn es die Vergangenheit war, die sie zu entschlüsseln versuchte. Im Café am Liebfrauenberg saß Alexandra in der Ecke am Fenster. Ihr gegenüber Frau Dr. Sophia Hübner-Seefelder, eine schlanke, mittelgroße Frau mit leicht schräg stehenden, grauen Augen. Das weizenblonde Haar fiel in weichen Locken über ihre Schultern und ließ sie jünger aussehen als sie sein konnte. Es hatte Alexandra erstaunt, dass sie einem Treffen sofort zustimmte. Sie selbst war sich nicht schlüssig, was sie damit noch bezweckte. Ihr Verstand sagte ihr, dass sie gut daran täte, Tobias endgültig aus ihrem Leben zu streichen, statt weiter in seiner Vergangenheit zu graben. Ihr Bauchgefühl sagte etwas anderes.

»Die Unzertrennlichen. So haben sie manche genannt. Oder auch die Unerträglichen. Je nachdem ob man sie zum Freund oder zum Feind hatte.«

Auf dem Tisch lag aufgeschlagen das Schuljahrbuch des Abitur-Jahrgangs 1986.

»Tobias, Kai und Dirk. Sie waren eine Herausforderung für jede Lehrkraft. Besonders Tobias. Seine Entwicklung beunruhigte uns. Er war hochintelligent, eigenwillig und sensibel. Unglaublich nachtragend. Seine Theorien verblüfften und bestürzten gleichermaßen. Sowohl inhaltlich als auch durch ihre Präzision. Wenn er jemanden fand, der sich auf eine Grundsatzdiskussion einließ, konnte das Stunden dauern. Das Verrückte war, dass man nie einschätzen konnte, ob der Standpunkt, den er vertrat, tatsächlich seine Meinung widerspiegelte, oder ob es nur die reine Lust am Streitgespräch war, die seine Position bestimmte. Für ihn gab es keine Wahrheit, die ewigen Bestand besaß. Er konnte heute die eine Ansicht und morgen die genau entgegengesetzte vertreten und fand jedes Mal stichhaltige Argumente. Plausibel nachvollziehbar, immer strittig, aber nie wirklich widerlegbar.«

»Genauso umstritten ist sein letztes Buch?« Alexandra versuchte, hinter die verschlossene Fassade zu sehen. Doch ihr Gegenüber fixierte die meiste Zeit einen Punkt an der Wand und vermied den Blick auf das Foto.

»Ja, genauso. Ich habe es gelesen. Alle seine Bücher. Er hatte sich zwischenzeitlich verändert. Aber dieses Buch … Es ist, als gehe er den Weg zurück. Es beunruhigt mich, dass er wieder in Frankfurt ist.«

»Wieso?«

Sophia Hübner-Seefelder hob die Hände, hilflos, fragend, legte sie dann vor den Mund und schüttelte den Kopf. »Ich weiß es nicht. Wirklich nicht. Die Zukunft ist noch offen.«

Alexandra zuckte zusammen. Für sie galt das wohl nicht mehr. *Jetzt ist deine Zukunft geschrieben. Verschwinde, Bulle.* Und dann sein Betteln auf dem Anrufbeantworter. Sie hatte keine Wahl, als mit ihren Nachforschungen weiterzumachen, wenn sie auch nur die geringste Chance haben wollte, ihn zu verstehen. Und gegen jede Vernunft wollte sie das immer noch.

»Macht Ihnen die Vergangenheit Angst?«

»Es ist lange her. Es ist nicht Angst, es ist …«, wieder schüttelte Sophia Hübner-Seefelder den Kopf. »Die meisten Schüler wählen das Fach Religion so schnell ab wie es eben geht. Tobias nicht. Er behielt es bis zum Abitur. Das Kollegium schloss insgeheim Wetten ab, ob sein Lehrer das durchhalten konnte. Er konnte nicht. Ein halbes Jahr vor dem Abitur meldete der Kollege sich krank. Burnout. Den Begriff gab es damals noch nicht, aber das war es wohl. ›Stockmann-Syndrom‹ hieß es im Lehrerzimmer. Er war beängstigend und faszinierend. Ich war gerade erst fertig mit meiner Ausbildung. Ihm gegenüber habe ich pädagogisch versagt und meinen Job schlecht gemacht. Er hat mich mehr als einmal an meine Grenzen gebracht – und darüber hinaus. In mehr als einer Hinsicht.«

»Wie meinen Sie das?«

Frau Dr. Hübner-Seefelder sah Alexandra kurz in die Augen.

»Können Sie sich das nicht denken?« Einen Moment lang schwieg sie und schaute aus dem Fenster. »Es hat mich beinahe meinen Job gekostet.«

»Beinahe?«

»Soll ich es Glück nennen?« Bitterkeit verursachte einen harten Zug um ihren Mund. »Wohl kaum. Er hatte mich in der Hand. Ich habe zu spät erkannt, welchen Preis ich zahlen musste. Für eine Nacht voller Seligkeit. Reine Berechnung. Nicht zu glauben, wie dumm die Liebe macht, nicht wahr?«

Alexandra starrte auf ihre Hände und verschränkte die Finger, um das Zittern zu unterdrücken. Aber Sophia Hübner-Seefelder wusste längst Bescheid.

»Willkommen im Club.« Sie sagte es tonlos, ohne Mitleid, ohne Spott. Dann schenkte sie sich ein weiteres Glas Wasser ein und fuhr mit ihrer Erzählung fort, als ob es sie nicht berührte.

»Die drei hatten große Pläne. Ein Studium, Germanistik, Jura, Medienwissenschaften und dann gemeinsam eine Zeitung gründen. So was wie die Titanic. Nur besser und noch schärfer. Als sie zur Bundeswehr eingezogen wurden, erwartete ich eigentlich eine

Totalverweigerung. Zumindest von Tobias und Kai. Sie waren die treibenden Kräfte. Aber sie gingen einfach hin. Vielleicht, um das System von innen zu unterwandern oder Recherche zu betreiben, Material für die Zukunft zu sammeln. Wer weiß? Danach ging irgendwie alles schief. Tobias brach das Jurastudium ab, begann plötzlich mit Medizin, aber auch nur für wenige Semester. Nebenbei schrieb er für einige Zeitungen, konnte aber keinen Job lange behalten. Zu ungezähmt. Dirk stand immer im Schatten der beiden anderen. Allein war er unauffällig, unscheinbar. Keine Ahnung, was aus ihm wurde. Kai zog das Studium als Einziger durch. Aber er fasste nie richtig Fuß im Leben. Ich traf ihn Jahre später, ganz zufällig, als er zu Besuch hier in Frankfurt war. Ein bissiger und bösartiger Alkoholiker. Es gab wohl schon seit langem keinerlei Kontakte mehr zwischen den Dreien. Auf Tobias war Kai nicht gut zu sprechen. Er nannte ihn einen Verräter. Warum hat er mir nicht gesagt.«

* * *

Die Wohnung befand sich im siebten Stock. Noch nie hatte Ricky Kramer solche Räume betreten. Groß. Weiß. Fast klinisch sauber. Leder, Lack und Chrom. Er wagte kaum, sich hinzusetzen. Fünf Tage. Unbehaglich betrachtete er die Bilder an der Wand. Dann tastete seine Hand nach dem Inhalt der Jackentasche. Das Knistern der Geldscheine beruhigte ihn ein wenig. Es war gutes Geld. Echt. Keine Blüten. Dafür hatte er einen Blick. Die Finger um das Papier gekrallt, ging er in Gedanken seinen Auftrag durch. Nichts aufschreiben, hatte der Mann gesagt. Was nirgendwo geschrieben steht, kann niemand finden. Keine Beweise. Er wollte nicht darüber nachdenken, was das bedeutete. Es ging ihn nichts an. Je weniger er wusste, desto besser.

Der Anrufbeantworter. Nicht ans Telefon gehen, aber regelmäßig die Anrufe abhören. Ganz wichtig. *Hörst du, ganz wichtig!* Seine Augen huschten über die weißen Möbel. Die Hausbar ist links neben der Tür zur Küche. Trink ruhig. Aber erst, wenn du den Auftrag erledigt hast. Seine Zunge befeuchtete die Lippen. Erst, wenn du den Auftrag erledigt hast. Hörst du? Der Mann mit den vielen Scheinen in der Tasche konnte ungemütlich werden. Ganz bestimmt. Schnell schaltete er das Licht ein, die Stereoanlage, drückte auf den blinkenden Knopf neben dem Telefon. Seine Zunge klebte am Gaumen. Den Vorhang beiseite ziehen, das Fenster öffnen, Musik lauter drehen. Er kontrollierte die Liste in seinem Kopf. Nichts vergessen? Ganz sicher nichts vergessen? Seine Hände schwitzten beim Gedanken an die Augen des Mannes. Mach keinen Fehler, hörst du?

* * *

Wütend knallte Paula die Akte auf den Tisch.

»Wieso hast du mir davon nichts erzählt? Bist du irre oder was?« Conrad Neumaier zuckte zusammen. »Irgendjemand schleicht bei dir ums Haus, beobachtet deine Kinder, und du hältst es nicht für nötig, mir das zu sagen, obwohl dein Sohn seit mehr als fünf Tagen verschwunden ist!«

»Meine Frau hat es dir offenbar gesagt.«

»Nein. Das war Sebastian. Was geht bei dir zu Hause vor, Conrad? Ich weiß inzwischen auch, dass Markus an illegalen Gotchaspielen teilnimmt.«

Neumaiers Finger verkrampften sich ineinander.

»Davon wusstest du also auch?« Sein Schweigen bestätigte ihren Verdacht. »Herrgott noch mal, was verheimlichst du denn noch alles? Willst du nicht, dass wir deinen Sohn finden?«

Erst jetzt bewegte Neumaier sich wieder, rieb sich die Augen mit beiden Händen und stöhnte auf.

»Nichts. Nichts sonst. Ich bin ein Idiot Paula, einfach ein Idiot, der nicht wahrhaben wollte, was passiert. Ich bin als Vater ein Versager! Zuerst hat mir Sabrina das klargemacht und dann … Nach dem Streit mit Markus … Ich dachte einfach nur, das ist seine Rache an mir. Verstehst du? Und das glaube ich immer noch. Er verschwindet und das fette, alte Bullenschwein kann ihn nicht finden. Das ist sein Triumph.«

Bitterkeit in seiner Stimme, Resignation in seiner Haltung. Der Schmerz saß tief. Paula Winkler unterdrückte ihr Mitgefühl trotzdem.

»Hoffen wir, dass du recht hast, Conrad. Hoffen wir es.« Das wäre die weitaus angenehmere Lösung des Rätsels.

* * *

Der Mann hinter ihr kam ihr bekannt vor. Wie ein blasses Déjà-vu. Alexandra war sicher, ihn schon einmal gesehen zu haben. Grübelnd riskierte sie einen weiteren Blick über die Schulter. War er schon hinter ihr, seit sie das Café verlassen hatte? Konnte es sein, dass er ihr folgte? Unsinn. Alles nur Einbildung. Sie war mitten in der Stadt, viele Menschen nahmen den gleichen Weg wie sie. Die klassische Shopping-Route über die Zeil. Um abzuschalten, auf andere Gedanken zu kommen.

Reine Zeitverschwendung, das Gespräch mit der Lehrerin. Was hatte es gebracht, außer der Erkenntnis, dass Tobias schon immer ein schwieriger Mensch gewesen war? Ein Rastloser, ein Getriebener, für den keine Wahrheit absolut war. Dass er Menschen benutzte und es auch Freunde in seinem Leben nur auf Zeit gab, war ihr nicht neu.

Im Café war sie zu angespannt gewesen, um etwas zu essen, jetzt brauchte sie dringend einen Kalorienschub. Diesmal nichts Süßes, nichts Versöhnliches. Sie erstand ein fetttriefendes Stück Pizza und hielt Ausschau nach dem Unbekannten. Er war immer noch da, wühlte in seiner Jackentasche nach Kleingeld und machte damit einen Straßenmusiker glücklich. Alexandra schlenderte weiter, verbrannte sich die Zunge am heißen Käse, blieb auf der Hut.

Auch über Tobias' Eltern hatte sie fast nichts erfahren. Dr. Hübner-Seefelder war ihnen nie begegnet. »Ich glaube, sie haben sich nicht besonders gut verstanden. Der Vater war viel unterwegs.

Er ist gestorben. Aber erst einige Jahre nach dem Abitur. Das muss Anfang ’89 gewesen sein.« Es war ihr sichtlich peinlich gewesen, dass sie das so genau wusste. »Ich habe Tobias nie wieder getroffen. Aber ich konnte ihn nicht loslassen. Bis heute.«

War es das, was ihr nun auch bevorstand? Eine lebenslange krankhafte Obsession? Das kam gar nicht in Frage. Alexandra fühlte eine zunehmende Aggressivität. Sie würde sich nicht an ihn verlieren.

Eine der unzähligen Stadttauben kreuzte ihren Weg, brachte sie ins Stolpern. Beinahe hätte sie nach ihr getreten. Dachratten. Lästig und anhänglich, wenn man etwas zu essen dabei hatte. Klebten einem an den Fersen, wie der Kerl, den sie nicht ignorieren konnte. Wenn der nicht bald die Biege machte, würde sie ihn zur Rede stellen. Abrupt blieb sie stehen und schaute scheinbar interessiert in ein Schaufenster. Handtaschen, Schuhe, Accessoires. Sie beobachtete seine Spiegelung in der Scheibe. Er ging vorbei, die Kappe tief in die Stirn gezogen, ohne seinen Schritt zu verlangsamen. Er blieb nicht stehen. Aber sein Arm streifte ihren Rücken und sie zuckte zusammen. Für einen Sekundenbruchteil trafen sich ihre Blicke auf dem Schaufensterglas. Ein farbloser Niemand. Ein kaum merkliches Lächeln auf einem nichtssagenden Allerweltsgesicht. Und ein blaues Kapuzenshirt. Vermutlich war es nur das. Sie atmete langsam ein und wieder aus, ehe sie sich umdrehte und mit den Augen die Zeil in allen Richtungen absuchte. Der Mann war nicht mehr zu sehen.

»Es geht doch nichts über ein kleines bisschen Verfolgungswahn«, murmelte sie kopfschüttelnd und steckte das letzte Stück Pizza in den Mund.

★ ★ ★

Die Matten auf dem Boden federten unter den nackten Füßen. Mischa brauchte dringend eine Ablenkung. Sein Nacken fühlte sich steif an. Die Muskeln verhärtet zu einem brennenden Klumpen. Sebastian hatte mit Paula gesprochen. Es gab nichts, was er im Augenblick in dieser Sache tun konnte.

Aikido war genau das Richtige, um seinen Kopf zu leeren und zur Ruhe zu kommen. Als Andreas Schneider anrief, hatte er sofort zugesagt. Innere Harmonie und Beherrschung auftanken. Er hatte wieder gelesen und noch im Auto wälzte er die Gedanken weiter, konnte nicht abschalten. Dürrenmatts Kommissar sah den Zufall und die Unvollkommenheit des Menschen als Hindernis für das perfekte Verbrechen. Er glaubte, dass man mit Menschen nicht wie mit Schachfiguren operieren könne. Sein Gegenspieler versuchte genau das zu widerlegen. Sah seine Chance in den verworrenen menschlichen Beziehungen, die es unmöglich machen, alle Zusammenhänge zu durchschauen. Wer von beiden hatte recht? Konnte man diese Frage überhaupt eindeutig beantworten?

Im Umkleideraum versuchte Mischa, sich zu sammeln und mit dem Anziehen des Keiko-Gi die passende Geisteshaltung einzunehmen. Er schlüpfte in die weiße, weite Hose, schloss langsam die Jacke mit dem Stoffgürtel.

Ein Schachspiel. Ohne Brett. Gespielt mit lebenden Figuren, denen ihre Rolle zugewiesen, aber nicht mitgeteilt wird. Ausgeliefert und gefangen in einem perfide ausgelegten Netz. Unsichtbar und fein gesponnen.

Er schloss die Augen, atmete tief und bewusst in die Körpermitte und begab sich in die Übungshalle. Der junge Kollege mit den braunen Locken arbeitete seit einem halben Jahr im Revier. Ein Freikletterer, durchtrainiert bis in die Haarspitzen. Feingliedrig, freundlich und still. Genau deshalb trainiert Mischa gerne mit ihm. Auch Fred bot sich gelegentlich an, aber mit ihm buchte man immer auch eine One-Man-Talkshow.

Nach intensivem gemeinsamem Aufwärmen stellten sie sich in Ausgangsposition. Den Regeln entsprechend, verneigten sie sich leicht voreinander. Mischa übernahm die Rolle des Angreifers. Andreas machte sich bereit, die Angriffsenergie aufzunehmen.

Der Kommissar benutzte einen Mann, um den anderen zur Strecke zu bringen. Eine Vorgehensweise, die dem Prinzip des Aikido völlig widersprach. Mischas symbolischer Schlag mit der rechten Handkante gegen die linke Kopfseite traf ins Leere. Ein einfacher Ausweichschritt mit folgender Gegenbewegung. Andreas fing die Attacke geschmeidig ab. Ein gezielter leichter Stoß. Unsanft landete Mischa auf dem Rücken. Seine Energie war nur zu einem Bruchteil in den Angriff geflossen.

Abermals nahmen sie ihre Positionen ein. Verneigung. Anspannung. Mischa versuchte einen Haltegriff, mit beiden Händen an Andreas' Ellbogen, dem dieser sich entziehen sollte.

Der Kommissar spielt falsch …

Mühelos brachte Andreas ihn aus dem Gleichgewicht und setzte den Hebel an. Wieder sah Mischa den Hallenboden unerwartet vor sich.

»Du bist unaufmerksam, was ist los?«

Mischa schüttelte sich verwirrt. »Nichts.«

Angreifer und Verteidiger bildeten beim Aikido ein Team, umsichtig und aufrichtig. Doch in Mischas Kopf war nur Platz für den gnadenlosen Angreifer, den unerbittlichen Schachspieler Dürenmatts. Genauso war auch Stockmann bereit zum skrupellosen Bauernopfer.

Nach dem dritten ungebremsten Aufschlag weigerte Andreas sich weiterzumachen. Erst als er sich anschickte, das Training ganz abzurechen, kam Mischa zur Besinnung.

»Warte! Tut mir leid. Ich war wirklich nicht konzentriert. Ich krieg das in den Griff, versprochen.« Skeptisch machte Andreas kehrt. »Gib mir ein paar Sekunden, mich zu sammeln. Dann tauschen wir die Rollen.«

Mit äußerster Willenskraft blockte Mischa alle weiteren Gedankengänge ab. Fixierte seinen Blick auf die weiße Hallenwand, bündelte seine Aufmerksamkeit. Er verspürte keine Lust, noch einmal das Gummiaroma der Matte einzuatmen. Die Verteidigung glückte ihm besser. Am Ende war auch Andreas wieder zufrieden mit dem Trainingsverlauf. Mit einer letzten Verbeugung bedankte Mischa sich und sie beendeten die Übung. Ordentlich faltete er den Anzug und verstaute ihn in der Sporttasche. Ein guter Weg. Mit einem gleichwertigen Partner.

Ein Kampf ohne Opfer. Besser als Schach. Dabei blieb am Ende immer nur ein König stehen. Die Frage war, wie viele Figuren vorher fallen mussten. Und welche. Eine beunruhigende Frage.

* * *

Er kauerte sich vor dem Jungen auf den Betonboden und löschte die Lampe. Lange konnte er ihn nicht mehr hier drinnen lassen. Die Luft wurde stickig, sauerstoffarm, angefüllt mit Angstschweiß und Uringeruch. Aber er konnte die Tür nicht offenlassen, wenn er ihn besuchte. Zu groß war die Gefahr, dass eines der Kinder vom Spielplatz herübergelaufen kam. Dann war die Mutter nicht weit. Immer nur wenige Schritte entfernt von den Kleinen.

»Ich werde dir etwas erzählen. Wie es ist, wenn sie dich wirklich kriegen. Wenn ihre Waffen nicht mit Farbpatronen schießen. Wie es ist, wirklich Angst zu haben.« Stille.

»Du sollst wissen, wie es ist, wenn plötzlich jemand hinter dir auftaucht, den du nicht erwartet hast.«

Unvermittelt drückte er dem Jungen den kalten Griff der Taschenlampe in den Nacken.

»Du spürst die Mündung der Pistole.«

Der Junge schluchzte.

»Knie nieder!«, brüllte er, um dann zu schweigen. Minutenlang. Nichts als Stille. Nur das Wimmern war zu hören.

»Du fürchtest dich.« Ein sanftes Flüstern, nah am Ohr des Jungen, warmer Atem. »Ja. Ich weiß. Aber nicht so, wie ich mich gefürchtet habe. Ich werde dir nichts tun. Ich habe keine Waffe in meiner Hand. Du musst keine Angst haben, denn ich habe dich gerettet! Du hast es warm hier drin. Du musst nicht frieren.«

Er strich sacht über die Haare des Jungen. Zitternd und tröstend. Er hatte Essen mitgebracht und frisches Wasser. Für später.

Zuerst musste er ihm die Augen öffnen. Es gab Wichtigeres, als den sterblichen Körper zu erhalten.

»Bald wird es so weit sein! Dann kommt *Er* zu mir. Deinetwegen. Ich warte schon so lange. Vielleicht macht *Er* auch dich zu etwas Besonderem und befreit dich von der Angst. Ein für alle mal. Ich kenne *Seinen* Plan nicht, aber wir sind ein Teil davon. Das hast du mir zu verdanken!«

Er war so stolz auf sich. Die Hand streichelte weiter.

»Ich werde dir von *Ihm* erzählen. Dann wirst du verstehen. Ich bin *Sein* Schüler und *Er* ist der Meister.«

* * *

Beruhigend legte Paula Winkler die Hand auf Irene Neumaiers Arm. Im ersten Stock des Reihenhauses standen sie nebeneinander auf dem Flur vor Markus' Zimmer. Die Herbstsonne warf ein warmes Licht auf den Parkettboden, aber ihre Kraft ließ bereits spürbar nach.

»Ich lasse Ihnen Sven und Hassan hier, die nehmen sich jetzt Markus' Computer vor. Vertrauen Sie uns, wir finden ihn.«

Die jungen Beamten saßen in Markus' Zimmer. Auf seinem Stuhl, an seinem Schreibtisch.

»Sie durchforsten seine Daten, versuchen seine Spur im Internet aufzuspüren und herauszufinden, mit wem er Kontakt hatte in irgendwelchen Chat-Rooms.«

»Wozu?« Irenes verzagte Stimme kippte ins Schrille. »Wozu? Er ist da draußen, in der realen Welt!«

Wie oft hatte sie sich das gewünscht. Dass er am echten Leben teilnahm, statt in seinem Zimmer zu sitzen. Und jetzt? Sie hätte alles gegeben, ihn dort zu sehen. Auf diesem Stuhl am Computer. Nicht diese fremden Männer.

»Sebastian hat uns einen Hinweis gegeben. Markus war am Freitagabend verabredet. Er wusste nicht, mit wem, aber es war eine Internetbekanntschaft. Es ist eine Chance. Wenn er bei dem Treffen war …« Paula hob die Schultern. »Vielleicht ist das der Freund oder die Freundin, die uns in der Rechnung fehlt. Und er ist dort, kerngesund und munter.«

»Nein.« Irenes verquollene Augen schauten durch sie hindurch. »Da drin«, sie deutete auf den Computer, »sind keine Freunde.«

Dann drehte sie sich auf dem Absatz um und verschwand im Badezimmer.

Paula strubbelte sich mit beiden Händen durch die kurzen, rot gefärbten Haare. Mal wieder die typische Reaktion einer Mutter, die nicht wahrhaben wollte, dass ihr Kind einen Weg eingeschlagen hatte, auf dem sie weder schritthalten konnte, noch wusste, in welche Richtung er führte. Als ob der Computer alleine der Kern des Problems sei. Der klassische Generationenkonflikt – und Kommunikation eine unterschätzte Kunst. Sie kramte eine Schachtel Zigaretten aus der Jackentasche, hielt sie sich unter die Nase und sog gierig den Tabakgeruch ein. In diesem Haus war nicht daran zu denken, sich eine anzuzünden. Aber der Geruch beruhigte ihre Nerven. Die Hinweise bisher waren mehr als dürftig und die Familie hüllte sich in dezentes Schweigen, bis man ihnen die Zähne mit Gewalt auseinanderzerrte. Ohne Mischas Hilfe hätte vermutlich auch Sebastian weiter über die Verabredung im Wald geschwiegen. Ermittlungen im Umfeld eines Kollegen gestalteten sich oft besonders schwierig. Sie kannte das schon. Das machte es aber nicht besser. Im Gegenteil. Dass ausgerechnet Conrad Neumaier sich so dämlich und hinderlich anstellte, wollte ihr einfach nicht in den Schädel. Sie hoffte auf Sven und Hassan, die bisher noch jeden Computer geknackt hatten. Der hier gehörte schließlich nicht Bill Gates. Konnte also keine unlösbare Aufgabe sein. Außerdem war es fraglich, ob Markus wusste, wie man seine Fußspuren im Netz wieder verschwinden lassen konnte. Oder ob er sich überhaupt darüber Gedanken gemacht hatte.

Donnerstag, 08. November

Früher als sonst erschien Alexandra auf der Dienststelle. Zu Hause konnte sie nicht aufhören, an Tobias zu denken, an seine Lehrerin, seine Vergangenheit, die er so sorgsam versteckte, und an ihre völlige irrationale Sehnsucht nach ihm. Aber auch hier war es nicht leicht, sich abzulenken. Die Kollegen der Nachtschicht tippten übermüdet ihre Berichte zu Ende oder befanden sind noch irgendwo draußen in der Stadt. Keiner da, mit dem sie hätte reden können. Also warf sie Jacke, Mütze und Rucksack in eine Ecke und marschierte in die Küche. Sie wusste genau, dass Ralf Steinbrück sie deswegen tadeln würde, aber das war ihr egal. Die Sachen waren dazu gemacht, etwas auszuhalten. Strapazierfähig und belastbar, genau wie sie selbst, gemacht für diesen Job. Sie holte Milch aus dem Kühlschrank und knallte die Tür heftiger zu als beabsichtigt. Ja, sie war gemacht für diesen Job. Diesen einen, etwas anderes hatte sie nie gewollt. War es verrückt, diese Arbeit zu lieben? War es verrückt daran zu glauben, dass man da Anteil an einer guten Sache hatte? Sie kippte den letzten Rest Kaffee aus der Kanne in ihre Tasse, warf dann den alten Filter in den Müll und befüllte die Kaffeemaschine neu. War sie wirklich verrückt, weil es ihr Spaß machte, jeden Tag wieder rauszugehen, sich neuen Anforderungen zu stellen und nie zu wissen, was kommen würde – Gefahr oder Langeweile? Wenn es so war, dann war sie gerne verrückt. Das war ihr Leben. Trotz der Momente voll Frustration und Wut. Meistens überwog dieses verrückte Gefühl, doch etwas bewegen zu können. Als Bulle. Als kleiner Bulle, der gar nicht hoch hinaus wollte. Besser sein als andere, überlegen. Wieso konnte er das nicht verstehen? Wieso, zum Teufel, wollte er sie anders haben als sie war?

»Ich muss mit dir reden.«

Alexandra zuckte zusammen, als Mischa sie plötzlich von hinten ansprach. Sein Gesicht wirkte ernst und er schloss die Tür.

»Wo ist Stockmann?«

»Was willst du von ihm?« Automatisch ging sie in Verteidigungsposition. Hörte sie einen vorwurfsvollen Unterton in seiner Stimme?

»Fragen stellen. Wegen Markus.«

Mischa hob den Deckel der Kaffeemaschine an, aber Alexandra fuhr dazwischen, knallte ihn wieder zu und stellte sich in den Weg.

»Ich bin nicht zu blöd zum Kaffeekochen. Aber von dem, was du sagst, versteh ich kein Wort. Was ist los?«

Auf den wenigen Quadratmetern war es schwierig, auf und ab zu laufen, aber Mischa blieb dennoch in Bewegung.

»Markus Neumaier ist weg. Spurlos verschwunden seit Freitag. Das ist los. Und das ist sein Werk. Unter Garantie.«

»Davon wusste ich gar nichts!« Siedendheiß fiel ihr ein, dass sie seit Tagen nicht mit ihren Eltern telefoniert hatte, auch nicht mit Conrad oder Irene. Nicht einmal mit Silke. »Aber was hat Tobias damit zu tun?«

»Stockmann hat eine Rechnung offen, mit Conrad Neumaier. Irgendetwas ist zwischen den beiden vorgefallen. Sie hassen einander mehr als die Pest, das dürfte auch dir nicht entgangen sein.«

Alexandras Hand krampfte sich um den Kaffeebecher, für diesen anzüglichen Hinweis hätte sie ihn würgen können. Seinem Gedanken konnte sie aber immer noch nicht folgen.

»Und darum glaubst du, Tobias hat Markus umgebracht?«

»Was? Nein! Neumaier und Markus haben sich gestritten, dann ist Markus durchgebrannt. Ist nur so ein Gefühl, dass Stockmann …«

»Ein Gefühl? Du erhebst wilde Anschuldigungen, weil du *so ein Gefühl* hast? Bist du noch ganz bei Trost? Und jetzt bleib endlich stehen, verdammt noch mal, du machst mich ganz nervös!«

Mischa lehnte sich gegen die Tür und steckte die Hände in die Hosentaschen. Es war nicht schwer zu erkennen, dass er sich zur Ruhe zwingen musste.

»Hör zu, Alexandra. Ich will gar nicht sagen, dass Stockmann was verbrochen hat. Es kann sein, dass Markus freiwillig bei ihm ist.

Gemeinsame Sache, um Conrad Neumaier zu … ich weiß nicht … quälen, verunsichern, demütigen? Das ist es doch, was Stockmann besonders gerne macht. Genau das Richtige für einen zornigen Pubertierenden. Alle behaupten, Stockmann sei charismatisch. Warum soll er nicht auf Markus genauso wirken.«

Für einen Augenblick überdachte Alexandra die Möglichkeit, verwarf sie dann aber wieder.

»Kennen sie einander überhaupt?«

»Nicht auszuschließen.« Mischa sah aus, als wolle er noch mehr sagen, unterließ es dann aber.

»Das ist zu wenig. Du verrennst dich, Mischa. Er kann damit nichts zu tun haben. Er ist wieder in München.«

»Sicher? Seit wann?«

»Seit gestern Vormittag. Er hat mich zweimal angerufen, vom Flughafen und später aus dem Taxi.« *Aber ich rede nicht mehr mit ihm. Ich will auch nicht über ihn reden, und dich geht das nichts an.* »Hast nicht du versucht, mir beizubringen, dass man Privates und Dienstliches nicht miteinander vermischen darf? Genau das machst du jetzt!«

»Das ist nichts Privates.«

Höhnisch lachte sie auf. »Und ob! Seit der Lesung suchst du einen Grund, gegen ihn vorzugehen. Aber du findest nichts! Markus ist seit Freitag weg, sagst du? Darf ich dich daran erinnern, dass wir Tobias am Freitagabend getroffen haben. Er kann schlecht gleichzeitig dich vergiftet und Markus entführt haben.«

»Nacheinander.«

»Quatsch. Er war schon Samstagmorgen in Hamburg. Du glaubst doch wohl nicht, dass er Markus mitgenommen hat? Gemeinsame Deutschlandreise, oder was? Hast du irgendwelche konkreten Anzeichen für eine Verbindung?«

»Nein, aber …«

»Erst der Mord auf dem Eisernen Steg, jetzt das! Du machst dich lächerlich – ohne Beweise.«

»Aber es gibt eine Verbindung zu Neumaier und du weißt, dass er in dem Buch auch ein Kind tötet.«

Verblüfft schaute sie ihn an. »Willst ausgerechnet du dich auf ein Buch als Beweismittel für seine Bösartigkeit berufen?«

Mischa ballte die Hände in den Hosentaschen zu Fäusten. Er hätte es Alexandra sagen können. Vielleicht sogar müssen. Jetzt. Dass er das Buch kannte. Dass er nachforschte. Aber er tat es nicht. Er wusste, dass sie in ihrem Zorn darin nur einen weiteren Beweis für seine Einmischung in ihr Leben gesehen hätte.

»Ich kann dir sagen, worum es hier geht! Nicht um Markus, sondern um dich und um deine gekränkte Eitelkeit. Und auch wenn du so tust, als ob du ihm das nicht zutraust, ist der Punkt, der dich wütend macht, nämlich ganz einfach der, dass du ihm die Sache mit deiner Vergiftung …«, sie brach ab und biss sich auf die Lippe.

»Dass ich sie ihm nicht nachweisen konnte? Darf ich dich erinnern, dass du ihm sofort den Laufpass gegeben hättest, wenn ich nicht …«

»Oh ja, soll ich dir jetzt dankbar sein, oder was?« Alexandra machte einen schnellen Schritt auf ihn zu. »Weil du großzügigerweise davon abgesehen hast, die Spur weiterzuverfolgen? Manchmal frage ich mich, warum!«

»Du meinst, ich will ihm nur was anhängen? Fehlt nur noch, dass du glaubst, ich hätte mir selbst Gift in den Cocktail gemixt!«

Wütend fuhr sie ihn an. »Und? Hast du?«

Von draußen wurde die Klinke heruntergedrückt, gleichzeitig klopfte es.

»Mischa? Alexandra?«

Mischa stieß sich mit dem Fuß von der Tür ab und öffnete.

»Ach, hier seid ihr!« Fred grinste und runzelte dann die Stirn. »Oh-oh – dicke Luft? Die muss warten, Leute. Wir haben einen Einsatz. Prügelei im Puff, alle verfügbaren Kräfte sind angefordert. Ist mir zwar ein Rätsel so früh am Morgen, aber …« Er schaute noch einmal von einem zum anderen. Keiner reagierte. »Sofort, ja? Schlichten – nicht mitmachen.«

Fred verschwand erst, als Mischa geistesabwesend nickte. Alexandra starrte ihn weiter an, dann schlug sie die Augen nieder und schüttelte stöhnend den Kopf.

»Scheiße, Mann. Ich kann nicht glauben, dass ich das gefragt habe. Das war idiotisch. Mischa, das habe ich nicht so gemeint!«

»Doch, das hast du«, seine Stimme krächzte, rau und leise. »Das hast du. Er hat gewonnen. Stockmann kriegt immer, was er will. Und wenn er geht, hinterlässt er nur Trümmer.«

* * *

Es war fast zu einfach. Robert Wagner blickte verblüfft auf den Eintrag im Telefonbuch. Daneben eine Frankfurter Adresse, in unmittelbarer Nähe des Präsidiums. Da stand der Name, den er suchte, nun ja, fast. Dirk Heppner konnte er nirgendwo aufspüren. Nicht im Raum Detmold, wo er gedient hatte, und auch nicht in Frankfurt, wo seine DNA gefunden worden war. In keinem Melderegister war er in den letzten zehn Jahren verzeichnet. Aber hier stand der Name seiner Mutter.

Der Mann machte es ihm wirklich nicht leicht. Geboren war er als Dirk Langendorf, in einer kleinen Gemeinde im Ried. Auch dies eine Information, die ihm erst seit Kurzem vorlag. Es wäre alles so viel einfacher gewesen, wenn man sie nicht nur mit Häppchen, sondern mit der ganzen Bundeswehrakte gefüttert hätte. So stocherte er blind drauflos, in einer Vergangenheit, die es so gar nicht gegeben hatte. Und auch in einer Gegenwart, deren Existenz ihm fragwürdig erschien. Dazwischen klaffte eine große Lücke, in der möglicherweise die Lösung steckte. Sicher war auch das nicht. Soweit er nachvollziehen konnte, hatten sich die Wege von Dirk Heppner und dem Mordopfer Martin Hirschberger nie gekreuzt; ebenso verhielt es sich mit Tobias Stockmann. Ob das auch für Dirk Langendorf galt, musste er erst noch rekonstruieren. Mit der Bundeswehr wollte er sich deshalb nicht noch einmal auseinandersetzen. Also brauchte er Auszüge aus dem Personenstandsregister und Daten aus dem Einwohnermeldeamt. Oder eine Auskunft von Dirks Mutter, was vermutlich wesentlich schneller ging.

Die Wahrscheinlichkeit, dass er den Gesuchten unter ihrer Adresse persönlich antraf, schätzte er als gering ein. Außerdem konnte es immer noch eine Sackgasse sein, eine zufällige Namensgleichheit. Er kontrollierte seine Dienstwaffe, verstaute sie unsichtbar, aber griffbereit unter der Jacke.

Auf jeden Fall war das die erste lohnende Spur seit Tagen. Er besprach das weitere Vorgehen mit Holger und Marion und machte sich zu Fuß auf den Weg. Conrad Neumaier war nicht da. Es war nicht nötig, ihn sofort zu informieren.

Vom Haupteingang des Präsidiums wandte er sich nach rechts und folgte der Miquellallee, begleitet von ohrenbetäubendem Verkehrslärm. Gleichförmig säumten mehrgeschossige Wohnanlagen die abzweigenden Seitenstraßen. Das bisschen Grün vor den Eingängen konnte nicht über den abgewohnten Zustand der Häuser hinwegtäuschen. Die weiße Eingangtür, mit Milchglasfenster im oberen Drittel, vor der er schließlich haltmachte, erinnerte ihn an den Zugang zu einer öffentlichen Toilette. Daneben fanden sich zwei Reihen à fünf Klingelknöpfen, zumeist kaum leserlich beschriftet, mit ausländischen Namen, die er nicht aussprechen konnte. Der Putz bröselte. Er strich ein halb abgelöstes Schild glatt, das jemand mit einem Stück Klebestreifen wieder zu befestigen versucht hatte. Heppner, Elisabeth.

»Bingo!« Robert Wagner drückte auf die Klingel. Nichts rührte sich. Auf dem zugehörigen Briefkasten stand kein Name. Keine Briefe zu sehen, keine überquellende Werbung, die darauf hindeutete, dass die Wohnung nicht mehr bewohnt wurde. Er wiederholte das Klingeln, länger, intensiver, diesmal bei fünf Wohnungen gleichzeitig und machte dann einige schnelle Schritte rückwärts. Sein Blick huschte über die Fenster und er registrierte zufrieden die erwartete Bewegung hinter einem Vorhang. Penetranz zahlte sich aus. Kurz darauf summte der Türöffner.

Das Treppenhaus empfing ihn mit muffigem Halbdunkel.

»Ich wollte zu Elisabeth Heppner.« Er zückte den Dienstausweis, stellte sich vor und kam gleich zur Sache. »Aber sie macht nicht auf. Wissen Sie, ob sie da ist?«

Die Frau, die ihm geöffnet hatte, trug ein Kopftuch und auf dem Arm ein quengelndes Kleinkind.

»Häppnär? Kenn ich keine Frau Häppnär. Wo wohnt?«

»Ganz oben, unterm Dach. Der Name steht draußen an der Klingel. Eine alte Frau.«

Das Kind versteckte das Gesicht am Hals der Mutter, versuchte, mit unter das bunt gemusterte Tuch zu schlupfen. Blinzelte dann aber unter den Fransen hervor und beobachtete Robert. Er lächelte. Kinder waren alle gleich.

Die Mutter schüttelte den Kopf. »Ist keine alte Frau hier in Haus. Wartest du, fragst du Milla.«

Sie klopfte mit der Faust kräftig gegen die zweite Wohnungstür. »Milla?«, rief sie, stellte das Kind auf den Boden, das sich an ihre Beine klammerte und sofort laut zu heulen begann. Dann klopfte sie wieder und deutete erklärend auf die herausgerissene Klingel.

Robert wartete. Wenn er eines im Laufe seines Berufslebens gelernt hatte, dann das. Als sich schließlich Milla Vukovic in der Tür zeigte, wusste er sofort, dass sie ihm helfen konnte. In diesem Haus ging garantiert nichts vor, was sich vor der Mittsechzigerin verbergen ließ. Mit wachen Augen musterte sie ihn von oben bis unten, als er sich vorstellte und seine Frage wiederholte.

»Die Frau Heppner ist vorletzten Sommer gestorben. Was wollten Sie denn von ihr?«

Schmunzelnd zog Robert ein Notizbuch aus der Tasche und warf einen unsinnigen Blick hinein, statt zu antworten. Er würde sich nicht aushorchen lassen.

»Die Wohnung ist noch bewohnt, nicht wahr?« Er schaute nicht hoch und machte einen deutlich sichtbaren Haken aufs Papier.

»Ja, der Bub wohnt noch da«, bestätigte Milla. »Der Dirk hat sie gepflegt, als sie krank geworden ist. Die Arme Frau. Zweimal verheiratet und zweimal Pech gehabt mit den Männern, dabei war sie so eine Nette. Nur der Junge, der ist ihr geblieben. Aber der ist nicht da. Der geht meistens ganz früh morgens aus dem Haus. Ist ein ganz Stiller. Der hat doch wohl nichts angestellt? Oder ist ihm was passiert?«

»Weder noch.« Robert verstaute das Notizbuch in der Innentasche seiner Jacke. Wieder nur ein winziges Puzzlesteinchen für sein Mosaik. Aber eines, das er weiterverfolgen konnte. Wenn Heppner regelmäßig das Haus verließ, deutete das auf einen Arbeitsplatz hin. Der Mann hatte schon einmal seinen Namen geändert. Mit einer Geburtsurkunde in der Hand war das einfach. Vielleicht konnte er doch unter dem Geburtsnamen einen Treffer landen und ihn an seiner Arbeitsstelle aufspüren.

Robert strich dem Kind, das endlich aufhörte zu weinen, über die zerzausten braunen Locken, dann lächelte er die beiden Frauen an. »Das war alles, was ich wissen wollte. Vielen Dank.«

»Ja, aber …!«

Er konnte den erbosten Blick direkt spüren, der ihm folgte.

* * *

Alexandra wählte die Handynummer mit eiskalten Fingern. Sie öffnete die Balkontür und machte einen Schritt ins Freie. Nur keine angenehme Atmosphäre für das, was sie zu sagen hatte. Keine Chance, die Stimmung kippen zu lassen. Fröstelnd zog sie die Schulterblätter nach oben. Das Tuten zerrte an ihren Nerven. Dann ertönte die Bandansage. Erleichtert stieß sie die Luft aus. Mit dem Signalton preschte sie los.

»Zieh keine falschen Schlüsse, Tobias. Ich will nicht mit dir reden, nur etwas sagen. Und dann nie wieder von dir hören. Du hast mich davongejagt.« Sie schloss sekundenlang die Augen, um weitersprechen zu können. Er sollte die Lüge nicht bemerken.

»Ja, das hat wehgetan. Aber jetzt nicht mehr. Deinetwegen erscheint dauernd mein Gesicht in der Presse. Ich bin nicht scharf auf die Publicity und ich will nicht im Rampenlicht stehen. Du wolltest all diesen Presserummel. Ich war verdammt blind und verdammt blöd. Aber das ist vorbei. Hörst du? Ein für allemal. Hör auf, mich anzurufen, hör auf, mir irgendwelche Liebesschwüre auf den Anrufbeantworter zu sprechen. Ich glaube dir kein Wort.«

Um sie nur Dunkelheit, rauschender Regen, einsame Stille. Entfernte Verkehrsgeräusche. Autoreifen, die tiefe Pfützen durchpflügten.

»Dabei war etwas zwischen uns. Aber es hat dir nicht gereicht. Es war nicht gut genug. Ich war dir nicht gut genug. Das einzig Ehrliche war deine Verachtung für mich und für alles, woran ich glaube. Deinetwegen habe ich die Menschen vor den Kopf gestoßen, die mir wirklich etwas bedeuten. Deinetwegen streite ich mich, verliere meine Freunde, meinen Partner. Weil ich bis zuletzt immer noch gedacht habe, ich muss dich vor ihnen verteidigen. Ich bin für dich in die Bresche gesprungen, wider besseres Wissen.«

Sie legte die Hand über den Hörer und schniefte laut.

»Aus Trotz. Selbst hinterher noch. Jetzt zahle ich den Preis und weiß nicht, wie ich zurückrudern soll. Du hast ganze Arbeit geleistet. Mischa hat recht. Du kriegst immer, was du willst, und wenn du gehst, hinterlässt du nur Trümmer. Das ist genau das, was du willst. Warum? Das kann ich nicht verstehen. Und ich will es auch gar nicht mehr wissen. Jetzt ist es zu spät. Du kannst nichts mehr reparieren. Halte dich von mir fern. Für dich ist kein Platz mehr in meinem Leben!«

Sie legte das Telefon auf das Wandregal mit den Blumentöpfen und stellte sich an die Brüstung. Ein Windstoß schüttelte die Pflanzen, peitschte Regen über den Balkon. Alexandra verharrte stoisch, bis die völlig durchnässte Wäsche auf der Haut alle Glieder steif werden ließ. Langsam schlurfte sie zum Badezimmer. Im Vorbeigehen schaltete sie den Computer ein. Ein leises Surren, sanftes Blau. Keine neuen E-Mails. Schweigen auch im Netz. Es kam ihr nicht in den Sinn, das Schweigen selbst zu brechen.

* * *

Er blendete ihn mit dem Licht der Taschenlampe.

»Du musst still sein. Ganz still!«

Der Junge nickte und blinzelte benommen. Die Tür stand einen Spalt breit offen. Auch draußen war es dunkel. Mit einem Ruck riss er ihm das Klebeband aus dem Gesicht und kicherte, als er sah, dass der Junge sich die Lippe blutig biss, um nicht zu schreien.

»Gut gemacht. Der Herr wird zufrieden sein. Trink!« Er setzte ihm eine Flasche an den Mund und hielt ihm die Nase zu, bis er mit ersticktem Gurgeln nachgab.

»Schlafe mein Kindlein, schlaf ein«, sang er, kicherte wieder und wartete geduldig, bis Markus das Bewusstsein verlor.

* * *

Es war bereits nach 22 Uhr, als ihr Telefon klingelte. Zweifelnd rieb Alexandra sich die Hände. Abheben oder nicht. Sie wartete, bis der Anrufbeantworter sich zuschaltete.

»Hallo Schwesterlein, ich …«

Aufatmend griff sie zum Hörer. »Bin da!«

»He, du Schlafmütze! Du warst auch schon mal schneller am Rohr. Ich habe ihn vielleicht gefunden. Deinen Vermissten. Also nicht den Menschen, nur eine Akte, die passt. Selbstverständlich ohne Garantie.«

Schlagartig wurde sie munter.

»Dann los, gib mir Details.« Das Telefon zwischen Ohr und Schulter geklemmt, kramte sie nach Zettel und Stift.

»Er wurde seit dem 25.06.2000 nicht mehr gesehen, hat sein Dasein als mittelmäßiger Werbetexter gefristet, ein paar Kurzgeschichten veröffentlicht und Romane geschrieben, die niemand lesen wollte. Keine Familie. Seine Literatur-Agentin hat ihn damals vermisst gemeldet, sie sagte, er hätte etwas Großes vorgehabt. Sie wusste aber nichts Konkretes und äußerte die Vermutung, er habe sich was angetan. Vorher war er mehrfach in Behandlung wegen Alkohol und Depressionen. Klingt nachvollziehbar. Vermutlich hat die große Nummer sich wieder als Flop entpuppt, da ist er ausgetickt. Die Suche wurde nach relativ kurzer Zeit eingestellt. Es gab keinen Hinweis auf ein Verbrechen oder so. Er war einfach nur weg. Wer weiß, wo der hin ist. Lebt vielleicht jetzt illegal am Strand von Mallorca. Dort gibt es haufenweise gescheiterte Existenzen. Zufrieden, Schwesterherz?«

»Ja. Sehr zufrieden. Jetzt fehlen nur noch Name und Adresse.«

»Kai Mertens. Wohnte in Sauerlach in der Nähe von München.«

Ihr Kreislauf sackte ohne Vorwarnung in den Keller.

»Bist du noch da?«

Schwerfällig räusperte sie sich.

»Kannst du den Namen noch mal wiederholen?«

»Kai Mertens.«

Sie schloss die Augen und zählte leise bis zehn.

»Das ist er!«

»Wieso bist du so sicher?«

»Ich kenne den Namen. Hatte er ein Haus mit Garten?«

»Keine Ahnung.«

»Ich fürchte, er ist nicht auf Mallorca. Obwohl ich es ihm wünsche.« *Mir. Ich wünschte mir, er wäre wohlbehalten und munter irgendwo am Strand.* Sie trommelte mit dem Kugelschreiber auf das Blatt Papier.

»Okay, was brauche ich noch? Die Agentin, hat die auch einen Namen?«

»Sicher. Habe ich irgendwo. Ich schicke dir die Daten der beiden per E-Mail. Sagst du mir jetzt, was los ist?«

»Wenn ich Genaueres weiß. Ist noch zu früh.«

»Du klingst besorgt.«

»Nein. Es ist nichts.«

»Mach keine Dummheiten, Schwesterchen. Ich frage nicht weiter und verlasse mich auf deinen Instinkt.«

»Bist ein Schatz! Kommst in mein Nachtgebet.«

»Seit wann betest du?«

»Heute Abend fang ich an.«

* * *

Er hatte ihn in sein Auto gebracht und ausgezogen. Wie der Herr es befohlen hatte. Die Farbe trocknete schlecht und roch unangenehm. Es würde lange dauern, sie abzuwaschen. Sehr lange. Man würde dem Jungen die Haut wund scheuern müssen. Schmerzhaft. Als wollte man sie ihm bei lebendigem Leibe abziehen. Er kicherte.

Der Herr hatte ihn gelobt. Gelobt! Weil er den Jungen gefangen hatte. Erst schimpfte *Er*, dann lobte *Er*. Weil es dieser war. Dieser und kein anderer.

Er hatte gründlich nachgedacht und es diesmal richtig gemacht. Bald schon sollte er erlöst werden. Erlöst von der quälenden Dunkelheit. Für immer ein Teil des Lichts sein. Ganz seinem Herrn gehören. Er drehte den Jungen um und vollendete sein Werk. Der bedauernswerte Kerl sah seinem Vater sehr ähnlich. Klein und dick, mit unansehnlichem blondem Haar. Sein Pech. Das hatte den Ausschlag gegeben. Blaupause.

Den Mund hatte er ihm wieder zugeklebt. Es war sicherer so. Auch wenn er immer noch schlief. Ein Teil der Farbe trocknete auch an seinen eigenen Händen. Das machte nichts. Auch nicht die Spuren im Auto. Wichtig war nur, dass es keine Spuren gab, die ihn mit dem Meister verbanden. Das war ihr Geheimnis. Niemand sollte davon erfahren. Er startete das Fahrzeug und fuhr in gemäßigtem Tempo durch die Stadt, wartete ordentlich an den Ampeln, setzte frühzeitig den Blinker. Dann löschte er die Schweinwerfer und bog von der Adickesallee ab, auf den Besucherparkplatz vor dem Polizeipräsidium. Dort öffnete er die Wagentür und stieß das verschnürte Bündel hinaus auf das Pflaster.

»Auf Wiedersehen, mein Junge«, flüsterte er, als er sah, dass dieser die Augen öffnete. Dann zog er die Tür ins Schloss und verschwand. Er war sehr stolz auf sich.

* * *

»Ich wartete. Die Straße war gut präpariert. Er fuhr die Strecke immer zur gleichen Zeit. Eine Kleinigkeit also für mich, genau ihn zu erwischen. Hochgewachsene Buchen zu beiden Seiten. Gleißendes Sonnenlicht, das durch die vom Wind bewegten Blätter unruhige Muster auf den Asphalt zeichnete. Vogelzwitschern. Er konnte das Hindernis hinter der Kurve nicht rechtzeitig erkennen. Eine Biene summte neben meinem Ohr und die Harmonie des Augenblicks war so perfekt, dass ein Vertreter der deutschen Romantik sie mit tränenden Augen besungen hätte. Ein Moment so schwerelos – würdig eines Eichendorff oder eines Clemens Brentano. Spürte ich ihre längst verwehte Aura? Eher nicht. Ich lachte in mich hinein. Irgendein sentimentaler Mensch wird sich immer an euren Versen erfreuen. Aber ihr seid tot. Und auch ich werde tot sein, eines Tages, und nichts wird von mir bleiben. Und ich fürchte den Augenblick nicht. Die Vergangenheit zählt so wenig wie die Zukunft.

Es ist kaum möglich zu beschreiben, was in mir vorging, als das Warten vorbei war und das Auto gegen den Baum prallte. Dieses Schleifen, Quietschen, Schreien des sich verformenden Metalls, das Bersten von Glas. Ein wohliger Schauer und zugleich auch Sorge. Er durfte nicht tot sein, ehe ich bei ihm war. Aber wie immer war das Glück, das Schicksal, die göttliche Fügung oder viel eher die Perfektion meiner Berechnungen auf meiner Seite.

Er lebte. Ich zog ihn aus dem Wagen, schleppte ihn an einen ungestörten Ort, wo wir bequem das Kommende genießen konnten. Seine Stirn blutete und auch die Beine waren in Mitleidenschaft gezogen. Schwer zu sagen, ob ich sein Leben hätte retten können, wenn ich sofort Hilfe gerufen hätte. Müßig darüber nachzudenken. Mein Plan war ein anderer. In seinem Brustkorb klaffte eine große Wunde. Ein Geschenk! Mehrere gebrochene Rippen. Er röchelte, öffnete sekundenlang die Augen. Hübsche Augen. Voller Schmerz und Angst. Ich lächelte. ›Alles wird gut, denn ich bin bei dir.‹ Endlich konnte ich das tun, was meine Vernunft und der Zwang, im Geheimen zu morden, mir bisher verwehrt hatten. Nicht nötig, Spuren zu vermeiden. Ich durfte so viele Haare verlieren und DNA zurücklassen, wie ich wollte. Meine Hände fühlten ihn ohne schützende Handschuhe. Der Ersthelfer am Unfallort, der gute Samariter, der, ohne an die eigene Sicherheit zu denken, mit bloßen Händen Hilfe leistet. Ungeachtet des Blutes und der damit verbundenen Risiken. Wovor sollte ich mich fürchten? Eine tödliche Krankheit. Ein schnel-

lerer Eintritt ins Nichts. Na und? Meine Finger tasteten sich zwischen die Rippen. Nicht groß genug, die Öffnung. Sein Schrei störte kurzfristig meine Konzentration. Animalisch. Animierend. Die Lösung des Problems war einfach. Wiederbelebungsversuche. Niemand konnte das Gegenteil beweisen. Dass er noch atmete, ein unwichtiges Detail. Meine Hände legten sich auf den Brustkorb und ich warf mein ganzes Gewicht auf ihn. Das Krachen der Knochen verschwand beinahe unter seinem neuerlichen Aufheulen. Erstaunlich, was ein Mensch erträgt, wie sehr er sich ans Leben klammert. Als ich nun die gesprengten Knochen beiseite drückte, verlor er das Bewusstsein. Der Weg war frei. Die lebendige, feuchte Wärme seines Körpers nahm mich gefangen. Dann hielt ich den Muskel in der Hand. Noch immer kraftvoll in Bewegung. Eilig pumpend. Hilflos und vergeblich, angesichts der zahlreichen Verletzungen, durch die unaufhaltsam seine Kraft dahin schwand. Wiederbelebungsversuche. Nein, ich ließ nichts unversucht. Zögerte keinen Augenblick, ihn zu beatmen. Sein weicher, frischer Mund, jung und sinnlich, lechzte nach Leben und ging doch unaufhaltsam unter in der Flut seines eigenen Blutes, in dem er schließlich ertrank. Ich schmeckte den Tod auf seinen Lippen, füllte seine Lunge mit meinem Atem, auf das sein letzter Atemzug mein Atemzug wäre. Wieder und wieder. Es dauerte lange. Viel länger, als ich zunächst zu hoffen wagte. Sein Herz zuckte nur noch schwach in meiner Hand, reagierte immer weniger auf die Impulse, die ich ihm gab. Schließlich hauchte er ein letztes Mal meinen Atem aus und ich wiegte ihn sanft, bis alle Wärme aus ihm gewichen war.«

Freitag 09. November

Irene Neumaier beobachtete ihrem Mann. Er schluchzte wie ein kleines Kind. Markus lag im Krankenhausbett und wollte ihn nicht sehen. Niemanden wollte er sehen. Mit niemandem reden. Auch mit ihr nicht.

Rastlos streunte Conrad über den Flur des Marienhospitals. Sie war nicht fähig, ihm Trost zu spenden. Woher sollte sie die Kraft dazu nehmen? Das Leben ihrer Familie hatte sich für immer verändert. Markus lebte. Körperlich war er nahezu unverletzt. Aber seine Psyche? Keiner wusste, was er durchgemacht hatte, wie lange er schon im Regen lag, als man ihn fand. Demütigend, mitten in der Nacht nackt auf einen Parkplatz geworfen zu werden, verschnürt wie ein seelenloser Gegenstand. Irene schauderte.

Als der Anruf kam, waren sie sofort losgefahren. Und nun saßen sie hier seit Stunden und nichts passierte. Markus schwieg und auch Conrad war nicht bereit, das Angebot des Psychologen zum Gespräch anzunehmen. Sie wusste genau, wie es in Conrad aussah. Er ergab sich Selbstvorwürfen, die zu nichts führten. Am liebsten hätte sie ihn geschüttelt und geohrfeigt. Was jammerst du? Du bist nicht das Opfer. Du bist nicht der Täter. Sie warf einen Blick zur Uhr. In wenigen Minuten begann die Morgenandacht in der Krankenhauskappelle. Dass sie nicht gläubig war, spielte keine Rolle. Sie war entschlossen, jede Hilfe zu akzeptieren.

⋆⋆⋆

Paula betrat den Raum mit Schwung, die obligatorische Kippe zwischen den Lippen. Kalt, wegen des Rauchverbots im Präsidium. Aber sie brauchte das Gefühl. Am besten ganztags. Vor allem, wenn sie unter Druck war.

»Gibt's was Neues, Robert? Hallo, Mischa.«

Robert Wagner schüttelte den Kopf und Mischa hob die Hand zum Gruß.

»Weder noch.« Im Fall Martin Hirschberger gab es keine neuen Erkenntnisse. Die Nachfrage bei der Sozialversicherung nach Dirk Langendorf war ergebnislos verlaufen. Dem dritten möglichen Nachnamen ging er inzwischen nach, versprach sich nach den beiden Fehlschlägen aber nicht mehr viel davon. Und über Markus Neumaiers Zustand war er nicht im Bilde. Daran änderte sich auch nichts, wenn ihn jeder dauernd danach fragte.

»Ist er da?«, mit vorgerecktem Kinn deutete Paula auf Conrad Neumaiers Zimmertür. »Will nur schnell was fragen, wegen der Aufschrift.«

Fragend hob Robert die Augenbrauen.

»Na auf seinem Sohn. Der Text.«

»Neumaier ist noch im Krankenhaus, kommt später.«

Zögernd blieb Paula mitten im Zimmer stehen.

»Kann ich dich was fragen, Mischa?«

»Klar.«

Sie nahm die Zigarette aus dem Mundwinkel und hockte sich auf Roberts Schreibtischkante.

»Das bleibt bitte unter uns.« Sie schaute von einem zum anderen und beide nickten. »Was zum Geier ist mit Neumaier los?«

Mischa zuckte die Schultern. »Er steht unter Stress. Ist doch logisch, sein Sohn wurde entführt und …«

»Nein, das meine ich nicht. Er verschweigt Details. Und ich will wissen warum.«

»Keine Ahnung. Was ist das für eine Aufschrift, von der du gesprochen hast?«

»Mit einer Farbe auf Teerbasis hat man ihm ein Fadenkreuz auf die Brust gepinselt. ›Eines Tages‹ steht daneben und auf seinem Rücken: ›zu einfach‹. Klingt wie eine Botschaft. Für wen, außer Neumaier, sollte die sein?«

Mischa rieb sich die Nase. »Ich weiß nicht. Seit wann bearbeitet ihr die beiden Fälle gemeinsam?«

»Welche beiden Fälle?«

»Na, die Entführung und den Brückenmord.«

»Tun wir nicht. Wieso?«

»Jetzt weiß ich, was du meinst mit: Er verschweigt Details!« Mischa schlug mit der Faust auf den Tisch, dass der Locher vor ihm einen Satz machte. »Der Kerl, den Neumaiers Kinder gesehen haben, – die Personenbeschreibung ist identisch mit dem Täter vom Eisernen Steg. Neumaier hat das nicht erwähnt?«

Robert starrte ihn sprachlos an.

»Was hast du über den Kerl?« Paula stopfte die Zigarette in die Hosentasche und klopfte auf seinen Bildschirm.

»Einen Namen – nein, eigentlich sogar drei – sicher ist nur, dass er Dirk heißt. Die Mutter war zweimal verheiratet und der Stiefvater hatte ihn adoptiert, wie ich jetzt erst herausgefunden habe. Als Nachnamen kommen in Frage: Langendorf, Wiesner – unter dem Namen recherchiere ich gerade – und Heppner. Wie er sich im Augenblick nennt, ist unklar. Ansonsten habe ich ein paar Spuren aus der Vergangenheit, aber ziemlich alte, und seine DNA.«

»Her damit. DNA-Spuren habe ich auch.«

»Welche DNA-Spuren?« Mischa packte sie am Arm.

»Oh, du meinst … Nein!« Sie hob abwehrend die Hand. »Haare. Kopfhaare. Kein Missbrauch. Markus hat trotz allem noch ein kleines bisschen Glück gehabt. Nur harmlose Verletzungen. Kratzer und Schürfwunden von den Fesseln und dem Aufprall auf dem Parkplatz. Einige Blutergüsse, aber die sind schon älter, dazu der Schock, Dehydrierung, aber nicht gravierend. Der Kerl hat ihn offensichtlich mit Essen versorgt und auch versucht, ihm genug Wasser zu geben. Alles in allem ist sein Allgemeinzustand ganz gut. Keinerlei Hinweis auf sexuelle Übergriffe. Ich weiß, das heißt nicht, dass nichts passiert ist in den sechs Tagen. Aber zumindest das Schlimmste ist ihm anscheinend erspart geblieben.«

Robert zog die Akte mit den gewünschten Informationen aus einem Papierstapel und Paula riss sie ihm aus den Händen.

»Dich krieg ich!«

»Wiedersehen macht Freude. Vergiss nicht, die Unterlagen zurückzubringen.«

Schon halb im Gehen wandte sie sich noch mal an Mischa.

»Wenn du noch was weißt oder aus Neumaier rausquetschen kannst, schieb deinen süßen Hintern sofort hierher! Klar?«

Robert Wagner schüttelte bedauernd den Kopf.

»Süßer Hintern! So was hat sie zu mir noch nie gesagt!«

* * *

Es war schon fast Mittag, als Alexandra aus dem Bett kroch. Nach dem Telefonat mit Jens hatte sie schlecht geschlafen. Ungewaschen und unfrisiert schlurfte sie in die Küche. Der Kühlschrank gab nicht mehr viel her. Sie griff sich ein Joghurt und eine Flasche Wasser, verzog sich auf das Sofa unter die Decke und schaltete den Computer ein. Sie wollte nicht glauben, dass Tobias etwas mit dem Verschwinden von Kai Mertens zu tun hatte. War es ein Beleg für seine Unschuld, dass es angeblich schon Jahre zuvor keinen Kontakt mehr zwischen den beiden gab? Möglich, aber nicht sicher. Kai hatte ihn einen Verräter genannt. Tobias hatte ihn enttäuscht. Menschen logen oft. Verzerrten die Tatsachen. Verbogen die Wahrheit, bis sie erträglich wurde.

Der Bildschirm leuchtete in freundlichem Blau. Alexandra startete den Browser. Ihr Magen knurrte, aber die Angst vor dem, was sie vielleicht finden würde, verdarb ihr den Appetit. Sie stellte das Joghurt ungeöffnet beiseite und fütterte stattdessen die Suchmaske mit Namen.

* * *

Er kniete sich vor *Ihn*, lauschte aufmerksam. Der Meister lächelte ihn an. Er spürte die überirdische Aura, die *Ihn* umgab, wie elektrischen Strom, der pulsierend seine Glieder durchzuckte. So war es schon früher gewesen. Damals. Bevor *Er* fortging. Die

Stimme des Meisters schmiegte sich weich wie ein Streicheln um ihn. Ergriffen beugte er den Nacken, und der Meister legte ihm seine Hände auf die Schultern. Hier, wo er den Jungen versteckt hatte, wurde ihm *Seine* ganze Aufmerksamkeit zuteil. Seine Sehnsucht erfüllte sich. Der Meister neigte sich zu ihm, berührte sein Gesicht, während *Er Seinen* Atem über seine Haut hauchte und zu ihm sprach.

»Du wirst ein Teil von mir sein und deine Liebe belohne ich mit meiner Liebe.«

Da wusste er, dass der Augenblick der größten Glückseligkeit nahte.

»Ich werde dir nicht wehtun.« Vorsichtig nahm der Meister das Gesicht des Schülers in beide Hände. »Das verspreche ich dir.«

Seine Ergebenheit berührte den Meister und mit ihr wuchs die Gewissheit, dass die verworrenen Fäden am Ende ein perfektes Muster ergaben.

»Eine Bitte habe ich noch an dich, ehe es so weit ist. Nur ein kleiner Wunsch, den niemand besser erfüllen kann als du. Ich brauche dich! Wirst du mir meinen Wunsch erfüllen?«

* * *

Neumaier starrte blicklos an Mischa vorbei. Basti war jetzt bei Markus im Zimmer. Basti hatte er reingelassen. Ihn nicht.

»Sie wissen, wer das gewesen ist, nicht wahr?« Mischa konnte es nicht fassen. »Was ist damals vorgefallen, vor diesem angeblichen Mord auf dem Eisernen Steg?«

Er war sein Vater und Markus sperrte ihn aus. Was zählten da schon die Vorwürfe, die Mischa gegen ihn erhob. Mischa hatte Basti hergebracht. Er, Conrad Neumaier, war dabei, seine beiden Söhne zu verlieren. Basti fühlte sich Mischa näher als ihm. Der Gedanke ätzte ihm ein Loch in den Magen.

»Sie kennen Dürrenmatt und haben inzwischen auch Stockmanns Buch gelesen, da bin ich sicher. Er ist ein Schachspieler, der

Menschen wie Figuren benutzt, mit ihnen spielt, sie nach Belieben verschiebt. Hat er Sie matt gesetzt, indem er Markus entführte?«

Neumaier schüttelte den Kopf und schwieg beharrlich.

»Was wirft er Ihnen vor? Womit hat er Sie in der Hand? Was haben Sie getan?«

Ein glucksendes Lachen löste sich verzweifelt aus Neumaiers Mund.

»Meine Pflicht! Nichts als meine verdammte Pflicht habe ich getan. Das wirft er mir vor. Hat er mich in der Hand? Nein. Nein und wieder nein. Mich hat er nicht in der Hand, nur mein Gewissen. Mitschuldig soll ich mich fühlen. Das ist es. Ich soll glauben, dass ich der Auslöser war, der Anlass – Grund und Motivation. Aber den Schuh zieh ich mir nicht an. Er war es, ganz allein. Seine Entscheidung. Ich konnte nichts tun. Konnte es nicht verhindern und nicht aufklären. Das war seine Genugtuung, über all die Jahre hinweg. Aber jetzt reicht ihm das nicht mehr. Er ist wieder da und zwingt mich, mich zu erinnern. Hat er mich in der Hand? Ja. Weil mein Gewissen mir keine Ruhe lässt, seit damals. Weil mir die Angst im Nacken sitzt, seit damals. Und noch mehr, seit er wieder hier ist. Weil ich geschwiegen habe, denn es gab keinen Beweis. Und ich schweige weiter, denn es gibt auch heute keinen Beweis. Und so sehr Sie auch suchen werden, Mischa, Sie werden nichts finden, um ihn zu überführen. Ja, er hat mich in der Hand, weil er das Leben meines Sohnes in der Hand hatte. Und erst recht, weil er ihn mir zurückgegeben hat!«

Seine Stimme, die immer lauter geworden war, kippte und er erinnerte sich, dass er auf einem Krankenhausflur stand, darauf hoffte, dass sein Sohn ihn sehen wollte.

»Gehen Sie. Verschwinden Sie und lassen Sie mich in Ruhe! Schachmatt. Er hat mich da, wo er mich haben wollte. Ich liege gestürzt am Boden und er ist weg, das Spiel ist vorbei.«

Mischa bezweifelte das. Aber er schwieg.

* * *

Ricky Kramer fühlte sich unwohl. Entgegen der Abmachung hatte er getrunken. Bevor er den Auftrag für heute zu Ende gebracht hatte. Es war nicht besonders kompliziert, machte ihn aber trotzdem nervös. Nur ein paar Sätze. Seine Zunge fühlte sich schwer an. Scheiß Alkohol. Aber ohne ging es auch nicht. Er griff zum Telefon und wählte die Nummer, die auf dem Zettel stand. Es tutete zweimal, dreimal, viermal, dann wurde der Hörer abgenommen.

»Hallo? Halloho, ich bin der Kevin und wer bist du?«

»Hallo Kevin, ich möchte mit deiner Mama sprechen. Geht das?«

»Klaro!« Das Telefon landete krachend auf einer vermutlich hölzernen Ablage und das schrille Stimmchen plärrte lautstark los. »Mama! Mama, Telefon!«

Es folgten schnelle Schritte und eine leise Ermahnung an den fröhlichen Kevin.

»Du sollst doch nicht rangehen, Kevin!«

»Mach ich aber trotzdem!« Dann flitzten kleine Füße davon.

Die Frau lachte vergnügt, zärtlich. »Kleiner Gauner!«, sagte sie leise, dann nahm sie den Hörer auf.

»Karin Weber, hallo!«

Für einen Augenblick zögerte Ricky, dann dachte er wieder an das Geld. Leicht verdientes Geld. Anders als in den vergangenen drei Jahren auf der Straße. Er kannte die Frau nicht. Auch nicht das Kind. Er holte tief Luft.

»Wissen Sie eigentlich, mit wem Ihr Mann Sie zurzeit betrügt, Frau Weber?«

* * *

Irene Neumaier hastete zur Tür, als es klingelte. Der Mann im blauen Overall lächelte freundlich.

»Schönen guten Tag, Frau Neumaier. Ich müsste mal kurz nach Ihrem Gasanschluss sehen. Routineüberprüfung, ob alle Leitungen richtig dicht sind.«

Er hielt ihr einen Ausweis hin. Sie schaute nur flüchtig auf das eingeschweißte Foto und nickte stumm. Ihre Gedanken kreisten um Markus, der immer noch nicht reden wollte. Conrad war im Krankenhaus geblieben, in der Hoffnung, irgendetwas könnte den Jungen zum Sprechen bringen.

Im Keller zog der Mann umständlich ein großes Messgerät aus der mitgebrachten Tasche.

»Sie können ruhig wieder nach oben gehen, das dauert ein paar Minuten. Ich melde mich, wenn ich fertig bin.«

Sie ließ ihn allein, setzte sich mit leerem Blick auf den niedrigen Garderobenschrank im Flur und starrte auf das Telefon. Sobald wie möglich musste sie zurück ins Krankenhaus. Alles war besser, als hier zu sitzen und zu warten.

Der Mann legte das Messgerät beiseite. Er interessierte sich nicht für die Heizungsanlage. Leise überprüfte er die angrenzenden Kellerräume, bis er fand, wonach er suchte. Geräuschlos zog er den Schlüssel aus der Kellertür, durch die man über eine Treppe in den Garten gelangte.

»Frau Neumaier? Alles in bester Ordnung. Perfekt!«, erklärte er fröhlich, noch während er die Stufen nach oben stieg. Vor der Tür drehte er sich kurz um, tippte mit zwei Fingern an seine Mütze und nickte ihr zu.

Etwas an dieser Geste kam ihr merkwürdig bekannt vor. Doch ihre gereizten Nerven fanden den Zusammenhang nicht.

* * *

Ein kalter Wind fegte über die Zeil. Alexandra trat nervös von einem Fuß auf den anderen und spähte von ihrem Stehtisch im »Gelato e Caffè« hinaus in den Regen. Von hier waren es nur noch wenige Meter zum Revier. Ihr graute vor dem Zusammentreffen mit Mischa. Nervös verspeiste sie ein Canestrelli nach dem anderen. Den mürben Mandelplätzchen konnte sie nicht widerstehen. Bevor sie zum Nachtdienst ging, wollte sie hier mit Jörg reden. Das allgegenwärtige Schweigen und die Streiterei mit den Männern in ihrer Umgebung machte sie fertig. Sie sehnte sich nach ein wenig Harmonie. Gerade jetzt. Die Sache mit Markus nahm sie mehr mit, als sie zugeben wollte. Auch wenn er wieder da war, war längst nicht alles in Ordnung.

Alexandra sah Jörg über die Konrad-Adenauer-Straße sprinten, seine Umhängetasche zum Schutz über dem Kopf. Während er den Mantel auszog und den Regen aus den Haaren schüttelte, bestellte sie zwei große Milchkaffees. Mit dem Zeigefinger schubste sie die Krümel auf dem Teller von links nach rechts.

»Danke, dass du gekommen bist, Jörg.« Sie schob ihm einen Kaffeebecher zu und reichte ihm zwei Päckchen Zucker. Er liebte es süß. Ein bisschen Bestechung zur Versöhnung konnte nicht schaden. »Ich weiß, dass ich dich geärgert habe.« Sie zog die Nase kraus und gab sich Mühe, zerknirscht auszusehen.

»Vergiss es. Ist längst um die Ecke. Das Leben ist zu kurz, um aus gekränktem Stolz eine Freundschaft aufzugeben, meinst du nicht?« Grinsend verpasste er ihr einen Nasenstüber und sie fiel ihm erleichtert um den Hals.

»Mann, du bist ein Schatz. Das hat mir echt im Magen gelegen. Dich als Freund zu verlieren, wäre wirklich übel für mich.«

Jörg zog sie am Zopf, wie er es schon gemacht hatte, als sie dreizehn war.

»Wir haben es beide gewollt und gewusst, dass es bescheuert ist. Irgendwann musste Schluss damit sein. Ich bin es nur nicht gewohnt, wenn mir jemand den Augenblick vorgibt. In dem Punkt bin ich vielleicht ein Macho oder ein Chauvi oder was auch immer. Ein elender, untreuer Weiberheld bin ich sowieso«, sein Gesicht zeigte keine Spur von Bedauern. »Schön war es trotzdem mit uns beiden. Und wenn du irgendwann mal wieder …«

»Jörg, bitte! Ich bin durcheinander und wollte mit einem vernünftigen Menschen reden. Können wir das jetzt abhaken?«

»Schon gut. Also, was drückt?« Er rührte den Inhalt beider Zuckertütchen in seinen Kaffee und stibitzte noch eines von ihren.

»Es geht um Markus Neumaier.« Leise berichtete Alexandra, was in der vergangenen Woche mit ihm geschehen war. Soweit man das bisher rekonstruiert hatte.

»Es muss entsetzlich für ihn gewesen sein. Die Schrift, die aufgemalte Zielscheibe auf der Brust. Es sind Beweise. Sie mussten ihn von beiden Seiten fotografieren. Nach allem, was ihm passiert ist, auch noch das. Natürlich haben sie versucht, ihm das zu erklären. Sie brauchen jeden noch so kleinen Hinweis, um das Schwein zu schnappen. Trotzdem muss das ein ungeheuer demütigendes Gefühl gewesen sein.«

»Haarsträubende Geschichte.« Jörgs Augen erfüllte ein seltsamer Glanz.

»Du wirst kein Wort darüber schreiben. Hast du verstanden? Kein einziges Wort! Das gefährdet die Ermittlungen.«

»Versprochen. Aber gib zu, dass es eine tolle Sache ist.« Er legte den Kopf schräg und schaute ihr zustimmungfordernd in die Augen. »Komm schon – der Sohn eines Kriminalkommissars, verschnürt und beschriftet wie ein Päckchen.«

»Toll? Er ist ein Mensch – vergiss das nicht! Ein Mensch, ein Junge und ich kenne ihn und seine Familie gut.«

Jörg lutschte den letzten Tropfen aus seiner Tasse, dann stopfte er die Serviette hinein. »Versuch es mal objektiv zu betrachten. Wenn es anders wäre …«

»… spielte das auch keine Rolle. Sie haben ein Recht darauf, dass man ihre Privatsphäre respektiert. Auch jeder andere müsste in einer solchen Situation geschützt werden, vor den …« Sie brach ab. Den Gedanken auszusprechen, war nicht fair.

»Vor den Pressegeiern? Sag es ruhig! Das meinst du doch, nicht wahr?« Gereizt griff er seine Tasche und den Mantel.

»Nein. Jörg, das habe ich nicht …«

»Schön zu sehen, wie sehr du mir vertraust. Ich mag kein besonders anständiger Mann sein, aber dass ich bereit bin, eine solche Geschichte auszuschlachten, muss ich mir nicht vorwerfen lassen!« Er knallte einen Fünf-Euro-Schein vor ihr auf den Tisch. »Falls du es vergessen hast, der Pressegeier hat selbst zwei Söhne. Und er hat auch ein Herz.«

Wütend stampfte sie mit dem Fuß auf, als er zur Tür hinausrauschte. »Und wenn ich dir nicht vertraute, hätte ich dir das gar nicht erzählt!«

***

Die Hintertür zum Garten stand offen, als Irene Neumaier aus dem Krankenhaus zurückkam. Der Schlüssel steckte von außen. Irene schloss die Tür, ohne weiter darüber nachzudenken.

Alles sah aus wie immer. Nichts deutete darauf hin, dass ein Fremder im Haus gewesen war. Nichts ließ erkennen, dass etwas fehlte.

***

Schon nach halb zwölf. Schweigend drehten sie ihre Runde entlang der Reviergrenze. Die Nacht lag träge und undurchdringlich über den Bäumen. Undurchdringlich. So wie die schreckliche Geschichte mit Markus. Alexandra hätte Mischa gerne gefragt, was er darüber wusste. Mischa war im Krankenhaus gewesen, aber er verlor kein Wort darüber.

Kurz vor dem Eschenheimer Tor erreichte sie ein Funkspruch aus der Zentrale. Graffiti-Sprayer im Bereich der S-Bahn, Hauptwache. Drei Personen in dunkler Kleidung mitten im Tunnel. Sachlich trafen sie ihre Vorbereitungen. Dazu brauchte es nicht viele Worte. Am Eingang Rathenauplatz ließen sie den Wagen zurück, nahmen die erste Treppe im Galopp. Die Sprayer waren zuvor schon im Tunnel an der Alten Oper gesichtet worden, hatten sich aber rechtzeitig aus dem Staub gemacht, als Sicherheitsbeamte der Bahn auftauchten. Dort gab es nur einen Bahnsteig. An der Hauptwache war das Gelände viel unübersichtlicher, gleich drei Ebenen. Trotzdem eine höhere Wahrscheinlichkeit, erwischt zu werden, da die Station viel stärker frequentiert wurde. Vielleicht erhöhte das aber auch nur den Reiz.

Mischa und Alexandra mieden die Rolltreppe. Eine Großbaustelle zwischen den Gleisen zwei und drei verengte den Bahnsteig, nahm einen Teil der Sicht und bot ihnen eine gute Deckung. An der mit Plakaten gepflasterten Bretterwand entlang pirschten sie sich über den mehrere hundert Meter langen Bahnsteig zum anderen Ende. Schon aus einiger Entfernung hörten sie gedämpfte Stimmen und das unverwechselbare Klappern beim Schütteln der Dosen. Alle drei Sprayer trugen Skimützen und Halstücher, um Mund und Nase vor dem feinen Farbnebel zu schützen, und natürlich, um die Gesichter unkenntlich zu machen. Einer stand etwas abseits, sicherte die anderen ab, um rechtzeitig die Durchfahrt eines Zuges zu signalisieren. An der Wand, hinter der Absperrung und dem Warnschild, nebeneinander aufgestellt eine Reihe Sprühdosen. Ein großformatiges Bild strahlte Alexandra entgegen, Mangafiguren in leuchtenden Farben. Nur mit Hand und Kopfzeichen verständigten Alexandra und Mischa sich über die Richtung und den Zeitpunkt des Zugriffs.

»Schluss für heute, Jungs. Ende der Gestaltungstherapie.« Alexandras Stimme hallte laut durch das Gewölbe.

»Scheiße!« Einer warf die Farbdose auf die Gleise und versuchte, sich in die Tiefe des Tunnels zu flüchten.

»Nicht da lang! Die U7 kommt gleich«, brüllte Mischa ihm hinterher. Die Zeit, in der der Junge zögerte, reichte ihm. Mit einem Satz sprang er ins Gleisbett und erwischte ihn am Kragen.

»Zehn Minuten, Blödmann«, stöhnte der Aufpasser. »Ich hab dir gerade gesagt, ihr habt noch zehn Minuten, bis die nächste Bahn kommt! Nur ein paar Meter und du wärst weg gewesen!«

»Na, wer wird sich denn hier streiten wollen?« Alexandra grinste. Die erfolgreiche Aktion hob ihre Laune schlagartig. »Außerdem kommt hier wenn schon eine S-Bahn und keine U! Schön meine Herren, wer von euch zuerst? Ich hätte gerne eure Namen, Alter, Anschrift. Ausreden könnt ihr euch sparen. Fluchtversuche ebenfalls. Mein netter Kollege«, sie warf Mischa einen schnellen Seitenblick zu, »ist gut zu Fuß, wie ihr eben gesehen habt.«

Mischa stand breitbeinig mit verschränkten Armen vor ihnen.

»Zuerst die Masken runter«, knurrte er. Sie schubsten sich, wie Kleinkinder, mit gesenkten Köpfen und mürrischen Gesichtern, die zögernd unter der Verkleidung zum Vorschein kamen. Volljährig war höchstens einer von ihnen.

»Habt ihr zufällig eure Ausweise dabei? Pech, dann fahren wir jetzt gleich aufs Revier. Braucht ihr Handschellen oder geht es auch so?«

Alexandras Fröhlichkeit schüchterte die Burschen fast ebenso sehr ein wie Mischas körperliche Präsenz.

»Können wir die Dosen mitnehmen?«, sie hörte den Jungen kaum, so leise und zaghaft fragte er nach.

»Selbstverständlich nehmen wir die mit!«

Sie streifte Handschuhe über. Immer noch sechs Minuten bis zur nächsten Zugeinfahrt. Sie kletterte hinunter auf die Schienen und sammelte die Dosen ein.

»Du kriegst die allerdings nicht wieder. Das Geld hast du in den Sand, um nicht zu sagen, an die Wand gesetzt!«

Ihr aufsteigendes Lachen fühlte sich fast hysterisch an. Sie schluckte es herunter. »Das ist Beweismaterial und es kann und wird gegen euch verwendet werden.«

Sie nahmen die Jungen in ihre Mitte und führten sie zum Ausgang.

»Es sind nur ein paar Meter bis zu unserem Wagen, also macht keine Dummheiten. Wir kriegen euch sowieso.« Kritisch musterte Mischa ihre Gesichter. »Wir haben es nett auf dem Revier, aber an eurer Stelle wollte ich nicht die ganze Nacht dort verbringen. Ihr könnt es leicht haben – oder schwer. Liegt nur an euch.«

Schwungvoll öffnete Alexandra die Wagentür. »Darf ich bitten! Dann sehen wir doch mal nach, was ED-Di zu euch sagt, wenn ihr nichts sagen wollt.«

Die Jungen quetschten sich auf die Rückbank des Einsatzwagens, Alexandra setzte sich ihnen gegenüber.

»Wenn ihr schon mal was verbockt habt, kriegen wir das raus. Es heißt doch, man trifft sich immer zweimal im Leben. Also, wenn ED-Di euch schon kennt ...« Sie pfiff vielsagend durch die Zähne.

»Lass sie jetzt, Alexandra. Ich glaube, unsere Könige der Nacht haben die Hosen schon voll genug.«

»Aber ich habe doch recht, was ED-Di betrifft!«

Beim Blick nach hinten traf Mischa auf verängstigte Augen. »Sicher, ED-Di knackt jeden!«

Es wird euch eine Lehre sein. Reden ist immer besser. Im Rückspiegel sah er Alexandras Hinterkopf. Fast immer. Er verwarf den Gedanken an ein Gespräch mit ihr, konzentrierte sich auf die Straße und seine jämmerliche Fracht. Wenn sie nicht reden wollten, mussten sie jetzt ein paar Minuten Angst aushalten. Die schnelle daktyloskopische Identifikation über den nationalen Fingerabdruckbestand des BKA, die seit dem Frühjahr zur Verfügung stand, erfreute sich bei allen Dienststellen großer Beliebtheit. Die Abfrage innerhalb weniger Minuten machte aus dem System ED-Di einen gern gesehenen Kollegen. Den Alexandra jetzt für das Böser-Bulle-Spiel nutzte. War nicht sein Stil. Aber es funktionierte. Auf der Rückbank tuschelten sie nervös, dann herrschte bedrückte Stille.

Mischa trommelte auf das Lenkrad. Kinder. *Wir jagen spielende Kinder, statt die echten Verbrecher zu fangen.* Zu gerne hätte er Stockmanns Fingerabdrücke überprüft. Aber der war vermutlich zu clever, um ins System zu geraten. Dumme, kleine Jungs malten Bilder an die Wand. Andere dumme Jungs spielten im Wald mit Pistolen. Er biss die Zähne zusammen. Es half nicht.

»Sagt mal Jungs, ist euch eigentlich klar, was die Nummer für euch für Folgen haben kann?«, blaffte er aufgebracht. »Ihr müsst euch auf eine Anzeige wegen Sachbeschädigung gefasst machen. Dazu kommt Hausfriedensbruch, weil ihr auf den Gleisanlagen rumgeturnt seid. Strafrechtlich kann das eine Freiheitsstrafe von bis zu zwei Jahren oder eine Geldstrafe bedeuten. Wenn ihr Glück habt, nur Arbeitsstunden. Dazu kommt noch die zivilrechtliche Schadensersatzpflicht. Da versteht die Bahn üblicherweise keinen Spaß. Das kann teuer werden. Ich verstehe das nicht, erst sprayt ihr illegale Bilder, aber dann seid ihr so eitel, dass ihr eure Signatur drunter setzt, damit jeder weiß, wer's war.«

Alexandra hörte erstaunt zu. Es war sonst nicht Mischas Art, Vorträge zu halten. Die Jungs brachten ihn aus dem Konzept. War er wütend? Auf sie wirkte er eher verstört.

»Wenn wir mit Ihnen reden«, der Jüngste fasste sich zuerst ein Herz, »müssen wir dann trotzdem zu diesem Eddi?«

Ein pausbackiges Kindergesicht, mit wirrem blondem Schopf, nachdem er die Skimütze heruntergezogen hatte. Blaue Augen, die Mischas Blick im Rückspiegel suchten, denen er auswich.

»Kommt drauf an, was ihr zu sagen habt«, brummte er vage.

Die Ähnlichkeit mit Markus sprang Alexandra so plötzlich ins Auge, dass sie es am liebsten sofort rausposaunt hätte. Aber dies war weder die richtige Zeit, noch der richtige Ort.

»Name und Adresse reichen, als erstes Zeichen guten Willens«, erklärte sie sachlich. »Dann sehen wir weiter.«

Samstag, 10. November

Der Koffer war schwerer als erwartet. Mit dem Taxi brachte er ihn zum Hauptbahnhof. Am helllichten Tag. Einmal mehr. *Direkt vor Ihrer Nase, Herr Kommissar.* Er war der Meister und erfüllte sein Versprechen. Der Schüler hatte sich willig gefügt und seine wichtige Rolle in der Inszenierung verdient. Durch Hartnäckigkeit und Demut. Seine bedingungslose Liebe ermöglichte die perfekte Rache.

Im Koffer klebte ein Zettel mit Name und Anschrift seines Besitzers. Conrad Neumaier würde überrascht sein, wenn der Inhalt zum Vorschein kam. Überrascht und in Erklärungsnot. Dieser Tag sollte sein endgültiger Triumph sein!

Er wuchtete das Gepäckstück in das Schließfach, warf die geforderte Anzahl Münzen in den Schlitz und zog den Schlüssel ab.

»Ich habe dich in meine furchtbarste Waffe verwandelt«, flüsterte er. »Ich machte mein Ziel zu deinem Ziel.« Dürrenmatts Worte des Richters an den Henker – als letzte Huldigung.

Zweiundsiebzig Stunden. Danach wurde das Schließfach zwangsweise geöffnet, der Koffer zu den verlorenen Gepäckstücken verschoben und für weitere vier Wochen aufbewahrt. Für den Schüler spielte es keine Rolle mehr. Er hatte nun alle Zeit der Welt.

* * *

Das Klingeln war eindeutig Silke, ihr ganz spezieller Rhythmus. Wunderbar. Der Tag war gerettet. Es gab nichts Besseres, um Alexandras Laune wieder aufzupäppeln. Den halben Vormittag hatte sie nach der Schicht verschlafen. Unruhig und wenig erholsam. Mischa war bis zum Dienstende zerstreut geblieben, einsilbig ihr gegenüber. Die Sache mit Markus bedrückte sie beide. Und die Vermutung, dass Tobias daran beteiligt war, stand weiter wie eine

Mauer zwischen ihnen. Spätestens Montag musste sie Mischa sagen, dass sich das Thema »Tobias« für sie erledigt hatte. Spätestens dann musste sie selbst daran glauben.

Am Mittag hatte sie mit Conrad Neumaier telefoniert. Markus verweigerte weiter jedes Gespräch und zwischen ihm und Irene herrschte offenbar auch Funkstille. Fatal. Sie brauchten einander jetzt mehr denn je, und ihr fiel nichts ein, was sie für die beiden hätte tun können. Vielleicht konnte Silke einmal mehr ihrem trägen Geist auf die Sprünge helfen.

Auf halbem Weg zwischen Küche und Sofa machte sie nun kehrt. Den Joghurtbecher in der einen, die Zeitung in der anderen Hand, bewegte sie sich zur Tür. Die Zehen mit den frisch lackierten Nägeln und den Wattepolstern dazwischen nach oben gereckt. Allein die Tatsache, dass sie seit Jahren zum ersten Mal wieder das Bedürfnis verspürt hatte, Farbe aufzutragen, sagte viel über ihren Gemütszustand aus. Auf Fersen und Ballen balancierte sie vorsichtig vorwärts. Schaukelnd, wie ein Schlachtschiff in schwerer See. Wieder klingelte es.

»Bin gleich da.« Der Löffel steckte quer zwischen ihren Zähnen, als sie mit dem Ellbogen die Klinke niederdrückte.

»Komm rein, was gibt's?«, nuschelte sie undeutlich, ehe ihr der Löffel aus dem Mund fiel. »Du?«

***

Verwundert nahm Jörg die Nachricht zur Kenntnis, die über seinen Bildschirm flackerte.

»Ich habe Fehler gemacht. Bitte vergiss unseren Streit. Du warst doch immer mein Freund. Ich habe ein Geschenk zur Versöhnung. Exklusivstory. Mord. Es ist mir ernst. Ich gebe dir alle Details. Sei pünktlich. Heute 14:30 Uhr bei mir.«

Insiderinformationen von Alexandra. Das sah ihr nicht ähnlich. Aber man konnte nie wissen. Vor wenigen Wochen hatte er noch bei ganz anderen Dingen geglaubt, sie würde das nie tun. Er grinste in sich hinein. Noch eine knappe Stunde. Karin würde erst gegen Abend in Frankfurt eintreffen, um das Wochenende mit ihm zu verbringen. Er stellte den Wecker seiner Armbanduhr. Exklusivstory und Mord. Das klang vielversprechend. Ein guter Grund, überpünktlich zu sein.

* * *

Die Totenfratzen grinsten Ricky an, sobald er auf dem Sofa lag. Wenn der Mann mit dem Geld nicht bald kam, drehte er hier durch. Die Wodkaflasche glitt ihm aus der Hand. Der Inhalt bildete eine farblose Pfütze auf dem Teppich, die schnell versickerte. Mühsam schleppte er sich ins Bad. Weiße Kacheln. Wie in einer Entzugsanstalt. Er klappte den Klodeckel hoch und erleichterte sich. Verfluchter Suff. Die Stirn lehnte sich gegen die kühle Wand. Welcher Wochentag? Er überlegte krampfhaft. War heute Samstag? Ja, Samstag. Also morgen. Bis morgen durchhalten. Seine Augen suchten einen festen Punkt im schwankenden Raum. Dann hatte er eine Idee. Er vergaß, die Hose zu schließen. Mit einem Stapel Handtücher kehrte er ins Wohnzimmer zurück. Ein Bild nach dem anderen wurde auf den Boden gestellt und verhüllt. Sollte der Kerl doch meckern. War ihm egal. Wenn der morgen nicht kam, war er sowieso weg. In seiner Tasche steckte immer noch ein Batzen Geld. Außerdem lag hier einiges herum, was sich ebenfalls in Bares verwandeln ließ. Er würde seinen Lohn kriegen, auch wenn der Mann nicht auftauchte. Noch einmal hörte er den Anrufbeantworter ab und schaltete das Licht ein. Auf dem Rückweg zum Sofa torkelte er gegen das Schachbrett. Einer der Könige kippte, kullerte über den Rand und zersprang auf dem Boden in zahllose kleine Splitter. Ricky betrachtete die Bescherung. Dann zuckte er die Achseln. Es waren noch genug andere Figuren da. Der Mann würde das vielleicht gar nicht merken. Vor ihm auf dem Tisch lag der aufgerissene Umschlag. Nur eine Pille noch. Mit zitternden Fingern befühlte er sie, führte sie an die Lippen, legte sie zurück. Noch nicht. Zu früh. Neben dem verschütteten Wodka ein letzter Rest Gin. Mit geschlossenen Augen sank sein Kopf auf das weiße Leder. Totenfratzen. Knirschend öffnete sich der Verschluss und entließ beißenden Alkoholgeruch. Die klare Flüssigkeit rann wie Wasser durch seine Kehle.

* * *

Im Radio lief *Fairytale gone bad*. Mischa mochte den melancholischen Song. Er hatte manchmal an Britta gedacht, wenn er das Lied hörte. Ihre Geschichte war von Anfang an zum Scheitern verurteilt. So sehr er sich bemüht hatte, sie zu lieben, es war niemals das Märchen gewesen, das sie beide sich wünschten. Mischa schaltete die Musik aus und versuchte, sich auf den Verkehr zu konzentrieren. Durch seinen Kopf schwirrte ein anderes Lied. Und eine andere Frau.

Er brauchte knappe zwanzig Minuten von Niederrad bis zu Alexandras Wohnung, wenn alles glatt lief. Auf dem Beifahrersitz lag ein Ausdruck ihrer Nachricht. Auf den ersten Blick ergab sie keinen Sinn. Aber er war sicher, dass mehr dahintersteckte als ein blöder Scherz. Mit Selbstmord machte man keine Späße. Nicht mal Alexandra. Hier stimmte etwas nicht. Die Worte klangen einfach nicht nach ihr. Ihr Streit als Begründung reichte nicht aus, dann diese merkwürdigen Andeutungen und …

Mischa langte nach dem Blatt. Ein Blick genügte.

»Verdammt!« Wie hatte er das übersehen können? *Das sind nicht Alexandras Worte!* Er musste telefonieren. Unbedingt. Er setzte den Blinker und hielt am Straßenrand.

* * *

»Ich muss gestehen, dass ich mit dir nicht gerechnet habe, Alexandra. Aber so ist es immer: Die Menschen kommen zu mir, als ob ich sie riefe.« Tobias strich sanft mit den Fingerspitzen über ihr Gesicht. »Deine Verbindung zu Neumaier machte dich zum perfekten Hilfsmittel. Ich dachte, er heftet sich an meine Fersen. Aber so war es besser. Neumaier hätte sich nicht freiwillig vögeln lassen. Ich bin auch nicht sicher, ob ich das gewollt hätte. Selbst ich habe meine Grenzen. Mit dir hat es mehr Spaß gemacht. Er hätte es längst beenden können. Selbst er ist nicht so dumm, dass er das übersehen haben kann. Er ignoriert mich mit Absicht. Wenn dieser Tag vorüber ist, wird sich das ändern.«

Tobias dirigierte Alexandra ins Schlafzimmer vor den Tresor im Kleiderschrank. Das Messer an ihrem Hals hinterließ eine winzige Einstichspur. Mit einem Lächeln nahm er ihre Waffe entgegen und die Handschellen.

»Wenn ich dich nun noch um die Munition bitten dürfte?«

Er verstärkte den Druck des Messers. Alexandra gehorchte. Was auch immer er jetzt vorhatte, sie brauchte Zeit zum Nachdenken. Aber wie sollte sie klar denken, mit einem Messer an der Kehle? Die Gefahr, die von ihm ausging, hatte nichts Spielerisches mehr, nichts Erregendes. Nicht für sie.

Er schob das Magazin in die Pistole und machte sie schussbereit, dann drückte er Alexandra auf einen Stuhl neben dem Esstisch. Die Handschellen schnappten hinter ihrem Rücken ein. Ihre eigenen. Sie ahnte, welchen Genuss es ihm bereiten musste, sie damit zu demütigen.

»Fesselspiele habe ich schon immer gemocht!«, hauchte er in ihr Ohr.

»Du bist krank.«

»Oh nein, ich brauche keinen Arzt. Aber vielleicht dein Freund von der Presse oder dein Partner?«

Mit süffisantem Lachen entfernte er den Gürtel aus seiner Hose und band ihn um ihre Beine.

»Wir spielen jetzt ein schönes Spiel. Hast du Phantasie? Stell dir vor … Was wäre, wenn ich dir die Wahl ließe. Einer von ihnen muss sterben. Der andere darf weiterleben. Welchen von beiden würdest du auswählen? Wer lebt und wer stirbt, wenn wir beide gemeinsam Gott spielen?«

»Du erwartest doch nicht wirklich eine Antwort?«

»Selbstverständlich erwarte ich die! Wer ist dem Tod geweiht, meine Liebe? Wer bedeutet dir mehr?«

»Dein perfides Spiel spiele ich nicht mit.«

Zeig keine Angst. Sei hart, selbstsicher, souverän. Die Pistole streichelte über ihre Kehle, dann legte er sie griffbereit neben das Messer auf den Tisch.

»Du wirst. Verlasse dich drauf. Aber ich formuliere es anders. Stell dir vor, ich schieße auf beide. Sie haben identische Verletzungen. Lebensbedrohlich. Du hast dreißig Sekunden, dich zu entscheiden. Einem kannst du das Leben retten, der andere stirbt. Sie liegen neben dir auf dem Boden. Zu wem bückst du dich? Wessen Blutung wirst du stillen mit deiner Hand? Wessen Röcheln hörst du, bis es unter Qualen erstirbt?«

»Du bist widerlich.« Alexandra drehte den Kopf beiseite, um ihn nicht ansehen zu müssen. Ein halber Meter trennte sie von der Waffe auf dem Tisch. So nah und doch unerreichbar.

»Noch ist die Frage rhetorisch, aber bereite dich vor. Sie werden bald hier sein. Dann solltest du gewappnet sein. Triff deine Wahl jetzt. Einer muss heute sterben.«

Er schlang ihren Zopf um seine Hand und zwang sie zum Blickkontakt. Jedes Wort war ihm ernst. Sie konnte es in seinen Augen sehen.

»Einer muss sterben? Dann töte mich«, presste sie angestrengt hervor. »Lass die beiden laufen und erschieß mich, wenn du unbedingt jemanden töten willst. Jetzt sofort und hier. Oder lass mich laufen, wie einen Hasen. Schieß mir in den Rücken. Es ist mir gleich. Aber sie haben nichts damit zu tun. Das ist eine Sache zwischen dir und mir.« Ihre Kopfhaut schmerzte, mühsam unterdrückte sie ein Stöhnen und biss sich auf die Lippe.

»Wie heroisch. Ich bin begeistert!« Er lachte schrill. Dann verpasste er ihr eine harte Ohrfeige. »Und wie dumm. Du schaffst es, mich zugleich zu erfreuen und zu erzürnen, meine Gute. Eine Sache zwischen dir und mir«, äffte er sie nach. »Das siehst du völlig falsch. Du bist nicht die Hauptperson, um die sich alles dreht. Du hast mich verärgert. Das sollte man nicht tun. Denke nicht, du hättest zu irgendeinem Zeitpunkt etwas ändern können. Obwohl, mit ein wenig mehr Fügsamkeit deinerseits, wäre ich heute vielleicht gnädiger gestimmt. Ich sehe, du meinst immer noch, dies sei meine Rache an dir. Das ist dein größter Fehler. Du hältst dich für wichtig. Dabei bist du nur ein winziges Rädchen in meinem gigantischen Getriebe. Ein unwichtiges, dessen Rolle bald ausgespielt ist. Hast du etwa wirklich geglaubt, du verlässt mich heute lebend? Dein Leben steht nicht zur Diskussion. Es ist nur die Frage, wer mit dir stirbt! Aber wenn du dich nicht entscheiden kannst, sterbt ihr eben alle. Drei auf einen Streich.« Tobias sank vor ihr auf die Knie.

»Du kommst damit nicht durch. Wie willst du das alles erklären?«

»Das muss ich nicht.« Er stellte ihre nackten Füße auf seine Schenkel und entfernte sorgsam die Wattepads zwischen ihren Zehen.

»Dann erkläre es wenigstens mir. Wie funktioniert dein Plan?«

Ich bin es, die einen Plan braucht. Sofort!

»Du versuchst, Zeit zu schinden. Wie durchschaubar. Aber das macht nichts. Wir haben noch ein wenig Zeit. Du bist mein Werkzeug. Du wirst sie erschießen.«

»Niemals!« In hilfloser Wut zerrte sie an den Handschellen.

»Aber natürlich wirst du. Von deinem eigenen Balkon aus. Deine Hand wird eindeutige Schmauchspuren aufweisen. Deine Fingerabdrücke sind am Abzug. Du hast sie beide herbestellt, mit einer E-Mail. Oh, hast du das nicht gewusst? Es war nicht schwierig, deine Zugangsdaten herauszufinden. Manchmal ist es von Vorteil, wenn jemand so viel redet wie du. Lieblingsessen, Lieblingssong. Welches Klingelsignal deine Freundin benutzt. Diese pausenlosen Banalitäten. Den ganzen Tag. So wie dein Rechner den ganzen Tag läuft und die deiner unnützen Freunde auch. Sie werden im Abstand von wenigen Minuten hier eintreffen. Sie sind beide pünktlich. Immer. Du stehst hier oben, legst die Waffe an und schießt. Du bist eine zielsichere Schützin. Scharfschütze zu sein, war dein Traum. Alle wissen das. Linke Brust, mitten ins Herz. Oder etwas oberhalb, dann hat man länger davon. Du wirst sie schreien hören, sehen, wie sie sich winden, ehe sie sterben. Es sei denn, du gibst ihnen den perfekten Gnadenschuss. Volltreffer und aus, auf einen Schlag!«

»Wie willst du mich dazu zwingen, wenn ich ohnehin weiß, dass du mich auch tötest?« *Rede, erzähl mir mehr.* Sie brauchte Details. Es musste einen Weg geben, ihn aufzuhalten. Oder ihn auszuschalten.

»Das ist leicht. Denk doch mal nach. Ich führe deine Hand.«

»Und du meinst, ich halte einfach still, wenn du abdrückst?«

»Vielleicht hätte ich dazu sagen sollen, dass ich dir den Arm brechen werde? Jetzt. Entschuldige die Unhöflichkeit, aber deinen Mund muss ich vorher zukleben. Das verstehst du sicher.« Aus seiner Jackentasche holte er Schere und Klebeband und rollte einen breiten Streifen ab. »Schade, dass unsere Unterhaltung jetzt endet. Nein. Genau genommen langweilst du mich inzwischen. Es wird sehr viel erfreulicher sein zu reden, wenn du nicht mehr antwortest.«

Ein zweiter Streifen des silbrig glänzenden Kunststoffbandes sicherte den ersten. Er kicherte. »Auch wenn du nicht Neumaier bist, ein klein wenig erinnert es mich an die Szene aus meinem Buch. Dich auch? Ich habe sie für ihn geschrieben. Jede Sekunde, in der ich schrieb, dachte ich an ihn. Schlimme Sache, was mit seinem Sohn passiert ist. Der arme Junge. Jetzt wiegt Neumaier sich in Sicherheit. Glaubt, es kann ihn nichts mehr erschüttern. Doch es wird ihn treffen, was heute geschieht. Er wird nicht sterben, aber es bricht ihm das Herz und er wird sich schuldig fühlen. Aber ich bin ein gütiger Mensch. Seine Gnadenfrist läuft bereits. Und er wird Buße tun dürfen.«

Draußen vom Balkon holte er drei Regalbretter. Die Pflanzen, die darauf den Sommer über gestanden hatten, waren bereits in ihr Winterquartier im Wohnzimmer umgezogen. Alexandra beobachtete jede seiner Bewegungen. Angst blockierte ihr Denkvermögen. Durch die unterdrückten Tränen waren die Schleimhäute ihrer Nase angeschwollen. Es fiel ihr schwer zu atmen.

»Natürlich glaubst du, es sei ein Fehler, den Arm zu brechen. Aber niemand wird es bemerken. Denn du begehst nach den tödlichen Schüssen Selbstmord. Das ist nur logisch. Du weißt, wie das Urteil lauten würde. Um dem zu entgehen, entziehst du dich dem Zugriff der Rechtsprechung. Darf ich, liebe Alexandra, für dich zitieren? Der § 211 Absatz 2 des Strafgesetzbuches besagt: ›Mörder ist, wer aus Mordlust, zur Befriedigung des Geschlechtstriebs, aus Habgier oder sonst aus niedrigen Beweggründen, heimtückisch oder grausam oder mit gemeingefährlichen Mitteln oder um eine andere Straftat zu ermöglichen oder zu verdecken, einen Menschen tötet.‹ Was trifft hier zu? Komm schon, gib dir ein bisschen Mühe! So dumm bist du nicht. Dein Motiv ist Rachsucht, einzustufen als niedriger Beweggrund. Den einen Mann bestrafst du für seine Presseberichte und weil er zu seiner Frau zurückgekehrt ist, den anderen, weil auch er die Affäre mit dir nicht weiterführen wollte.«

Er stand auf, sammelte die Wattepolster ein und verschwand im Badezimmer. Sie hörte, wie er die Toilettenspülung betätigte.

»Diese dummen kleinen Wattebüschel – weg sind sie. Kein Selbstmörder lackiert sich noch mal die Nägel, wenn er sich erschießen will. Und niemand geht bei diesem Wetter barfuss auf den Balkon.«

Neben dem Sofa lagen ihre Socken, die er ihr jetzt überzog.

»Du siehst, ich denke an alles. Wo war ich stehen geblieben mit meinen Erläuterungen? Ach ja, dein Motiv. Blödsinn, denkst du wahrscheinlich. Mag sein. Aber es wird keiner mehr am Leben sein, der das bezeugen könnte. Der Inhalt deiner E-Mails belegt es. Und auch Webers Frau habe ich über seine neueste Bettgespielin in Kenntnis gesetzt. Zur Rache kommt noch Heimtücke, weil du ihr Vertrauen, ihre Arglosigkeit dir gegenüber ausnutzt. Sie sehen deinen Angriff nicht kommen, sind dir wehrlos ausgeliefert. Du siehst, der Tatbestand einer Tötung mit Mordmerkmalen ist eindeutig erfüllt. Lebenslange Haft. Auf mildernde Umstände musst du nicht hoffen. Du bist Polizistin, wiegt deine Tat dadurch nicht doppelt schwer? Ich dagegen werde niemals zur Rechenschaft gezogen. Du weißt, dass sie mich nicht erwischen. Aber selbst wenn. Nehmen wir für eine Sekunde mal an, der Fall träte ein. Mordlust. Oh ja, selbstverständlich dieses Merkmal trifft meine Motivation genau! Grausamkeit. Noch ein Treffer. Rache. Auch die. Wobei sie die wahre Rache nicht mal als solche erkennen würden. Aber meine liebe, süße, dem Tod geweihte Alexandra, sag mir, wer würde mir nicht eine krankhafte psychische Störung attestieren? Mein ausgeprägtes Ego ist unbestritten und mein schauspielerisches Talent kann auch den letzten Zweifler überzeugen. Schuldunfähig. Mein Urteil. Stell dir vor, eine nette behagliche Irrenanstalt. Da gibt es durchaus attraktive Einrichtungen. Vergiss nicht, ich habe eine Menge Geld, gute Anwälte, versteht sich von selbst. Ich richte es mir gemütlich ein, gebe ab und zu ein Interview, schreibe weiter Romane, vernasche von Zeit zu Zeit meine Mitinsassen oder das Pflegepersonal. Keine weiten Wege, ich muss gar nicht lange suchen. Du weißt, dass ich jeden kriege, den ich haben will. Sollte es mich nach einem weiteren Mord gelüsten, wer sollte mich aufhalten können? Du musst einsehen, meine Perspektiven sind die weitaus besseren.« Er löste die Fessel ihrer rechten Hand und packte sie fest am Gelenk.

»An deiner Stelle aber ist die Selbsttötung ein durchaus einleuchtender Schritt. Ich bin noch nicht ganz schlüssig, ob du dir in den Kopf schießt und dann über die Brüstung kippst, oder ob du es nicht schaffst zu schießen und springst. Es ist unerheblich. Dein Sturz auf den Betonblumenkübel und den hübschen Eisenzaun erklärt den gebrochenen Arm ohne Zweifel. Ja, natürlich könnte ein guter Pathologe feststellen, dass sich bereits Unterhautblutungen gebildet haben, die darauf hindeuten, dass der Bruch eine gewisse Zeit vor dem Tod erfolgte. Darum vielleicht kein Schuss durch den Mund, sondern ein verunglückter Schuss, der dich nicht sofort tötete. Du bist ein Feigling. Bringst es nicht fertig, die Waffe in letzter Konsequenz gegen dich selbst zu richten. Darum tritt der Tod erst nach dem Aufprall auf den Boden ein. Du wirst noch ein paar Minuten leben. Du wirst Schmerzen haben, Alexandra. Große Schmerzen.«

Wie konnte er bei solchen Worten ihren Namen flüstern? Seine Hand fuhr zärtlich über ihr Gesicht und den Hals abwärts. Wie konnte er sie so berühren, so sanft, und sie dennoch töten wollen? Sie versuchte, in seinen Augen zu lesen, aber es gelang ihr nicht. Die Hand, die sie streichelte, steckte in einem Latex-Handschuh und sie ahnte, dass er nichts fühlte. Gar nichts.

»Der Tod wird eine Gnade sein, Alexandra. Ein Geschenk. Mein Geschenk an dich. Du wirst in der Zeitung stehen. Berühmt sein. Was den Pathologen betrifft, wenn er überhaupt Zweifel hegt, was fraglich ist, bei der Qualifikation der hiesigen Ärzte, wird er sicher unter Zeitmangel leiden. Zeit und Geld, das ist es, was überall fehlt. Schlechte Chancen für deine posthume Rehabilitation. Aber jetzt ist es an der Zeit, den Worten Taten folgen zu lassen.«

Tobias zerrte Alexandra vom Stuhl zu Boden. Zwang sie, sich auf den Bauch zu legen. Eins der Bretter legte er auf den Rahmen der Balkontür. Darauf platzierte er ihren rechten Arm, sodass der Unterarm zur Hälfte überstand. Die beiden anderen Bretter legte er darüber. Nur ein schmaler Spalt blieb dazwischen, der genau über der Kante des unteren Brettes lag. Er klemmte sich in den Türrahmen und lehnte sich mit dem Rücken dagegen, den rechten Fuß auf dem Brett, welches den Arm über den Ellbogen hinaus fixierte. Lächelnd schaute er in ihre Augen. Ohne den Blick zu wenden, hob er den linken Fuß mit dem schweren Stiefel. Er lächelte immer noch, als der Knochen unter seinem Tritt brach. Ihr Körper krümmte sich vor Schmerz, sie rang nach Luft. Endlich flossen Tränen. Sie war härter, als er erwartet hatte.

»Wie schade, dass ich dich nicht hören konnte. Es ist immer ein ausgesprochen schöner Moment für mich, wenn jemand durch mich körperlichen Schmerz erfährt. Todesqualen sind am besten, wie du dir denken kannst. Aber das Knacken, wenn Knochen brechen, ist auch nicht zu verachten. Nicht wahr? Ich war gut. Gib es zu. Ein einziger gezielter Tritt. Sauber und ordentlich, gut dosiert. Kein Blut. Der Knochen steht nicht aus dem Fleisch. Bedauerlich, aber darauf musste ich verzichten. Du weißt, warum. Es wäre fatal, hier oben eine Blutspur zu hinterlassen.«

Er packte sie und richtete sie auf, löste den Gürtel von ihren Beinen. Dann räumte er seelenruhig die Bretter zurück an ihren Platz. Er war sicher, mit dem Arm auch ihren Willen gebrochen zu haben.

»Es ist Zeit.« Tobias schaute auf seine Armbanduhr. »Weber wird zuerst kommen. Er wittert ein Geschäft. Knie dich hier hin.« Er machte sich nicht mehr die Mühe, sie mit Vorsicht zu behandeln. Sie war nur mehr ein Objekt. Seine verlängerte Hand. Seine Mordwaffe, ehe sie selbst zum Opfer werden sollte. Er peilte zwischen den Streben des Geländers hindurch, zupfte ein paar Blätter ab und wählte die richtige Position, schob probeweise ihren Arm hindurch. Der raue Beton riss ihr die Haut auf. Sie leistete keinen Widerstand mehr. Nur gedämpft hörte er sie hinter dem Klebeband wimmern.

»Hör auf mit der Heulerei, sonst siehst du nichts vor lauter Tränen. Dann verpasst du das Beste, den entscheidenden Moment. Du sollst es sehen, wenn die Kugel aus deiner Waffe, geschossen von deiner Hand, deine Freunde trifft. Du sollst sie fallen sehen. Und sterben. Ich gebe sie dir beide mit auf die Reise. Dann muss niemand trauern und sich quälen mit Selbstvorwürfen. Ich bin gütig, siehst du? Obwohl lebenslange Seelenqual durchaus auch ihren Reiz hat. Aber dafür habe ich schon einen anderen eingeplant. Freust du dich schon?«

Sein Lachen klirrte in ihren Ohren. Schrill. Eine Tonlage zu hoch. Dann riss er unvermittelt das Klebeband aus ihrem Gesicht und küsste sie. Sein feuchter Mund presste sich hart auf ihre Lippen und zwang sie, sich zu öffnen. Gierig schob er seine Zunge zwischen ihre Zähne, füllte ihren Mund mit Ekel. Sie würgte. Doch als sie das Vergnügen sah, das sie ihm damit bereitete, erwachte mit einem Mal ihr Widerstand. Er reagierte nicht schnell genug, als sich ihr Blick veränderte. Sie biss zu und hielt ihn fest. Für einen Augenblick erkannte sie Panik in seinen Augen, dann aber packte er sie an den Haaren, riss daran, bis sie loslassen musste, und zerrte ihren Kopf beiseite. Sein Zorn ließ ihn die Beherrschung verlieren. Der Boxhieb traf sie mitten ins Gesicht und nahm ihr sekundenlang den Atem.

Als Alexandra wieder zur Besinnung kam, verschloss ein neues Klebeband ihre Lippen und ihr rechter Arm ragte bereits an der vorgesehenen Stelle durch das Geländer. Der linke Arm blieb mit den Handschellen an der Gürtelschlaufe der Hose auf ihrem Rücken befestigt. Tobias stabilisierte die Waffe mit beiden Händen.

Aus dem Augenwinkel nahm Alexandra wahr, wie Jörg um die Ecke bog. Die Kameratasche über der Schulter näherte er sich über den sandigen Weg am verwaisten Spielplatz vorbei.

Tobias wartete. Er brauchte einen bestimmten Winkel, der Abstand war entscheidend. Ganz nah musste er ihn kommen lassen. Er zielte.

Ihr Finger spürte, wie er langsam den Abzug drückte, doch der Schmerz im Arm nahm ihr jede Kontrolle. Jörg hob den Kopf und schaute in ihre Richtung. Sie sah sein Gesicht. Seine Augen. Dann knickte ihr Finger ein.

Das Geschoss schlug in seine Brust, traf den Körper mit Wucht, ließ ihn taumeln und zu Boden gehen. Sein Schrei mischte sich mit ihrem Schrei, der ihren Kopf ausfüllte und alle Gedanken erstickte. Gelächter durchdrang den Schleier aus Tränen.

»Guter Schuss. Richtig guter Schuss, Alexandra! Das Herz nur knapp verfehlt. Der nächste wird noch besser! Deinen Kollegen treffen wir mitten ins Herz. Nein, nein, Kopfschuss. Kopfschuss ist sicherer. Wer weiß, vielleicht trägt er eine schusssichere Weste. Ein Streifenbulle. Könnte sein. Ist er im Dienst? Nein. Du bist nicht im Dienst. Er ist dein Partner. Dann ist er auch nicht im Dienst. Also keine Weste. Dann doch ins Herz. Beinahe schon poetisch. ›Sie traf ihn mitten ins Herz.‹ Verschmähte Liebe. Ist doch immer das Gleiche. Ehrlich, ich bedauere nicht, dass ich dieses Gefühl nicht kenne. Nichts verursacht so viel Leid und Schmerz wie die Liebe. Ich habe es ausprobiert. Auch wenn ich es nicht fühle, ich kann dieses Gefühl bei anderen erzeugen. Ein wunderbares Machtinstrument. Herzen brechen und meine einzige Waffe bin ich selbst.« Er wischte ihr die Tränen vom Gesicht.

»Konzentriere dich.« Wieder blickte er auf die Armbanduhr. »Diese Stadt ist ein Traum. Keiner kümmert sich um den anderen. Ihr könnt in aller Ruhe verbluten, bevor euch jemand findet! Achtung jetzt. Showtime, die Zweite. Da kommt er!«

Seine Stimme zitterte vor freudiger Erregung.

* * *

Jemand hatte ihn geschlagen. Ganz fest. Es klopfte unangenehm. Jörg drehte sich um, aber da war niemand. Ein unbändiges Lachen stieg aus seinem Bauch nach oben. Es musste raus. Jetzt sofort. Wer zuletzt lacht, lacht am besten. Er hatte das untrügliche Gefühl, dass er das war. Weil jetzt zuletzt war. Dieses Lachen ließ sich nicht bremsen oder steuern. Er beobachtete es auf Entfernung. Hübsch sah es aus. Es ähnelte einem Haufen Luftblasen unter Wasser. Lebendig. Ungeheuer lebendig und prickelnd drängte es ans Licht. Er konnte das Licht nicht sehen und auch das Lachen war sich nicht sicher. Es blubberte eine Weile in seinem Körper herum. Dann bemerkte es das Loch in der Brust. Das musste der Ausgang sein. Mit dem warmen, pulsierenden Strom, der dort beständig in die Freiheit drängte, konnte das Lachen hinausschwimmen. Es beeilte sich. Wer zuletzt lacht. Das Lachen reihte sich ein in das rhythmische Zucken. Gleich. Jetzt. Hinaus in die Freiheit!

* * *

Mischa beschleunigte seinen Schritt, als er Jörg am Boden liegen sah. Tobias flüsterte unentwegt in Alexandras Ohr.

»Ein bewegtes Ziel. Die Jagd beginnt! Ich nehme dich ins Visier, Bulle …«

Wieder machte sich dieses entsetzliche Gefühl von Hilflosigkeit in ihren Fingern breit. Mischa ging neben Jörg in die Knie. Fühlte den Puls, während seine Augen suchend über die Häuserfronten glitten. *Verschwinde. Geh in Deckung.* Er konnte Alexandra nicht sehen hinter der Blätterwand aus Wein und Efeu. Sie fühlte die Zeit verrinnen. Gleichzeitig verstärkte sich der Eindruck, alle Bewegungen liefen in Zeitlupe ab. Verlangsamt, nur zu dem einen Zweck, sie länger leiden zu lassen.

Mischa griff in seine Jackentasche. Sie wusste, dass er keine Waffe bei sich trug. Nie, wenn er außer Dienst war. Tobias' Zeigefinger zuckte angespannt. Mischa nahm das Handy ans linke Ohr. Mit der rechten Hand drückte er auf Jörgs Brustkorb, um die Blutung zu stillen.

Alexandra spürte Tobias' Atem in ihrem Haar.

»Der ist zu gut für diese Welt. Ruft die Rettung für den Nebenbuhler, anstatt seinen Exitus in Ruhe zu Ende anzusehen. Komm schon, Michalczyk, dreh dich ein kleines Stück weiter. Steh auf. Biete mir deine Brust zum Schuss. Lass mich in dein Gesicht sehen!«

Als hätte er die Worte gehört, richtete Mischa den Oberkörper leicht auf, drehte sich in ihre Richtung.

»Ja, er will es. Siehst du? Ein williges Opfer, das mir sein Herz auf dem Tablett serviert. Er bettelt geradezu darum, zu sterben. Jetzt, Alexandra, lass es uns vollenden!«

Seine Stimme zitterte ekstatisch. In der Sekunde, als er das Ziel fixierte und ihren Finger durchdrückte, vernachlässigte er die Kontrolle über sie. Mit übermenschlicher Kraftanstrengung riss sie den Teil des rechten Armes zur Seite, der ihr noch gehorchte. Nur eine Winzigkeit. Ein Feuer loderte in der Bruchstelle, tausend Explosionen zerfetzten ihr Fleisch und brachten die Nervenenden zum Vibrieren. Die Kugel verließ den Lauf und es war ihr, als könne sie die Flugbahn mit den Augen verfolgen. Zu spät, um noch Einfluss zu nehmen.

Der Schuss zerschmetterte Mischas Schulter, brachte ihn zu Fall, wie zuvor Jörg gefallen war.

»Die Choreographie des Todes. Sieht es nicht aus, als ob sie tanzen, ehe sie den Boden küssen?«

Der Triumph und die Genugtuung in seinen Worten, wichen einem bösartigen Zischen, das zwischen seinen Zähnen herausgepresst wurde.

»Du hast versucht, meinen Plan zu durchkreuzen. Das steht dir nicht zu. Ich bin der Herr über Leben und Tod. Das Alpha und das Omega. Ich bin der Meister!«

Panisch starrte Alexandra nach unten. *Mischa? Beweg dich!* Zusammengekrümmt lag er an Jörgs Seite. War da eine schwache Regung, ein Stöhnen, ein Lebenszeichen? Ihre Geistesabwesenheit reizte Tobias noch mehr.

»Du hörst nicht zu! Ich bin dein Meister. Hast du verstanden? Mein Wille geschehe! Du hast durch deine Hand mein Urteil vollstreckt. Jetzt ist es getan und nur noch dein Tod fehlt zur Vollendung meiner Komposition. Du wirst die Krönung meiner Todeskreation sein!«

Tobias löste die Handschelle, seine Hand krallte sich in ihr Genick. »Willst du dich nicht mehr wehren? Wie schade! Aber es spricht für deine Intelligenz. Du hast keine Chance gegen mich und du weißt es. Oder ist es doch nur sentimentales Gefühl, was deinen Willen gebrochen hat? Sie sind tot und du trägst die Verantwortung dafür. Der Kummer lässt dich resignieren? Wie gewöhnlich. Ein Jammer, dass wir so weit weg waren. Dieses Geräusch, wenn die Kugel ins Fleisch eindringt, hätte ich dir zu gerne mit auf den Weg ins Jenseits gegeben. Steig auf das Geländer.«

Mit einem Ruck entfernte er das Klebeband.

»Worauf wartest du? Es ist unvermeidlich.« Immer noch hielt er ihre Hand und mit ihr die Pistole. Alexandras Blick richtete sich darauf und Tobias lachte höhnisch. »Denk nicht mal dran. Deine Kraft ist aufgebraucht, von deinem erfolglosen Rettungsversuch.«

Ein kurzes Ziehen und die Pistole glitt ihr aus den Fingern. Sie heulte auf vor Schmerz.

»Ich bin barmherzig und setze deinem Leid ein Ende.«

In der Ferne hörte man ein Martinshorn.

»Wir müssen uns beeilen, mein Engel. Heb die Waffe wieder auf. Du hast noch einen Schuss abzufeuern.«

Er stellte ihren Fuß auf den Stuhl, den er ans Geländer gerückt hatte. Vielleicht hatte er sogar recht. Wozu sollte sie noch kämpfen? Wieder füllten sich ihre Augen mit Tränen. Mischa rührte sich nicht. Lag ebenso stumm und regungslos wie Jörg in seinem eigenen Blut. Alles, was zählte, war verloren. Sie drehte sich zu Tobias um, der wieder ihr Handgelenk umschlossen hielt.

»Kommst du mit rauf? Von hier oben hast du einen besseren Blick. Du kannst mich fallen sehen und aufschlagen. Du kannst …«, sie schluckte, »von hier aus kannst du die beiden sehen.« Ihre Stimme kippte. »Gut versteckt die Rettungskräfte beobachten, in ihrem vergeblichen Bemühen …«

Sie brach ab und blinzelte nach unten, hielt den Atem an, befeuchtete zitternd ihre Lippen. Tobias durfte nichts ahnen.

»Endlich verstehst du! Ist es nicht erhebend, den Überblick zu haben?«

Sie nickte wortlos. Er kletterte neben sie auf die Brüstung, das Rankgitter fest im Griff. Fürchtete er, sie könne ihn mit sich in die Tiefe ziehen? Die Gefahr war gering, auf der Seite des gebrochenen, nutzlos herabbaumelnden Armes. Noch immer stand er hinter den Pflanzen. Vor den Blicken der Außenwelt verborgen. Aber sie versperrten auch seine Sicht. Alexandra machte einen weiteren kleinen Schritt zur Seite und er folgte ihr.

Seine unbedachte Bewegung machte ihn sichtbar. Ein kleines Stück, ein kleiner Augenblick.

»Schieß!«, schrie Alexandra mit sich überschlagender Stimme und ließ sich zur gleichen Zeit rückwärtsfallen. Sie sah, wie Tobias auf der Brüstung schwankte, als der Schuss ihn traf. Seine Hand umklammerte das Gitter, hielt ihn oben. Der zweite Schuss erwischte ihn geschwächt, aber vorbereitet. Seine tänzelnden Schritte balancierten ihn aus. *Die Choreographie des Todes.* Langsam drehte er sich zu ihr um. Sein Pullover färbte sich rot. Mit geweiteten Augen starrte er sie an. Dann lächelte er.

»Ich spüre das Leben. Das Leben! Verdammt sollst du sein, Alexandra. Gott ist tot.«

»Fahr zur Hölle!«, schluchzte sie.

Dann öffnete er die Hand und kippte nach hinten.

***

Conrad Neumaier drehte den Kopf, noch bevor der Körper mit dumpfem Aufprall die Erde erreichte. Begleitet von einem scharfen Krachen. Die Wirbelsäule, schloss er lakonisch. Neben ihm lagen zwei Männer regungslos im feuchten Spielplatzsand. Zwei gute Männer. Ein dritter Mann lag jetzt im Blumenbeet, wie er wusste, aber nicht sehen wollte. Er senkte die Hand mit der Waffe, schob sie zurück ins Holster. *Last man standing.* Wieso er. Wieso ausgerechnet er? Wieso stand er aufrecht und sie lagen im Dreck? Melodisch klingelte das Handy in seiner Brusttasche. Automatisch ging er ran, als er Robert Wagners Nummer erkannte.

»Jetzt nicht. Hör zu«, raunzte er kurzatmig. Dann forderte er einen weiteren Notarzt, Verstärkung, ein Team der Spurensicherung und einen Leichenwagen, ohne weitere Erklärungen abzugeben. Erst als der Rettungswagen ihm fast über die Füße fuhr, wich die verzweifelte Starre aus seinem Körper. Er hatte nicht mal versucht, Erste Hilfe zu leisten – und er hatte sich nicht um Alexandra gekümmert. Hastig drehte er sich um und schaute hinauf zum Balkon.

»Alexandra«, brüllte er. »Alexandra!«

***

Ihr Hinterkopf war hart gegen die Hauswand geschlagen. Benommen blieb sie liegen. Minuten verstrichen. Alexandra rührte sich nicht. Das Martinshorn kam endlich näher. Türen schlugen, Stimmen redeten durcheinander. Jemand rief ihren Namen. Immer lautere Stimmen. Immer mehr Stimmen. Polizeisirenen, noch ein Martinshorn. Da war wieder ihr Name. Neben dem Arm, der nicht mehr zu ihr gehören wollte, lag die Waffe. Das kannst du auch mit links, Alexandra. Eine Kleinigkeit. Aufheben mit links, Mund auf, abdrücken mit links. Aus. Feierabend. Kein Blut mehr. Keine Toten. Keine Verantwortung. Kein Prozess. Durch die Lücken im Balkongeländer sah sie schemenhaft Gestalten huschen. Von links nach rechts, von rechts nach links. Ein seltsamer Tanz. Langweilige Choreographie. *Seine* Choreographie. Sie tanzten immer noch nach seiner Pfeife. Nimm die Waffe, Alexandra. Letzter Akt. Ausgetanzt. Die Hand tastete über den Boden. Da war wieder ihr Name, schaukelte durch die Luft. Ihr Finger berührte das Metall. Das grelle Jaulen des Martinshorns stach in ihre Ohren, als es wieder einsetzte und sich schnell entfernte.

Die Welt hing schief, ihr Denkvermögen schlingerte, wie ein leckgeschlagener Kahn im Sturm. Zerrspiegelbilder schwappten in ihr Bewusstsein, als sie aufstand, durch ihre Wohnung ging und die Treppe hinab ins Freie stolperte. Jetzt waren die Nachbarn plötzlich da. Jetzt! Zu spät. Alles zu spät. Denn sie waren nicht mehr da. Sie, die er zum Tanzen gezwungen hatte. Auch der zweite Rettungswagen war verschwunden.

Die Taubheit im Arm breitete sich aus, schluckte gnädig den Schmerz. Vor ihr die Männer der Spurensicherung. Absperrbänder, Markierungen, zwei Blutlachen, die im Sand versickerten. Neben der rostigen Schaukel. Jemand nahm ihr die Pistole aus der Hand. Ein weiterer Wagen fuhr auf den Hof. Kurz darauf hörte sie, wie die Heckklappe geöffnet wurde. Dann ein schleifendes Geräusch. Sie kannte es. Zu früh, dachte sie nur. Sie sind noch nicht fertig mit ihm. Unbeteiligt beobachtete sie, wie sie ihn fotografierten. Tobias sah eigentlich aus wie immer. Nur sein Körper hing seltsam verbogen über dem Eisenzaun, mit dem Kopf auf dem Blumenkübel. Die blauen Augen schauten in den Himmel. Auf seinem Gesicht glaubte sie ein erstauntes, fast amüsiertes Lächeln zu sehen. Eingefangen für die Ewigkeit. Die Haarsträhne war ihm ins Gesicht gerutscht. Automatisch streckte sie die Hand aus, um sie beiseite zu streichen. Dann verlor sie das Bewusstsein.

***

»Ich habe Ihnen den Beweis geliefert, dass das perfekte Verbrechen möglich ist. Sie wollten es so haben. Und Sie selbst werden ein weiterer Beweis dafür sein. Sie wollen wissen, wie Ihr Kapitel aussehen wird, Herr Kommissar? Nun, wie wäre es mit Folgendem: Sie sind ein einsamer Mann. Von der Familie verlassen. Vor Ihnen liegen drei Wochen Urlaub. Drei Wochen und einen Tag wird es dauern, bis der Erste Sie vermisst. Rechnen Sie getrost noch ein paar Tage drauf, bis man die Wohnung öffnet. Viel Zeit zum Sterben. Mehr als Sie brauchen. Sie wissen, welche Schuld auf Ihnen lastet, und Sie wissen auch, dass mein Urteil ein gerechtes ist. Sie sind ebenso schuldig, wie ich es bin. Aber im Gegensatz zu Ihnen habe ich gebeichtet. Wieder und wieder. Und Ihnen erteile ich heute die Absolution, denn ich bin mir sicher, dass Sie bereuen. Jetzt. Hier und heute, in diesem Augenblick. Und von diesem Augenblick an, bis es zu Ende ist, werden Sie nicht aufhören zu bereuen. Ja, ich bin Ihr Richter und Ihr Henker. Ich gönne mir die Rollen beide, denn sie sind mir auf den Leib geschrieben und niemand könnte ein besserer Vollstrecker sein, als ich es bin. Sie sind bereits geschwächt. Es ist Ihnen nicht klar, weshalb? Sie haben Ihre Medikamente vorschriftsmäßig eingenommen, nie vergessen oder falsch dosiert. Ganz recht. Nur waren es die falschen Medikamente. Es ist nicht das erste Mal, dass ich mir ungefragt Zutritt zu Ihrer Wohnung verschafft habe. Es geht schon einige Wochen so. Ich habe es genau berechnet. Was Sie schwächt, hat seine Wirkung getan, Sie sind nicht mehr fähig, das Bett zu verlassen. Ohne fremde Hilfe und aufbauende Präparate wird das auch so bleiben. Bis man Sie findet, hat Ihr Körper die verhängnisvollen Substanzen restlos abgebaut. Kein Nachweis mehr möglich. Ihr Herz ist schwach. Der Weg zur Wohnungstür zu weit in Ihrem Zustand. Der Durst wird unerträglich werden, aber ach, selbst wenn Sie es schaffen sollten bis zum nächsten Wasserhahn, ich habe den Haupthahn zugedreht. Und der befindet sich, so ein Pech, im Keller. Keine Getränkeflaschen im Haus. Trinken Sie Putzmittel, das habe ich Ihnen gelassen. Noch etwas habe ich Ihnen gelassen. Ein Messer. Es ist sehr scharf. Selbst Ihre schwache Hand vermag es, damit einen Schnitt zu führen. Längs der Ader, Kommissar, nicht quer, wenn Sie es schnell hinter sich bringen wollen. Ich lege es hier auf Ihre

Decke. Nein, besser noch, direkt in Ihre Hand. Ein Ausweg. Sie müssen nur den Willen aufbringen, solange die Kraft noch reicht. Entscheiden Sie sich, lassen Sie alle Hoffnung fahren. Aber das werden Sie nicht. Ich kenne Sie. Vielleicht werden Sie auch einfach einschlafen und nicht mehr erwachen? Ein sanfter Tod. Schöner, als jämmerlich zu verdursten. Aber Mitleid war noch nie meine liebste Tugend. Ihr Wecker hat eine wunderbare Funktion. Er wird stündlich ein Signal abgeben und Sie nicht schlafen lassen. Sie werden darauf warten. Sie werden es hassen. Sie werden den Tod herbeisehnen. Vielleicht sogar mich herbeisehnen, dass ich es beende. Aber ich werde nicht wiederkommen. Sterben Sie wohl, Herr Kommissar. Der Todesengel hat sein Werk vollbracht …

So könnte es aussehen, Ihr Kapitel. Aber er weiß, vielleicht ist mein Plan ein noch besserer? Noch böser.

Ich verlasse Sie jetzt. Draußen dämmert es. Sehen Sie das Morgenrot? Das ist meine Zeit, die da heraufdämmert. Der Sohn der Morgenröte hält noch für viele das Licht der Verdammnis bereit.«

* * *

Die Versorgung ihres Armes dauerte nicht lange. Ein glatter Durchbruch, keine Splitter. Trotz des massiven Kraftaktes, den Alexandra selbst der Bruchstelle zugemutet hatte, war das umgebende Gewebe erstaunlich wenig geschädigt. Die Heilungschancen standen gut. Sie musste nur mit wenigen Wochen in Gips rechnen. Ein schwacher Trost, angesichts der Verletzungen, die Jörg und Mischa davongetragen hatten. Noch während Alexandras Behandlung meldete sich der zuständige Kollege vom Zentral-Polizeipsychologischen Dienst. Ein freundlicher Mensch, erfahren und sanftmütig. Aber sie wollte ihn nicht um sich haben. Wollte nicht, dass jemand ihren Schmerz linderte. Was wusste der schon? Nichts. Er kannte weder sie, noch Mischa oder Jörg. Statt sich ihm anzuvertrauen, fauchte sie ihn an. Unbeirrt reichte er ihr eine Visitenkarte.

»Rufen Sie einfach an. Jederzeit«, sagte er nur. »Sobald Sie bereit dazu sind.«

Im stickigen Wartebereich zwischen zwei Stationen hockte sie zusammengekauert auf einem der grünen Plastikbesucherstühle. Alle paar Minuten stand sie auf, um abwechselnd links und rechts die breiten Flure entlangzustarren, in der Hoffnung, einer der Ärzte, die parallel in zwei Operationssälen arbeiteten, möge sich zeigen. Der Geruch nach Desinfektionsmittel verursachte ihr zunehmend Übelkeit. Das Quietschen von Gummisohlen auf dem Linoleum und das Klappern unterschiedlicher Clogs steigerten ihr Unbehagen, vor allem, wenn die Schritte die Frequenz erhöhten, an Tempo zulegten, ins Rennen gerieten. Dann wäre sie ihnen am liebsten gefolgt, um sich zu vergewissern, dass es sich nicht um einen Notfall im OP handelte.

Conrad Neumaier nahm auf dem Sitz neben ihr Platz, reichte ihr einen Schokoriegel und einen Becher Kaffee, die er aus einem Automaten einen Stock tiefer besorgt hatte.

Eigentlich sollte er gar nicht mehr hier sein, sondern zu Hause oder bei Markus. Zu viele Stunden hatte er in den letzten Tagen im Krankenhaus verbracht. Mit zu vielen Fragen und zu wenigen Antworten. Sie wusste, dass er ihretwegen blieb und wie sehr er sich sorgte. Nicht nur um Mischa.

»Hat Markus inzwischen mit dir geredet?«

Mit resignierendem Seufzen stellte er den Kaffeebecher zwischen seinen Füßen ab.

»Nicht mit mir. Mit Basti. Und auch nicht viel.«

»Glaubst du wirklich, dass«, es fiel ihr schwer, es auszusprechen, »dass Tobias das auch war?«

Neumaier knetete seine wulstigen Finger.

»Er hat ihn nicht entführt. Obwohl vieles dafür spricht, dass er damit zu tun hatte. Die Botschaft. Die war von ihm. Für mich. Aber der Rest passt nicht zusammen. Der Entführer hat allein gehandelt. Auf eigene Faust. Basti sagt, der wollte Markus nichts tun. Er hat versucht, böse zu sein, aber er konnte das nicht gut. Und er hat sich selbst als Schüler bezeichnet, der seinem Meister mit der Entführung ein Geschenk machte. Erst von da an, war es der Mann am Telefon, der Anweisungen gab. Dieser ›Meister‹, das war Stockmann, davon bin ich überzeugt. Aber wir werden es nie mit Sicherheit wissen.«

Der Meister. *Herr über Leben und Tod.*

»Wir wissen es mit Sicherheit, wir können es nur nicht beweisen. Es sei denn, wir finden den Mann.« Alexandra legte den Kopf auf Conrad Neumaiers Schulter. Sie fühlte sich unendlich müde.

»Das werden wir nicht. Markus glaubt, er ist tot. Erlöst. Und glücklich. Er faselt etwas von ewigem Licht und dem Ende allen Leides. Basti sagt, er kriegt ganz glasige Augen dabei. Das macht mir Sorgen. Markus hat trotz allem, was der Kerl ihm angetan haben mag, Gefallen an ihm gefunden. Er empfindet Mitleid für ihn und Sympathie!«

Reine Überlebensstrategie – Solidarität aus Angst geboren. Das war kein ungewöhnliches Verhalten, aber eines, dass man nicht ohne Weiteres akzeptieren konnte. So was lernte man schon in der Polizeiausbildung.

»Wird er eine Therapie machen? Oder mit den Leuten vom Weißen Ring reden? Die kennen sich doch damit aus. Ich meine, dass ist doch ihre Aufgabe, mit Opfern zu arbeiten.«

»Ich weiß es nicht. Ich kann nur hoffen.« Conrad Neumaier streichelte geistesabwesend ihren unverletzten Arm.

»Es tut mir so schrecklich leid, was passiert ist! Wenn Stockmann das zu verantworten hat, wenn er dahintersteckt … wenn ich nichts mit ihm angefangen hätte …«

Alexandra konnte nicht aufhören, im Durcheinander ihrer Gefühle zu wühlen. Hilflos dem Warten ausgeliefert, fuhren ihre Gedanken auf einem Karussell, das sich immer schneller im Kreis drehte. Eine Endlosschleife. Dauerkarte ohne Ausstiegsmöglichkeit. Unterbrochen nur von neuen ungeklärten Fragen. Das Karussell holperte ein weiteres Mal.

»Wieso bist du vorhin überhaupt da gewesen? Ohne dich wären wir jetzt alle tot und Tobias' Plan hätte funktioniert.«

»Mischa hat mich angerufen, nachdem er deine Nachricht erhalten hat.«

»Die war nicht von mir. Tobias hat sie geschrieben, ich weiß nicht mal, was drin stand.«

Conrad Neumaier schüttelte den Kopf. »Ich habe es nicht verstanden. Mischa war sehr aufgeregt. Sagte nur, es sei was faul und ich solle sofort zu deiner Wohnung kommen. Es könnte sein, dass du in Gefahr bist.«

»Woher hat er das gewusst?«

Umständlich zerriss Alexandra die Verpackung des Schokoriegels und biss hinein, ohne etwas zu schmecken.

»Ich hoffe, das kann er uns noch selbst sagen.« Erschrocken brach Conrad ab. »Bald, meine ich. Ich hoffe, er kann es uns bald sagen. Aber warte, lies es am besten selbst. Das ist aus seiner Jacke gefallen.«

In der Hosentasche suchte er mit fahrigen Bewegungen nach dem Zettel und reichte ihn ohne zu überlegen an Alexandra weiter. Die Schokolade entglitt ihrer Hand, die Buchstaben verschwammen vor ihren Augen. Schwarz auf rotem Untergrund. Tinte und Blut. Mischas Blut.

»Ruf mich nicht an. Ich werde nicht ans Telefon gehen«, las sie. »Du musst um 14:30 Uhr bei mir sein. Nicht früher. Nicht später. Sonst ist alles aus. Dann weiß ich, dass es keine Zukunft mehr gibt. Nicht für mich, ohne dich. All die Nächte mit dir, kann ich nicht einfach vergessen. Lass mich nicht im Stich. Lass mich nicht sterben.«

So ein Unsinn. *All die Nächte mit dir.* Aber Tobias hatte geglaubt, sie beide … All die Nächte. Oh ja, so viele gemeinsame Nächte. So viele. Und jetzt?

»Mischa war einfach immer da«, flüsterte sie und ihre Nase tropfte aufs Papier. »Es war ganz selbstverständlich, wenn einer von uns Kummer hatte, riefen wir den anderen an, egal zu welcher Tages- oder Nachtzeit. Dann kam er zu mir oder ich konnte zu ihm fahren. Da sein, war wichtig, und festhalten. Einfach eine Stunde in der Küche stehen, während der Kaffee auskühlt oder die Bratkartoffeln anbrennen, und einander umarmen. Da können Worte nicht mit. Und jetzt? Was wird denn jetzt?«

»Keine Ahnung, Alexandra. Aber er schafft es. Sicher.«

Conrad Neumaier drückte ihre Hand und wischte sich vorsichtig die feuchten Augen. Sie tat, als bemerkte sie es nicht, betrachtete erneut den Ausdruck, berührte mit den Fingerspitzen die Blutspur, die sich über den Text zog. »Alex«, entzifferte sie als Absender darunter. Nicht Alexandra, sondern Alex. Beinahe hätte sie gelacht. Sie hasste diesen Namen. Aber das hatte Tobias nicht gewusst. Das war der entscheidende Fehler, darum hatte Mischa Conrad angerufen.

»Hast du schon was von Weber gehört, als ich unten war?«, fragte der jetzt mit belegter Stimme. »Den hat es noch schlimmer erwischt als Mischa, nicht wahr?«

Schniefend schüttelte sie den Kopf. »Sie rennen dauernd rein und raus aus dem OP, aber es sagt mir keiner was. Ich habe wohl eine ganz kritische Stelle erwischt.«

»Nicht du. Stockmann.«

»Mein Finger war am Abzug.«

»Und er hat abgedrückt. Vergiss das nicht!« Er reichte ihr ein weiteres Taschentuch. »Wie stehst du zu ihm, zu Weber?«

Eine komplizierte Frage. Sie putzte sich die Nase und griff zum Kaffee, der endlich auf Trinktemperatur abgekühlt war.

»Er ist so was wie mein zweiter großer Bruder.«

»Ach?«

»Ich weiß. Habe mich nicht gerade mit Ruhm bekleckert in der letzten Zeit. Mit großen Brüdern schläft man nicht. Es war eine Affäre. Kurz und belanglos. Eine Affäre eben, nichts weiter.« Sie seufzte. »Ich hätte es ebensogut lassen können. Dann wäre es vielleicht nicht so weit gekommen und er schwebte jetzt nicht in Lebensgefahr.«

»Du glaubst doch nicht im Ernst, dass das etwas geändert hätte?«

»Ich weiß nicht. Vielleicht waren da einfach zu viele Männer in meinem Leben.« Sie lachte bitter. »Dass ich das mal sage: zu viele Männer in meinem Leben! Aber keiner davon ist meiner. Und allen bringe ich nur Unglück.« Wieder lachte sie unter Schluchzern. »Und wenn er wirklich stirbt?«

»Denk nicht daran. Komm, lass den Kopf nicht hängen. Da kommt eine Schwester. Schwester!«

Zügiger, als man bei seiner Leibesfülle erwartet hätte, sprang er auf und eilte ihr entgegen. »Schwester, gibt es etwas Neues?«

Lächelnd nickte sie. »Herr Michalczyk ist jetzt im Aufwachraum. Wenn Sie zu ihm möchten, denke ich, das geht in Ordnung.«

»Wunderbar. Kommst du, Alexandra?«

Sie zerdrückte den Plastikbecher in ihren Händen.

»Geh du. Ich kann nicht.«

* * *

Erst eine Stunde später wagte Alexandra sich in Mischas Zimmer. Conrad Neumaier hatte darauf bestanden und sie schließlich durch die Tür geschoben.

Mischa sah schrecklich aus, noch ganz benebelt von der Narkose. Seine Stimme stolperte heiser und langsam, eine Nachwirkung des Beatmungsschlauchs. Trotzdem versuchte er zu scherzen.

»Montagmorgen müssen wir wohl früher aufstehen. Einarmig die Uniform anzuziehen, stelle ich mir schwierig vor.« Er hustete und sein Gesicht verzerrte sich bei jeder Erschütterung. »Aber wir kriegen ja immerhin noch zwei funktionsfähige Arme zusammen. Wenn du mit dem linken Arm schaltest und ich mit dem rechten lenke, könnten wir glatt ganz normal Streife fahren, was?«

Sein Lachen klang gequält und sie schaffte nur ein mühsames Nicken. Sie, die immerzu redete, fand keine Worte. Eine Schwester streckte den Kopf zur Tür herein.

»Frau Müller? Die Operation ist vorbei. Herr Weber ist jetzt auf die Station gebracht worden. Seine Frau möchte Sie sehen.«

»Geh schon.« Mischa nickte ihr zu. Die Schwester wartete.

»Geht es ihm gut?« Alexandras Hände schwitzten bei dem Gedanken an Karin.

»Sein Zustand ist nicht unkritisch, aber derzeit einigermaßen stabil. Die Chancen sind gut, dass er in absehbarer Zeit zu sich kommt. Seine Frau will Sie gleich sprechen, sagt sie. Damit sie wieder bei ihm sein kann, wenn er aufwacht.«

Die Schwester verließ den Raum, doch Alexandra zögerte.

»Worauf wartest du? Mensch, er ist über den Berg, zieh nicht so ein Gesicht. Als ich ihn fand, dachte ich nicht, dass er es schafft. Seine Frau wird dir nicht gleich den Kopf abreißen. Er lebt. Das ist doch, was am meisten zählt. Oder nicht? Alles Weitere könnt ihr später klären.«

Er machte eine kurze Pause. Atmete schwer. Alexandra rührte sich immer noch nicht.

»Und zwischen uns gibt es nichts, was geklärt werden müsste«, fügte er hinzu.

Hilflos stand sie am Fußende des Bettes.

»Es tut mir alles so leid.«

»Lass, das ist nicht nötig.«

Sie zog kurz die Oberlippe zwischen die Zähne, sprach dann aber weiter. »Tobias hat mich vor die Wahl gestellt, wer von euch sterben soll. Und ich …«

»Nicht, Alexandra, tu dir das nicht an.«

Ihre Hände krampften sich um die Metallstange, auf der ein Schild mit Mischas Namen klebte.

»Ich sollte wählen, wen von euch ich retten würde, wenn ich könnte.«

»Du hattest nie eine Wahl. Geh jetzt und hör auf mit den Selbstvorwürfen.«

»Darum geht es nicht, es ist nur …«

»Verschwinde Alexandra, ich will es nicht hören. Ist das deutlich genug? Hau jetzt ab. Klar?«

Sie ging langsam zur Tür, drehte sich um, die Hand schon auf der Klinke.

»Auch wenn du es nicht hören willst, Mischa, ich muss es sagen. Als ihr beide da unten gelegen habt, alles voll mit Blut, eurem Blut, da wurde mir schlagartig klar …«

»Sascha!«

Sie ließ sich nicht unterbrechen. »Die Entscheidung war in meinem Kopf. Sofort. Ich musste sie nicht treffen. Sie war einfach da. Ich dachte, es wäre schwer, aber es war so verdammt leicht. Und damit komme ich nicht zurecht, Mischa.«

»Hör auf, Sascha – hör auf!« Er flüsterte es, fast flehentlich. »Sag nichts mehr.«

»Ich fühle mich so schuldig seitdem. Und ich weiß nicht, was ich Karin sagen soll. Ich bin so froh, noch mit Jörg reden zu können. Wenn es wirklich in meiner Hand gelegen hätte … aber das kann ich ihr nicht sagen, und ihm nicht … weißt du, dann könnte ich das nie mehr.«

Erst, als sie längst gegangen war, wurde ihm klar, was ihre Worte bedeuteten.

⋆⋆⋆

Karin erwartete Alexandra vor der Tür der Intensivstation. Angst und Wut entluden sich über ihr wie ein Gewitter und sie ließ es reumütig, fast dankbar, über sich ergehen.

»Wenn er deinetwegen stirbt, mache ich dir das Leben zur Hölle, das schwöre ich dir!«

»Karin, es tut mir leid …«

»Es tut dir leid? Was genau? Dass du schuld bist, dass er vielleicht verblutet? Dass dein beschissener Liebhaber ihn abgeknallt hat? Oder dass du mit ihm im Bett warst?«

Es gab nichts zu ihrer Verteidigung zu sagen, was jetzt nicht lächerlich geklungen hätte. Aber nach einer Weile regte sich ein erster Widerstand. Es gehörten schließlich zwei dazu. Die Bürde seiner Schussverletzung war schwer genug zu tragen. Der Ehebruch ging nicht allein auf ihr Konto.

»Wie lange wird es dauern, bis er wieder in Ordnung kommt?«, fragte sie unvermittelt in Karins Empörung hinein. »Bitte Karin, vergiss das andere jetzt mal. Es gibt doch im Moment wirklich Wichtigeres. Jörg ist dein Mann. Das war er immer. Ich hatte nie vor, ihn dir wegzunehmen. Ich weiß, dass du mich jetzt hasst, und du hast völlig recht damit. Aber ihn darfst du nicht hassen, Karin. Bitte! Er braucht dich und er liebt dich und eure Kinder. Du kennst ihn besser, als jeder andere. Du weißt, er kann nicht anders, wenn sich die Gelegenheit für einen Flirt bietet. Ich hätte nie gedacht, dass ich so was mal sagen würde, aber das mit Jörg und mir, das hatte nichts mit dir zu tun. Für Jörg ist Sex wie Atmen. Er kann das absolut von Liebe trennen. Und dich liebt er. Dich und keine andere.«

Karin blinzelte. Ihre Mundwinkel zucken und Alexandra sah die Tränen aufsteigen, als sie langsam zu sprechen begann.

»Die Hauptschlagader wurde nicht getroffen. Gerade so. Die Lunge nur geschrammt. Es fehlten nur Millimeter. Nur Millimeter und nur Sekunden bis zum Tod. Der Blutverlust war an der Grenze. Er wird eine ganze Weile im Krankenhaus bleiben müssen. Aber er wird überleben.«

Endlich überwog die Erleichterung. Alexandra hob vorsichtig die Hand und streichelte ihr über die Wange. Dann ging sie leise nach draußen in die Dunkelheit.

Sonntag, 11. November

Alle Fäden liefen bei Robert Wagner zusammen. Es erfüllte ihn mit Stolz, dass er das Team leiten durfte. Obwohl die Umstände alles andere als angenehm waren. Aber gerade darum war er fest entschlossen, die Angelegenheit restlos und zweifelsfrei aufzuklären.

Die Durchsuchung von Tobias Stockmanns Wohnung im Westhafen hatte auf Anhieb wenig Neues gebracht. Angeblich war er seit mehreren Tagen nicht mehr da gewesen. Dazu passte die Buchungsbestätigung für ein Flugticket nach München. Sie fanden keine weiteren Hinweise auf eine aktuelle Verbindung Stockmanns zum mutmaßlichen Mörder von Martin Hirschberger und Entführer Markus Neumaiers. Ob das ein Vor- oder Nachteil war, blieb abzuwarten. Im Augenblick musste Robert sich darauf beschränken, Fakten zu sammeln. Die in der Wohnung sichergestellten DNA-Spuren belegten nur Alexandra Müllers sehr intime Rolle in der Geschichte. Aber die war auch vorher kein Geheimnis gewesen. Er hoffte, dass ihre Aussage etwas Licht in die Angelegenheit brachte. Dass obendrein ausgerechnet Conrad Neumaier die tödlichen Schüsse auf Stockmann abgegeben hatte, war besonders heikel. Die Staatsanwaltschaft schaute extrem genau hin, wenn der Verdacht bestand, dass private Konflikte mit der Dienstwaffe gelöst wurden. Zu recht. Conrad, Alexandra und Mischa waren gleich auf mehreren Ebenen in die Sache verstrickt. Robert brauchte die volle Kooperation aller Kollegen. Sowohl die absolute Offenheit der persönlich Involvierten als auch die uneingeschränkte Objektivität auf Seiten der Ermittler. Befangenheit war das Ende. Dann würden bald andere den Fall übernehmen. Prüfend wanderte sein Blick über die Gesichter des Teams. Neutralität. Daran mussten sie zuerst arbeiten.

Montag, 12. November

Ricky Kramer traute sich nicht, das Haus zu verlassen, obwohl er dringend etwas zu trinken brauchte. Der Sonntag war verstrichen, ohne dass der Mann aufgetaucht war, um ihn zu bezahlen. Seine Gedanken rotierten. *Trinken. Jetzt.* Aber da war nichts mehr. Wenn er ginge, um etwas zu kaufen? Ganz schnell. Nur, wohin? Er kannte sich nicht aus in München. Und wenn der Mann genau dann käme und er wäre nicht da, würde er wütend werden. Ihn nicht bezahlen. Oder Schlimmeres. Er erinnerte sich an die sanfte Stimme und die Schärfe der Worte, die der Mann mit einem Lächeln sprach. Nein, er konnte nicht gehen. Zu großes Risiko. Hier drin war es warm. Draußen nicht. Zu viele kalte Nächte in seinem Leben. Trotzdem musste er etwas trinken. Er durchsuchte jeden Winkel. Nichts, was seine Qual noch lindern konnte. Weder Rasierwasser, noch Medikamente, nicht mal Hustensaft. Die Totenfratzen starrten ihn weiter an. Er spürte ihre Blicke durch die Tücher. Er fürchtete sich. Auf den Durst folgte der Entzug. Vielleicht beobachtete der Mann ihn durch die Augen der Totenfratzen. Kalter Schweiß, Zittern, nackte Angst. Er verschanzte sich im Bad. *Sie sehen mich. Er sieht mich. Er wird kommen. Er wird böse auf mich sein. Ich habe alles ausgetrunken. Ich habe die Figur kaputt gemacht.* Zwischen Toilette und Badewanne kauerte er sich auf den Boden. Die Arme fest um die Beine geschlungen, schaukelte er vor und zurück. Dann sah er sie. Sie schlüpften aus den Fugen. Er schaukelte schneller. Schloss die Augen, wimmerte leise. Er kannte sie von dem Bild im Schlafzimmer. Vor und zurück. Sie ließen sich nicht vertreiben. Vor, zurück. Immer schneller. Seine Stirn stieß hart gegen die Wanne. Vor, zurück. Die Skelette schwangen ihre Sicheln im Takt. Halt suchend krallte er die Fingernägel in die Unterarme. Geräusche an der Wohnungstür. Seine Lippen verzerrten sich in verzweifeltem Schluchzen.

»Sie kommen!« Speichel tropfte aus seinen Mundwinkeln.

Ihre Schritte schluckten sein Flüstern.

»Geht weg, geht weg, geht weg.« Er wagte nicht, den Kopf zu heben, presste die Fäuste auf die Ohren, um die Stimmen nicht zu hören. Vor und zurück. Hände griffen nach ihm, schüttelten, zwangen ihn zu sehen. Seine Augen flatterten ruhelos, bis sein Gehirn die Wahrnehmungen verarbeitete. Die Skelette waren verschwunden.

Plötzlich wusste er, dass der Mann, auf den er gewartet hatte, nicht wiederkommen würde. Nie wieder. In seinem hysterischen Lachen lagen Hoffnungslosigkeit und Erleichterung. Kein Geld mehr. Keine Totenfratzen mehr. Nie wieder. Die mit der Sichel hatten den Mann geholt. Widerstandslos folgte er den Polizisten ins Präsidium.

Dienstag, 13. November

Die Sonne stand noch tief und tat sich schwer damit, die Wolken zu durchdringen. Eigentlich ein Glück, dass es keine klare Nacht gewesen war. Die Wolkendecke hielt eine geringe Restwärme am Boden fest. Seit Tagen sank die Frostgrenze kontinuierlich. Bis in die Niederungen musste wieder mit Schnee gerechnet werden und es grenzte an ein Wunder, dass der Boden noch nicht knüppelhart gefroren war. Schweres Gerät kam nicht zum Einsatz. Der ehemals ordentlich für den Winter vorbereitete Garten glich einer Szene aus einem Science-Fiction-Film. In weiße Overalls verpackte Gestalten bewegten sich in Ideallinie über das Gelände. Transportierten allerlei Werkzeuge und Hilfsmittel zwischen den draußen geparkten Wagen und einem tiefen Loch hin und her. Ein Hund bellte aufgeregt in der Nachbarschaft und Schaulustige sammelten sich seit geraumer Zeit vor dem Tor.

Jens Müller stand neben seiner Schwester und beobachtete aus einiger Entfernung, wie Kollegen der Münchner und Frankfurter Kriminalpolizei zusammen mit den Gerichtsmedizinern die Überreste einer Leiche aus der Erde holten. Sie beide waren nicht im Dienst. Da Alexandra mit dem gebrochenen Arm nicht Auto fahren konnte, aber unbedingt dabei sein wollte, hatte er sich als Fahrer angeboten. Am späten Abend noch hatten sie sich auf den Weg gemacht und die Nacht bei einem gemeinsamen Freund in Ingolstadt verbracht. Von dort aus brauchten sie am Morgen nur noch eine Stunde bis nach Sauerlach. Alexandra zeigte sich ungewöhnlich schweigsam. Er kannte immer noch nicht alle Details der Geschichte, wusste nur, dass auf Alexandras Betreiben hin ein Amtshilfeersuchen eingeleitet worden war, dem man im Münchner Präsidium umgehend entsprochen hatte. Der Fall Stockmann schlug hohe Wellen. Länderübergreifend. Um nicht zu sagen, bundesweit. Daher wollte keine Dienststelle die Untersuchung der anderen alleine überlassen. Nachdem am späten Nachmittag des Vortages eine Streife mit Leichenspürhund ausgerückt und fündig geworden war, verständigte man sich darauf, gleich morgens mit der weiteren Untersuchung des Geländes und der Exhumierung zu beginnen.

»Wie bist du dahintergekommen, dass hier eine Leiche liegt?«

Es widerstrebte Alexandra, darüber zu reden. Jeder Gedanke daran schmerzte. Aber Jens hatte ein Recht auf eine Antwort.

»Er beschreibt den Mord in seinem Buch.«

»Darin beschreibt er viele Morde. Aber du behauptest doch, dass dieser der einzige ist, den er wirklich begangen hat. Wieso?«

Sie zögerte. »Ob es der einzige ist, weiß ich nicht. Ist nur so ein Gefühl. Ich habe zuerst die Tatmuster verglichen. Schau mich nicht so an. Ich bin kein Profiler, klar. Das Seltsame dabei war ja auch, dass kein klares Muster zu finden ist. Mal ein Mann, mal eine Frau, unterschiedliches Alter, Ort, Methode, Zeitabstände. Nur eine Gemeinsamkeit fand ich: Blut. Es war fast immer extrem blutrünstig.«

»Aber diesen Mann hier …«

»… hat er – laut Buch – betäubt und lebendig begraben! Da ist kein Tropfen Blut geflossen. Bei all den anderen Morden erzählt er von dem Genuss, den Tod mit anzusehen. Hässliche Details über das Ausbluten, brechende Knochen, Körperflüssigkeiten …«

»Lass gut sein, Alexandra, ich brauche die Einzelheiten nicht.«

Jens legte seinen Arm um sie und fröstelnd lehnte sie sich an seine Schulter. Fürsorglich richtete er ihren Schal, klappte den Kragen ihrer Jacke hoch und zog die Mütze über ihre Ohren.

»Dieser Fall war anders. Auch die Wortwahl. Er kannte das Opfer, während die anderen zufällige Fremde oder nichts als günstige Gelegenheiten für ihn waren.«

Sie spürte ein Ziehen in ihrem Arm unter dem Gips.

»Ich weiß nicht mehr, warum ich darauf aufmerksam wurde. Aber ich versuchte, es zu deuten. Er sprach von dem Opfer als einem, der unbedeutende Zeilen verfasste, die niemand lesen wollte, und der sich einbildete, ihm einen Gefallen zu tun. Also ein unbekannter Autor, dachte ich mir. Aber wieso ein Gefallen? Ich habe alle seine Bücher zu Hause. Und er hat eine Menge geschrieben. Ich sah mir die Erscheinungsdaten genauer an. Da war ein Bruch. Nach einem halben Dutzend gefeierter Kriminalromane, drei Jahre ohne Veröffentlichung und dann eine Bücherserie. Fünf Megabestseller in Folge. Klar, schreiben braucht Zeit. Kreativität kommt nicht auf Knopfdruck. Es war nicht mehr als ein vager Verdacht. Nach der Serie kam wieder eine Pause. Da war er in der ganzen Welt unterwegs, um anschließend sein aktuelles«, sie stockte, »sein letztes Buch zu schreiben. Ich verbrachte geraume Zeit damit, in allen Büchern querzulesen. Und ich fand auch inhaltlich und stilistisch den Bruch wieder. Da kam mir der Gedanke, dass die Serie nicht auf seinem Mist gewachsen war. Dazu passt auch, was seine Lehrerin mir später erzählt hat. Dass Tobias sich verändert hatte und dann schreibend den Weg wieder zurückging.«

»Du meinst, ein anderer, der hier«, er deutete auf die Knochen, die aus der Grube ans Tageslicht geholt wurden, »hat die Bücher geschrieben?«

Sie verzog zweifelnd das Gesicht. »Möglich. Oder zumindest die Idee entwickelt, ein Konzept erarbeitet oder so. Einen Plan für genau fünf Bücher. Danach musste Stockmann sich etwas Neues einfallen lassen, etwas Spektakuläres. Und mit Hilfe der Mörder-Perspektive ist ihm das gelungen.«

»Also hat er diesen Mann damals ermordet, weil er in einer Schaffenskrise steckte. Aber wieso warst du mit dem Namen so sicher? Und wieso hast du mich in Bayern suchen lassen?«

»Schöne Gegend und Föhnwetterlage, so steht es im Buch. Das ist nicht viel, ich weiß, aber typisch für die Voralpenregion. Und den Namen kannte ich bereits. Erst dachte ich, er hat Kai Mertens' Verschwinden vielleicht nur als Inspiration genutzt. Ich habe es gehofft. Ja, gehofft. Nicht geglaubt. Letzte Sicherheit hast du mir verschafft mit dem Namen der Literatur-Agentin. Ich habe ein bisschen nachgebohrt und herausgefunden, dass auch Tobias einige

Zeit mit ihr zusammengearbeitet hat. Ich schätze, diese Frau ist die einzige potentielle Zeugin. Wenn sie etwas von der Beziehung der beiden wusste. Aber darum sollen sich andere kümmern. Ich nicht. Ich will nichts mehr davon wissen.«

»Das glaubst du doch selbst nicht!«

»Nein. Aber ich will nichts damit zu tun haben. Verstehst du! Sie waren mal Freunde. Kai Mertens und Tobias kannten sich aus der Schulzeit. Kannst du dir das vorstellen? Jahrelang beste Freunde und dann so ein Ende.«

Für sie hatte er einen noch spektakuläreren Abgang vorbereitet. Obwohl auch sie eine Zeit lang geglaubt hatte, ihm etwas zu bedeuten. Sie bemühte sich, nicht daran zu denken.

»Vielleicht wollte Mertens auch einen Deal mit Tobias, das würde den Gefallen erklären. Kai Mertens war hoch verschuldet. Hat alles versoffen. Das Haus stand unmittelbar vor der Zwangsversteigerung, als er verschwand. Kann sein, dass er versuchte, die Geschichten zu verkaufen, weil er selbst nicht mehr in der Lage war zu schreiben.«

»Und Stockmann hat ihn umgebracht, weil er nicht zahlen wollte, ist dabei auf den Geschmack gekommen und hat weiter getötet?«

»Nein. Wie gesagt, das viele Blut ist nicht sein Ding.«

»Woher …?«

»Vergiss nicht, ich habe Tobias gut gekannt. Ziemlich gut«, sie schluckte, hörte seine tiefe, vibrierende Stimme. *Willst du mein Engel sein, Alexandra?* Da war diese versteckte Verletzlichkeit, in seinen Worten, in seinem Wesen, hinter seinem übertrieben überlegenen Gehabe. Tobias. Nie wieder konnte sie diesen Namen sagen, ohne an ihn zu denken. Nie wieder wollte sie so an ihn denken. Er durfte in ihren Gedanken nicht mehr Tobias sein. Sie holte tief Luft und schaute ihren Bruder an.

»Es war wahrscheinlich eher so, dass Stockmann übermütig wurde, weil er nicht erwischt worden ist. Sein Plan ging auf, die geklauten Ideen vermarkteten sich gut. Je perverser die Morde in seinen Büchern wurden, desto größer wurde sein Ruhm. Mit dem neusten Roman wollte er alles übertreffen. Darum die Mörder-Perspektive als letztmögliche Steigerung und ultimativer Kick; und um die Glaubwürdigkeit seines Mörderbekenntnisses zu erhöhen, die Rückkehr zu den eigenen Wurzeln, nach Frankfurt.«

In einen erdverkrusteten Overall gehüllt, näherte sich der leitende Gerichtsmediziner.

»Sie hatten einen guten Riecher, Kollegin Müller, was die Lage der Leiche betrifft!«

»Und die Todesursache?« Sie hielt den Atem an.

»Es ist zu früh, um es definitiv sagen zu können.«

»Ich weiß, nur eine Prognose, bitte!«

»Beim Tod durch Ersticken sind die Hände auf charakteristische Weise verkrümmt. Dieses Detail fehlt hier. Keine schöne Sache, Erde einzuatmen und dabei um sein Leben zu graben. So ist es hier offenbar aber nicht gewesen. Von Glück zu sprechen, wäre angesichts eines gewaltsamen Todes dennoch befremdlich.«

»Ihre Vermutung?«

»Nach der Lage des Skeletts, der speziellen Anordnung …«, er schüttelte den Kopf. »Auf den ersten Blick keine Gewalteinwirkung auf den Schädel erkennbar«, erklärte er dann knapp. »Keine weiteren Spuren, die direkte Rückschlüsse zulassen. Durchaus auch möglich, dass der Tod ein Unfall war. Ein Sturz zum Beispiel. Genickbruch? Schwer feststellbar. Mit Sicherheit lässt sich das erst nach einer umfassenden Untersuchung im Gerichtsmedizinischen Institut sagen.«

»Ein Betäubungsmittel und ein Schlag auf den Nacken?«

»Noch nicht auszuschließen. Ob noch die Möglichkeit besteht, den Einsatz eines Narkotikums oder etwas Ähnliches nachzuweisen, kann ich Ihnen nicht versprechen.« Er pustete einige Erdkrümel von dem Knochenstück in seiner Hand.

»Danke.«

Der Gerichtsmediziner klopfte Alexandra auf die Schulter, ehe er sich umdrehte, um das Puzzleteil in einer Tüte zu verpacken. Sie schaute ihm nach, als er zurück zur Fundstelle trottete.

»Ein Unfall«, wiederholte sie ungläubig. »Dann hätte er nur die Leiche verschwinden lassen.«

»Vielleicht weil er sich nicht so sicher war, dass man es vor Gericht als Unfall einstufen würde. Es ist nicht mehr wichtig. Lass uns verschwinden, Alexandra. Wir frieren uns hier umsonst den Arsch ab.« Jens zog sie in Richtung Gartentor. Es roch nach Schnee.

»Doch, es ist wichtig. Für mich.«

Auf der Treppe des Hauses stand ein verstörtes Ehepaar, das mit ansehen musste, wie man aus ihrem Garten eine verrottete Leiche barg.

»Sie werden sich hier nie wieder wohl fühlen.«

Jens beobachtete sie aus den Augenwinkeln. »Da kann man nichts machen. Irgendwann wird die Geschichte vergessen sein. Auch für dich. Steig ein.«

Alexandra rutschte fröstelnd auf den Beifahrersitz.

»Manche Geschichten sind nie zu Ende, Jens. Und man kann sie auch nicht vergessen. Ich frage mich, ob Markus' Leben jemals wieder einigermaßen normal sein wird.«

Betreten schwiegen sie eine Weile. Draußen flog die Landschaft vorbei. Dicke Krähen kreisten über Brachflächen und umgepflügten Äckern. Aufgerissener Boden, in große, leblose Schollen gebrochen. Grau, braun und trostlos. Daran änderten auch die weißen puderigen Flocken nichts, die die Anhöhen links und rechts der Straße mit einer weichen Schicht überzogen. Wind beutelte die kahlen Büsche und schließlich setzte der erwartete Schneeregen ein.

»Du siehst fertig aus. Wir sind noch ein paar Stunden unterwegs. Am besten schläfst du einfach so lange.«

»Ich habe seit Tagen nicht geschlafen.«

Seit es passiert war. Man sah es ihr deutlich an, tiefe dunkle Ringe zeichneten ihr Gesicht. Die grünen Augen hatten jeden Glanz verloren, keine Spur von ihrem früheren Übermut.

»Ich bringe dich nach Hause, Schwesterchen.«

Sie lehnte den Kopf gegen die Nackenstütze, schloss die Augen. Nach Hause. Auf dem Geländer neben der Weinrebe torkelte Tobias.

»Nein!« Sie riss die Augen wieder auf. »Bring mich wieder zu Ozzy.« Bei ihm hatte sie auch die letzten Tage verbracht.

»Du kannst natürlich auch mit zu mir kommen, wenn du nicht allein sein willst.«

»Nein. Ist schon okay. Ich glaube, für ein normales Familienleben bin ich derzeit nicht geeignet. Ozzy ist genau der Richtige. Sei nicht beleidigt, Jens.«

»Bin ich nicht. Aber nur, wenn du jetzt auf der Stelle schläfst.«

»Versprochen.« Ängstlich schloss sie die Lider, voll böser Ahnungen, was sie gleich wieder sehen würde. Ihr blieb keine Zeit, überrascht zu sein. Dunkelheit umfing sie und in Sekundenschnelle folgte gnädiger, traumloser Schlaf.

* * *

Der Koffer lagerte zwischen den verlorenen Gepäckstücken. Bald schon bedurfte es keines besonderen Riechers mehr, um ihn zu finden. Der Augenblick der Vergeltung näherte sich unaufhaltsam. Die Stunde des Richters. Und die des Henkers.

* * *

Nervös lag Mischa in seinem Krankenhausbett. Er hasste es, nicht mobil zu sein und wegen jeder Kleinigkeit die Hilfe der Schwestern in Anspruch nehmen zu müssen. Noch viel mehr hasste er es, nicht zu wissen, was um ihn herum geschah – und mit ihm. Er brauchte Informationen, Antworten, eine Perspektive. Und jetzt endlich saß der Chefarzt auf seiner Bettkante, um ihm genau das zu geben.

»Ihr Brustnerv ist beschädigt und auch der Rabenschnabelfortsatz. Der Kopf des Oberarmknochens sowie der Bereich des Schulterblattes, der die Gelenkhöhlung bildet, sind zum Teil zersplittert.« Er hielt eine Röntgenaufnahme gegen das Licht und deutete mit einem Stift auf die betreffenden Stellen. »Hauptschlagadern waren zum Glück nicht betroffen, sonst säßen wir jetzt nicht hier. Die Verletzungen einzeln betrachtet sind gut behandelbar, aber die Kombination erschwert die Sache. Wobei vor allem die Nervenschädigung problematisch ist, die den Musculus serratus anterior, einen der Brustmuskel, betrifft. Diese Verbindung ist wichtig, um den Arm seitlich heben zu können. Aber die Chancen stehen nicht schlecht, dass Sie den Arm und die Schulter mit etwas Geduld und Disziplin wieder annähernd normal bewegen können werden.«

Mischa schluckte. Annähernd normal – war das alles, was er zu erwarten hatte?

»Ich will Ihnen nichts vormachen, Herr Michalczyk. Durch die vielen Knochensplitter ist das Gewebe ziemlich angegriffen. Der Knochen und die Zellstrukturen brauchen Ruhe zur Heilung. Der Muskel und der Nerv dagegen brauchen Stimulation, um sich zu regenerieren. Wir müssen daher Chancen und Risiken gegeneinander abwägen, unter Berücksichtigung des Faktors Zeit. Unter Umständen kann die Bewegung des Armes aus dem Schultergelenk eingeschränkt bleiben. Im schlimmsten Fall lässt er sich nicht mehr über die Horizontale hinaus anheben. Die volle Belastbarkeit kann jedoch mit großer Wahrscheinlichkeit wieder herstellt werden. Damit kann man ganz gut leben. Glauben Sie mir!«

Aufmunternd klopfe der Arzt ihm aufs Bein und ließ ihn dann allein zurück.

Nur langsam dämmerte Mischa, was das für Folgen haben konnte. Blinzelnd starrte er aus dem Fenster in den unruhigen Himmel.

Building castles in the sky. Bill Withers schöne Textzeile bekam in dem Zusammenhang plötzlich einen boshaften Unterton. Hatte er wirklich auf ein Wunder gehofft? Am Horizont schloss sich das letzte blaue Loch zwischen den Wolken. Ein Graupelschauer peitschte über die Erde. Harte weiße Körner prasselten gegen die Scheibe. *Glauben Sie mir.* Ein trauriges Lächeln glitt über Mischas Gesicht. Die Wunde pochte.

Ich spüre das Leben, Stockmann. Das Leben ist es, woran ich glaube.

Und da war noch etwas, woran er gerne geglaubt hätte.

Mittwoch, 14. November

Umständlich schälte sich Conrad Neumaier aus der Jacke. Sie war eindeutig zu warm für eine überheizte Krankenstation. Im Treppenhaus standen dagegen alle Fenster offen und es zog erbärmlich. Vermutlich hatte jemand heimlich geraucht. In Mischas Zimmer traf er nur die Putzfrau an, das Bett war leer.

Eine letzte Chance, es sich anders zu überlegen, kehrtzumachen. Aber sein Entschluss stand fest. Im Stationszimmer sortierte eine Schwester Pillen in ein Zählbrett, als Neumaier klopfte.

»Entschuldigung – Herr Michalczyk ist nicht in seinem Zimmer?«

Ein böser Blick traf ihn.

»Schon wieder! Jetzt habe ich mich verzählt. Sind Sie sein Vorgesetzter? Nein? Aber Polizist. Wenn Sie Handschellen haben, machen Sie ihn irgendwo fest, wenn Sie ihn erwischen. Er ist unvernünftig. Vermutlich sitzt er wieder in Zimmer 207, bei Herrn Weber.« Sie kippte die Pillen zurück in den Behälter, um von vorn anzufangen.

Neumaier folgte den großen blauen Pfeilen an der Wand, bis vor die Tür. Er schwitzte immer noch. Unter seinen Achseln bildeten sich große, feuchte Flecken. Er wischte die Hände an der Hose ab. Jörg Weber würde also dabei sein. Na gut. So hatte er das nicht geplant. Aber genau genommen erschien es ihm jetzt richtig so. Er klopfte, trat ein und nach einer kurzen Begrüßung erklärte er sein Anliegen. Aufklärung. Und Absolution. Er machte keinen Hehl mehr daraus. Ihm fehlte die Kraft, weiter Versteck zu spielen. Seine Seele lechzte nach Erleichterung. Hier und jetzt würde er damit anfangen und anschließend Robert Wagner aufsuchen.

Conrad Neumaier drehte einen Stuhl um, setzte sich, stützte die Unterarme auf die Lehne und verschränkte die Finger fest in einander. Er ignorierte die Schweißperlen auf seiner Stirn und der Oberlippe. Dann fixierte er das komplizierte, mechanische Gestänge unter dem Krankenbett, mit dem man die Liegehöhe regulierte. Die ersten Worte fielen wie schwere Steine in den stillen Raum, begleitet nur vom Regen, der gegen die Fensterscheibe trommelte.

»Herbst 1989. Irene war hochschwanger. Im Osten brodelte es, der große Durchbruch kündigte sich an, aber noch konnte es genauso gut eine große Katastrophe werden. Ich habe Verwandte dort. Der Kontakt war schwierig, man wollte alles wissen, aber niemandem Ärger einhandeln. Dann geschah dieser Mehrfachmord im Rotlichtmilieu. Klar, ich war kein Neuling mehr, hatte schon einiges gesehen, aber das war etwas Besonderes. Außerordentlich brutal. Das konnte der Beginn eines Bandenkriegs sein. Wir gerieten schnell unter Zugzwang. Ergebnisse mussten her. Dazwischen immer wieder diese Anrufe. Stockmann wollte einen Termin. Mit mir reden. Unbedingt mit mir. Warum auch immer. Er belagerte das Polizeipräsidium, stand unangemeldet vor meinem Büro. Verlangte ein Interview. Er war Student, schrieb nebenbei für eine Zeitung, wollte Schriftsteller werden. Heute nennt man das Stalking. *Eine Stunde, geben Sie mir eine Stunde.* Worum in Gottes Namen es sich überhaupt dreht, wollte ich wissen. Völlig entnervt. Dabei war ich auf dem Weg zum Wagen, in Eile, weil neue Beweise aufgetaucht waren. In Gottes Namen. Da fing er an zu lachen, wie passend diese Bemerkung sei. Das perfekte Verbrechen, der perfekte Verbrecher, ob ich das für möglich halte. Ob ich Dürrenmatt kenne und seine Verbrechertypen, ihre Beweggründe. Er wolle dem auf die Spur kommen, was Dürrenmatt angedacht hatte. Es nachvollziehen und beweisen, dass das perfekte Verbrechen möglich wird, wenn man alle Gefühle auszuschalten im Stande ist. Ich blieb stehen, völlig perplex. Dann brüllte ich los: ›Ich habe keine Zeit für Ihren albernen Schnickschnack! Falls es Ihnen entgangen ist, ich bin Polizist und habe einen Bandenkrieg vor der Haustür. Ob das perfekte Verbrechen möglich ist, interessiert mich einen Scheiß! Ihren fiktiven Unsinn müssen Sie alleine durchdenken. Da draußen warten reale Verbrechen darauf, dass ich mich um sie kümmere. Verschwinden

Sie und lassen Sie mich ein für allemal in Ruhe!‹ Dann schubste ich ihn beiseite und stürmte zur Tür. Über die Schulter warf ich einen letzten Blick zurück. Sein Gesicht war wutverzerrt. ›Das werden Sie bereuen, Neumaier. Ich liefere Ihnen den Beweis. Bald schon. Und Sie werden nichts tun können. Dann lache ich Ihnen ins Gesicht. Aber damit ist es nicht vorbei. Es wird nie vorbei sein. Ich werde Sie treffen, wo es am meisten wehtut. Eines Tages werden Sie sich wünschen, mit mir gesprochen zu haben. Auf Knien werden Sie liegen und heulen: *In Gottes Namen, hätte ich ihm doch bloß zugehört!*‹ Ich knallte die Tür zu und vergaß ihn. Ein durchgedrehter Irrer. Keine Zeit für so was. Bis dieser Mann von der Brücke stürzte. Es war nicht so, dass Stockmann jemals ernsthaft verdächtigt wurde. Es gab keine Verbindung zwischen ihm und dem Toten. Niemand hatte ihn in der Nähe gesehen. Es gab keine Zeugen. Aber er tauchte wieder vor dem Präsidium auf in dieser Zeit. Er kam nicht mehr zu mir, um mit mir zu sprechen, machte nur gelegentlich Handzeichen, lächelte, lachte. In der Zeitung mehrten sich Berichte, Kommentare, die Polizei sei unfähig, den Täter zu schnappen, und nur deshalb, weil man sich keine Blöße geben wolle, würde versucht, den Fall als Selbstmord zu vertuschen. Folge war, dass wir immer heftiger in die Kritik gerieten. Wer die Anschuldigungen streute, blieb offen. Aber mir war klar, wer dahintersteckte. Schließlich wurde aus dem scheinbar eindeutigen Selbstmord ein ungeklärter Todesfall, der ergebnislos abgelegt werden musste. Eine Quälerei für die Familie, eine persönliche Schmach für mich. An dem Tag, als die Akte offiziell geschlossen wurde, erreichte mich eine Postkarte ohne Absender. Das Motiv ein knallgelber Smiley, auf der Rückseite nur zwei Worte: Eines Tages, und daneben ein Fadenkreuz …«

Seine Stimme brach. Schweigend warteten Mischa und Jörg darauf, dass er fortfuhr.

»Als er jetzt wieder in Frankfurt auftauchte, kamen weitere Postkarten. Aufs Revier, nach Hause. Kein Text. Vielleicht hätte ich ihn nur anrufen müssen. Wenn ich das Gespräch mit ihm nachgeholt hätte, das ich damals verweigerte – wer weiß – vielleicht wäre das alles nicht passiert? Du hast nachgeforscht, Mischa. Alexandra auch – und Sie, Herr Weber. Alles zusammen und das, was ich von früher wusste …«

Niedergeschlagen schüttelte er den Kopf. »Wenn ich doch wenigstens mit euch geredet hätte. Ich bin ein alter Esel, Mischa.«

»Selbst wenn wir Ihre Vorgeschichte gekannt hätten, wäre es schwer zu verhindern gewesen, dass Stockmann außer Kontrolle gerät. Ich vermute, dass uns immer noch Informationen über ihn fehlen.« Mischa hockte auf Jörgs Bett, mit dem Rücken ans Fußende gelehnt. Die Schulter versuchte er durch ein untergeschobenes Kissen zu entlasten.

»Das sehe ich genauso. Der Mann war eine tickende Zeitbombe, mit einem komplexen psychischen Problem. Wir alle sind eher zufällig in seine Bahn geraten. Wenn es uns nicht erwischt hätte, dann jemand anderen«, stimmte Jörg zu. »Was Alexandras Erkenntnisse betrifft, dazu kann ich etwas beitragen. Aber die neuesten Fakten zuerst. Ihr Bruder war vorhin hier. In Stockmanns Münchner Wohnung haben sie einen Kerl gefunden, der ihm ein Alibi liefern sollte, für unseren geplanten Todeszeitpunkt. Ein Junkie, der ihm ähnlich sieht. Er ist unter Stockmanns Namen von Frankfurt abgeflogen und hat dafür gesorgt, dass die Nachbarn ihn hören und Licht sehen, die Post aus dem Kasten genommen und so was. Der hatte die Sache durchgeplant bis ins letzte Detail, der Schweinehund. Außerdem haben sie in der Nähe von München die Leiche von Kai Mertens ausgegraben, der früher mal Stockmanns bester Freund gewesen ist.«

Jörg schilderte alle Details, die Jens ihm berichtet hatte. Auch einen Großteil der vorangegangenen Recherche.

»Aber was genau heißt das jetzt?« Conrad Neumaier fiel es schwer, weitere Neuigkeiten zu verarbeiten.

»So wie ich es verstanden habe, heißt das wohl, dass es zwar noch einen Toten in Stockmanns Leben gibt, den er aber höchstwahrscheinlich auch nicht selbst getötet hat. Möglicherweise gibt es aber jemanden, der uns mehr über Stockmann und seine Vergangenheit sagen kann: den anderen Schüler, der mit ihm und Kai Mertens auf dem Foto war.«

»Den Namen weißt du nicht zufällig?«

»Doch. Wozu bin ich Journalist? Hab's mir aufgeschrieben.« Jörg grinste halb verlegen. »Schließlich werde ich nicht ewig hier liegen. Und auch wenn ich mittendrin gesteckt habe, eine gute Story wäre das schon, oder? Natürlich nur, wenn du nichts dagegen einzuwenden hast, Mischa. Und Alexandra. Wobei ich bei ihr …«

»Jörg! Der Name?«

»Oh, ach so. Warte, hier.« Er zerrte einen Block aus dem Nachttisch. »Dirk Wiesner.«

Neumaier wurde blass und Mischa schlug sich vor die Stirn. »Mein Gott, Reden hätte doch geholfen«, stöhnte er.

»Wieso? Kennst du den etwa?«

Er nickte, sagte aber nichts. Neumaier rieb sich das Kinn. Wieder und wieder, dann die Augen.

»Dirk Wiesner, alias Heppner, ist unser Verdächtiger im Fall Martin Hirschberger, dem aktuellen Mord am Eisernen Steg«, erklärte Neumaier tonlos.

»Wow!« Jörg pfiff beeindruckt durch die Zähne. »Das ist ja ein gefährlicher Freundeskreis.«

»Aber das ist nicht alles«, erklärte Mischa weiter. »Wiesners DNA …«, Mischa verstummte kurz, als Neumaier wortlos das Zimmer verließ.

»Was ist denn jetzt los?« Jörg schaute ihm verdutzt nach.

»Seine DNA wurde auch bei Markus Neumaier gefunden. Das heißt, der Mörder vom Eisernen Steg ist auch der Entführer von Markus. Und so wie es sich jetzt darstellt, ist er nicht nur ein durchgedrehter Fan von Stockmann, sondern ein früherer enger Freund.«

»Verdammt.«

»Jetzt schließt sich der Kreis und die Geschichte passt wieder zusammen. Aber Wiesner, der Mistkerl, ist untergetaucht. Seit Robert herausgefunden hat, wo er wohnt, ist er dort nicht mehr gesehen worden. Ich wüsste zu gerne, was einen normalen Menschen dazu bewegen kann, mit Stockmann gemeinsame Sache zu machen.«

Jörg schüttelte den Kopf.

»Zwei Fehler in deiner Aussage, Mischa. Du weißt, dass Stockmann jeden dazu bewegen kann, zu tun, was er will.«

»Konnte.«

»Ja, konnte. Bei aller Antipathie, er war ein Meister der Manipulation und die Sache mit dem Charisma … Da war was dran. Ich kriege jetzt noch Gänsehaut, wenn ich an seine Augen denke. Die hatten etwas … Magisches.«

»Der zweite Fehler?«

»Ein normaler Mensch. Nach den paar Dingen, die ich bisher weiß, darf man getrost daran zweifeln, dass der Kerl, der Markus entführt hat, ganz normal ist.«

»Du hast recht. Die Ermittlungen der Kollegen aus der Mordkommission legen das auch nahe. Mann, ich kann das nicht glauben! Alle Informationen waren da, wenn Alexandra nicht im Alleingang recherchiert hätte …«

»So wie wir. Wir haben ihr auch nichts erzählt. Keiner hat es allein verbockt. Wir haben Schwein gehabt, dass es am Ende nur Stockmann erwischt hat. Markus ist jung. Er hat gute Chancen, es zu überwinden.«

Mischa fuhr sich durch die Haare und Jörg wusste sofort, dass er noch etwas auf dem Herzen hatte.

»Was ist, Kleiner?«

»Das wird hart für Alexandra. Sie glaubt sowieso, sie ist an allem schuld. Und jetzt das noch. Aber einer muss es ihr sagen.«

»Ja, einverstanden. Ich übernehme das, ich sage es ihr.«

Mischas Schulterwunde klopfte unmissverständlich. Zeit, sich wieder hinzulegen.

»Ist kein Problem. Sie kommt mich sowieso regelmäßig besuchen.« Jörg musterte den niedergeschlagenen Freund, der angestrengt auf seine Fingernägel starrte. »Sie war noch nicht wieder bei dir?«

»Sie wird auch nicht kommen«, Mischa versuchte ein Grinsen, »du kennst sie doch. Sie ist stur.«

»Aber ich verstehe nicht warum! Schuldgefühle hin oder her. Zu mir kommt sie doch auch.«

Mischa zuckte die Schultern und schaute aus dem Fenster.

»Es ist Alexandra. Wieso sollten wir es verstehen?«

Jörg schwieg. Gefühle. Jetzt verstand zumindest er es.

Donnerstag, 15. November

Mit angezogenen Knien hockte Alexandra auf dem Sofa. Der Jogginganzug spendete weder genug Wärme noch die Geborgenheit, die sie jetzt brauchte.

»Er war kein Mörder, Ozzy.« Sie murmelte es kaum hörbar. »Sie haben mich heute angerufen. Kein einziger Mord geht nachweislich auf sein Konto. Aber er wollte unbedingt, dass alle das glauben. Alle sollten ihn für den perfekten Verbrecher halten.«

Ozzy saß halb hinter ihr, ein Bein lang ausgestreckt, das andere auf dem Boden abgestellt. Sam lag auf dem Teppich und auf der Mattscheibe löste Quincy souverän einen verzwickten Fall. Ozzy zog leicht an ihrer Schulter und seufzend sank sie rückwärts mit dem Kopf an seine Brust.

»Macht es das jetzt schwerer oder leichter für dich?«

»Unverständlicher. Leichter, weil ich nicht mit einem Mörder geschlafen habe, aber schwerer, weil das Ende vermeidbar gewesen wäre.«

Sein Arm lag quer über ihren Bauch, ohne Halt zu geben. Sie fror weiter.

»Bist du sicher? Wir können kein psychologisches Gutachten mehr erstellen, aber seine Wahnvorstellungen waren sehr real. Also, konkret, du weißt, was ich meine!«

»Schon.« Trübsinnig kraulte sie Sams Kopf.

»Und auch, wenn er keinen der Morde aus seinem Buch begangen hat – er war bereit, dich zu töten. Und bei Jörg und Mischa ist er nur knapp gescheitert. Vergiss das nicht.«

»Ich denke an nichts anderes, Ozzy!«

»Trotzdem nimmt dich sein Tod sehr mit.«

»Ich habe ihn …«

»Geliebt?«

»Nein. Betrogen. Vielleicht macht mich auch das so traurig. Ich wusste von Anfang an, dass es keine Liebe ist. Und ich habe ihm nie wirklich vertraut, obwohl ich es wollte. Beides. Verstehst du das? Ich hätte ihn gerne geliebt, aber ich konnte es nicht. Also habe ich genauso mit seinen Gefühlen gespielt wie er mit meinen.«

»Das kannst du doch nicht vergleichen!«

»Nein, aber … Weißt du, als ich ihn kennenlernte, ist er kein Mörder gewesen. Aber die Medien, die Fans, haben dazu beigetragen, seinen beginnenden Größenwahn zu steigern. Ich auch. Vielleicht mehr als alle anderen. Weil ich gezweifelt habe und er mir etwas beweisen wollte. Dann hätte ich ihn zum Mörder gemacht.«

Seine Arme schlossen sich fester um Alexandra. Es gab immer noch eine Menge offener Fragen, die vermutlich nie mehr mit letzter Sicherheit beantwortet werden konnten. Alexandras Dilemma war nachvollziehbar. Angestachelt durch Mischa, hatte Ozzy sich tiefer in Dürrenmatts Werke eingelesen. Im Gegensatz zu Stockmanns Aussage im Interview siegte dort durchaus das Böse. Und mehr als einmal wurde das Spiel mit der Wahrheit auf die Spitze getrieben. So, wie auch Stockmann es gemacht hatte. *Kein Mord geht nachweislich auf sein Konto.* Wieso befriedigte ihn diese Aussage nicht? Konnte es sein, dass Stockmann sein Ziel erreicht hatte? Ein perfekter Verbrecher hinterlässt keine Spuren. Stockmanns hinterhältiger Triumph war es, dass er alle mit der Nase auf die Verbrechen gestoßen hatte und dass nur er allein die Antwort kannte: schuldig oder nicht. Den Gedanken sprach Ozzy nicht aus. Es nützte niemandem, wenn Alexandra sich weiter mit ihren Zweifeln quälte.

»Du weißt, dass du hierbleiben kannst, solange du willst. Du musst nicht zurück in deine Wohnung.«

»Danke.« Schniefend presste sie ihr nasses Gesicht an seine Schulter.

»Wann beginnen deine Therapiesitzungen?«

»Posttraumatische Belastungsstörung«, nuschelte sie in sein Hemd. »Morgen.«

Sam leckte ihr liebevoll über die Hand. Vermutlich schmeckte er Reste von Pizza an ihren Fingern.

»Morgen.« Ozzys Stimme brummte leise neben ihrem Ohr. »Du weißt, dass Mischa morgen entlassen wird?«

Sie nickte stumm und schniefte noch lauter.

»Du warst nur ein einziges Mal bei ihm, direkt nachdem es passiert ist. Seitdem nicht mehr.«

»Ich kann nicht.«

»Er braucht ein paar Sachen aus seiner Wohnung, bevor er in die Reha-Klinik fährt. Er hat mich gebeten, sie zu holen.«

Sie wischte sich mit dem Ärmel übers Gesicht, starrte auf Quincy, der wild gestikulierend über den Bildschirm rannte.

»Bring du ihm die Sachen, Alexandra. Sag wenigstens auf Wiedersehen.«

Wortlos rollte sie sich zusammen, versteckte das Gesicht unter dem eingegipsten Arm. Ozzy streichelte ihren Nacken und lächelte. Sie hatte nicht nein gesagt.

Freitag, 16. November

Draußen war es eiskalt. Alexandra schwitzte trotzdem. Sie musste in Mischas Wohnung gehen. Allein. Es fühlte sich merkwürdig an. Falsch. Sie öffnete seine Schränke, suchte seine Wäsche zusammen, nahm seine Post aus dem Briefkasten, stopfte alles in eine Sporttasche.

Mit der U-Bahn fuhr sie zum Krankenhaus und rannte die Treppe hinauf. Erst als sie vor Mischa stand, wurde ihr klar, dass sie nicht angeklopft hatte. Ihre Unterlippe verschwand zwischen den Zähnen. Erstaunt schaute er sie an. Schweigend für einen Moment, fragend. Mit diesen verfluchten Augen, die sie an dunklen Honig erinnerten. Vor denen hatte sie sich die ganze Zeit gefürchtet.

»Hallo Partner«, sagte er leise und erhob sich von der Bettkante.

»Das ist vorbei, oder?«

»Kommt drauf an, wie gut die Ärzte sind.«

Mischa sah blass aus. Unsicher wippte er auf den Fußspitzen und wedelte mit einem Zettel in der Hand.

»Das ist die Adresse der Klinik. Und die Telefonnummer, unter der du mich erreichen kannst. Wenn du willst.«

Der Zettel schwebte zwischen ihnen in der Luft. In plötzlicher Wut knüllte sie das Blatt Papier zusammen, stopfte es in die Hosentasche.

»Du musst los.«

Mischa folgte ihr schweigend, den langen weißen Flur entlang, die breite Treppe hinunter. Ihre Schuhe quietschten einvernehmlich auf dem blanken Boden. Hinter ihnen schloss sich die automatische Tür mit schleifendem Geräusch. Die Reisetasche plumpste auf dem Gehweg neben Mischas Füße. Angestrengt spähte Alexandra die Straße hinunter.

»Wird gleich da sein«, murmelte sie. Kalter Wind schnitt in ihre Haut. Warum zum Teufel war er nicht wütend? Warum machte er ihr keine Vorwürfe? Es gab so viel zu sagen. Aber er stand einfach neben ihr und wartete. Und summte. Die verletzte Schulter fest in einen Verband verschnürt. Ihre Schuld.

Sie konnte nicht hinsehen. Sicher hatten sie seine Brust rasieren müssen vor der Operation. Er kratzte sich. Die Haare juckten beim Nachwachsen. Blonde Haare. Weiche, kurze, blonde Haare. Sie trat von einem Fuß auf den anderen.

»Du musst nicht hierbleiben und mit mir warten.«

Alexandra verschränkte demonstrativ die Arme vor der Brust, was mit dem Gips weniger souverän gelang als ihr lieb war. Das konnte ihm so passen. Ihr einen Ausweg freizumachen. Auch noch verständnisvoll sein. Sie blinzelte. Unaufhaltsam stieg etwas in ihr auf, das sie nicht kontrollieren konnte.

»Kommst du mich irgendwann besuchen?«

»Darauf brauchst du nicht zu warten. Du lässt mich im Stich und willst nicht mehr mein Partner sein.« Am liebsten hätte sie ihn geschubst. Besser streiten als heulen.

»Du weißt, dass das nicht stimmt.« Sie antwortete nicht. »Alles hängt von der Reha ab. Nur wenn es nicht funktioniert, wechsle ich zu Neumaier.«

»Quatsch. Du kriegst doch ganz glänzende Augen, wenn du nur an die Mordkommission denkst. Verräter!«

Sie schniefte schon wieder. Er holte tief Luft.

»Das K 11 heißt nicht Mordkommission.«

»Ach nee?!« Ihr böses Zischen misslang.

»Alles, was ich dort kriege, ist ein beschissener Schreibtischjob. Innendienst. Du weißt, dass ich das hasse.«

»Lügner. Tatortbesichtigungen, Zeugenvernehmungen – kannst du alles noch machen. Selbst wenn die Schulter steif bleibt, bist du kein Krüppel.«

»Nein, das wohl nicht.« Er hob die Tasche auf. Verräter. Sie hatte recht. Krampfhaft versuchte er, nicht daran zu denken, dass die Aussicht auf den neuen Job ihn endlich von der Angst befreite, die ihn seit dem Gespräch mit Alexandras Vater nicht mehr losgelassen hatte. Routine bis ans Lebensende. Aber der Preis war sie. Und das schnürte ihm die Kehle zu. Unerträglich, sie nicht mehr zu sehen. Mit ihr zu arbeiten. Jeden Tag.

»Du könntest Andreas als Partner kriegen, habe ich gehört.«

Desinteressiert hob sie die Schultern. Das Taxi fuhr vor.

»Wenigstens etwas. Andreas ist jünger als du und sieht viel besser aus«, knurrte sie. Mischa grinste schwach.

»Na, dann hat es ja doch etwas Gutes, für dich.«

»Hau ab jetzt. Dein Taxi wartet.«

»Du rufst auch nicht an?«

»Vergiss es.«

Sie drehte den Kopf zur Seite und er nickte langsam.

»Du … du wirst mir auch fehlen, Sascha.«

Ehe sie es verhindern konnte, umarmte er sie. Kurz und unbeholfen. Seine Wange kratzte über ihre, dann stieg er ins Taxi, ohne sich umzudrehen.

»Scheißkerl«, schrie sie ihm nach und rieb sich erst die Augen, als das Auto um die Ecke verschwunden war.

Vorbei. Sie waren kein Team mehr.

Das verfluchte Lied hämmerte in ihrem Innern und der Zwang, das aufsteigende Heulen zu unterdrücken, sprengte ihr fast den Kopf. Als sie aufhörte dagegen anzukämpfen, spülten die Tränen den fehlenden Refrain aus ihrem Gedächtnis.

Der Wind hatte sich gelegt und die Sonne schien erstaunlich warm in ihr Gesicht. Alexandra zog den zerknüllten Zettel mit der Telefonnummer aus der Hosentasche. Sorgfältig strich sie das Papier glatt.

Sascha, hatte er sie genannt. Im Krankenhaus, direkt nachdem es passiert war. Sascha. Und gerade eben noch einmal.

»Scheißkerl«, wiederholte sie, diesmal mit einem Lächeln in der Stimme. Mischa war nicht mehr ihr Partner. Leise begann sie vor sich hin zu singen.

»Just the two of us … We can make it if we try … Just the two of us … You and I.«

Epilog

Der Gerichtsmediziner identifizierte den Kofferinhalt eindeutig als Überreste einer männlichen Leiche. Merkwürdig verrenkt die gebrochenen Gliedmaßen, wahrscheinlich, um den Koffer schließen zu können. Eine offenbar sehr überlegt und systematisch ausgeführte Arbeit. Knochenbrüche ohne Blutvergießen. Post mortem. Überrascht senkte er das Diktaphon, dem er seine Beobachtungen mitteilen wollte. Da war wirklich nicht die geringste Spur von Blut an diesem zertrümmerten Körper. Erst ausgeblutet, dann zerschlagen. Nein, es mussten Fußtritte gewesen sein. Ein brutaler Akt. Ganz im Gegensatz dazu die Lage des Kopfes, beinahe liebevoll auf einen blauen Kapuzenpullover gebettet. In diesen eingewickelt, fand er ein Buch. Handsigniert. Einmal mehr wünschte er, der Mann vor ihm auf dem Tisch könnte mit ihm reden. Doch der Tote schwieg.

Die Oberhaut hatte sich bereits vom Muskelgewebe gelöst und war an mehreren Stellen aufgeplatzt. Der fortgeschrittene Zersetzungsprozess ließ auf eine Liegezeit von mindestens zwei Wochen schließen. Auch der Madenbefall stützte diese Annahme. Er betrachtete das, was einmal ein Gesicht gewesen war. Die kleinen, sich windenden, weißen Leiber verliehen den leeren Augenhöhlen eine groteske Lebendigkeit. Ein unbestimmtes Grauen rieselte entlang seiner Wirbelsäule und sträubte ihm die Haare auf den Unterarmen. Es musste an den Maden liegen. Denn obwohl es unmöglich war, dass unter den Schwellungen der blau-schwarz verfärbten Haut noch eine Mimik vorhanden war, meinte er plötzlich, ein seltsam zufriedenes Lächeln auf den Lippen der Leiche zu entdecken.

***

gewidmet

meiner Deutschlehrerin
und
Friedrich Dürrenmatt

Buchhinweise

WestEnd Blues
Ein Katharina-Klein-Krimi aus Frankfurt am Main

Helmut Barz

978-3-86680-484-5

14,90 € [D]

African Boogie
Ein Katharina-Klein-Krimi

Helmut Barz

978-3-86680-749-5

12,00 € [D]

SUTTON VERLAG

Weitere Krimis und Romane finden Sie unter:
www.sutton-belletristik.de